读客外国小说文库

熊猫君激发个人成长

THE WATER KNIFE

水刀子

〔美〕保罗·巴奇加卢皮 著

穆卓芸 译

PAOLO BACIGALUPI

文汇出版社

献给　安如拉

第1章

汗水是会说话的。

农妇在烈日当空的洋葱田里工作了14个小时，流下汗水；一名男子通过墨西哥检查哨时向死亡女神祈祷哨兵[1]千万别是敌人的手下，流下汗水；他们的汗水并不一样。10岁男孩被西格手枪指着脑袋，流下汗水；一名女子艰辛地横越沙漠时不停呼唤圣母马利亚，希望水源就在"土狼地图"标示的地方，流下汗水；他们的汗水也说着不一样的故事。

汗水是身体的历史，被压缩成珠子缀在眉间，化为盐渍沾在衣服上，诉说着一个人为何在错误的时间出现在正确的地方，还有他或她会不会活到明天。

安裘·维拉斯克兹高高坐在柏树一区中央出水口上方，望着查

1　原文为西班牙语。小说中的西班牙语词汇用仿宋体标记，不再一一注明。——编者注

尔斯·布雷斯顿吃力地走上瀑布步道。对他来说，律师布雷斯顿眉头上的汗水代表某些人其实没有他们自己想的那么非同寻常。

布雷斯顿也许在办公室里趾高气扬，对秘书大吼大叫，在法庭里张狂得像个斧头杀人魔一样，但他再怎么嚣张，还是得乖乖听凯瑟琳·凯斯的话。凯瑟琳·凯斯要你快点，你就得马上狂奔，蠢蛋，而且得铆足全力，跑到心脏负荷不了，连气都喘不过来。

布雷斯顿弯身闪避蕨类，蹒跚地穿越榕树低垂的气根，沿着环绕出水口缓缓爬升的步道往上走。游客们正挤在生态建筑外缘的空中花园和发丝瀑布前自拍。布雷斯顿推开游客继续往前。他红着脸苦撑着，身穿背心和短裤的慢跑者左闪右躲从他身边跑过，耳中轰轰响着音乐和自己健康的心跳声。

从一个人的汗水里可以看出许多事情。

布雷斯顿的汗水代表他依然怀着恐惧。对安裘来说，这表示他依然值得信任。

布雷斯顿瞥见安裘坐在横跨巨大井眼的桥上，便朝他疲惫地挥了挥手，示意安裘下来找他。安裘微笑挥手回应，假装看不懂。

"下来！"布雷斯顿大喊。

安裘还是微笑挥手。

布雷斯顿像是斗败的公鸡，垂头丧气地继续朝安裘所在的高处走去。

安裘靠着栏杆欣赏这一幕。阳光从上穿透而下，照得竹子和雨林光影斑驳，热带鸟群五彩缤纷，藻绿色的鲤鱼池有如一面面闪闪发亮的小镜子。

下方远处的人群比蚂蚁还小，感觉根本不像真人，而是游客、居民和赌场员工的剪影，就像柏树一区生态建筑开发案模型里的小人一样：迷你人在迷你咖啡馆的迷你露台上，喝着迷你拿铁，迷你小孩在迷你自然步道上追着迷你蝴蝶，迷你赌徒三三两两靠在迷你二十一点牌桌前，隐身于深如洞穴的迷你赌场中。

布雷斯顿步履蹒跚上了桥，气喘吁吁地说："我叫你下来，你为什么不下来？"他将公文包扔在桥板上，整个人瘫靠着栏杆。

"你带了什么东西给我？"安裘问。

"文件，"布雷斯顿上气不接下气地说，"卡佛市[1]的，法官裁决刚下来。"他精疲力竭地朝公文包挥了挥手："我们把他们杀得片甲不留。"

"然后呢？"

布雷斯顿涨红着脸，很想说什么却说不出来。安裘心想他是不是快心脏病发了，万一是真的，自己又该怎么办。

安裘头一回见到布雷斯顿，是在南内华达水资源管理局布雷斯顿的办公室里。从办公室的落地窗望出去就是卡森溪，柏树一区开发案的主要河川。这条可以飞蝇钓的小溪流经生态建筑的数个楼层，然后被水泵抽回顶端，净化之后再重新送往源头继续奔流。每回望着这片辽阔的水利建设和溪里的虹鳟鱼，布雷斯顿就会想起自己为何如此卖命，为了水资源管理局四处兴讼。

布雷斯顿一边对着三名女助理大呼小叫，一边跟安裘说话，仿佛事后想到才补上几句似的。三名助理刚好都是刚从法学院毕业的、年轻又苗条的女孩，是布雷斯顿用柏树一区永久居住权当诱饵拐来的。对他来说，安裘不过是凯瑟琳·凯斯手下的另一条走狗，只要能把更凶的大狗挡在门外，他就能姑且忍耐。

1　卡佛市为本书虚构的美国科罗拉多州首府。

而安裘则是满心好奇布雷斯顿是怎么把自己搞得这么胖的。柏树一区之外的人没有一个胖成这副模样。安裘从来没见过布雷斯顿这样的家伙。他一脸赞叹地望着对方撑得快要炸开的衣服，只觉得真是不可思议，这家伙显然对自己的安全很有信心。

　　要是世界末日真的如凯瑟琳·凯斯所言，那布雷斯顿应该会很美味。想到这一点就让安裘决定放这个世界级的蠢蛋一马，不去在意布雷斯顿看到他的帮派刺青和脸上、喉咙上的刀疤时那嫌恶、皱鼻的表情。

　　世易时移，安裘望着布雷斯顿的汗水从鼻尖滑落，心里这么想着。

　　布雷斯顿总算没那么喘了："卡佛市没通过上诉。法官本来早上就要判决，但法庭都挤爆了，一直拖到快下班才搞定。卡佛市一定急得跳脚，想要重新上诉。"他拿起公文包啪地打开，"他们想得美。"

　　他拿出一沓激光全息转印的文件递给安裘："这些是禁制令，得等明天法院开了才能生效。但要是卡佛市再提上诉，那就不一样了，至少也有民事责任。不过，明天法院开门之前，你只能用内华达州人民的私有财产权来辩护。"

　　安裘翻阅文件："就这些了吗？"

　　"这些就够了，只要你今晚把事情搞定就好。一旦拖到明天，就又是没完没了的法庭闹剧和各说各话了。"

　　"你的汗水就白流了。"

　　布雷斯顿朝安裘比了肥肥的中指："最好不要。"

　　安裘被对方话中的威胁逗笑了："我已经拿到住房许可了，白痴，这招拿去对付你的秘书吧。"

"别以为你是凯斯的红人，我就没办法让你难过。"

安裘依旧翻着文件，头都没抬："别以为你是凯斯的爪牙，我就不敢把你从桥上扔下去。"

禁制令的印信和戳章看来都没问题。

"你手上是有凯斯的什么把柄才没人动得了你？"布雷斯顿问道。

"她信任我。"

布雷斯顿哈哈大笑，完全不相信。安裘将禁制令整理好。

安裘说："你们这种人认为所有人都是骗子，所以什么都要写成白纸黑字。律师都是这副德行。"他将文件甩到布雷斯顿胸口，咧嘴微笑："所以凯斯信任我，却把你当狗看，因为你什么都写下来。"

说完他便走了，留下布雷斯顿在桥上狠狠瞪着他。

安裘走下瀑布步道，拿出手机按了号码。

电话铃才响一声，凯瑟琳·凯斯就接起来了，声音清脆而正经："我是凯斯。"

安裘可以想象这位科罗拉多河女王的模样：坐在书桌前君临天下，四面墙壁从上到下贴满了内华达州和科罗拉多河盆地的地图，而她的帝国就是不断涌入的实时数据：每条支流都闪着红光、黄光或绿光，代表每秒钟的流量，而落基山脉各个集水盆地上方也有数字闪动，一样是红黄绿三色，代表着残雪量和融雪偏差值。其他数字则代表水库和水坝的水位（从甘尼森的蓝台水坝、圣胡安的纳瓦霍水坝到葛林市的火红谷水坝）、纳斯达克指数最新的紧急用水单位流量收购价和期货交易价格，还有万一需要提高米德湖水位时，公开市场上现有的购水来源。这些数字支配着她的王国，就如同她支配着安裴和布雷斯顿一样。

"我刚才跟你最心爱的律师说过话了。"安裴说。

"你不会又跟他对着干了吧？"

"那个蠢蛋真是麻烦。"

"你也好不到哪里去。你需要的东西都拿到了？"

"呃，布雷斯顿是给了我一堆树的尸体，"安裴拿起那沓文件说，"没想到这世界上还有这么多纸。"

"我们喜欢把事情记在纸上。"凯斯漠然地说。

"这可是五六十页呢。"

凯斯笑了："官僚法则第一条：值得发送的信息都值得发三份。"

安裴离开瀑布步道，一路蜿蜒往下，朝电梯走去，准备坐到停车场。"我想一个小时左右就能搞定。"他说。

"我会看着。"

"这回很轻松，老板。布雷斯顿给我的文件上面有百来个签名，允许我怎么做都行。这是标准的禁制令作业，我敢说骆驼军团自己来也可以，我只是高级快递而已。"

"你错了。"凯斯凶了起来，"我们可是来来回回打了十年官司，我不想再拖延下去了。我希望事情到此为止，不想再发柏树特区的居住许可给某位法官的侄子，只为了争取本来就属于我们的权利。"

"别担心。我们把事情搞定的时候，卡佛市还搞不清状况呢。"

"很好，完事了告诉我一声。"

说完她就挂断了。安裴赶上一部正要关上的快速电梯，刚站到镜子前面，电梯就向下开动了。电梯加速往下，匆匆通过生态建筑的各个楼层。人影模糊闪过，几位母亲推着双人座婴儿车，按时计费的女朋友挽着周末男友的手臂，还有来自世界各地的游客拼命拍照，发信息回家炫耀自己见到了拉斯韦加斯的空中花园。蕨类植物、瀑布和咖啡店倏倏闪过。

楼下娱乐层的发牌员应该正在换班，旅馆里彻夜狂欢的旅客应该才刚醒来，正在享用今天第一杯伏特加，泼得身上闪闪发亮。女佣、侍者、餐馆工、厨师和维修人员应该都在拼命工作，努力保住自己的饭碗和柏树特区的居住资格。

你们能在这里都是我的功劳，安裘心里想，要不是我，你们现在都还是没有根的蓬草，骨瘦如柴，没有骰子和妓女，没有婴儿车可推，没酒可喝，没工作好做……

要不是我，你们什么都不是。

电梯轻轻叮了一声下到最底层，门一开就看见泊车员等在门口，旁边是安裘的特斯拉电动车。

半小时后，安裘大步走在马洛伊空军基地里，滚烫的柏油路发出阵阵热浪，太阳照得春山血红一片。气温本来就高达120华氏度[1]，太阳只是火上浇油，基地的泛光灯也亮着，让人更觉火烧火燎。

"你拿到文件了？"雷耶斯隔着阿帕奇直升机的轰鸣声大吼。

"联邦政府就爱我们这群沙漠佬！"安裘举起文件说，"至少接下来的十四小时不会变卦！"

雷耶斯漠然地笑了笑，就转身开始下达起飞命令了。

雷耶斯上校是个头高大的黑人，曾在叙利亚和委内瑞拉执行海

---

1 在美国的日常生活中，普遍使用华氏温标，符号为°F，120华氏度约等于48.89摄氏度。摄氏温标（C）与华氏温标（F）之间的换算关系为：C=5×(F−32)÷9。

陆侦察任务，接着被派往酷热的萨赫勒地带，然后是墨西哥的奇瓦瓦，最后才调到现在这个舒服的职位，执掌内华达国民兵。

内华达州给钱比较慷慨，他说。

雷耶斯挥手要安裘登上指挥直升机。四周的攻击直升机陆续起飞，开始拼命消耗合成燃料。内华达国家警卫队又名骆驼军团，又叫那些该死的赌城国民兵——这是刚被冥王导弹打得落花流水的那一方起的。这支部队配备精良，完全听命于凯瑟琳·凯斯，叫他们杀谁就杀谁。

一名国民兵扔了一件防弹衣给安裘。安裘披上防弹衣，雷耶斯坐进指挥座，开始发号施令。安裘戴上军用眼镜，将耳机插到对讲系统上，以便听清对话。

直升机摇晃升空，安裘眼前开始浮现大量的飞行数据，将拉斯韦加斯标上了五颜六色的闪亮标记以提醒他注意：目标计算、相关建筑物、敌友标示、导弹存量、五零机枪子弹数、燃料警示、地面热信号……

98.6华氏度。

这是人类的温度，那儿温度最低的事物。每一个人都被标记着，没有人察觉。

一名女兵凑过来检查安裘的安全带有没有束紧，安裘笑着让她检查。女兵长着黑皮肤、黑头发、黑眼珠，瞳孔漆黑如炭。安裘瞄了一眼她的名牌：古普塔。

"很好奇我怎么会绑得对，是吧？"他隔着巨大的旋转翼声大吼，"我之前也是干这行的。"

古普塔笑也不笑："这是凯斯女士的命令。要是我们手忙脚乱，结果你因为没有系好安全带而丧命，我们就麻烦了。"

"要是我们手忙脚乱，谁也活不了。"

但古普塔没有理他，继续检查。雷耶斯和骆驼军团向来讲究，自有一套优雅的规矩，长年累月下来雕琢得完美无瑕。

古普塔朝着对讲机说了几句，接着便坐回座位，系好安全带，盯着操纵机枪的屏幕。

直升机倾斜转向，加入攻击直升机群的队形中，让安裘胃里一阵翻搅。军用眼镜浮现最新状态，数字亮过拉斯韦加斯的夜景。

SNWA 6602，离开。

SNWA 6608，离开。

SNWA 6606，离开。

更多呼号和数字闪过，透露了这群近乎隐形的蝗虫大军的存在。他们占满了渐暗的天空，往南直飞。

对讲机传来雷耶斯断断续续的声音："蜜池行动开始。"

安裘笑了出来："这是谁想出来的名字？"

"喜欢吗？"

"我比较喜欢米德[1]。"

"有谁不是呢。"

所有直升机全速前进，往南朝米德湖飞去。米德湖的原始水量为2600万英亩-英尺[2]，但在大旱灾之后只剩不到一半。这座在乐观年代建造的乐观湖泊，如今早已萎缩，淤泥满满。它是拉斯韦加斯的命脉和救生圈，却总是危机重重、岌岌可危，随时都会沉入三号引水道之下。

1　米德（Mead）亦有"蜂蜜酒"的意思，与上文"蜜池"呼应，一语双关。

2　英亩-英尺用于测量灌溉1英亩土地、渗透地下1英尺所需用水量。1英亩-英尺约为1233.5立方米。

在他们下方，拉斯韦加斯市区的灯火逦迤绵延，赌场的霓虹灯和柏树特区的生态建筑星星点点，还有旅馆、阳台、圆顶、长满水耕蔬菜的水汽凝结式垂直农场和耀眼的全光谱照明。光点形成的地景在沙漠上铺展开来，跟骆驼军团军用眼镜里眼花缭乱的战斗数据交错重叠。

公告表演、派对、饮料和价格的广告牌，在军用眼镜里变成了攻击和侵入点；为了抵挡沙漠风尘而设计的峡谷状稠密街区，成了狙击手的藏身处；色彩斑斓的光电涂料屋顶是绝佳的空降点，而柏树特区则是制高点和首要攻击区，谁叫它占据了拉斯韦加斯的天际线，盖过了一切，比这座罪恶之城过去所有建物地景还要庞大，还要有野心呢？

拉斯韦加斯变成了一条黑色细线，然后消失不见。

战斗软件开始锁定生物，在千禧郊区黑暗、炽热的残骸里搜寻低温点。大片大片的建筑早已荒废，只剩破木板和铜线可以利用，因为凯瑟琳·凯斯决定这里再也不值得供水。

眼镜里一片漆黑，只有寥寥几点营火，有如灯塔般，标示着没水的得州人和亚利桑那人的位置。他们没钱住进柏树生态建筑区，却又无处可逃。科罗拉多河女王在这里大开杀戒，封了他们的水管，短短几秒便成就了她的第一批坟场。

"他们管不了自己的主输水管，就去喝土吧。"凯斯这么说。

直到现在，依然有人扬言要她的命。

直升机群通过荒芜的郊区缓冲带，飞入辽阔的沙漠。这才是原始的地貌，跟《旧约》一样老。石炭酸灌木、寂然独立的约书亚树、犹卡山喷发遗迹、旱谷、白沙砾石、石英砾岩。

沙漠阒黑冰凉，一丁点儿阳光的痕迹也不剩。下面有动物：近乎无毛的土狼，还有蜥蜴、蛇和猫头鹰。那是一个阳光消失后才会鲜活的世界，一个从岩石、火山岩和灌木下涌出的生态系统。

安裘看着沙漠幸存生物构成的微小热点，心想沙漠是不是也正看着他，是不是有瘦弱的土狼抬头注视突突作响的骆驼军团直升机群，赞叹地望着一群人类从空中飞过。

一小时过去了。

"快到了。"雷耶斯打破沉默，用近乎虔敬的语气说。安裘弯身向前左右张望。

"在那里。"古普塔说。

只见一条黑色缎带般的河流蜿蜒在崎岖的山脊间，穿行在沙漠中。

皎洁的月光洒在河面上闪闪发光。

科罗拉多河。

河水就像一条匍匐在白沙中的巨蛇。加州还没将这条河榨干，但迟早会的。还有那烈日下的蒸发，不能让太阳将它永远盗走。但目前河水依然流淌着，坦然迎向阳光和国民兵肃静的注视。

安裘俯瞰河水，再次深深震撼。对讲机里的交谈声停止了，所有人见到如此丰沛的河水都沉默了。

虽然饱受干旱和分水之苦，科罗拉多河依然能唤起崇敬的饥渴。每年700万英亩-英尺，虽然过去是1600万英亩-英尺……但还是无比丰沛，就这么流淌在大地之上……

难怪印度人会敬拜河流，安裘心想。

全盛时期的科罗拉多河绵延1000多英里[1]，从白雪皑皑的落基山

---

1 英制长度单位，1英里为1.609344千米。

脉往南穿越犹他州的红岩谷，最后流入蔚蓝的太平洋，一路湍急不受阻挠，而它所经之处必然生机勃勃。

只要农夫能引河水，建筑商能在河边凿井，赌场开发商能用水泵汲水，机会就取之不竭，115华氏度的高温也伤不了人，城市也能在沙漠中兴盛。河川就像圣母马利亚的祝福，充满了恩典。

安裘心想，这条河当年自在奔流时不知道是什么模样。如今河水又浅又缓，走走停停，被一座座大水坝切得柔肠寸断。科罗拉多河及其支流每每被水坝——蓝台水坝、红河谷水坝、莫罗角水坝、兵溪水坝、纳瓦霍水坝、葛伦峡水坝、胡佛水坝，或者其他水坝——截流之处，便会汇聚成一汪汪湖水——鲍威尔湖、米德湖、哈瓦苏湖……映照着荒漠之上的天空与太阳。

那些日子里，不论墨西哥如何控诉"科罗拉多河之约"与"科罗拉多河法案"，从未有一滴水抵达美墨边境。毒枭州里长大的孩子，终其一生都以为科罗拉多河只是传说，就像安裘的奶奶跟他说过的卓柏卡布拉吸血怪兽一样。河水在直升机下方的峡谷间蜿蜒，大多数犹他人和科罗拉多人却一辈子都不准碰它。

"十分钟后开战。"雷耶斯宣布。

"他们会反抗吗？"

雷耶斯摇摇头说："亚利桑那人没什么能反抗的，他们大多数部队都被调到北极去了，还没回来。"

这是凯斯的杰作。她贿赂了一批东岸政客，他们才不在乎北美大陆分水岭这一岸发生了什么。她用妓女、毒品和超级政治行动委员会富可敌国的资金买通了这群猪猡，因此当参谋长联席会议发现必须保卫北方的焦油砂管线时，正好就只有亚利桑那州国民兵那群鼠辈可以出征。

安裘记得当时看到新闻在他们的操控下发酵，媒体不停地大谈能源安全。他很喜欢看记者高举爱国大旗，抬高收视率，让人民觉得自己再次成为霸气的美国人。记者至少不是一无是处，至少让美国人有种重当老大的错觉。

要团结啊，宝贝。

骆驼军团二十多架直升机潜入河谷之间，掠过漆黑的河面。机群夹在两岸的岩壁之间沿河道蛇行，扫起阵阵浪涛朝目标前进。

安裘露出微笑，感觉肾上腺素又开始分泌，就像所有人已经下注，只等着发牌员开牌时的兴奋。

他将法院的禁制令紧紧握在胸前。所有印信和全息章，所有法庭上为诉讼和请求而费的周折，全是为了让他们在这一刻能大展身手。

亚利桑那州会死得莫名其妙。

他笑了："彼一时，此一时。"

坐在机枪前的古普塔瞄他一眼："你说什么？"

安裘发现她还很年轻，跟当年的他一样，一个身无分文、走投无路的放逐者，千方百计想要留在正确的那一岸，什么都肯干。是凯斯将他送进国民警卫队，并直接给了他内华达州的永久居留权。

"你今年多大？"他问，"12岁？"

古普塔狠狠瞪了他一眼，重新盯着机枪的瞄准系统。

"20岁，老头。"

"别这么冷淡，"他指着下方的科罗拉多河说，"你太小了，不知道以前是什么样子。以前会有一群律师和一大堆文件，还有插着口袋护套的官员……"

安裘陷入回忆之中。他想起自己担任随扈站在凯瑟琳·凯斯身后，跟她一起走进会议室。秃头官员、市政府水利人员、垦务局、内政部，开口闭口都是英亩–英尺、开垦准则、合作、废水处理效率、污水再生、水银行、蒸发减少方案及河面罩，还有如何铲除柽柳、白杨和柳树。所有人就像泰坦尼克号上的乘客，在甲板上重新排列躺椅，按照游戏规则办事，相信一定有皆大欢喜的解决之道。所有人都假装愿意合作，假装真的在想解决问题的方法。

没想到加州不按牌理出牌，完全不来这一套。

"你刚才说什么？"古普塔追问道。

"没有，"安裘摇摇头说，"我只是说游戏规则变了，凯斯原本那一套玩得得心应手。"直升机越过峡谷边缘朝目标俯冲而去，安裘抓紧座位稳住身子，"不过新的这一套我们也玩得不差。"

他们的目标在前方闪闪发亮，一整片建筑独自矗立在沙漠中。

"到了。"

灯火开始熄灭。

"他们知道我们来了。"雷耶斯说完开始下达作战命令。

直升机群左右散开，锁定射程内的目标。安裘搭乘的直升机也往下俯冲，由两台无人机随行护驾，军用眼镜里显示另有一群直升机在前方开路。安裘咬着牙，感觉直升机开始摇晃下降，并且刻意蛇行，想看地面是否有人试图用灯照亮他们。

他看见卡佛市在远方的地平线微微发出橘光。公寓和店家灯火通明，映着夜空，绽放着都市的光晕。那么多灯泡，那么多空调。

那么多生命。

古普塔发射了两轮机枪炮，地面某处亮起，发出喷泉般的火光。直升机群掠过抽水和滤水设施上空，只见蓄水池和水管星罗棋布。

黑色阿帕奇直升机降落在屋顶、停车场和马路上，吐出一波波部队。更多直升机有如巨型蜻蜓不断降落，螺旋桨扬起阵阵石英砂，让安裘的脸又刺又麻。

"表演时间到！"雷耶斯朝安裘示意。安裘最后一次检查身上的防弹衣，将头盔束带拉紧扣上。

古普塔看着他，露出微笑说："需要枪吗，老头？"

"不用吧，"安裘下机前说，"你不是要跟我一起行动吗？"

国民兵在他身旁整队，所有人一齐奔向水厂大门。

泛光灯亮起，工人知道出事了，纷纷冲了出来。骆驼军团的士兵架好步枪，锁定前方的目标。古普塔的对讲机传来喝令声。

"所有人趴在地上，快点！趴下！"

平民通通趴在地上。

安裘小跑到一名吓得缩成一团的女子身边，挥舞手上文件，隔着直升机的轰隆声咆哮道："余西蒙在哪里？"

"里面。"女子好不容易挤出声音。

"谢了。"安裘拍拍她的背说，"你快把同事带离这里，免得出事。"

安裘和荷枪实弹的士兵冲进自来水厂大门，涌向厂中央。员工纷纷让路，贴着墙目送骆驼军团大步通过。

"赌城来喽！"安裘高呼道，"快点逃吧，各位！"

但古普塔的喝令声比他还大：**"通通离开！你们有三十分钟可以撤离，时间一到格杀勿论！"**

安裘和士兵冲入主控室，只见平板屏幕上显示着流量、水质、化学添加物和抽水效率，还有一群水质工程师吓得跟小白鼠一样，从工作站里探出头来。

"你们的主管呢？"安裘问，"我找余西蒙。"

一名男子挺身而出："我就是。"他身形细瘦，皮肤晒得棕黑，稀疏的头发往一边梳，脸上坑坑洼洼都是痤疮的残迹。

骆驼军团的士兵散开，占领了主控室，安裘将文件扔向余西蒙说："你们这里不能再运转了。"

余西蒙手忙脚乱接住文件说："不可能！我们要上诉！"

"你们明天要上诉是你们家的事，"安裘回应道，"今晚你们必须关闭。你自己看签名吧。"

"我们供应几十万人的水！你们不能说关就关。"

"法官说我们有最优先水权。"安裘说，"你应该庆幸我们没有要你们把水管里的水也交出来。你们的人只要谨慎一点用水，应该可以撑个两三天，直到撤离为止。"

余西蒙翻阅着文件："这个判决根本是胡扯！我们不会走，这判决一定会被推翻，根本不能算数！明天就失效了！"

"我就知道你会这么说。问题是明天还没来，现在是今天，而法官今天判决你们必须停止窃取内华达州的水。"

"你们会受到处罚的！"余西蒙总算勉强镇定下来，结结巴巴地说，"我们都知道后果有多严重。卡佛市出了什么事都是你们的责任。我们有监控录像机，你们的所作所为都会成为公开记录。你们不会希望法官最后判决时知道这件事吧？"

安裘发现自己挺欣赏这个秃头官僚。他很负责，感觉很像政府机关里的正派人物，因为想改善世界而成为公务员，是老派的公仆，真心为了老派的人民福祉而全力以赴。

这样一个人正苦劝安裘，使着"大伙儿讲点理，别贸然行事"的把戏。

可惜现在不是时候。

"……你们这么做会激怒许多大人物，"余西蒙说，"不可能成功的。联邦政府绝对不会坐视不管。"

安裘觉得自己好像遇到了恐龙。乍看是很厉害，但说真的，这家伙是怎么活到现在的？

"大人物？"安裘轻声笑道，"你们难道跟加州偷偷签了什么秘密合约，把水权让给他们，而我却不知道？因为在我们看来，你们的次优先水权可是从科罗拉多西部某个农夫那里买来的二手货，根本站不住脚。这些水早就该属于我们了，我刚才给你的文件上面写得清清楚楚。"

余西蒙愤懑地瞪了安裘一眼。

"哎哟，余先生，"安裘朝对方肩膀轻轻捶了一拳说，"别这么丧气。我们都是老江湖了，知道两军相争必有一败。科罗拉多河法案明确规定，最优先水权享有全部所有权，次优先水权嘛，"他耸耸肩，"就没那么好了。"

"你们收买了谁？"余西蒙问，"史蒂文斯还是阿罗约？"

"知道是谁有什么关系吗？"

"这可是几十万条人命哪！"

"那你们当初就不该仗着那么薄弱的水权乱来。"古普塔一边检查水泵监视器的闪灯，一边从主控室另一头说。

余西蒙瞪了她一眼，安裘不敢让他看见自己在偷笑："她说得对，余先生。通知在这里，你们还有二十五分钟可以撤离，否则我就要用冥王和地狱火导弹对付这个地方了。快点撤离吧，免得我们用火光点亮这里。"

"你们要把这里炸了？"

几名国民兵笑了。

古普塔说："你应该看到我们是乘直升机来的吧？"

"我不走，"余西蒙冷冷地说，"要杀要剐悉听尊便，看你们敢怎么样。"

安裘叹口气说："我就知道你不会屈服。"

余西蒙还来不及回嘴，就被安裘一把抓住摔到了地上。安裘膝盖压着这名官员，抓住他的手臂使劲一扭。

"你们会毁了——"

"对对对，我知道，"安裘将余西蒙的另一只手扳到背后，用束带绑好，"我们会毁了他妈的这整座城市，害死几十万条人命，还有某人的高尔夫球场。你说得没错，死人会让事情复杂一点，所以我们不会让你这只老秃驴死在这里。你明天就去告我们吧。"

"你不能这样做！" 余西蒙脸被摁在地上，挣扎着吼道。

安裘跪在可怜兮兮的西蒙身旁。"我觉得你把整件事都揽在自己身上了，西蒙，但你搞错了。我们都是大机器里的小螺丝钉，对吧？"他说着将西蒙一把拽起，"这件事远高于你我之上，我们只是各为其主。"他朝西蒙背后推了一下，将他推出门外，接着回头朝古普塔大喊："去检查其他地方，确定人都清空了。我要这地方十分钟后一片火海！"

雷耶斯在直升机门边等着。

"亚利桑那人要来了！"他大喊。

"啧，这就不妙了。他们多久会到？"

"五分钟。"

"妈的。"安裘用手指做出旋转的动作，说，"那就走人吧！我已经拿到我要的东西了。"

螺旋桨开始转动，发出愤怒的尖叫，盖过了余西蒙的说话声，但安裘从他的表情看得出他满怀憎恨。

"别这样！"安裘对他吼道，"我们一年后就会把你请到拉斯韦加斯了！你在这里是浪费人才！南内华达水资源管理局需要你这样的精英！"

安裘想把西蒙拉进直升机，但西蒙抵死不从，眯起眼睛抵挡风沙瞪着他。士兵的直升机陆续起飞，蝗虫四散走避。安裘又拉了西蒙一下："该走了，老兄。"

"什么鬼话！"

余西蒙不知道哪儿来的力气，突然挣脱了安裘，朝自来水厂飞奔而去。他双手依然绑在背后，跑得跌跌撞撞，但却视死如归，拼命朝厂区跑，跟最后一批逃出来的同事擦身而过。

安裘痛苦地看了雷耶斯一眼。

真是死脑筋的敬业蠢蛋。这个吃公家饭的直到最后一刻都还想着责任。

"我们得走了！"雷耶斯大喊，"要是亚利桑那人的直升机到了，我们就得大干一场了，到时联邦政府的人一定不会放过我们。有些事他们最受不了，两州之间发生枪战绝对是其中一项。我们得马上离开！"

安裘回头望着飞奔的余西蒙："给我一分钟！"

"三十秒！"

安裘嫌恶地瞪了雷耶斯一眼，接着便朝余西蒙追去。

他身旁的直升机纷纷起飞，有如一片片沙漠热风吹起的落叶。安裘眯着眼睛抵挡刺人的沙粒，低头冲过飞沙走石。

他在自来水厂门口抓到了余西蒙："唉，我不得不说，你真固执。"

"放开我！"

安裘没有放手，而是将他狠狠掼倒在地上，让余西蒙全身瘫软，无法呼吸，接着趁机将余西蒙的双脚也用束带绑住。

"他妈的放开我！"

"通常对付你这种人，我都是像杀猪一样一刀斩了，"安裘一边嘟囔，一边摆出消防队员的架势将余西蒙扛在背上，"但这回行动既然公开透明，我就没了这个选项。不过，我说真的，不要逼我。"说完他开始拖着脚步，朝唯一还没升空的直升机走去。

卡佛市自来水厂只剩几名员工，他们全都冲回车里加速逃离，扬起阵阵风沙。船就要沉了，老鼠还能不跑吗？

雷耶斯狠狠瞪着安裘："他妈的快点！"

"我不是来了吗？走吧！"

安裘将余西蒙扔进直升机里，自己才坐到滑橇式起落架上直升机就起飞了，他死命地爬才爬回机舱里。

古普塔已经坐回机枪座前，安裘还没绑好安全带，她就开火了。安裘的军用眼镜瞬间亮起，闪过各种攻击选项。他从开着的舱门望出去，军情软件标出自来水厂的各个设施：滤水塔、抽水水泵、电力系统、备用发电机……

导弹从直升机的炮口呼啸而出，在空中默默画出几道光弧，随即射入卡佛市自来水厂的深处，发出轰天巨响。

阵阵蘑菇云蹿上夜空，照得沙漠一片金黄。骆驼军团继续攻击，火光照着一架架盘旋在空中的直升机，有如一群漆黑的蝗虫。

余西蒙倒在安裘脚边，手脚被束带绑着，他无力挽回水厂被毁的命运，只能眼睁睁望着自己的世界在蘑菇云中付之一炬。

趁着爆炸的火光闪烁，安裘看见西蒙泪流满面。从他眼中流出的水，和汗水一样道尽了一切：这家伙为了他拼命拯救却无法挽回的地方而失声痛哭。再懦弱的人也有冷血的一面。虽然外表看不出来，但事实就是如此。

可惜没用。

这真是世界末日。安裘望着导弹不停射向水厂，心里这么想。这真是他妈的世界末日。

接着他心里不由自主蹿出了另一个念头。

那我就是魔鬼了。

第2章

　　露西被雨声吵醒了，上天的恩泽滴滴答答飘落着。她的身体紧绷了一年多，现在终于放松了下来。

　　如释重负的感觉来得太快，让露西觉得身体轻飘飘的，仿佛灌满了氦气。所有悲伤和惊恐都离她而去，有如干掉的蛇皮，太狭小太粗糙，再也塞不下她。露西感觉自己不断上升。

　　她觉得自己焕然一新，比空气还轻。摆脱了悲伤和恐惧，让她喜极而泣。

　　但她突然彻底醒了。扫过窗户的不是雨水，而是沙尘，生命的重担再次沉沉地压在露西身上。

　　她静静躺在床上，因为美梦幻灭而颤抖。她抹掉眼角的泪。

　　沙尘不断扫过窗户，发出刮擦声。

　　刚才的梦境是那么真实：雨声淅沥，空气轻柔，花朵绽放香气，她紧缩的毛孔和沙漠烤干的泥土都打开了，欣欣地迎接天上的大礼。土地和她的身体一起吸收天降甘霖的奇迹。美国开拓者缓缓侵入中西部大草原，翻过落基山脉进逼那一片不毛之地时，曾经称它为"神水"。

神水。

水按照自己的旨意，从天而降。

露西梦中的雨水跟吻一样温柔。从天上带着祝福倾泻而下，赦免了万物。现在全都没了。她的嘴唇又干又裂。

露西踢开汗湿的被子，走到窗边往外窥探。几盏街灯还没被黑帮打坏，在泛红的尘霾中有如小巧的月亮，吃力发着光芒。她看着沙尘暴越来越强，街灯瞬间由明转暗，在她视网膜里留下微亮的残影。光线从世界消失了。露西觉得自己在哪里读过——某本古老的基督教读物，好像是耶稣之死。光线熄灭，万古长黑。

耶稣走了，死神降临。

露西走回床边，随即大字形躺在床上，听风呼呼地鞭打黑夜。外面有狗哀号求救，可能是流浪狗，应该活不到明天，大旱灾的受害者会再添一个。

露西床下传来呜咽声，应和着外面的哀号。气压的变化让桑尼吓得发抖，缩着身子躲在床下。

露西再次下床，从水缸里舀了一碗水，下意识查了查剩水量。虽然不用看也知道还剩20加仑，但她还是忍不住瞄了小型LED水表一眼，确认水量跟她脑子里的数字一样。

她蹲在床边，将碗推到狗的面前。

桑尼缩在阴影里，可怜兮兮地望着她，不肯出来喝水。

露西要是迷信一点，可能会觉得这只邋遢的澳洲牧羊犬感觉到了什么，而她没感觉到。或许是空气中的恶意，也可能是恶魔在天上拍打翅膀。

中国人认为动物能察觉地震，因此常用动物来预言天灾。中国曾经在某次大地震之前数小时，就先撤离了九万名海城市民。他们相信动物的感受力比人类敏锐，结果拯救了无数生命。

这是她听泰阳国际集团一名生物科技工程师说的。这家伙曾经被外派到美国。他说这就是中国总能预见世界局势并提前计划的原因，也是中国比断背般的美国更能抗压的理由。

动物开口了就该注意听。

桑尼缩在床底下，全身颤抖着，不停发出低低的哀鸣。

"宝贝，出来吧。"

桑尼纹丝不动。

"快点，沙尘暴在屋子外面，不会进来的。"

还是没有反应。

露西盘坐在地砖上望着桑尼。至少地砖是凉的。

她怎么不干脆就睡在地板上？夏天还需要床或被子做什么？春天和秋天也一样。

露西趴在地上，皮肤贴着黏土地砖，伸手到床下去抱桑尼。

"没事，"她手指抚摸它的毛发，轻声细语地说，"嘘，嘘，很好，没事的。"

露西想让自己放松，却还是焦虑地打了个哆嗦，皮肤一阵轻颤。这是不祥的预感在作祟。

难怪桑尼会躲到床下。

无论她再怎么努力告诉自己桑尼疯了，潜意识还是叫她相信这只狗的警告。

外面有东西，又黑又饿。露西怎么也甩不掉一种感觉，那可怕的东西正将注意力转向她：她、桑尼和这座安全的小岛，这个遮风避雨、她称之为家的地方。

露西起身到通往无尘室的门前检查固定插销。

你在疑神疑鬼。

桑尼又呜咽一声。

"别出声，宝贝。"

她的声音很不对劲。

她又绕了房子一圈，确定所有窗户都封住了。走过厨房时，她被自己在窗户上的倒影吓了一跳。

我没关吗？

露西拉上危地马拉编织窗帘，觉得窗外暗处说不定会冒出一张脸。这么想既迷信又荒谬，怎么可能有人在沙尘暴里望着她，但她还是去把牛仔裤穿上了，觉得穿上衣服比较好，至少心里感觉安全一点。她已经放弃继续睡觉了，现在这样不可能睡得着。沙尘暴有如手指爬上她的锁骨，让她心慌意乱，怎么可能合眼。

说不定可以。

露西打开计算机，在触摸板上扫描指纹，然后输入密码。风依然鞭打着房子，家里蓄电量低得让她有些担心。虽然电池有二十年保固，但夏琳总说那是胡扯。露西只希望沙尘暴明早就没了，那她就可以出去打扫太阳能板，让太阳能板重新充电。

桑尼又呜咽了一声。

露西没有理它，登录收益追踪系统。

她之前才发了一篇新文章，还用了提莫拍的照片。老实说，那些照片让她的文章增色不少：一辆满载家当的卡车，沉得轮子一半陷进沙里，虽然想离开凤凰城，却徒劳无功。又是一篇煽情的亡城记。文章已经开始在网络上流传，为她赚进一些目光和钞票，却没有被疯狂转载，这让露西有些意外。

她浏览推文，想找出文章反响不佳的原因。科罗拉多河出事了，好像是有人交火还是轰炸。

#卡佛市##科罗拉多河##黑色直升机#……

主要新闻媒体已经开始报道了。露西点开视频，只见一名水利人员正在破口大骂拉斯韦加斯。要不是那人背后火光熊熊，一片残破，表示拉斯韦加斯真的有可能派出了水刀子进行闪电突袭，她可能以为他是疯子。

那个秃头男子大声咆哮，说他被内华达州国民兵绑架，把他扔在沙漠里，让他自己走回满目疮痍的自来水厂。

"这是凯瑟琳·凯斯干的！她完全无视我们上诉！我们有用水权！"

"你们会提起诉讼吗？"

"废话，我们一定会诉讼！她这回太过分了。"

事件开始在更多网站蔓延。亚利桑那州的地方电台和主持人频催战鼓，挑起地区憎恨，好靠着战场画面和煽动仇恨大赚点击数。只要评论激增，民众开始将报道发在自己的社交网站上，收入还会增加。

露西在追踪器上标记这则新闻，但窗外飞沙走石，事件又离她太远，她已经错失先机，顶多只能从其他记者的点击数分一杯羹。

她将报道放进自己的订阅栏中，好让她的读者知道她知晓卡佛市出了什么惊天动地的大事，接着开始联络她自己的消息来源，在社交网站的汪洋大海里寻觅，希望抢先发现什么消息，据为己有。

她看见几十条新回复，话题是#凤凰城沦陷#：

本来今天要再离开，没想到又遇到该死的风暴。#沮丧#
#凤凰城沦陷#

怎么知道自己惨到家了：喝尿的时候还告诉自己这是矿泉水。
#凤凰城沦陷# #滤水袋之爱#

太好了！我们要去北方了！#不列颠哥伦比亚省彩票公司#
#再见了蠢货#

峡谷有直升机，有谁知道是谁派来的？#科罗拉多河##黑色直升机#

他们还在门外！骑兵队到底去哪儿了？！@凤凰城警局

别走66号公路。#加州民兵# #无人机群# #MM16

搞什么鬼？山姆酒吧怎么关了？#我想喝酒# #凤凰城沦陷#

图：用滤水袋拼成的《凤凰城崛起》海报。哈哈哈。#凤凰城沦陷#
#凤凰城艺术# #凤凰城崛起#

　　露西已经关注凤凰城的居民、他们的话题和回复很多年了。这是一张由网络代理服务器建立的凤凰城的内爆地图，是这场实体灾难的虚拟呈现。
　　在她的想象中，凤凰城就像排水口，什么都被吸进洞里。房子、居民、街道和历史无一幸免，通通被灾难张开血盆大口吞了进去。沙子、倒下的仙人掌和土地区块都被吸得一干二净。

而露西就站在排水孔边缘记下这一切。

批评者说她跟其他死城的吸血鬼差不多，而她低潮时也会这么想，觉得自己跟其他记者一样，专找吸睛的画面，例如六级飓风过后肆虐休斯敦的秃鹫，或是底特律惨遭天灾蹂躏后的炼狱景象。不过，露西通常觉得自己不是在渲染城市的衰亡，而是在挖掘未来的样貌，仿佛在告诉世人：这就是我们，就是我们所有人的结局。出去的门只有一个，所有人都得从这里离开。

她刚来这里时，还只是个新人记者，对这座城市没有认同感，常开亚利桑那人的玩笑，喜欢写写轻松的报道，靠网络的小额付款维生，吸引爱听八卦的乡民点阅文章来赚一点快钱。

#钓鱼新闻#

#死城惊闻#

#凤凰城沦陷#

大凤凰城地区的居民是新得州人，一群宗教狂热的保守派白痴。露西和美国有线电视网、《Kindle邮报》、法新社、谷歌《纽约时报》的同行都乐于踩着尸体赚钱。全美国民众都看过得克萨斯州瓦解，很清楚会发生什么。凤凰城就像奥斯汀[1]，只是更大、更糟，毁灭得更彻底。

死城2.0：否认、死城、接受、逃难。

露西目睹了亚利桑那人完蛋的过程，身历其境且近在眼前。她

1　美国得克萨斯州首府。

一边用高倍数显微镜解剖死去的城市，一手还不忘冰凉的墨西哥多瑟瑰啤酒。

#他们好过我们#

但她后来认识了几个亚利桑那人，开始在凤凰城生根落地。她帮好友提莫清空了房子，有如割肉取骨一般拆掉墙里所有的电线和水管。

他们拔下窗户，像是挖出房子的眼珠，让他家空洞地望着马路对面同样被剜去眼睛的房子。她写下这些遭遇，描述一栋历经三代的房子如何受制于郊区停水和市区袖手旁观，一瞬间失去了所有价值。

这当然是#死城惊闻#，只不过这回露西插了一脚，跟提莫、他妹妹安帕萝与安帕萝的3岁女儿一同出演。小女孩看着大人将她唯一认得的家拆了，号啕大哭。

桑尼在床底下又呜了一声。

"风会停的。"露西心不在焉地说，随即心想：真的吗？

有人开始说这次的沙尘暴可能会破纪录。目前有记录的是65个，还会增加。

但要是风暴没有尽头呢？

气象学家摆出一副当然会有纪录（和纪录被打破）的样子，好像他们有办法看出什么模式似的。气象主播说这是"干旱"，但这两个字代表这样的状况会结束，只是过渡阶段，不是持续不变的现状。

然而，他们或许终将面临一场永恒的风暴，面对永无止境的沙尘、野火和干旱，而且只有一项纪录会被打破，就是看不见太阳的天数——

新闻快讯来了。露西的计算机屏幕一阵闪烁，扫描仪也启动了，警用频道开始沙沙作响，但声音不大对。社交网站的信息提示也到了。

@希尔顿酒店全是条子，应该是尸体。#凤凰城沦陷#

上面调派了更多警力支持。

绝对不会是妓女或太阳光电厂员工被杀害抛尸在没水的泳池里。绝对是大人物，连凤凰城警局都必须为之出动的角色。

相关人士。

露西叹口气，用嫉妒的眼神看了桑尼最后一眼。它依然在床底下呜咽。露西关上计算机。她可能到不了卡佛市，但这件事跟这里太有关系，就算外面吹着沙尘暴，她也无法置之不理。

她到无尘室戴上防尘面具和防沙眼镜。这套装备（专业沙漠探险家二型）是去年姐姐安娜送给她的礼物。离开前，她再吸了一口新鲜空气，接着便带着用塑料膜包好的相机走入了风暴中。

她朝印象中卡车停着的位置跑去。沙子猛烈地打在她皮肤上，她在黑暗中眯着眼睛手忙脚乱扳弄门把手，好不容易才把门打开。她进到车里把门甩上，弓着身坐在被强风吹得不停摇晃的车内，感觉心脏怦怦狂跳。

沙砾扫过玻璃和金属车身，嘶嘶作响。

露西发动卡车，沙尘在车里旋转飘荡，映着仪表板的LED灯形成一道红幕。露西踩下油门，努力回想上次更换引擎空气滤网是什么时候，心里祈祷滤网不要堵塞导致故障。她打开雾灯将车驶离，凭着记忆而不是视力在坑坑洼洼的马路上往前开去。

就算开着大雾灯，前方马路还是消失在翻腾的沙尘里，让车寸步难行。不少驾驶员停在路边等风暴过去（这些家伙聪明多了），露西开车从他们身旁驶过。

她选择小巷道，在路上缓缓前进，心想何必多跑这一趟：风沙这么大，她不可能拍到什么好画面。虽然她的福特车都快被风吹走了，露西还是继续往前。她开上市中心的六车道大路。狂风作祟，原本喜欢任意变换车道的凤凰城人这会儿全都乖乖紧跟前车，一辆贴着一辆，在被沙漠吞噬的市区里穿梭，避开小沙丘。

后来，露西终于瞥见高楼大厦的微微灯光，还有亮如烽火的希尔顿酒店，甚至看见泰阳生态建筑工地的强力探照灯。泰阳生态建筑有如苟延残喘的巨兽，盘踞在凤凰城之上。

漫天风沙之中，泰阳生态建筑的梁柱有如死人的骸骨发着磷光。

露西将卡车开到看来是人行道旁的地方停好，按下危险警告灯，从置物箱里抓出头灯，接着身体紧靠车门，用力顶着强风将门打开。

她顺着头灯照到的方向踏出车外，发现路前方忽明忽暗，便沿着闪烁的镁光往前走去。黑暗中，人影陆续浮现。穿着制服的男男女女拿着手电筒，灯光左摇右晃，警察巡逻车的红蓝灯闪闪发亮。

露西奋力向前走着，耳中听到自己巨大的呼吸声，肺里呼出来的空气让面具湿湿地贴在脸上。警察努力保护快被强风吹走的犯罪现场，只可惜徒劳无功。露西从他们身边走过。

大马路上血流成河，和着沙土凝成血泥缓缓流淌。这就是一片小型杀戮战场。

露西的头灯照到两具尸体。一定会死人的，她心里想，但头灯随即照到其中一名死者的脸庞，黑黑的抹着血泥，几乎被沙尘覆盖。

露西倒抽一口气。

警察和技术人员在她四周来去匆忙，个个双手伸在前面挡风，努力隔着市政府发的面具和过滤器看清前方。露西吃力地凑到尸体旁，想确定她的噩梦不是真的，不是现实。然而，就算他双眼被剜空，露西还是一眼就认出他来。

"哦，杰米，"她喃喃道，"你来这里做什么？"

有人伸手抓住她的肩膀。

"你在这里做什么？"警察大吼，声音隔着飞沙走石和防尘面具变得很模糊。

他没有等她回答，就将她拖离现场。

露西挣扎片刻，接着便被对方拉到了封锁线外。几名警察拉开封锁线，黄色胶带被风吹得剧烈摆荡。封锁线用英文、西班牙文和中文写着：

CAUTION｜CUIDADO｜危险｜CAUTION｜CUIDADO｜危险

她几周前才在希尔顿的酒吧里这么警告杰米。这会儿所有人都贴着窗玻璃，想看清楚是谁死在这条沙尘漫天的街上。

他之前是那么有把握。

那天，他们在希尔顿的酒吧喝酒。露西一周没洗澡，浑身脏兮兮的，杰米却光鲜亮丽，映着微弱的灯光仿佛在发亮，指甲剪得整整齐齐，金发光滑柔顺，和她的蓬头垢面完全不一样，也没有沾到酒吧落地窗外人行道上飞扬的砂石。

杰米有的是钱，爱洗几次澡都行。他很喜欢炫耀这一点。

酒保摇晃调酒器，将冰凉的绿色饮料倒进马丁尼杯里。银质的调酒器碰到他棕色手指上的骷髅头金戒指……

骷髅头很醒目，因为露西刚才抬头和棕眼酒保对看了一眼，知道要不是杰米仪容整洁地坐在这里，他早就把她赶出酒吧了。连救援人员来这里买醉，想要忘掉工作一天的痛苦记忆，也至少会先洗把脸。露西看起来跟得州难民没有两样。

杰米说个不停："我是说，约翰·威斯利·鲍威尔1850年就说过了，所以不是没有人提出警告。要是那家伙一百五十年前坐在科罗拉多河边，就知道河水不是取之不竭的，你一定会想我们怎么可能会没发现。"

"那时人还没这么多。"

杰米转头用冰冷的蓝色眼眸瞄了她一眼："接下来会更少。"

救援人员和联合国协调小组成员在两人后方窃窃私语，声音跟芬兰挽歌的超现实曲调混在一起。还有美国国际发展署、救世军、红新月会治旱专家、红十字会、无国界医师和其他人——泰阳集团的中国投资银行家从生态建筑下来，到这里来过过艰苦生活；哈里伯顿油田公司和宜必思酒店的管理高层前来探勘水源，坚称只要凤凰城愿意付钱，他们一定能用压裂法将地下水层变成涌泉；值勤完或值勤前的私人保镖来这里喝两杯，还有缉毒的公务员也会；几个有钱的得州难民正跟俗称"土狼"的蛇头低声交谈，希望能穿越最后一道边界奔向北方。这些人是一群奇特的组合，从破碎的灵魂、流血的心灵到锁定破败地区的猎食者，全是填补灾难裂隙的人类填料。

杰米似乎读出了她的心思："他们都是秃鹫，个个都是。"

露西喝了一口啤酒，用杯子抵着爬满干涸尘土的脸颊，感受那一份清凉。"换作几年前，你也会这样说我。"

"不会。"杰米依然望着那群秃鹫，"你是注定要来这里的，是我们的一分子，跟所有拒绝面对事情走向的蠢蛋一样。"他拿起马丁尼敬了她一杯。

"唉，我知道接下来会怎么样。"

"那为什么还留下？"

"这里比较有活力。"

杰米笑了，愤世嫉俗的语气刺穿了酒吧里的朦胧昏暗，吓到了那群只是假装放松的顾客。"人快死了才会好好活，"他说，"之前只会浪费生命。只有遇到麻烦的时候，才会觉得活着真好。"

两人沉默片刻，杰米接着说："我们都知道这里迟早会完蛋，只是依然选择留下看它发生。这么愚蠢的行为应该可以得奖了吧。"

"也许我们知道，只是不晓得该怎么去相信。"露西说。

"相信，"杰米嗤之以鼻，"我都亲过上千个十字架了，还相信？"接着他又酸溜溜地说："相信是给神、爱和信任用的。我相信我可以信任你，我相信你爱我。"他眉毛一挑说："我相信神正低头看着我们，哈哈大笑。"

他喝了一口马丁尼，手指捏着插了橄榄的竹签随意旋转，看橄榄转圈。"这件事跟相信无关。你觉得对拉斯韦加斯那个凯瑟琳·凯斯来说，相信有任何意义吗？眼见为凭才是真的。一切都是数据。数据不是用来相信，而是拿来测试的。"杰米皱着脸说，"如果你问我，我们是从哪个时候开始搞砸的，我会说就是当我们认为可以用相信和不相信来谈论数据的时候。"

他大手一挥，指着窗外尘土飞扬的街道，只见得州应召女郎朝着缓缓驶过的车子拼命招手，任由狂欢后的加州混混和住在生态建筑里的五仔精挑细选。"这件事本来只跟测试和确认有关，我们却把它搞成了信仰。去他妈的祈雨。"杰米哼了一声，"难怪我们被中国人耍得团团转。"

他顿了一下，接着又说："我已经受够了假装还有出路，受够了控告从我们地下水层偷水的混账，也受够了保护那些该死的蠢蛋。"

"你有更好的做法吗？"

杰米抬头看她，湛蓝的眼眸闪着光芒："那当然。"

露西笑了："胡说，你跟我们一样坐困愁城。"

"你是说，我们这辈子都只能当亚利桑那人？"

"我是的话，你当然也是。"

杰米回头看了看其他桌，接着凑到露西身旁压低声音说："你真的以为我会待在这里，继续为凤凰城水利局或盐水淡化计划卖命，希望他们能顾着我？"

"怎么，有人想挖你？是南内华达水资源管理局还是圣地亚哥想找你过去？"

杰米一脸失望地看着她："工作？你以为我还在想工作？想靠加州自然资源部拉我一把，让我逃离这里？你以为我还想为其他水利局的法务部门工作？我可不想一辈子坐办公桌。"

"你没什么选择，愿意拉人离开亚利桑那的单位不多。"

"你知道吗，露西，我有时觉得你是我认识的最聪明的人，但你又会说出这种话，让我发现你有多笨。你想事情的格局太小了。"

"我称赞过你很会跟人相处吗？"露西问。

"没有。"

"还好我没说谎。"

杰米不为所动，脸上露出先知常有的恼人微笑，仿佛自己掌握了宇宙真理。虽然两人继续喝酒，互开无伤大雅的玩笑，露西还是不由自主地紧张了起来。

她曾经见过这样的笑。某次在得州人的复兴聚会上，她问讲道人：气候学家说雨水只会越来越少，不会变多，为什么他们还是相信神会降雨？讲道人脸上的笑容就和杰米一样。

雨会来的，他们一副理所当然的样子说道，很快就会下雨了。

他们清楚宇宙运行的原理，也解开了神的所有奥秘，而此刻的杰米看来就和他们没有两样。

"你到底在打什么主意？"露西谨慎地问。

"要是我跟你说我有办法打破科罗拉多河法案呢？"

"我会说你疯了。"

"如果能占上风，你愿意出多少钱？"

露西沉默片刻，啤酒停在嘴边："你是说真的？"

"废话。要是我能拿到最优先水权，而且可以得到最高法院认证，联邦政府强制执行呢？不是胡扯，也不会沦为各执一词。不用管拉斯韦加斯到底抽了多少水，也无须在乎某某农夫灌溉引了多少英亩-英尺，通通不用担心。可以直接叫他妈的海军陆战队将证明贴在科罗拉多河的所有水坝上，把水通通引到你家，就像加州对其他地方做的那样，"杰米两眼炯炯望着她，"你觉得呢？如果我能够做到，你愿意付多少钱？"

"我会觉得你嗑药嗑过头了，一分钱都不会给你。很抱歉，杰米，我又不是第一天认识你。你这家伙为了想知道跟女人做爱的滋味，竟然跟我上床，你难道忘了吗？"

杰米笑了，丝毫不以为意："但要是我没吹牛呢？"

"你是说性向还是水权？"

"我只是想知道。"

"你真是浑蛋。"

但杰米还是不放弃："你想过拉斯韦加斯这样的城市，照理说一百万年前就该成旱地的地方，为什么活得好好的，反而是我们像断头鸡一样活得这么惨？"

"他们比我们自制多了。"

"对极了！那些浑球很会赌，对吧？他们看着自己手中的牌——区区30万英亩-英尺的科罗拉多河河水——就知道自己完了。他们不像我们那么自欺欺人，没有的东西不会假装有。"

"这跟水权有什么关系？"

"我是说，我们玩的是同一套把戏。"杰米拔出竹签上的橄榄送到嘴里，"我每天都在处理文件，清楚得很，反正就是找出潜在的水权，向法院提出申请，所有人都在玩这一套。不管你是加州人、怀俄明人、内华达人或科罗拉多人，每天都在想办法偷鸡摸狗，不让联邦政府的人发现，免得实施戒严。只要有凯瑟琳·凯斯这样的人站在你这边，你就不会有事，至少比我们这里那些政治痞子好多了。"杰米不再咀嚼橄榄，投给露西一个意味深长的目光，"但要是我跟你说，所有人都玩错把戏了呢？"

"我想知道你到底在讲什么。"露西愠怒道。

"我找到王牌了。"杰米笑着往后一靠，像是一只心满意足的猫。

"你知道吗，你看起来很像在新奥尔良卖房子的家伙。"

"也许吧，但也可能是你陷在沙尘里太久了，看不到大方向。"

"但你看到了。"

杰米又露出令人恼怒的微笑。

"我是看到了。"

但现在杰米却死在这沙尘中，两眼还被剜了出来，他看到的大方向也没了。露西试着走回杰米身旁，但警察很严肃地将路人挡在封锁线外。她终于察觉出自己的处境，但这份体悟来得太迟了。

杰米的尸体不重要，重要的是活着的人：警察、绕过火光缓缓前进的驾驶员，还有头戴面具缩着身子、大睁着眼的救护人员，他们正在等候搬运尸体的通知。希尔顿酒店酒吧的客人脸贴着玻璃，望着窗外的骚乱。

在他们当中，不知道哪里，可能有一个人没有在看这场浩劫，而是在看她。

露西开始后退。她认得这样的杀戮，之前看过。这是一个不断加强的循环，只会越变越大、越变越可怕。

她心想自己是不是被选中了，想跑也来不及了。她逃离现场，心想凤凰城是不是终于要拖她下水，将她吞没，就像吞没杰米一样。

是谁干的，杰米？她一边逃跑，一边这么想着。

接着她想到更重要的问题：

你跟他们说了我什么？

第3章

　　红十字会和中国合赠的亲善水泵出现了一道凹痕，像是某种工具凿的，在碳纤维强化塑料上留下一个裂口，就像她爸爸当年用锄头凿开圣安东尼奥的泥土时留下的锄痕，只是更深、更愤怒。

　　玛丽亚不知道破坏水泵的人是谁，想做什么。拜托，水泵被加强过了，她曾经看过一台推土机撞上水泵的混凝土挡墙，结果被弹了回来。笨蛋成不了事。只有笨蛋才会想凿穿水泵，但有人真这么做了。

　　被破坏的塑料管上亮着一个价格：

　　6.95美元／升，4元／公斤。

　　"公斤"是他们的单位，"元"是他们的货币。住在泰阳生态建筑附近的人都知道这个数字，也认得那钞票的模样，因为工人领的都是人民币，水泵也是中国人建的。两国亲善嘛，对吧？

　　玛丽亚正在学中文。她可以从一数到一千，也会写数字：一、二、三、四、五、六、七、八……拼音她也学了。中国人到处发一次性平板电脑给想要的人，玛丽亚就用它拼命地学。

价格的数字在炎热的黑暗里闪闪发亮，冷漠地发着蓝光，虽然被破坏者的怒气弄模糊了一些，但还是很清楚。

6.95美元 / 升。

玛丽亚每次见到水泵上的裂痕，就觉得她知道是谁干的。天哪，是她。每次见到水泵上的冷光数字，她就怒火中烧。她只是没机会大斧一挥破坏水泵。你得使用特殊工具才能留下那种凿痕，铁锤不行，螺丝起子也没用。可能是泰阳生态建筑工人用的横滨切割器。她父亲当年在那里工作时，工人都用那种工具。

"那东西能让工字梁变成豆腐，"他说，"把钢铁变成岩浆，小姑娘。你就算亲眼看到，还是不敢相信。真的很神奇，小姑娘，神奇极了。"

他曾经给她看过他戴的手套，防止手指被切割用的。纤维闪闪发亮，只消两秒半就让他的手像轻烟一样消失了。

神奇，她父亲说，伟大的科技。谁还在乎差别在哪里？中国人很会办大事，这些黄皮肤的人们很会盖房子。他们有钱，能让奇迹发生，只要你肯每天工作十二小时，他们就会教你使用他们的技术。

每天早上阳光烤蓝天空之前，玛丽亚的父亲就会回到她身边，描述他昨晚在生态建筑工地高空悬梁上见到的神奇事物。他会形容巨大的建筑打印机如何喷出颗粒成形，喷注模具的尖锐噪声，还有起重机将组装好的结构吊到空中的情形。

适时制[1]建筑。

1　20世纪70年代出现的一种生产方式，只在需求产生的时候才生产。其主要目的是克服流水线生产的局限性，尽可能为客户的多样化需求服务。

他们在墙壁和窗户上抹上太阳光电硅胶涂层来发电。把硅胶像油漆那么一抹,电就来了。泰阳生态建筑不像凤凰城其他地方需要把灯调暗。不可能。那些家伙自己会发电。

他们还给工人供应午餐。

"我在天空工作。"她爸说,"我们没事了,小姑娘,我们会做到的。你从现在开始学中文,我们不只能到北方,还能远渡重洋。中国人什么都能造。有了这份工作,我们哪里都能去。"

那是他们的梦想。爸爸学会切割任何东西的本事之后,很快就能切开让他们困守凤凰城的障碍。他们会一路披荆斩棘,直到拉斯韦加斯、加州或加拿大。不止这些地方,他们还会越过重洋一路去到重庆或昆明。爸爸可以在湄公河上游或长江上游的水坝工作。那些地方是中国人的蓄水池。爸爸会造东西。有了新的本事,他什么都能切开:围篱、加州国民兵和愚蠢的州界管制法。那些法律说他们必须待在救济区活活饿死,也不能到神会降下甘霖的地方。

"横滨切割器什么都能切,"他手指一弹说,"跟切黄油一样。"

所以,红十字会水泵上的凿痕可能是横滨切割器的杰作。但即使如此,他们还是喝不到半滴水。

就算有本事闯到中国,也没办法在凤凰城喝到一杯清凉的水。

玛丽亚很好奇那人是为了多少价码来攻击水泵的。

每升10美元?

还是20美元?

也许只有6.95美元,就是目前的定价。但对那些人来说,6.95美元感觉就像警察赏他们的第一顿警棍一样,绝对无法接受。那些老骨头可能不知道6.95美元已经够好了,不会再低了。他们难道不知道自己应该感恩戴德，而不是在水泵上划一刀吗？

"我们为什么要来这里？"莎拉又问了一次。这已经是她第五次还是第六次问了。

"我有预感。"玛丽亚说。

莎拉嗤之以鼻："好吧，我累了。"

她捂着嘴咳嗽。昨晚的沙尘暴让她胸口很不舒服，比往常还要严重。沙尘钻进了她肺叶的最末梢。她又在咳痰咳血了。虽然越来越常见血，两人却绝口不谈。

"我想来看看是不是出了什么事。"玛丽亚喃喃自语，眼睛依然盯着水泵上被人刻上的价格。

"这是不是跟你梦到失火了，却有人毫发无损从火里走出来一样？就像耶稣在水上行走，只是换成大火。你跟我说过那个梦也会实现。"

玛丽亚没有上钩。她是做了梦，但就只是梦而已。她母亲常说梦是一种祝福，是神的悄悄话，是天使和圣徒的扑翅声。然而，有些梦很可怕，有些荒谬无稽，还有些梦必须事后才会明朗，就像她曾经梦见爸爸在飞翔，心想那是好梦，他们就要离开凤凰城了，结果却发现那是一场噩梦。

"你想来看看是不是出了什么事。"莎拉愤愤地说。

她的身影在黑暗中移动，想找到一块没被白天太阳烤热的水泥地面，却怎么也找不到，只好推开玛丽亚捡来的塑料瓶，一屁股在推车上坐了下来，和玛丽亚靠在一起。"所以我放弃睡美容觉，就为了陪你来这里跟得州人混。"

"你就是得州人。"玛丽亚说。

"那是你以为，小姐。那些傻瓜连洗澡都不会。"莎拉望着附近走动的难民，朝人行道吐了一团黑黑的东西，"我从这里就闻得到他们的味道。"

"你之前也不会用海绵和水桶，是我教你的。"

"好吧，至少我学会了。这些家伙脏得要命，"莎拉说，"一群脑袋空空、浑身脏臭的得州人。我可不是他们那一伙的。"

她这么说有几分道理。莎拉很努力摆脱自己的达拉斯口音和得州腔，抹掉身上的得州泥土，拼命刷洗白皙的皮肤，直到红肿发烫。玛丽亚不敢跟她说，她再努力，别人还是老远就看得出来她是得州人，而就算对她说了也没用。

不过她说得对。水泵旁的得州人臭得要命，散发着恐惧和湿了又干、干了又湿的汗臭味，还有滤水袋和尿臊味，以及彼此身上的气味。因为他们夜里像沙丁鱼一般挤在胶合板小屋里，白天又挤在红十字会架设的救济水泵前。

凤凰城郊区干旱肆虐，一片荒凉，只有亲善水泵附近像是绿洲一样，人类在这里活动，充满了生命力。除了大型豪宅和单排商店街，就是得州难民的祈祷帐篷，遍布在街上和停车场里。他们立起木十字架，祷告着求主救赎，张贴已故亲人的姓名和照片，纪念他们杀出血路逃离得州时失去的家人与挚友。他们阅读土狼雇的小孩在街上发的传单：

保证入加！

三次就进加州，否则退费！

一次付款，项目全包：

卡车至州界，木筏或橡皮筏，巴士或卡车至圣地亚哥或洛杉矶。

附餐食！

救济水泵附近，有人从废弃的五室住宅拆了木板当柴火烧，红十字会帐篷被前阵子风暴留下的沙尘压得凹陷，医生和志愿者戴着防尘面具隔绝沙子和裂谷热真菌，照顾躺在行军床上的难民，或是蹲在嘴唇干裂带沙的幼儿身旁，用食盐水滋养幼儿干枯的身躯。

"所以我们来这里到底是为什么，小姐？"莎拉又问了一次，"告诉我，我干吗要来这里，而不是去找客户？我还得赚钱付房租给威特——"

"嘘，"玛丽亚示意好友压低声音，"这是市场价，小姐。"

"所以呢？这个价钱又不会变。"

"我觉得可能会变。"

"我又遇不到。"

莎拉挪动身体想找个舒服些的姿势，迷你裙窸窣作响。在水泵价格表发出的微弱蓝光下，莎拉的身影依稀可见。玛丽亚看见她肚脐上发亮的玻璃珠宝，紧身半截衬衫刻意凸显她的胸部和苗条的小腹，展现她青春的躯体，从头到脚每一寸都是为了让凤凰城盯着她看。

我们都很努力，玛丽亚心想，为了目标而努力。

莎拉又动了动身子，将几个矿泉水瓶挤到一旁，结果其中一只瓶子从推车里掉到覆满尘土的人行道上，发出啪的一声。莎拉弯下腰将瓶子捡了回来。

"你知道吗，拉斯韦加斯人喝水不用钱呢。"她说。

"放屁。"玛丽亚用中文说。这是她从与她父亲共事过的工头那里学来的。

胡扯。

"你才放屁呢，疯婆子。是真的，你可以直接从赌场前面的喷泉取水，他们的水就是那么多。"

玛丽亚努力不让目光离开水泵和水价。她说："那只有7月4日当天，当作爱国的表现。"

"没有，宝丽嘉酒店就让你随时喝，任何人都可以，想喝就喝，没有人在乎。"莎拉拍了拍推车边的空水瓶，发出嘭嘭声，"等着瞧吧，等我到拉斯韦加斯你就知道了。"

"因为你的男人会带你一起走，是吧？"玛丽亚说，丝毫不掩饰心里的怀疑。

"没错，"莎拉立刻还以颜色，"而且他会带你一起离开，只要你愿意跟他喝酒聊天，他就会带我们两个走。男人都喜欢喝酒聊天，你只要亲切一点就好了。"她迟疑片刻，接着说："你知道我很乐意让你跟他交朋友的，我不介意。"

"我知道你不介意。"

"他是好人，"莎拉坚持道，"不会要求一些恶心事，跟酒吧里那些加州人完全不同。而且他在泰阳有一间很棒的公寓。你都不知道凤凰城有多美，只要有空气净化器加上住得高，你就会发现。五仔住得很好。"

"他当五仔只是暂时的。"

莎拉用力摇头："错，是终身职业。就算公司没有照说好的调他去拉斯韦加斯，他也永远是五仔。"

她继续往下说，描绘他的五仔生活和他们一起离开凤凰城的美丽想象，但玛丽亚充耳不闻。

她知道莎拉为何认为拉斯韦加斯的水不用钱。她也看到过。《好莱坞生活》一直跟拍着陶欧克斯，而那次她在酒吧门口，看莎拉使手段让男人请她喝酒，正好看到那一段。

主演《无所畏惧》的陶欧克斯开着酷炫的特斯拉电动车，停在拉斯韦加斯一栋豪华生态建筑前。虽然摄影镜头一直跟着他，但玛丽亚一看到喷泉就将那位男星抛到了脑后。

巨大的喷泉将水直直喷向天空，水柱来回舞动，在阳光下如钻石般灿烂。小孩将水泼在脸上，肆无忌惮地浪费着。

那喷泉看来就跟她在泰阳生态建筑里瞄到的一样，只是没有警卫赶你离开，而且设在室外。他们就这样让水蒸发，毫不阻拦。

当玛丽亚看到那喷泉，见到它无所顾忌地设在户外，她终于明白父亲为何说什么也想带她到拉斯韦加斯，为何那么确定就是那座城市。

但他的计划没有成功。他们搬离得州的时候太晚了，就慢了那么一点，结果便被各州依据州独立与自主法案所筑起的高墙给拦了下来。当时不少州政府发现，要是让民众自由涌入，麻烦就大了。

"这只是暂时的，小姑娘，"爸爸对她说，"不会一直这样的。"

但玛丽亚那时已经不那么相信爸爸的话了。她发现他年纪大了。老了，对吧？他心里记得的那个世界已经不复存在了。

在爸爸的脑袋里，事情只有一个样子，但玛丽亚的经验告诉她不是了。他一直说这里是美国，美国是自由的国度，想做什么都可以，但他们遇到的是崩塌中的美国，新墨西哥州人会将得州人吊在围篱上示警，这可不是她爸爸脑袋里的那个自由之邦。

他的眼睛也老了。老眼昏花，不再看得清眼前的事物。他说所有人都能重回自己的房子，结果没有；他说所有人都能留在自己的家乡，再看到童年的朋友，结果没有；他说她母亲会参加她的成年礼，结果也没有。一切都跟他讲的不一样。

玛丽亚最终发现，她爸爸说的话就如尘土。但她不会他一说错就纠正他，因为她看得出来，爸爸发现自己几乎讲什么都错，心里很难过。

莎拉不耐烦地哼了一声："我们还要等多久？"

"你应该知道才对，"玛丽亚嘀咕道，"是你的五仔先生告诉我们这件事的。"

但莎拉只关心怎么不让五仔的手摸到别人身上，还有他的派对永远以她为中心。

然而，玛丽亚却专心听他讲了些什么。

"因为是市价，"五仔说，"凤凰城才准红十字会建那些水泵，否则绝不可能，得州人就得在十号州际公路上吃尘土，死在钱德勒市了。"

他倒了一堆辣椒酱在烤猪排上，但坚称不是墨西哥菜，而是尤卡坦菜，似乎借此证明他在饭馆吃一餐的钱比玛丽亚和莎拉一周的房租还贵。

"市价控制一切。"

他会提到红十字会的水泵，是因为他们聊到狂热派得州人，还有那群家伙在复兴聚会上卖的宗教小玩意儿。玛丽亚说得州人总是把祷告帐篷设在救济水泵旁边，好引诱其他人过来听他们传道。

莎拉狠狠瞪了玛丽亚一眼，怪她不该让白领想起她们是住在救济水泵附近的。但五仔直接将话题转到了水上面。

"在水这件事上，凤凰城做得一塌糊涂，就只有这些水泵和价钱还算聪明点，"他说，"虽然少了点，迟了点，但你也知道，有总比没有好。"他朝玛丽亚眨了眨眼，"再说，这样一来，得州人就有新东西可以吸收人了。"

这家伙想要对玛丽亚做些什么。玛丽亚从他几乎不瞧莎拉、只是垂涎地望着自己身体的眼神看得出来。但他很克制，即使不时兜着能不能用钱买到她的问题打转，至少还努力用自己对于水利学的死板知识来讨好她。

"你应该跟我一起来。"莎拉之前说，"不管他说什么你都微笑就好，让他觉得自己很了不起。他对跟水相关的事很着迷，最爱谈钻井和地下水。你就听，假装很感兴趣的样子就行了。"

没想到玛丽亚听了真的很感兴趣。那五仔越往下说，她就越能发现那人看待世界的角度和她父亲完全不同。

她父亲是雾里看花，这位水利学家则是看得一清二楚。

麦克·拉坦是宜必思集团的资深水利学家，住在泰阳生态建筑的高楼层，对这个世界了如指掌，开口闭口都是英亩-英尺的水量、秒立方英尺的泉径流量、积雪深度，还有河川及地下水。由于用现实的眼光看世界，而且全盘接受，因此他从来不会活在虚构的幻想之中，也不会被现实杀得措手不及。

他告诉玛丽亚，地表下蕴含了几亿加仑的水，是冰河融化时渗入地下的。他挥舞双手，告诉玛丽亚这个世界的样貌，描绘地质层、砂岩形成和哈利伯顿水深钻探技术，还有含水层。

含水层。

巨大的地底湖泊。现在当然几乎都被抽干了，但是很久以前，地底下曾经蕴藏了大量的水。

"现在不比从前了，"水利学家说，"但只要钻得够深，压裂的位置正确，还是能凿出东西，挖得到水。"他耸耸肩接着说，"至少大多数地方都还有一两处含水层是我们凿得开，也弄得出水来的。不过，这里比较棘手，通常挖到的都是空的含水层，里面的水全被亚利桑那州用来执行中央运河计划了。"

"中央运河计划？"

"你没听过亚利桑那中央运河计划？"玛丽亚的无知让他面露讪笑，"不会吧？"

莎拉偷偷踹了玛丽亚一脚，但拉坦已经推开酒杯，将平板计算机放在桌上。

"好吧，你看。"

他打开亚利桑那州的地图，放大凤凰城一带，用手指着一条从凤凰城北端延伸到沙漠里的蓝色细线。

凤凰城周围山峦起伏绵延，那条蓝线却像尺子一样直，虽然有几个弯折，却像有人拿着雕刻刀划开沙漠一样。

他将图放大，玛丽亚看见浅黄的沙漠和黑色的石山，还有几株孤零零的仙人掌的影子，接着地图中央出现一条翠绿的运河，沿着混凝土河道滔滔奔流。

拉坦顺着笔直的人工河道将图往西移动，最后来到一方广袤的蓝色水塘，水塘在沙漠阳光下闪闪发光。

哈瓦苏湖，图上写着。

一条蜿蜒的蓝色曲线注入湖中：科罗拉多河。

"中央运河是亚利桑那的静脉滴注，"拉坦解释道，"将水从300英里外的科罗拉多河一路横越沙漠送往凤凰城。凤凰城其他的供水来源几乎都断绝了。罗斯福水库几近干涸，弗德河和盐河基本上只有雨季有水，而附近的含水层几乎都被抽干了。但多亏了亚利桑那中央运河，凤凰城才尚存一息。"

他缩小地图，重新展示运河的长度，手指沿着那一条横越沙漠的细线轻轻抚过。

"你看这条线有多细，而且得走多远，更何况这条河有许多人抢着用。加州也从哈瓦苏湖取水，而内华达州的凯瑟琳·凯斯不喜欢水流到哈瓦苏湖，因为米德湖也需要水。

"再说，更上游还有一群疯子。科罗拉多州、怀俄明州和犹他州的人一直说他们不想再让水流到下盆地州，说科罗拉多河是他们的，来自他们的山和他们的融雪。"拉坦又用手指点了点那一条细长的蓝线，"有太多人为这点水抢破了头，而且这条河道非常脆弱。过去有人炸过亚利桑那中央运河，差点毁了凤凰城。"

他往后一靠，咧嘴微笑，"所以他们才会雇用我这种人。凤凰城需要援手，否则又有人攻击怎么办？啐！"他做出不以为然的手势，"他们想太多了。但要是我发现了含水层呢？凤凰城就有希望了，甚至会重新发达起来。"

"你会找到吗？"玛丽亚问。

拉坦笑了："可能不会吧。不过人饥渴到一定程度，就算是海市蜃楼，只要可能得救，他们都不会放过。所以我拿出地图，出动钻探人员，假装很忙，吩咐手下在沙漠哪些地方钻洞，而凤凰城人每天都希望我们找到丰沛的含水层，可以不用再为科罗拉多河而烦恼，或羡慕加州和拉斯韦加斯了。只要我发现神奇的新水源，他们就得救了。我猜，也是有可能找到的吧。我听过奇迹，狂热的得州人更深信不疑。耶稣能在水上行走，说不定也能创造含水层。"

虽然他是笑着说的，但玛丽亚听过之后便开始梦见含水层。

她总是梦见含水层有如巨大的湖泊，深藏在地底下，比所有废弃地下室都要凉爽诱人，巨大的洞穴里全都是水，有时则梦见自己划着船横越无垠的水面，钟乳石在她头顶上发着磷光，就像莎拉在黄金大道等客人时身上涂抹的彩绘。洞穴顶端熠熠生辉，玛丽亚划过乌黑如镜的水面，倾听水滴的声响，手指划过轻柔沁凉的湖水。

她有时会梦见爸爸妈妈跟她一起在船上，甚至是她爸爸划船，载着他们一路划向中国。

此刻，玛丽亚坐在红十字会和中国的亲善水泵旁，置身黑漆漆的绿洲上，等着看自己是否能跟莎拉的这位水利学家一样，清楚地看穿这个世界。要是莎拉无法理解，那她会想办法让她看见。

"这是市场价，小姑娘。水泵上的标价跟地底下有多少水有关。水少价格就会上扬，民众会放慢脚步，减少用水；含水层满了，价格就会下跌，因为民众不再担心缺水。中国人兴建的大型垂直农场有时会停止抽水，好让作物成熟，而且是同时停止，这时水位监测器就会误判，以为供水充足，所以价格偶尔会——"

水泵上蓝光一闪，价格跌到了6.66美元，随即又跳回6.95美元。

蓝光再次闪动：6.20美元，接着又回到6.95美元。

"你看到了吗？"玛丽亚问。

莎拉倒抽一口气："哇！"

"你待在推车这里。"玛丽亚说完便悄悄靠近水泵。时间很晚，没有人看过来，也没有人注意。她不想引人注意，不希望任何人看到她打算做什么。

价格掉到了6美元，接着回升了5毛钱，因为某个人的自动水泵立刻下了单，购买了玛丽亚脚下深处的水。水价尽管会稍微回升，却似乎在持续下跌。

玛丽亚伸手从内衣里拿出一沓沾满汗水揉成一团的钞票。安全起见，她刚才将钞票贴着皮肤收了起来。

水泵上数字闪动，价格不停变化。

6.95美元……6.90美元……6.50美元。

数字在降——玛丽亚很有把握。一般农民依然持续将水转往滴灌区，照着补助价格购水，但大型垂直农场都突然停止了抽水，为一年只有几次的收成做准备，跟那位水利学家说的一模一样。

而她这会儿就站在水泵旁，望着数字。

5.95美元。6.05美元。

水价绝对在降。

玛丽亚等待着，心跳越来越快。她身旁开始有人注意到了，纷纷围了过来。6.15美元。恍然大悟的人开始奔走相告，消息在得州人的帐篷里传开，越来越多的人放下献给死神的蜡烛跑了过来，但玛丽亚早就抢到了最好的位置。

她已经准备好了瓶子。她猜得没错，市场价有如天使从天而降，亲吻她乌黑的头发和心里的期望。

自由落体。

5.85美元。

4.70美元。

3.60美元。

她从来没见过这么低的价格。玛丽亚将钱塞入纸钞口锁住价格。水价还在下跌，但别高兴得太早，因为大人物再过几秒钟就会行动了，他们的自动水泵系统会抓住这一波降价，开始抽水。玛丽亚不停塞钱，好像在争抢着买自己的未来一样。

她把钞票塞完了，水价还在跌。

"你身上有钱吗？"她转头朝莎拉大吼，完全不管别人会不会察觉她在做什么，一点也不在意。她只想把握住机会。

"你开什么玩笑？"

"我会还你的！"

其他人挤过来愣愣地望着水价，随即四处张扬水竟然变便宜了。其他水龙头也开始挤满了人。

"快点！"玛丽亚急得快骂人了。这是天大的好机会，而她来得刚刚好。

"要是水价没有止跌回升怎么办？"

"一定会！绝对会！"

莎拉心不甘情不愿地给了她20美元："这是我的房租。"

"我要小面额！不要大钞！他们不会让你大量买！"

莎拉掏出更多钞票，从内衣里掏出她的皮肉钱。

拉坦说，过去只要塞个100美元给机器，就能一次拎走几加仑的水。但系统高层某位精明的公务员发现了这件事，所以现在一次只能塞5美元。玛丽亚一边盯着价格，一边不停塞入5美元纸钞买水。每塞一次，就锁定几加仑的水。2.44美元。她从来没见过这么便宜的水价。玛丽亚拼命猛塞纸钞。

机器卡住了。玛丽亚试着继续塞钱，但机器就是不从。她身旁的人更多了，拿着钞票塞入其他水龙头的投币口，但只有她的机器卡住了。玛丽亚咒骂一声，挥手狠狠拍了水泵一下。她买了50美元的水，加上莎拉的钱一共80多美元。结果呢？其他水龙头都好好的。

玛丽亚放弃塞钱，开始装水。但水价开始反弹了。可能是有钱人的自动家用系统发现价格下滑，开始大量抽水到水塔里，也可能是泰阳生态建筑决定行动，觉得这一波降价值得大量买进。数字不停闪动：2.90美元……3.10美元……4.50美元……4.45美元……

5.50美元。

6.50美元。

7.05美元。

7.10美元。

水价又回升了。

玛丽亚拖着塑料瓶往回走，瓶里的水不停摇晃。她将瓶子扔到红色推车上，50美元的水已经涨到了120美元，等她离开水泵绿洲……

"我们买了多少？"

玛丽亚不敢说出口，那感觉实在太棒了。她会把水运到市区，放在泰阳生态建筑工地旁。那里的人都会想喝凉的，而且身上有钱。她了解那里。从她父亲开始在高空钢梁上工作，她就认识那个地方了。那里有一批批下班的工人，而她会等在那里，卖水给他们清凉一下。工人不能直接从工地接水，所以下班后想喝水，就得去亲善水泵排队，用志愿者价买水，或是省事一点，直接向玛丽亚买。

"200美元，"玛丽亚说，"在我们离开这里之后，至少200美元。"

"我能拿多少？"

"90美元。"

玛丽亚看得出来莎拉非常兴奋，因为她回家途中一路说个不停，念着自己分到多少，没想到只是晚上跟玛丽亚出来一趟，就赚了三天的皮肉钱，让她高兴得不得了。

"你跟我那个五仔一样，"莎拉说，"很了解水的事情。"

"我没他那么厉害。"

但莎拉的赞美让玛丽亚心里一阵激动。

莎拉的五仔看透了这个世界。

现在玛丽亚也看透了。

第4章

凯瑟琳·凯斯的黑色凯迪拉克随行车队碾过碎玻璃和石膏板碎片，留下粉末状的车辙。

领头车占满了安裘的后视镜，车头金属格栅仿佛在对他微笑，整辆车就像炭黑的巨兽，防爆盔甲压得车身下沉，加上反光防弹玻璃和高效能电池，外观没有任何南内华达水资源管理局的标记，显得漆黑而隐秘。即使在拉斯韦加斯正午的烈焰之下，铅色车身的光伏涂层依然黯淡无光。

后面跟着更多同型号的随行车，挤满了整条巷道。

南内华达水资源管理局安全小组下车散开，钻入满布尘土的废弃房舍搜查各个角落。他们都是佣兵，是瑞士顾问集团的人，个个配备M-16步枪、防弹背心和反光智能头盔。

安裘挪动后视镜，看着安全小组就像鬼魂般在巷里的断垣残壁间飘进飘出。他认出其中几个人。齐索姆、索博，还有奥尔蒂斯。三人都是爱国战争下的不良产品，没有光荣退役，也没拿到退休金，于是跑来参加这场新游戏，混得还不坏。

索博跑到一间房子的屋顶平台上左右张望，寻找狙击手。安裘想起那家伙在柏树一区某间赌场的脱衣舞俱乐部里痛饮啤酒，看着舞娘在他面前搔首弄姿的模样。

"我赚的钱是当兵时的五倍！"索博对着轰隆的贝斯声大吼，"而且不用出国！也没有无人机在三英里的高空狙击你！我跟你说，维拉斯克兹，这简直跟淘金没什么两样。只要之后转办私人公司，就能赚大钱！"

"工作简单吗？"安裘问。

"你说现在的差事吗？当然不。上回就很惨……萨皮恩扎总统在墨西哥市，那时他一口气杠上了锡那罗亚帮和贩毒州，想自立门户。"

"结果呢？"

索博将舞娘一把搂到腿上，翻了个白眼说："呃，我这不是活着回来了？"

安裘在特斯拉电动车里耐心等待，让管理局的人专心办事。车内开着太阳能涂层发电的空调，冷得像结冰一样。另一组人从暗色车窗外走过。奥尔蒂斯和一名安裘不认识的女子踩过废弃的滤水袋，小心翼翼地走到一栋破烂不堪的三拼房外。灰泥墙上写着字，还有凯瑟琳·凯斯的画像，都被晒得褪色了，痛骂她要是以为能赶他们出去，会有什么下场。

其中最有意思的是一副花哨的棺材，底下写着"给凯斯的箱子"[1]，其余的就不怎么样了。

---

1 "凯斯"和"箱子"的英文拼写皆为"Case"。

喷漆写下的咒骂和恫吓被墙板的裂缝切割得零零落落，因为打劫的民众直接砍破墙板，搬走了蒸发冷却空调机，拔走了电线和铜管。一个模子盖出来的小区变成了一个模子弄出来的废墟。

所有城镇没了水后的景象几乎都一样，这让安裟觉得不可思议。不管在科罗拉多河的上游或下游，是拉斯韦加斯、凤凰城、图森、大章克申、莫阿布或德尔塔，通通没有差别，最后都是同样的景象：红绿灯在杂草蔓生的街上摇摇欲坠，购物中心阴影幢幢，橱窗玻璃支离破碎，高尔夫球场覆满沙子，只剩光秃秃的树干孤零零地立着。

此刻，卡佛市正步向同样的衰亡之路，成为目光精准、锐利的凯瑟琳·凯斯和出手犀利的水刀子的另一个刀下亡魂。奥尔蒂斯出现在三拼房屋顶上，低头望着巷子。在他身后，柏树三区高耸在泥泞灰蓝的天空下，如同杂乱的线条。这是凯瑟琳·凯斯的最新计划，是矗立在旧日赌城的残骸上大肆闪耀着光彩的未来。

柏树三区的太阳能板啪啪翻动，锁定阳光并遮蔽墙面，一边吸收光和热能，一边控温。柏树一区和二区在三区的后方隐约可见，西边则是柏树四区的钻井，几架起重机高耸入云，垂着张扬的红色布幔，上面用金色字写着：YD集团。

即使相隔两英里，那几个字还是看得很清楚。安裟不太会说中文，但认得那两个字。

凯斯说，中国人非常会处理麻烦事，懂得怎么让合资方都有钱赚。她已经完成了三个生态建筑区，因此新的建设方案卖得很好。柏树四号已经超额预订，柏树五号的蓝图也画好了。

安裟还记得销售小姐带他到柏树一区的中庭时向他拼命推销

的样子。中庭四周瀑布和藤蔓环绕，销售小姐却忙着点她的平板电脑，给安裘看平面图，解释污水处理系统有多可靠，甚至强调特区里的储水可以支撑三个月，不必从科罗拉多河取水。她努力向安裘介绍着明明是他帮着打造的一切。

很多人说凯瑟琳·凯斯是杀人凶手，因为她手下的水刀子在科罗拉多河沿岸大开杀戒。但当安裘在柏树特区闻到桉树和金银花的香味，他就知道他们错了。

特区外只有沙漠和死亡，特区里却绿意盎然，池塘环绕，充满了生机。而凯瑟琳·凯斯是圣人，拯救了芸芸众生，凭着远见带领他们走入科技打造出来的奇迹与安全的国度。

奥尔蒂斯又走过安裘车前，朝车内瞄了一眼，确定里面只有安裘一个人。两名瑞士顾问集团的人站在巷口警戒。

终于，凯斯的凯迪拉克座驾驶进巷里，科罗拉多河女王走下车来。苗条、金发，身着一条紧身裙子，高跟鞋踩得碎玻璃喀嚓作响，细腰、金色上衣、深蓝短夹克，妆化得眼睛又大又黑。艳阳下，她看来是那么娇小玲珑，难以想象她就是让许多城镇灰飞烟灭的主谋。

安裘依然记得那一天，自己全副武装站在凯斯前方，听她宣布要将这个郊区夷为平地。那时她的征战才刚开始。安裘仿佛又听见群众的鼓噪，他头盔里亮起反对者的脸庞，伴随大量的危险评估和物体辨识，告诉他哪里可能有人举起手枪，何时该为他的女王挨子弹……

去他妈的任务。

去他妈的工作。

"你想留下来吗？"两人第一次见面时，她这么问。

那是在受训前，他还没拿到身份和柏树特区居住证，也还没加入国民兵。他那时根本不成人形。他还记得那酷热，记得被关押的恐惧和用过千百次的滤水袋散发的氨水气味。30人挤在一间牢房里，全是扒手、妓女、小混混和诈欺犯，都是群不懂得照拉斯韦加斯期望的方式赚钱的人。如今赌城打算将他们通通装进大卡车里送到南方。能撑过边界的就放他们走，被烤死的算他们活该。

大家都说那是垃圾车。

千万别被逮到，兄弟，否则一定会被他们送上垃圾车。

凯瑟琳·凯斯那时就穿名牌鞋了。精致的绑带高跟鞋嗒嗒走过监狱里龟裂的水泥地，与随从沉闷的靴子声形成强烈对比。安裘还记得那高跟鞋打破了牢里一成不变的作息，让他忍不住探头观望。他记得自己望着那洋娃娃一般的陌生女子，心想只要双手掐住她的脖子，她身上的金银珠宝就能让他成为有钱的大坏蛋。安裘记得她盯着他，蓝色眼眸专注着迷，仿佛他是动物园里的野兽，而她在研究他。他还记得她那全然的专注，似乎在猎寻什么，还有他心里那一股冲动，只想扑上去好好教训她一顿。

但凯斯完全出乎他的意料，竟然伸手穿过铁栅抚摸他潮湿的眉毛，完全不顾身旁随从的低声警告，就这么伸手进来。

"你想留下来吗？"她问道，一双蓝眼睛望着他，毫无惧色。

安裘点点头，觉得这是个机会。

随从将他拖出牢房，送进没有窗户的房间，要他在那里汗流浃背地等她出现。最后她终于来了，坐在他对面说："我听说你挨过子弹。"

安裘不屑地看了她一眼，撩起衬衫，男人气概十足，露出他身上褶皱的伤疤："我是挨过几颗子弹。"

"很好，我要你做的工作可能会用得上。"

"你凭什么要我为你挨子弹？"

"因为我付的薪水更高，"她微微笑了，"而且会给你上等的武器装备。你要是运气够好，应该死不了吧。"

"我不怕死。"

安裘想到这里就笑了。他真的不怕，不怕死在"垃圾车"上，也不畏惧凯瑟琳·凯斯。他已经面对死亡太久了，久到和死亡都成了朋友，眼前这个洋娃娃根本不算什么。安裘在背上文上了死亡女神，将生命交到她手上。死亡已经是他的爱人了。

"为什么找我？"他问。

"因为你符合我的需求。虽然充满攻击性，却有足够的自制力，而且人很聪明，懂得随机应变，又很顽强。"她抬头看着他，"而且你是无名氏也没问题。我们查不到你的身份文件，只在艾尔帕索的少年监狱看到你的指纹档案，但那个地方……"凯斯耸耸肩，"也许你在墨西哥有名有姓，但在这里你就是无名氏，对我很有用处。"

"你要无名氏做什么？"

她又笑了："你对割喉咙有多在行？"

凯斯征召过其他人，但最后大多都消失了。有些人几乎立刻就被国民兵或警察训练给淘汰了，有些人做着做着就不见了，还有些人应付不了凯斯越来越复杂的要求，就自己离开了。

凯斯雇用他时，他以为她需要一名狙击手。没想到她却要他什么都学，从阅读法律文件到埋强力炸药，通通得会。许多人都被淘汰了，只有安裘在层层筛选后留了下来。

作为奖赏，科罗拉多河女王为他加官晋禄，不仅给了他柏树一区的居住证，还有驾照、银行账户、警徽和制服。先是骆驼军团，然后是其他单位，有些根本不归她管：科罗拉多州公路警察、亚利桑那州刑事调查组、犹他州国民兵、垦务局、凤凰城警局、土地管理局、联邦调查局。身份、车、制服和证件来来去去，女王认为哪里需要水刀子，他就往哪里去。安裘跟变色龙一样，轻松游走在不同的身份之间，依据新任务变换颜色，抛弃旧身份就像蛇蜕皮一样容易。

牢房里的那个他早已脱胎换骨。

车门打开，一股热气蹿了进来。奥尔蒂斯恭恭敬敬地为老板扶门。凯瑟琳·凯斯坐进后座，叠起纤细的双腿，朝奥尔蒂斯点点头。车门砰地关上，阻绝了光和热，空调吹出的冷气包围着他们。

"反应过度了？"四周突然安静下来，安裘说。

凯斯耸耸肩。"威胁指数又提高了，"她说，"因为现在是东部管线的最后阶段。"

"我还以为已经完成了。"

"雷耶斯终于把攻击我们挖掘小组的农场主人都赶走了。现在整段250英里都有无人机巡逻，只要有人靠近管线，我们就用冥王或地狱火导弹对付他们。盆地和山脉区这下可要干透了。"

只有在她笑的时候，安裘才看得出凯斯年纪不小了。虽然他不知道她用整形手术动了哪些手脚，但确实有效。她全身上下没有一处瑕疵。服装永远完美，化妆、数据和计划也一样，通通分析和规划得一丝不苟。凯斯喜欢细节，所有细节。她擅长发现某种模式，将其排列组合，然后转为己用。

"所以他们现在找上你了。"安裘说。

"威胁评估小组锁定了六个组织，奥尔蒂斯告诉我其中两个应该有鬼。"她朝两旁房屋墙上的涂鸦撇了撇头。"我真怀念以前的时光，那时顶多写写社论，或是用修图软件把我的头移花接木到色情图片上。"

"不过话说回来，"安裘说，"为了几个生气的农场主，安全部队的阵仗还真大。"

"奥尔蒂斯一直提醒我，一颗子弹就够了。他们既然打不下无人机，就会认为或许对付我比较容易。"

"可怜他们了。"

凯斯笑了，"要不是他们想轰掉我的脑袋，我还真挺同情这些人的。这些……狂热分子，充满了——"她停顿片刻，思考该怎么说，"信仰。他们的信仰。"她点点头，很满意自己的说法，"而他们认为因为他们有信仰，世界就该照他们期望的样子存在。从这个角度想，他们真是天真。那些男孩女孩，拿着枪在沙漠里装腔作势，假装自己是自由斗士，真是一群天真的小孩。"

"有枪的小孩。"

"就我的经验来看，有枪的小孩通常只会打到自己。"她决定改变话题，"跟我说说卡佛市吧。"

"易如反掌。"安裘耸耸肩说，"余西蒙想冲回去，想自我了结，但我把他弄出来了。"

"你心肠变软了。"

"是你自己抱怨不法致死官司太多的。"

"我们应该招揽他的。我一向欣赏他的忠心奉献。去问问他有没有兴趣为河这岸工作。"

"我把他扔下直升机的时候，就叫他想想工作的事了。"

"你不该放他走的。现在每天新闻都是他，大谈拉斯韦加斯的水刀子。"

"真的？那种小地方也登得上头条？"

"记者爱死黑色直升机那段了。"

"你需要我找人让新闻消失吗？"

"不用。"凯斯摇摇头，"记者的注意力跟虫子一样短，明天就会去追芝加哥的超级飓风或迈阿密的海堤溃决了。我们只要按兵不动，所有人就会忘记这件事。卡佛市就算一两年后赢了集体诉讼，也早就亡城了。这才是重点。卡佛市吃着沙子，水则到了我们手上。"

"那你为什么看起来不太开心？"安裘问，"卡佛市搞定了就换下一个，找其他地方开刀，对吧？"

"可惜没那么简单。"凯斯眉头深锁，"卡佛市有一些投资者，布雷斯顿做尽职调查时没查出来。有一个生态发展计划向卡佛市租用了水权，叫作'地球之舟'永续生态建筑，包括垂直农场和整合式住屋，百分之八十的用水可以循环利用，算是平价版的柏树小区。没想到投资人非常多。"

"所以是人的问题？"

"有背景的人，"凯斯说，"包括一位东岸参议员，还有两位州议员。"

她说话的语气让安裘吃了一惊，转头看她说："州议员？你是说内华达州议员？我们的人？"

"蒙托亚、克雷格、图安、拉萨勒……"

安裘忍不住笑了出来："他们在想什么？"

"他们显然自认为清楚我们对卡佛市的立场。"

"我真白痴，"安裘摇着头说，"难怪余西蒙一脸惊讶，那个蠢货以为自己买了头号保险，有我们的人当靠山。看我在那里，他一直说我会惹毛大人物。"

"这年头人人都会买保险，"凯斯说，"卡佛市的自来水厂刚垮不久，我就接到了州长电话。"

"他也是其中之一？"

"怎么可能？他是来探口风的，想知道我们还打算攻击哪里。"

"他投资了哪里？"

"谁知道？州长太精明了，只要谈话有可能被录音，他就绝不会说不该说的。"

"但他还是站在你这边的，对吧？"

"呃，拉斯韦加斯没水，他就拿不到选票。所以只要我继续供水给他，南内华达水资源管理局就可以为所欲为，征税、兴建——"

"截水。"

"还有绘制内华达的经济未来，"凯斯把话说完，"但只要我一回头，就会发现某个……混账……在分散风险。你知道真的有庄家在开这种赌注，赌接下来会是哪个城镇失去水权吗？"

"哪个地方赔率最低？"

凯斯嘲讽地看了安裘一眼："我尽量不去看，柏树特区已经让我手上有数不完的利益冲突官司了。"

"是的，但我可以捞一笔。"

"我上回看过，你的薪水不算低吧。"她眯眼望着窗外死寂的郊区说，"我之前以为至少可以相信自己人，但现在不是看到某个农场来的人拿枪指着我，就是某位邮局雇员把我们的农业用水投标策略泄露出去，好交换洛杉矶的居住许可。现在任何人都不能相信了。”

"漏掉这些州议员的人是布雷斯顿，对吧？"

"所以呢？"

"我只是说他通常不会漏掉，"安裘耸耸肩说，"至少之前不会。"

凯斯转头目光如箭地看着他："然后呢？"

"我只是说他以前不会搞砸。"

"天哪，你还说我反应过度。"

"就像你说的，一颗子弹就够了。"

"布雷斯顿没有搞砸。"凯斯给安裘一个警告的眼神，"我可不希望我的头号水刀子跟我的首席法律顾问水火不容。"

"没问题。"安裘双手一摊，咧嘴微笑说，"只要他不烦我，我就不烦他。"

凯斯愤愤地哼了一声："这工作本来轻松得很。"

"你是说我出生之前吗？"

"我是说不久之前。那时只要跟圣地亚哥谈成换水方案，共同兴建淡化厂，别人就会认为你是天才了。现在呢？"她摇摇头，"埃利斯说加州一路在科罗拉多河沿岸派驻国民兵，已经深入怀俄明州和科罗拉多州了。他在格林河上游和扬帕河看到过他们的直升机。"

安裘转头看她，一脸惊讶："我不知道埃利斯跑到那么上游去了。"

"我们正在研究那里的最优先水权是谁的，以防到时需要重提购买方案。"凯斯揪起脸说，"加州已经把手伸到那里，早我们一步开始抢夺上盆地区的水权了。我们一直以为依据科罗拉多河法案，协商水权转移对我们有利，但现在的发展让我惊讶。我们在追赶，但加州随时可能夺下科罗拉多和怀俄明，科罗拉多河下游就变得毫无用处。他们会说自己拥有蒸发存量，然后买下科罗拉多河上游。"

"规则在改变。"安裘说。

"也许根本没有规则，也许一切只是习惯，我们照着做却不知道为什么。"凯斯笑了，"你知道我女儿还在念宣誓誓言吗？我派了三组民兵追捕闯进我们州里的亚利桑那人和得州人，杰西却还要按着胸口宣誓，这是什么道理？明明各州都在州界派兵巡逻，我的孩子还自称是美国人。"

安裘耸耸肩说："我一直搞不懂爱国情操是什么。"

"唉，"凯斯笑着说，"你不会懂的，但我们中有些人以前很信这一套。现在我们会挥星条旗只是不想让联邦政府来找碴儿，来抓我们的雇佣兵。"

"国家……"安裘停顿片刻，想起自己在墨西哥的年少时光，那时贩毒州都还没出现，"都是暂时的。"

"就算如此，我们也常常视而不见。"凯斯说，"有一个理论说，我们的用语里缺了什么词，我们就看不见那个东西，就算它摆在我们眼前也一样。无法用语言描述的现实，我们就看不见，反之则不然。所以如果某人一直说'墨西哥'或'美国'，他或许就因此看不到眼前的事实。我们的用词蒙蔽了我们。"

"但你总是能看见接下来会发生什么。"安裘说。

"呃，我觉得自己根本就是盲人摸象。"凯斯开始扳手指计算，"落基山脉的积雪可能消失，没人料到这一点。"第一件事。"沙尘暴和森林大火把我们的太阳能电网毁了，没人料到这一点。"第二件事。"沙尘加快了融雪速度，就算积雪充足也融化得太快，不然就是蒸发掉了。没人料到这一点。"第三件事。"水力发电，"她笑了，"这倒是有可能，但春天不行，因为水库蓄水量不足。"第四件事。"最后是加州，一直在水权上搞鬼。"

她低头望着自己的手，仿佛能从掌中读出未来："我已经派埃利斯到甘尼森去开条件，但恐怕已经太迟了。我感觉我们一刻也不能闲，因为一直有人抢在前面，看得比我们清楚。接下来会发生什么，有人描述得比我们更好。"

"你确定不要我查查布雷斯顿？"

"别管布雷斯顿，我已经派人查了。"

安裘笑了："我就知道！你也不喜欢他。"

"重点不在于喜欢，而是信任。而且你说得对，他之前不会搞砸。"她停顿片刻，接着又说，"不过，我倒是有一件事需要你去查，在凤凰城。"

"你要我去阻截亚利桑那中央运河？我这回能帮你一劳永逸。"

"不行。"凯斯猛力摇头说，"除非有强有力的法律支持，我们这回不可能再金蝉脱壳。联邦政府已经派出无人机监视，而我们最不想见到军队在亚利桑那州界集结。不行。我要你去凤凰城替我打探情况。那里似乎出了状况，但我搞不清是怎么回事。"

"什么事？"

"我要是知道，就不用派你去了。我觉得我知道的消息不够完整，而且加州那里也有风声。他们对某件事非常不开心。"

"谁传的风声？"

凯斯眉毛一挑望着他说："这不关你的事，好吗？去打探就是了。我希望多一双眼睛在那里，从客观的角度看事情。"

"凤凰城是谁负责的？"

"古兹曼。"

"你说胡里奥？"

"嗯。"

"他很厉害。"

"但他现在不开心，要求调走，说那儿人员流失严重，讲得好像天快塌下来一样。"

"他之前很不错。"

"我可能放他在那里太久了。凤凰城本来应该很快完蛋的，所以我才派他过去，没想到那里的人一直死撑着。你知道他们甚至盖起生态建筑了吗？而且部分已经开始运作了。"

"太迟了吧。"

"他们有贩毒来的钱。这笔钱显然很好用。"

"水的确会向钱流。"

"嗯……"

"有很多钱。"

"凤凰城感觉像要绝地反击了。几周前，胡里奥跟我说他发现一个大消息，后来突然就不对劲了，整个人惊慌失措，要求调回来。我要你去查查胡里奥吓坏之前到底发现了什么，让他那么激动。我现在能信任的人不多，而这件事……"凯斯沉吟片刻，"感觉就是不对。我要你直接向我汇报，别通过内华达水资源管理局内部来告诉我。"

"你不想被州长盯住？"

凯斯一脸嫌恶。

"你知道，我们以前真的可以相信自己人。"

他们又谈了几分钟，但安裘看得出来凯斯已经在烦恼其他事情了。她已经在她的地图上替他安排了位置，那颗转个不停的脑袋又开始操心别的数据和问题。一分钟后，她祝他此行顺利，说完就下车了。

凯斯的武装SUV车队碾着碎玻璃离开了，留下安裘一人在巷子里，望着车窗外凯斯大笔一挥毁掉的城镇。

第5章

　　一辆卡车没有熄火，停在露西家后方的巷子里，汽油引擎发出野兽般的低吼。那辆车已经在外面停了十分钟，似乎还不打算离开。

　　露西的姐姐安娜对着计算机屏幕，脸上满是痛苦和受挫的神情，同情地问道："你到底有没有在听我说话？"落地窗外，温哥华的天色沁凉灰暗，从安娜身后照了进来，"你想离开的话是没关系的。"

　　卡车还没走，突然一阵猛踩油门声，震得露西家的窗玻璃微微颤动，随即恢复低鸣。

　　露西很想冲出去挑衅那群浑蛋，但还是忍住了。

　　"——一直说很恐怖，"安娜说着，"你不必向任何人证明任何事。你已经待得比其他派驻那里的记者都久了，他们都是你的手下败将。所以离开吧。"

　　"没那么简单。"

"就是那么简单！对你来说就是。你有新英格兰的身份证，可能是那里少数能够直接离开的人，但不知道你为什么还待在那里。爸爸说你是在找死。"

"相信我，我没有。"

"但你在害怕。"

"我没有。"

"那你为什么打电话来？"

安娜一语中的。露西不是常打电话的那个人，安娜才是。是安娜在努力维系姐妹感情，是她依然保有美国东岸传统，每年都寄圣诞卡，而且是白纸黑字的那种。她会拿着剪刀，跟两个宝贝孩子一起制作卡片，在上面画满精致的雪花和圣诞树，还附上系着红丝带的礼物盒，里面装着他们在户外用品店买的微型过滤网，送给露西替换防尘面具里的那个。安娜总是默默伸出手，维持联系，关怀着她。

"露西？"

露西发现安娜家的窗户没有铁条，玻璃上沾满雨滴，窗外的花园一片翠绿，完全不需要铁窗来保护一家人安全。

"现在的状况……比较糟糕。"露西总算回话了。

这句话在她心里就等于说：有人剜了我朋友的双眼，把他扔在黄金大道上。但是安娜不懂她的言外之意，这对她和安娜可能都好。

屋外的卡车又踩了一次油门。

"那是什么声音？"安娜问。

"卡车。"

"谁还在制造那种卡车啊？"

露西刻意笑了："这是一种文化。"

斯黛西和安特在镜头外的地方呵呵笑。他们用乐高积木做了一个东西，再用程序让它追着家里的猫满屋子跑。露西差一点伸手去摸屏幕，她好不容易才压下那股强烈的冲动。

"我没打算离开，"露西说，"只是跟你打声招呼，就这样。"

"妈妈！你看！"斯黛西尖叫，"坏蛋彼得在咬它！"接着是一串笑声。

安娜转头叫孩子不要吵，但连露西都听得出来她不是认真的。

斯黛西和安特低声叽喳了一会儿，随即又开始大吵大笑。露西瞄到那只猫，看见它坐在两个孩子做的登月车上。斯黛西戴着美式橄榄球员的头盔，而安特脸上戴的应该是露西上次造访时送给他的墨西哥摔跤手面具。

两个迥然不同的现实竟然只隔着一道薄薄的屏幕，感觉好不真实。露西觉得仿佛只要拿起铁锤，就能敲碎两个现实之间的距离，去到那个绿意盎然又安全的地方。

安娜的神情又变得严肃起来："你们那边到底出了什么事？"

"我——"露西脱口而出，"我只是很想你们。"

我只是想看看孩子不知害怕为何物的地方。

看到斯黛西和安特活蹦乱跳，让露西想起她报道的第一名死者。一个不比斯黛西大多少的女孩，墨西哥裔，长得很漂亮，全身赤裸陈尸在游泳池底，如同破碎的木偶。露西还记得雷伊·托瑞斯站在她的身旁，吸了一口烟对她说："你不应该报道尸体的。"

露西记得托瑞斯一副老派警察的打扮，戴着硬汉牛仔帽，穿着褪色的紧身李维斯牛仔裤，隔着黑色反光警用墨镜对她冷笑，不顾两人正在交谈，依然用墨镜对她进行身份辨识。"这个城市还有许多破事等着你去挖。"他说。

几名医护人员和警察已经下到布满尘土的游泳池里,在尸体四周走来走去,想搞清楚究竟是怎么回事。

托瑞斯见露西没有反应,于是又试了一次:"这不是你这种康涅狄格州来的漂亮女孩应该报道的事。"

"我做什么用不着你管。"露西回答。

至少她是这么记得的。她记得自己很强势,不向那名警察低头。她清楚地记得托瑞斯朝她按了按帽子,接着便缓步走到救护车旁找他的警察同事和急救人员了。

那女孩像垃圾一样被人扔下,年纪不过十多岁,却死在脏兮兮的蓝绿色池子里,而池子的颜色比天空还要蓝。

野狗也来了,围着女孩咬着她的尸体前后甩动,不停拨弄她的内脏,在地上留下一道道脏污的血迹,直到鉴识人员来了才落荒而逃。女孩的血已经凝结,膝上的擦伤沾满了发黑的血和灰色的土。这名少女留着精灵般的黑发,戴着心形的迷你银耳环,可能是任何人家的女儿,现在却成了无名尸。

托瑞斯和同事们抽烟说笑,偶尔朝露西这边瞄上一眼。他们说着西班牙文,她完全跟不上。露西那时西班牙文还很烂,只能强迫自己站在游泳池边,低头望着女孩折断的四肢,逼自己不要移开目光,也不要管在场男人的注视,好向托瑞斯证明她一点也不怕他。

托瑞斯走了回来,再度朝她按了按牛仔帽:"我是说真的,别写尸体。这些死人只会招惹不必要的麻烦。"

"那她呢?"露西问,"难道我们不该追念她吗?"

"她?她已经不在乎了,说不定还高兴自己离开人世,庆幸自己终于脱离这个鬼地方了呢。"

"你们连调查都不打算调查？"

牛仔笑了。"调查什么？又死了一个得州人？"他摇摇头，"拜托，那全凤凰城都是嫌犯。谁会追念这些人？"

"你们真是烂透了。"

"嘿，"托瑞斯抓住她的胳膊说，"我说别写尸体可不是在开玩笑。你想靠血腥场面出头，机会多的是，但有些尸体——"他朝泳池里的女孩撇撇头，"不值得浪费笔墨。"

"这女孩到底有什么特别的？"

"这样吧，我帮你联络《血河报》的编辑，你想替他们写多少尸体都行。我甚至可以专程送你过去。处理完这女孩，我还要到马里科帕去找两个西印仔[1]，处理飞车枪击案。另外还有五个泳客，我要等我搭档回来一起处理。"

"泳客？"露西问。

托瑞斯恼怒地笑了，"老天，小姑娘，你真是太单纯了。"他一边摇头一边呵呵笑着从她身旁走开，"又单纯心肠又软。"

露西那时还不知道在这里要写错东西非常容易，在开车途中脑袋吃上一颗子弹更是易如反掌。

她那时又单纯心肠又软，就跟安娜现在一样。

"你知道的，你可以跟我们住，"安娜说，"阿尔温德可以通过国家专业人士计划替你安排，让你先到大学教书。以你的资历，很容易就能申请到签证。而且你来跟我们住，斯黛西和安特一定会很开心。"

"在那里会长霉，"露西试着开玩笑，"连内衣都会发霉。不

---

1 西班牙人与美洲印第安人混血儿。

少研究都说霉菌对健康非常有害。"

"正经点，露西。我很想你，孩子们也是。相比你一个人孤零零地在那里，这里都是很好的人。"

"加拿大好人。"

"阿尔温德就是加拿大好人。"

露西无助地望着姐姐，不知道能说什么。安娜回望着她，眼神同样无助。她按下长篇大论的冲动，心里明明有许多事情急着讲，却忍住不说。

你疯了。

你真笨。

我从来没见过这么找死的人。

正常人都不会像你这样。

这些她都忍住没说，因为吵这些有意义吗？

露西多想穿越屏幕飞到姐姐身边，却不希望安娜的世界被她心里所隐藏的一切所污染。她想要，不，她需要这片屏幕隔开她们，好保护安娜、阿尔温德和孩子们，让这世界保有一块不会崩塌倾倒的乐土。

最后安娜心软了，露出笑容说："别因为我咄咄逼人，你就不说话了。你知道我很爱你。"

"打是亲，骂是爱，对吧？"

"没错。"安娜的笑容盖过了她不打算说出口的一切，接着她突然离开镜头前。

"斯黛西！安特！快过来跟露西阿姨说话。你们这周不是一直吵着想跟露西阿姨说话吗，现在她就在线！"

斯黛西和安特冲到屏幕前面。他们俩真是可爱极了，让人看了也想生一对这样的孩子。阿尔温德正好走过，黝黑的肤色跟他妻子的白皙肤色形成强烈的对比。他朝露西笑了笑，接着便捞起两个小孩，带他们去洗手吃午餐了。

安娜伸手碰了碰屏幕。"我很担心，"她说，"就这样，我只是很担心。"

"我知道，"露西说，"我也爱你。"

两人道别后便关掉了视频，留下露西独自盯着漆黑的屏幕，心想人常常会按住心中的警告、建议与关怀，只因为深怕两人会就此绝交，所以即使看见大难将至，也会选择沉默。

我只是很担心。

"我也担心啊。"露西喃喃自语，但她不能将实情告诉安娜。

巷子里的卡车又踩了一次油门。露西生气了，抓起手枪站了起来，"好吧，混账，让我瞧瞧你有什么本事。"

露西突然起身，桑尼以为她要带它出去，殷切地摇着尾巴。

"别动！"露西喝令道。她转开门锁，给手枪装上子弹，深吸一口气，接着啪地将门推开。

烈日当头，她大步穿越中庭，那辆皮卡就停在铁丝网围篱外，红色车身，改装大轮胎，玻璃贴了有色隔热膜，引擎轰隆作响。

隔着玻璃，露西看不见驾驶员，但知道对方在看她。露西将枪握在腰间，随时准备开火，心想车里是不是也有人拿枪对着她，她是不是应该现在就拔枪——

"你想做什么？"她快步走近，同时大声吼道，"你到底想干吗？"

皮卡突然猛踩油门，轮胎卷起石砾，风驰电掣冲出小巷，留下飞扬的沙尘和废弃的滤水袋。

露西望着扬长而去的卡车，心脏猛烈跳动。她身旁飞扬的尘土如羽毛般懒洋洋地飘在空中。露西咳嗽几声，用手臂擦去汗水，气自己没有记下车牌。

我疯了吗？

不是有人在跟踪她，就是她快疯了，偏执到差点开枪杀了某个无辜的家伙。无论如何，她这样子都可悲到了极点。露西仿佛听见雷伊·托瑞斯和安娜同时大喊，叫她逃得越远越好。

两人就像希腊剧的合唱队，在她脑中高声唱和。

屋里传来桑尼的叫声，抱怨露西抛下它不管。露西走回屋前开门，桑尼立刻甩着粉红色的舌头和全身毛发蹦蹦跳跳冲了出来。

它奔到露西的卡车旁一屁股坐下，等她打开车门。

"天哪，不会连你也是吧？"

桑尼气喘吁吁，脸上写满期盼。露西将枪插进牛仔裤后口袋说："我们没有要去兜风。"

桑尼生气地望着她。

"怎么？"露西问，"你想回屋里就回屋里，想待在外面也行。我要扫地，我们没有要出去。"

桑尼爬到车底趴了下来。露西拿了扫把，桑尼用埋怨的眼神看着她。

"你和安娜真是的。"露西嘀咕道。

她开始清扫露台的砂岩地板，扫掉积落在屋子边缘的细白沙堆，弄得尘土飞扬，让她忍不住咳嗽打喷嚏。她仿佛听见安娜在责备她太不爱惜自己的肺了。

露西起初还很认真地配戴防尘面具，更换滤网，以保护肺部不受野火浓烟、尘土和裂谷热侵害。但一阵子之后，你就很难再去关心空气中那些看不见的球孢子菌了。她住在这里，这就是她的生活，干咳不过是日常生活中的一部分。

她还记得自己刚到凤凰城时，脖子上挂着崭新防尘面具的模样。当时她刚从学校毕业，正准备大展身手，挖掘记者生涯里的第一个独家新闻。

天哪，她那时真天真。

打扫完露台，露西拿出梯子架在屋旁爬了上去。

站在平坦的屋顶上，凤凰城尽收眼底：车流、郊区、尘土覆盖的低矮公寓和遍布沙漠盆地的荒废平房。梅萨、坦佩、钱德勒、吉尔伯特、斯科茨代尔[1]是这片大都会汪洋中仅存的小岛，楼房和笔直的街道密密麻麻，一路延伸到仙人掌散布的山脚下。

烈日当空，热辣得毫不留情。车流扬起的尘土形成一道污浊的薄幕，遮蔽了烈焰。就算今天这么晴朗，也只有头顶正上方的天空显出蓝色。

露西擦去眉毛上的黏稠汗水，心想她是否还记得真正的蓝色。

她可能望着天空说它是蓝色、灰色或棕色的，但都不是。这里的空气总是弥漫着尘土，不然就是加州野火飘来的灰烟。

她或许早就忘了蓝色，那只存在于想象中。她或许在凤凰城待得太久，开始为不再存在的事物取名字了。

蓝、灰、清澈、多云、生命、死亡、安全。

她可以说天空是蓝的，而天空也可能真是蓝的。她可以说自己过得很安全，而且真的没事。但老实讲，这些东西或许都不存在了。蓝色或许就跟雷伊·托瑞斯和他脸上那抹高高在上的微笑一

1　此处五个地名均为凤凰城都会所辖城市。

样，都是幻影。凤凰城没有任何事物能够长存。

露西必须干活，扫掉风暴过后堆在太阳能板上的沙尘，让通用和海尔公司制造的黑硅面板重见天日。她朝玻璃啐了一口，抹去上面的沙渍和泥垢，即使擦干净了还是没停下来。她知道自己做过头了，但还是继续干活，因为打扫房子比面对她昨晚见到的景象简单多了，不用去想自己可能面临什么。

"你为什么打电话来？"安娜刚刚这么问。

因为我朋友被人剜了眼睛，而我担心自己是下一个。

杰米的模样在她脑中挥之不去：尸体支离破碎，陈尸在希尔顿酒店外。她相机里还留着照片。露西直到离开现场才察觉自己竟然按了快门，完全是反射动作。

第一张照片最痛苦，她几乎无法承受。露西放下相机，被自己捕捉到的影像深深撼动，但照片就是照片。杰米试着为自己写下的故事就这么戛然而止了。

露西想起他衣冠楚楚坐在希尔顿酒店里，自信满满地说："我要变成一条他妈的大鱼，露西。我要盖一座游泳池，摆满小孩的玩具。等拿到加州签证，我就再也不回来了。"

他都计划好了。

杰米机灵得不会被这地方困住，聪明得保不住自己的性命。

她还记得交易那天，记得他坐立难安，不停抚平外套、拉直领带，记得自己坐在他整洁的单间公寓里，记录那一刻。

"你应该让我一起去。"她说。

"我很喜欢你，露西，但我不能让你去。等我拿到钱之后，肯定给你独家新闻。"

"你怕我会分一杯羹。"她说，杰米听了转过头狠狠瞪着她。

"你吗？不是的。"他摇头说，"其他人也许会吧，你不可能。"

她记得杰米不停重打领带。他平常想也不想就能打好，这会儿却手忙脚乱，最后露西不得不出手帮忙。

"感谢加密货币，"他说，"不然我根本没办法做这种交易，一定会引起注意。交易完成之后，我或许应该买点东西献给比特币和数字黄金的守护神才对。"

"你还是会用现金的。"露西说。

杰米听了哈哈大笑。"你以为我谈的是那种生意？"他问她，"你以为我会拎着两只装满百元大钞的手提箱走出旅馆房间吗？小姐——"他摇摇头说，"你眼界太小了。"

"那我要有多大的眼界？"

杰米冷笑一声说："你愿意付多少钱让一座城市活下去，甚至一个州？又愿意付多少钱保住帝王谷[1]的农业，不让农田变成荒漠？"

"几百万美元？"露西随便猜了一个数字。

杰米又笑了："就是这点，露西，让我知道你不可能背叛我。你眼界太小了。"

引擎声打断了露西的思绪。又是刚才那辆皮卡，它就像野兽一般低吼着。露西掏出手枪。

桑尼开始在中庭狂吠，沿着铁丝网围篱来回跑。红色皮卡驶进巷子，像会发光的红色巨兽放慢速度，打量桑尼、房子和露西。

鲨鱼在包围猎物。

---

1 位于美国加利福尼亚州东南部的灌溉区域。

露西蹲下身子举枪瞄准。桑尼吠个不停，像疯了一样。露西担心它会跳过围篱，冲向卡车。

皮卡缓缓驶过，没有停下来，继续往前开。

露西站起来，看着皮卡驶离巷子，经过尽头的违章建筑。

她心想刚才是不是应该开一枪。

引擎声渐渐远去，桑尼不再吠叫，回到门廊上的阴凉处，似乎很满意自己刚才的表现。露西继续竖耳听着，但卡车没有回头。不过，对方的用意非常明显。露西不能再坐以待毙了。她不自己做决定，就会有人替她做决定了。

露西爬下屋顶，拍掉身上的尘土，用手梳了梳头发，又搔搔桑尼的毛，接着让狗回到室内，自己则在无尘室脱了衣服，小心翼翼地将沙尘暴的残留物留在屋外。

桑尼一脸期盼地望着她。露西换上居家衣，在电脑前坐了下来。

头几个键她敲得有些迟疑，酝酿着词汇，写一段概述，一段往事。不过接着便开始加速，文思泉涌，手指在键盘上规律敲动。故事渐渐成形，过去十年来因为害怕而藏在心里的话一涌而出。所有话语和控诉从她脑中倾泻而出，形成文字，描述那吞噬一切的黑暗漩涡。

她写到尸体，写到雷伊·托瑞斯和他多年前警告她别碰的泳客，写到托瑞斯的下场：被人枪杀后抛在自己的卡车轮下。托瑞斯知道太多人的太多事，也知道尸体埋在何处。她写到杰米和他支离破碎的尸体。她记述杰米，将他描述成一个独特的个体，有缺点、疯狂、热情、好色、易怒又聪明的一个人，即使未能实现梦想、满足欲望，或许依然能长留世间。就算杀害他的人企图抹去他的面容，他也不会消失。

文章写完，露西附上一张沙冢的照片。那是她的朋友，他的墓碑，是标记，让杰米不会淹没在凤凰城的废墟里。

她站起来伸了伸懒腰，走到小冰箱前拿了一罐啤酒，接着开门叫桑尼一起跟她到门廊。没想到太阳已经快下山了，她竟然写了一整天。露西举起啤酒，向缓缓沉落凤凰城的火红太阳致意，也向杰米致意。

别写尸体，不安全。

"也许我根本就不想要安全。"

说出来感觉真好。她不想要安全，只要真相。至少这一次，她想要真相。

世事无常，何必反抗自己的结局？凤凰城终将毁灭，就像新奥尔良和迈阿密，还有休斯敦、圣安东尼奥和奥斯汀，甚至不久前的泽西海岸。

万物难免一死，城市乡镇会被轰炸、淹没或焚毁。这种事情不断发生，世界的均衡也不断漂移。当城市赖以为根基的事物开始动摇，让城市居民命悬一线，城市就失去了平衡。

这种事或许永远不会停止。

或许也永远不会结束。

所以何必逃跑呢？既然世界将付之一炬，何不拿着啤酒勇敢面对？

至少勇敢这一次。

露西把啤酒换成了龙舌兰。入夜后气温下降到100华氏度。她在黑暗中啜饮着，感谢夜幕低垂和夜晚带来的清凉。

她不会躲，也不会逃。她会待在这里，自在地跟烟雾、沙尘、酷热与死亡共处。

　　她是凤凰城的一部分，就像杰米和托瑞斯。

　　这里是她的家。

　　她不会逃。

第6章

　　早晨对玛丽亚来说，就是浮肿的双眼、飘着烟尘味的头发和莎拉的干咳。

　　沙漠上的朝阳将地下室的幽暗切成了几块，点亮了空气中慵懒飞舞的尘埃，也照亮了混凝土地面和头顶的水管与排水管。这些管线曾是屋子的血脉，如今早已枯竭多年。

　　玛丽亚不用看莎拉的手机也知道自己睡过头了。该起床出门去卖水了。

　　她只有几件衣服，就挂在钉子上，旁边是莎拉工作时穿的背心和热裤，还有一只青蛙布偶低头望着她。布偶是她父亲过世后不久，莎拉在某间废弃的房子里找到并送给她的。玛丽亚的粉红塑料梳子摆在水泥架上，两人会一起用，旁边小心摆着她们的牙刷和旧发夹，牙刷刷毛都分岔了。还有两三根卫生棉条，如果莎拉月经来潮时还要工作就会用到。

　　两人的其余行头都塞在一只布满刮痕的红色亮纹带轮手提箱

里，其中许多衣服是塔米·贝雷斯跟家人搬去北方之前送给她们的。那个女孩身材和她们差不多，她抢在父亲抛售家当之前连衣服带手提箱通通给了她们。

"拿去吧。"她在黑暗中悄声说。

第二天她就跟家人离开了。

玛丽亚打开手提箱翻翻找找，捞出一套还算干净的衣服。她和莎拉有时会将衣服拿出来挂着，用棍子把灰尘和泥土打掉，有时莎拉会将她们的内衣带进她工作的旅馆，趁男人让她洗澡时偷偷洗好。

玛丽亚穿上短裤，套上印着"无惧"的T恤，脑海中浮现母亲用洗衣机洗好衣服、折好放在她床上的景象。她当作没感觉。

玛丽亚走上台阶，打开地下室的门，突如其来的光亮让她的眼睛刺痛欲裂。外面烟尘弥漫，为无云的天空覆上了一层棕色的薄雾，空气中飘着浓浓的灰烬味。这风肯定是从加州和炙热的喜耶拉山吹来的，一定是这样。玛丽亚隔着门往外窥探，默默等待着。

外面还很安静，只有几个人要出门去上班，或者去别的地方：跟她父亲一样幸运地在泰阳生态建筑找到差事的人、熟悉复杂水电或操作工业切割器的人，还有懂得海藻再生的人。阮先生一家已经起床了。玛丽亚闻到煮面的味道，看见焚烧木材冒出的灰烟绕着隔壁的铁丝网打转，在郊区凝滞的空气里飘荡。现在感觉很安全，是行动的好时机。

玛丽亚关上门，踮脚下楼蹲在莎拉身旁，摇摇她说："快起床，我们得出发了，得把水搬到图米那里。"

莎拉埋怨一声："那你怎么还不去？"

"你想赚钱就得流汗。"

"卖水骗钱是你的主意，不是我的。我只是投资人。"

"是吗？那你把被子给我。"玛丽亚说完将被子一抽，露出莎拉白皙的皮肤和男人喜爱的红色尼龙内裤。

莎拉身子一缩，蜷起瘦巴巴的双腿，亮出大腿上一圈圈晒痕。"哎哟，玛丽亚，你干吗要这样？至少给我一点时间醒来啊！"

玛丽亚戳着她的肋骨说："小姐，快起来，事情才完成一半，我们得把水变成钱，不能就只是坐在它上面，而我需要你跟我一起过去。"

玛丽亚努力摆出命令的口吻，假装自己胸有成竹，结果反而更紧张。她望着她们作弊弄来的那批水，知道它们可以维持多少天的生命，也知道一定会有人想夺走它们。她需要将这些水变成现金，变成可以塞进内衣、保护得了的轻便纸张。

"秃鹫已经在天上转了，小姐，我们得马上行动。趁所有人还在睡觉，图米还没上班之前搞定。图米是我们的门票。"

莎拉坐起来抓回被子，将被子拉到头上："我在睡觉。"

莎拉的举动让玛丽亚想起自己有一回在破垃圾桶里发现的小猫。小猫喵喵哀鸣，找不到妈妈，它的妈妈可能被某个小鬼抓去吃了，留下小猫蜷缩着，期盼着永远得不到的东西。

玛丽亚抚摸小猫，知道它要什么：再也尝不到的乳汁，还有再也无法回来照顾它的母亲。但你不能只是缩在那里，等人来救。

可是莎拉……莎拉外表坚强，其实内心很柔弱。虽然出卖身体，却还是希望有人照顾她。她总是觉得自己一文不值，全世界都不在乎她的死活。

莎拉、小猫、玛丽亚的父亲，他们都是同类。

玛丽亚用力推了莎拉一下："快点！"

莎拉披头散发坐了起来，睡眼惺忪地说："我起来了，起来了。"说完便开始咳嗽，咳到全身抽搐，因为夜里的烟尘和干燥让她的肺很不舒服。她伸手拿水。

"你在喝的是我们的钱。"玛丽亚提醒她。

莎拉狠狠瞪她一眼："你是说我的钱吧。"

玛丽亚回瞪莎拉一眼，随即抓起滤水袋走上台阶。

晨光下烟雾朦胧，玛丽亚越过红砾石地，朝父亲在屋后搭的小棚子厕所走去，夹脚拖鞋拍打脚板啪啪作响。他说那叫茅房，能让他们文明一些，不用像其他得州人来不及找到茅坑，直接在路上解手。

玛丽亚将门关上，把绳子勾在钉子上挂好，接着蹲在发臭的长坑上，皱起眉头，打开滤水袋尿在里面。尿完后，她将袋子挂在钉子上，蹲回坑上办好事，接着用她和莎拉从《血河报》撕下来的发皱纸片擦拭干净，穿好短裤便冲出茅房。她手里拎着半满的滤水袋，为自己又能呼吸到早晨烟味浓浓的空气而高兴。

"房租呢？"

玛丽亚尖叫一声，猛然转身跌倒在地，差点没把手上的滤水袋摔出去。

只见一名威特的手下靠在茅房边，半躲在门后面，是达米恩。他满头金发扎成雷鬼头，睁着一只慵懒、歪斜的眼睛，打了洞的脸上戴着骨头和银饰，晒红变黑无数次的白皙皮肤早已变成斑驳的金棕色和焦红色。

玛丽亚瞪了他一眼："你吓到我了。"

达米恩噘起干裂的嘴唇，露出狡猾的微笑，显然很得意："唉，你不必怕我呀，小姑娘。除了房租，你身上没有我感兴趣的东西。所以，钱呢？"

玛丽亚小心翼翼拿着滤水袋站了起来。看到他站在那里真的很可怕，就像冰冷的教训，提醒她阮家人没有警告她不代表她很安全。

她父亲对阮家人有恩。阮太太怀孕期间得败血症时，是她父亲用卡车将她载到红十字会帐篷去的。但这不表示他们现在还欠玛丽亚什么，至少没有必要为了保护她而吃上灭门的风险。

"别鬼鬼祟祟的，"玛丽亚说，"我不喜欢。"

达米恩一笑置之。"可怜的混血得州妞儿不喜欢别人鬼鬼祟祟。"他悠哉地晃到玛丽亚面前，"算我给你上一课吧，小姑娘。比我更鬼鬼祟祟、更会暗中伤人的家伙多得是。"他捏了捏她的下巴，"游泳池里都是像你这样的女孩子。要不要我免费给你一个建议？出门前记得学兔子竖起耳朵，懂吗？"

玛丽亚心想：我凭什么相信他？他又不是我朋友。当然，要是不付房租，他一定会赶她走，但他并不讨厌得州人。不管有什么毛病，他至少不会拿玛丽亚这种人开刀。只要有好处，玛丽亚都不会放过。

"你的钱准备好了没有？"达米恩问。

玛丽亚欲言又止："我记得期限是今天晚上。"

"这表示没有咯？"

玛丽亚没有回答，达米恩笑了："你以为你能在十二小时内生出房租吗？你难道偷偷去卖身没有让我知道？"

玛丽亚犹豫了一下才说："我没有现金，只有水，有好几升。要卖了水才会有钱付房租。"

达米恩冷笑道："果然。我听说昨晚有两个小浑球在亲善水泵海捞了一票，装了满满一车红十字会的水。我应该抽你的税。"

"你如果要收房租，就得让我卖水。"

"还是我干脆拿水充当房租算了，省得你还要跑一趟。"

"你说这个？"她举起装满暗黄色尿液的滤水袋说。

达米恩笑了："我才不喝那玩意儿，那是得州人喝的。"

"我只要一挤，它就变成水了。"

"别跟我开玩笑。"

玛丽亚心想，他只是在试探我。他听说了水的事情，所以非来不可。她用超低价买下、打算用超高价卖出的水……

"你如果肯出泰阳那边的人出的价钱，我就把水给你。"她说。

"那边的人出的价钱？"达米恩笑了，"你以为我会跟你谈价钱？"

玛丽亚不知所措，想知道对方的威胁有多当真。他来这里一定为了水，但她要是把水卖给他，最后只会打平，依然身无分文，而不是狠赚一笔。

达米恩望着她，脸上露出微笑。

"拜托，"她说，"让我先去卖水，我一回来就把钱还你。你知道这些水在泰阳那边可以赚得更多。工人身上有钱，很舍得花。我会分红给你。"

"分红是吧？"达米恩伸手遮挡阳光。旭日高升，热辣辣的光线开始穿透早晨的灰烟和沙尘。"让我想想……肯定很抢手。很多人会买，赚很多钱……"他咧嘴微笑，"好吧，没问题。既然你这么想忙，那就去吧。"

"谢谢。"

"我就说我这个人很讲理的。但你如果真想赚钱，其实应该替我工作。我们可以把你的头发染成金色，让你去工地认识认识那些中国人，容易得很。或者我也可以带你去红十字会的帐篷晃一晃，做个自我介绍，认识几个出色的人道医生。"他面露微笑，"女孩子都想嫁给医生，不是吗？"

"想都别想。"玛丽亚说。

"我只是建议，小姑娘。你想去泰阳卖水就去吧，但你最好先付钱给埃斯特凡，记得去找威特报到。"他眉毛一挑，"他在威特那里。"

"我不能回来这里把钱交给你吗？"

"我不是老板。我收了你的钱，埃斯特凡又不认识你，就算我跟他说有个混血妞儿在卖水，他也不知道是谁，不知道钱到底是不是你付的，所以你最好自己拿去。他已经给我够多麻烦了，我可不想又被那个浑蛋训一顿。"

莎拉从地下室走了出来。

"噢，嗨，达米恩。"

达米恩笑着说："金发俏妞儿终于出现啦，我等了好久！你昨晚睡得好吗？房租准备好没有？"

莎拉不知所措，目光射向玛丽亚："我——"

达米恩咒骂一声："去你的，玛丽亚，你把我宝贝姑娘的钱也投进去了是吧？你竟然这样把她的钱拿走，简直比老鸨还恶劣。"

"我们有水，"玛丽亚说，"会把你的钱给你的。"

"你们的房租到期了，还有给我的抽成，所以快给我滚去干活，"达米恩指了指街道，"还有，别忘了，我可是好人。要是我狠一点，你早就被我抓去参加威特的派对了，你很清楚那代表什么。"

玛丽亚看到一提到威特的派对，莎拉就害怕得几乎要发抖。

"我们还没有迟缴。"莎拉总算吐出一句。

"永远别迟，你们不会喜欢威特找你们两个得州小妞儿算账的。"达米恩说完转身要走，随即回过头来，"还有，别忘了缴税给埃斯特凡，卖水之前一定要先征求他的许可，那里可不是我的地盘。"

玛丽亚转头没有说话，但表情还是被达米恩瞄到了："听好了，小姑娘，威特要是发现你没有征求许可就做生意，绝对会把你的奶子钉到墙上。"

"我知道。"

"你知道，"达米恩做了个鬼脸，"你当然知道，所以才一脸贼样。你给我仔细记好了：我注意到你了，就表示其他人也注意到你了。威特的手下要是发现你跑去生态建筑附近卖东西没缴税，绝对会用鱼钩和刀子把你嘴划开，让你永远笑得合不拢嘴。我没开玩笑，你这个小美人胚子绝对经不起那种折腾。"

莎拉揪住玛丽亚的肩膀："我们知道，达米恩，他们会拿到抽成的。"

"还有我。"

玛丽亚想要抗议，但莎拉紧紧掐住她，感觉手指都要掐断了。

"你也会拿到抽成。"

达米恩离开之后，玛丽亚发飙了："你在干什么？你知道他们这样子一搞会抽掉多少钱吗？"

莎拉连声音都没变大："你还是会赚很多钱。走吧，我们必须拿钱给埃斯特凡，趁大家还没醒来之前把车推到图米那里。"

"可是——"

莎拉只是望着她，说："事情就是这样，小姐，没必要反抗。你不能为这些事烦心了。我们赶快去缴税，然后去赚你的钱吧。"

　　莎拉轻声细语，像哄孩子一样，希望玛丽亚认清现实：无论她喵喵叫得再凶，也不会有人给她乳汁。

第 *7* 章

安裘往南飞驰，如同出巡的猎鹰。

莫哈维沙漠干涸辽阔，饱经风吹日晒，地表满是氧化的沙砾与白黏土，还有石炭酸灌木和歪扭的约书亚树星罗棋布，就算阴凉处也逼近120华氏度，道路更是热浪翻腾，闪烁着海市蜃楼。阳光又毒又辣，州际公路安静寂寥，只有安裘的特斯拉电动车在风驰电掣。

这里从前荒凉枯寂，如今依然如此。安裘向来喜欢沙漠，喜欢它的坦白直率，毫无幻影。这里的植物根系浅而广，不放过任何水汽，树液凝成坚硬的树胶，防止任何水分的蒸发，树叶直指天空，张成碗状等着接收和导引偶然落下的雨滴。

多亏了离心水泵，内布拉斯加州、堪萨斯州、俄克拉何马州和得克萨斯州的土地才得以披上丰饶的外衣一百年，撑起绿地和作物生长，让人们可以挖掘万年含水层里蕴藏的冰河水。当地人为大地披上绿地的外衣，假装可以永远如此。他们撷取冰河时期积聚的水源，遍洒大地，让干涸的土地一时蓊蓊郁郁。棉花、小麦、玉米、大豆，大片大片的翠绿田地，全都因为水泵的正常运作。这些地方曾经充满了期望与抱负，梦想成为天堂，但水枯竭了，这些地方被打回原形，最后发现富庶是借来的，而他们再也没有第二次机会了。

沙漠就不同了。沙漠永远荒凉而原始，永远在追寻下一滴甘霖。沙漠永远不会得意忘形。只要冬天一场细雨就能让丝兰和石炭酸灌木争相钻出沙土，其他生物则是蜷缩在少数几条如动脉般贯穿烈焰大地的河畔，永远不会走开。

沙漠永远不会认为水是理所当然的。

安裘让特斯拉尽情奔驰，车子伏贴着马路不断加速，闪电一般穿越这片安裘所知的最真实的大地。

他先用无线电通知，直接冲过一个个检查哨。内华达国民兵身穿防弹背心，站在路旁挥手让他通过。无人机在上空盘旋，隐身在烟雾迷蒙的蓝天里。

安裘不时瞥见民兵的身影：高倍望远镜追着呼啸而过的特斯拉，镜片在阳光下瞬间一闪。摩门教徒和内华达北部的农庄主人自愿轮班驻守，包括"南方掠夺者""沙漠之犬"，还有跨州而来的五六个组织，全是凯瑟琳·凯斯的第二部队，全力防止难民涌入他们脆弱的应许之地。

安裘觉得潜伏在岩石山脊后方的民兵中，应该有他认识的人。他想起他们充满恨意的脸庞和杀气腾腾的眼神。当时他很能理解他们那股无望的恨意，因为他是他们最大的梦魇，是赌城来的水刀子，登堂入室提出他们不得不接受的提议；是黑衣恶魔，用血腥的提议换取他们的救赎。他会坐在脱线的沙发上或窝在躺椅上，靠在掉漆的门廊栏杆上或站在闷热的马厩中，永远提出同一份提议。他会轻声细语，像是同谋一般，提出可以拯救他们免于陷入凯瑟琳·凯斯用管线抽干他们的水、为他们打造人间炼狱这一绝境的提议。

他的提议很简单：工作、钱和水，也就是活命。别再拿枪瞄准赌城，而是转过头去瞄准亚利桑那人。只要臣服于南内华达水资源管理局，一切都好谈，只要同意把水灌进东盆地管线，他们甚至还能生息繁衍。她会让他们有水可喝，甚至在土地上洒水。安裘挨家挨户、逐城逐镇提供这最后的救赎，让他们有机会逃离深渊。

而一切就如凯斯的预料，所有人都抓着提议不放。

民兵涌向州界，潜伏在科罗拉多河的肩脊上，望着河水一路延伸到亚利桑那州和犹他州。州际公路上开始出现剥下的头皮作为警告，亚利桑那人和得州人戴着手铐脚镣被带到河边，要游到对岸去。还真有人游过去了。

东岸的参议员要求内华达州制止民兵目无法纪，州长安德鲁斯也例行公事，派出了国民兵扫荡民兵，并且刻意在媒体面前摆出阵势逮捕嫌犯，让违抗命令的民兵在法庭上一排排站好。但只要镜头一关，手铐就立刻解开了，凯瑟琳·凯斯的民兵又回到科罗拉多河两岸继续作乱。

安裘从米德湖越过州界。湖岸就像浴缸外缘，色深而暗，跟惨白的沙漠砂石形成强烈对比。早在安裘成为水刀子之前，米德湖曾经水量丰沛，几乎可以没过胡佛水坝，如今码头就像坏掉的玩具搁浅在泥泞的湖底，国民兵和无人机在湖面上嗡嗡巡逻，监视这座日渐萎缩的赌城水库。

目前，凡是过桥横越科罗拉多河峡谷的车辆都要接受盘查，必须经过好几个检查哨才能靠近水坝。

安裘省去这些麻烦，直接将车停在州界，交给水资源管理局的人，跟其他人一起步行过桥。他夹在游客之间，从堤岸上不时瞥见米德湖闪耀的湛蓝湖水。这里是拉斯韦加斯的命脉，部分湖面被碳纤维罩布覆盖着，因为水资源管理局正在进行全新的庞大工程，计划用罩布作为屋顶盖住整个湖面，减少蒸发。

到了河对岸，安裘停在亚利桑那州界检查哨前接受临检。他装作没看见州界巡逻队员脸上的愤怒，任他们搜身和检查他的假证件。

巡逻队员让警犬闻他，又搜了一次身，但最后还是放他走了。州界警察就是州界警察，而且再怎么说，亚利桑那还是需要游客造访他们苟延残喘的家园，在那儿消费，好挽回一些损失。

安裘通过了最后一座哨站，正大光明踏进了亚利桑那州。难民在堤岸上搭满了帐篷，打算半夜摸黑过河，把自己交到安裘招募的民兵手中。

同样的事天天发生。每到晚上，墨西哥人、得克萨斯人和亚利桑那人就会蜂拥入河，少数能侥幸过河，大多数都到不了对岸。科罗拉多河从上到下，从米德湖一路往南到哈瓦苏湖，沿岸都是这样的景象。

饮用水品牌"优活""水菲娜"和"驼峰"都在河岸设立了救援帐篷，努力拍摄公关照片宣传他们对难民的关怀。

购买我们的产品，您就能为全球备受气候变化之苦的人们尽一份心力。

安裘走过饮用水商的救援帐篷，发现一顶帐篷里挤满了得州人，便溜了进去。

帐篷里，男男女女排队等着告解、购买宗教物品和鞭笞自己，疯狂地求神赐下好运让他们顺利过河，完全忘了让他们的家园干涸的也是同一位上帝。

一名男子走到安裘面前，问他要不要买纪念品。

"先生，买个神的印记吧？"

安裘丢了1美元硬币到男子的咖啡罐里，男子拿了一个赎罪币钥匙链给他，随即转头寻找下一个买主了。

安裘走出了祷告帐篷。

高速公路旁停着另一辆特斯拉，明黄色车身在阳光下闪闪发亮，正等候他的到来。安裘走到车旁，车门轻轻打开。

他坐进车里检查配备。一把西格手枪摆在座椅下的置物架里，外加三匣子弹。安裘拿出手枪装好子弹，然后放了回去，接着开始检查证件：两份贴着他照片的亚利桑那州驾照，姓名分别是马特欧·玻里瓦和西蒙·艾斯佩拉；两枚警徽，凤凰城警局和亚利桑那州刑事调查局，方便他游走于不同管辖权之间。后车厢里应该有这两个单位的制服，还有西装、领带、外套和牛仔裤，甚至全套州警制服。南内华达水资源管理局做事非常彻底。

安裘翻了翻证件，将玻里瓦的驾照塞进皮夹，接着发动车子。高效能净化器立刻启动，侦测到车内的尘土，开始加速运转，以确保驱除所有感染源，从汉坦病毒到裂谷热病毒，甚至连普通的感冒病毒都无所遁形。

车内变凉之后，安裘打了通加密电话给水资源管理局，报告他已经拿到车，预备前往凤凰城，说完便驾车出发了。

几分钟后，凯斯打电话来。

"怎么了？"安裘开启通话，不知道她为什么打来。

凯斯冰冷的声音倾泻而出，飘荡在近乎无声的电动车里。她问："你已经通过州界了？"

"嗯，远处有联邦救难总署的帐篷，而且我刚看到一辆厕所车翻了，我发誓有几个小鬼想要劫车。所以，我想我应该来到亚利桑那了吧。"他笑了，"除非这里是得州。"

"真高兴你的工作让你愉快，安裘。"

"我不是安裘，"安裘瞄了一眼他扔在前座的证件说，"我是马特欧，我今天叫作马特欧。"

"至少比让你装成印度人好吧。"

"其实我印地语说得还不坏。"

许多车主将行李捆在车顶。安裘切出长长的车阵，加速驶上往东的匝道。

往西的车道非常拥堵，但他这个方向几乎没车。

"唔，"他说，"好像没人想去凤凰城。"

凯斯笑了。安裘猛踩油门，加速驶过遍地黄沙。热浪在地平线翻腾，丝兰和石炭酸灌木上挂满了废弃的滤水袋，像圣诞节的装饰闪闪发光。他呼啸而过，扬起风沙，绕着面容憔悴的亚利桑那、得州和墨西哥难民打转，逼得他们侧身闪避。

"我猜你打电话来不是为了打招呼吧？"

"我想问你埃利斯的事。"凯斯说，"你几年前跟他共事过。"

"是呀，我跟他设立了南内华达掠夺者组织，去年又和萨摩亚摩门教徒待在一起，有趣得很。"

"他提到过什么不满吗？"

安裘从一群围成圆圈的得州宗教狂热分子身旁飞驰而过。那些人垂头站立，正在求神保佑他们往北一路平安。

"见鬼，这里的得州人还真多。"他说。

"得州人跟蟑螂一样，怎么杀都杀不完。别再岔开话题了，回答我埃利斯的事。"

"没什么好说的，我感觉他很正常。"安裘停顿片刻，"等一下，你是在问我他是不是变节了吗，像是投靠加州之类的？"

印着红十字会和救世军标志的帐篷从车窗外闪过，帐篷旁摆满了存放尸体的袋子，全是旅程被迫终结的难民。

"已经过了报到的时间，"凯斯说，"但我还没有埃利斯的消息。你觉得他会收钱躲起来吗？"

安裘低吟一声："这么做感觉不像他。他是个老实人，很重承诺，喜欢做好人。怎么了，到底怎么回事？"

"接二连三的事，"凯斯说，"这就是问题。你到凤凰城小心一点。"

"我很好。"

"之前是胡里奥失控，现在埃利斯又人间蒸发了。"

"也许只是巧合。"

"我不相信巧合。"

"嗯哼。"安裘说着开始回想他之前和埃利斯的对话，回想两人披星戴月，小心避开汽车旅馆免得被人狙击，在科罗拉多河两岸组织民兵的往事。

凯斯又说了什么，但出现杂音，然后中断了。

"你再说一次？"

又是一阵杂音。

安裘瞥见地平线出现一抹棕色："嘿，你断线了，我猜是风暴把基站给刮倒了。我晚点给你回电话。"

杂音是唯一的答复。

安裘望着远方那一抹棕色。风暴显然在往上蹿，越升越高，占据了地平线，朝他扑来。

安裘狠踩油门，不顾特斯拉还剩多少电量，开始在高速公路上和风暴竞赛。难民收容所和国民兵指挥中心咻咻闪过，风暴紧追不舍，形成一英里高的沙墙，所经之处不是被它吹垮，就是被它铲平。

安裘驶入遇到的第一个卡车休息站，开进车满为患的锡墙避风棚里，多付了点钱，让特斯拉优先充电。

休息站餐厅的玻璃被风吹得不停震动。顾客低头啃着汉堡，刻意不看窗外。有人发动了生物柴油马达，清除盖住光电太阳能板的细沙。空气净化器嚓嚓作响，轰隆隆地运转着。

窗外，一辆印着"普雷斯科矿泉水"商标的运水车驶了进来。司机拉出水管接上休息站的贮水槽。他缩着身子抵挡强风，在棕色的沙尘中就像一个微小的暗点。安裘杯里的咖啡浮着一层矿物质，显然是从地底开采的水。

风势越来越强，天色瞬间转暗，飞沙走石拍打窗户，震得玻璃不停摇晃。餐厅里大多数人都是要离开凤凰城另觅落脚处的，其中一些人拥有证件可以进入内华达州或加州，甚至加拿大。所有人都依依不舍，却也殷殷期望要去的地方会比凤凰城更好。

餐厅里电铃声突然此起彼落，显示强风开始减弱，数据信息总算克服风沙送进了大伙儿的手机里。

众人如释重负，开始交头接耳，庆幸风暴没有变得更加猛烈。柜台前，顾客一边望着女侍者敲打收款机，一边相视而笑。

安裘又打了一通电话给凯斯，但直接转到语音信箱。大忙人有忙不完的事。

回到停车棚，安裝使劲抖动特斯拉的空气净化器，擦去渗进棚子里的细沙。

几分钟后，他再度在亚利桑那的州际公路上风驰电掣，吃力地认着被沙尘遮蔽模糊不清的标线前进，在车后扬起翻腾的风沙。

第8章

"2美元一壶，1块人民币一杯。"

就像莎拉爱说的：干得越快，赚得越多。

玛丽亚拼命倒水、卖水，旁边是图米的煎锅，玉米饼在油里嗞嗞作响。拿了钞票，玛丽亚将被汗水弄得黑漆漆的人民币塞进胸罩，从瓶子里倒了杯水给建筑工人，同时留意着水位。她很会判断水量，比莎拉工作的任何一家夜总会的酒保都厉害。

图米汗流浃背地站在火炉前，马不停蹄地将玉米饼舀出煎锅，用《血河报》报纸包好，报纸上血腥的凶杀案照片立刻沾满了油渍。他将包好的食物递给排着长龙的顾客。

图米是黑人大个儿，脑袋跟鸡蛋一样寸草不生。他眉毛里冒着汗，眼睛盯着煎锅，红白大伞替他遮挡阳光，还正好搭配他身上的红白围裙。他长得又高又壮，像一座巨塔似的，不仅可以看好自己的生意，还能替玛丽亚遮阳。

"2美元一壶，1块人民币一杯。"她对下一位客人说。只是将水从红十字会亲善水泵运到泰阳建筑工地旁肮脏的人行道上，原本便宜的水就立刻价值连城。

她将瓶子里剩下的水倒入另一名工人的杯中，将空瓶子扔回推车。第二批中午用餐的工人还没来，车上的水已经卖掉了一半。她一边哼歌儿一边干活，在心里算着销售金额，加上房租、餐费和给达米恩的分红，还有付给答应带她通过州界的"土狼"的费用。

图米抬头注视下一位客人，笑眯眯地说："您要猪肉奶酪、豆子奶酪还是纯奶酪口味？"

"您要一杯还是一壶？"玛丽亚问。

天空烟尘弥漫，许多人都戴着防尘面具。有钱人戴拉夫劳伦或洋洋牌，囊中羞涩的就戴沃尔玛或美国老鹰。玛丽亚心想自己是不是也该花点存款买一副。杂牌面具不算太贵，或许能让她的肺不再像火烧一样。应该也给莎拉买一副，说不定能减轻她的咳嗽。

能见度只剩0.25英里，他们身旁的生态建筑工地被尘霾吞噬，老鹰骨架、光电模块和玻璃墙面也消逝在混着烟尘、浓雾和酷热的天空中。莎拉说高楼层可以鸟瞰整个凤凰城，但玛丽亚心想，就算是住在上面的有钱五仔，今天也只看得到灰蒙一片，跟她在底下看到的没什么两样。

排队人数很稳定，始终维持六七人等着买水、点餐。图米摆摊的位置绝佳，就在工地旁边，不仅能将换班工人一网打尽，还能吸引住在完工的泰阳生态建筑里的五仔，让喜欢路边摊的上班族过来尝鲜，可谓是一举两得。

一名中国领班向图米点餐，玛丽亚在一旁替他倒了一杯水。"您要什么？"领班听见图米用中文发问，脸上露出了微笑，但还是用英文回答。

"猪肉就好，不要奶酪。"

图米立刻换说英文。顾客至上，这是他的最高指导原则。只要能做生意，叫他说英文、西班牙文或中文都可以。他常说，就算克林贡人登陆地球，他也会学克林贡语[1]。图米很会让客人一试就成为常客。煎好玉米饼之后，他会像折纸一样把报纸折得漂漂亮亮、优雅美观，然后将玉米饼放进满是凶杀案报道的纸包里，再用华丽的姿势递给客人。

"笑容要有，姿势要帅，玛丽亚。"他常这么说，"笑容要有，姿势要帅。先用客人的母语寒暄几句，东西要好吃、卫生，永远待在同一个地方，不要乱跑，生意就会滚滚而来。"

温言软语。

就是这一点，让玛丽亚在父亲死后投向了图米。她拿着所剩无几的钱想去买一个玉米饼，就像父亲生前午休时会买来和她分享一样。她渴望重温那系着红白围裙的黑人大个儿和他的温言软语所带来的回忆与安心，只因她认识且出于某种原因信任那张脸。

图米非但没有收钱，还将他原本要给斯派克的烧焦玉米饼给了她。斯派克是只浑身脓疮的杂种狗，总在工地附近徘徊。玛丽亚饿得狼吞虎咽，三两下就将饼吃得干干净净。谁想得到她如今竟然能站在他身旁卖水，而且被他"小女王""小女王"地喊着。

回想她当初向图米提议，希望能在他摊位旁卖水赚钱，并且答应分红给他，运水卖水都由她一手包办，他什么都不用做还是能抽

1　克林贡：美国科幻影视《星际迷航》（*Star Trek*）中的一个好战的外星种族。为了体现真实性，影视片方与语言学家共同制定出一套克林贡语言。

成，图米只说了一句："你以后会是凯瑟琳·凯斯第二。"

"小女王""小凯瑟琳·凯斯"，只要图米允许她待在泰阳生态建筑附近卖水，他爱怎么喊她都行。

位置就是一切。

泰阳生态建筑当然是上好地点。里面已经住了一些人，他们舒舒服服地待在三重过滤的公寓里，就算一旁的凤凰城快亡城了，他们依然能享受干净的空气、过滤完全的水和活着所需的一切。

莎拉跟她形容过，那里面有喷泉和瀑布，而且种满了植物，空气里从来闻不到废气与烟味。对玛丽亚来说，那里就像失落的伊甸园。想进入泰阳生态建筑就跟进入加州一样难，不仅有警卫，还要刷卡和验指纹，需要朋友带你进去。

施工造成的烟尘是玛丽亚生活的一部分。莎拉出卖身体才有机会去体验那个地方舒爽的空调系统和五星级生活，那是另一个世界。

玛丽亚打开另一瓶水，抬头看了看排队的客人。照现在这种速度，水再过一两个小时就会卖完，赚得的钱比她一整年挣到的还多，远超她的预期。莎拉肯定会大吃一惊。

"您要一杯还是一壶？"她问下一位客人。

马路对面，一群得州人正在上车。一堆平常老在工地附近晃悠的家伙，这会儿通通排着队等着上车。

"他们要去哪里？"她问图米。

图米煎着玉米饼，抬头瞄了一眼说："电力公司，他们在招肯干粗活的人。"

"什么粗活？"

"西边的太阳能厂被风沙盖住了，几平方英里的光电模块通通故障，积了6英寸[1]的尘土，半点电都发不出来，只能替沙漠遮阳了。"他笑着说，"我还是头一回见到失业的得州人这么受欢迎呢。"

"我该去那里卖水才对。"玛丽亚说，但只是自言自语。

图米哈哈大笑，用手肘顶了玛丽亚一下："小女王不稀罕跟老图米一起工作了，是吧？"

玛丽亚不介意图米调侃她，因为他是图米。就算他真的在找碴儿，她也知道他没有恶意。

莎拉看过他注视玛丽亚的样子，立刻说那男人坠入爱河了，因为他望着玛丽亚的屁股出了神。

在莎拉的怂恿下，玛丽亚曾经试图吻他。莎拉说她应该表达感激，然后紧紧一把搂住对方，让自己成为他的女人。图米一开始还真的让她这么做了，双唇饥渴地贴着她的嘴唇，但随即温柔地将她推开。

"别误会，我不是不高兴。"他说。

"我做错了什么？"

"不应该是这样的。"

"那应该是怎样的？"玛丽亚问。

图米叹一口气："应该从爱开始，而不是需求。"

玛丽亚一脸困惑地望着他，想了解这个男人在坚持什么，还有她哪里做错了。玛丽亚努力去理解复杂的感情世界，试着在莎拉那样穿着短上衣和短裙出卖身体的露水姻缘和图米心中那个浪漫理想（要爱一个女孩才能碰她）之间找到自己的位置。不过，这其实

1　英制长度单位，1英寸为2.54厘米。

无关紧要。玛丽亚献了身，而图米拒绝了，这样的结果几乎跟成为他的女人一样好，甚至更棒。"如果他只想用看的，那你就轻松了。"莎拉说，"只要让他看个够，他就永远是你的。"

第一段午休结束了，排队的人开始减少。

玛丽亚数了数推车里还剩下几瓶水，图米挺直腰杆说："见鬼，我还以为盖房子已经够累了。"

"比累是比不完的。"玛丽亚说。

图米笑了："也对。"

"那你为什么不回去盖房子？"

"这年头只剩泰阳和生态建筑工程，不太需要传统建筑工人了。"

"我爸替泰阳工作，结果还不是死了。"

"唉，世事难料。不过，你还是应该以他为荣。中国人一定很赏识他，才会找他工作。他们盖的东西很复杂，不是光靠木材和石膏板就弄得起来的，里面还得有罗非鱼、蜗牛和瀑布，通通串在一起，非常复杂，很容易出错。"

"我爸应该不是做那种工作的。"

"嗯，至少他是其中的一分子。"图米露出怀念的表情，"盖那种东西就是建造未来，而负责兴建的人……你得做很多模型：软件、水流和人口。思考如何平衡里面的动植物、清理排泄物、将排泄物制成肥料供温室使用，还有如何净水。让污水流经净化器、蘑菇和芦苇，然后再送入荷花池、养蟹场和蜗牛养殖区，最后出来的水比抽出来的地下水还干净。一切都交给大自然，由不同的小动物分工合作，像机器里的零件一样，形成独一无二的机器，一台活生生的大机器。"

"你这么了解，为什么不去那里工作？"

"天哪，泰阳刚来这里我就去应聘了，心想应该有机会。他们必须雇用本地工人才能拿到凤凰城和州的建筑许可，所以我决定试试看。我心里想，喂，我可是盖东西高手。"

"但他们没有雇用你？"

"可不是吗，他们没有雇我。他们使用的方法完全不一样，所有部件都预先制作，在工地以外的地方先做好，然后运到工地来组装。速度非常快，跟我们习惯的做法完全不同，更像是……装配工厂。另外就是非常复杂的生态工程，"他耸耸肩说，"我当时不大在意，因为还有许多工程可做。那时这一行还在发展。

"当然，后来亚利桑那中央运河被人炸坏了。从那之后，我盖的每一栋房子都是赔本投资。"

图米抬头瞄了泰阳生态建筑一眼，里面已经有了不少住户："不受亚利桑那中央运河影响的只有他们，那些住在泰阳里的家伙。他们只要打开污水处理系统守住特区里的水，再加上雨水就行了。

"如果我阴谋论一点，就会说亚利桑那中央运河不是赌城或加州人破坏的，而是泰阳搞的鬼，目的是把我们这些同行做掉。这样一来，他们盖的昂贵公寓和房子就突然看起来很便宜了，因为所有人都抢着要厨房水龙头还有水的房子。"他用手遮住太阳，抬头望着生态建筑，"可惜他们没等我把我盖的那十间投机房子卖了之后才这么做，不然我才不在乎呢。要是卖了那些房子，我绝对有办法把自己弄进加州，容易得很。"

"绝对可能。"玛丽亚说。

图米咧嘴微笑："你今天很愤世嫉俗呢。"

玛丽亚耸耸肩，甩甩双腿，低头望着自己的夹脚拖鞋说："我只是搞不懂为什么好东西都在有钱人那里，穷人什么都没有。"

"你真的那么觉得？"图米笑了，"小女王，我以前很有钱，随随便便就能赚个六位数，易如反掌。我事业一帆风顺，拼命盖房子，而且又有计划。"他耸了耸肩，"只是我赌错了，以为事情会一直这样进展下去。"

玛丽亚没有说话，默默思索话中的含意。图米跟她父亲一样被他们自己骗了，看不清已经摆在眼前、昭然若揭的事实。

亚利桑那中央运河被炸毁，图米也跟着完蛋，中国人却早就有所准备，全都安排好了。他们事先就预见到哪里可能出错，整个泰阳特区都是抗灾建筑。

当其他人都像无头苍蝇仓皇乱窜，泰阳生态建筑却安然无恙，打开污水处理系统就万事太平了。

有些人就是能在这世上活得好好的。有些人就是知道该押什么。

所以，怎么才能押对？

没想到图米竟然说："我哪儿知道？我想你也没办法。"

"我应该没说出口吧？"

"也许我能看穿你的心。"

玛丽亚咧嘴笑道："但泰阳的人应付得很好，事前就预料到了。赌城也是，他们也盖了生态建筑。"

"你说那座罪恶之城吗？"图米笑了，"他们听说我们快下地狱了，简直开心得不得了。他们不怕下地狱，因为他们就是从地狱里来的，对凯瑟琳·凯斯的老百姓来说，地狱亲切得很，感觉就跟回家一样。"

玛丽亚仰头注视泰阳特区："真希望我也是。"

"我也是啊，小姑娘，我也是。"

两人静静地坐着，注视生态建筑工地里的工人，看他们搭乘升降机直奔天际，黄色头盔闪闪发亮，最后消失在高处的烟尘之中。

"我家附近来了一批土狼。"图米转变话题。

玛丽亚立刻聚精会神起来："他们会带人越过边界吗？"

"不是，"图米笑了，"不是那种土狼，小姑娘，我说的是动物，就是有獠牙和尾巴，长得很像狗的那种。"

玛丽亚难掩失望："哦。"

"是新来的。"

"你怎么知道？"

"应该是我习惯留意环境，分得清楚谁是谁吧。土狼跟得州人很像，一开始看起来都一样。"他拍拍她的肩膀，"但后来就分得清了。这只耳朵边是灰色的，那只尾巴比较蓬松，每只都不一样。"

"你觉得它们都去哪儿喝水？"

"不知道，可能是喝血，也可能是谁家的水管漏了。"

玛丽亚嗤之以鼻。

"反正它们闻得到，动物的嗅觉比我们厉害，人和土狼比起来差远了。"

两人不再说话，静静休息，等待下一批午休工人出现。工地一带有自己的节奏，玛丽亚觉得很自在，让她想起父亲在高空钢梁上工作的往事。

中国主管混着用中文、西班牙文和英文，朝在高空钢梁上工作的属下吆喝，两名戴着牛仔帽的亚利桑那人拖着从垃圾堆里找来的电线，希望能转卖赚钱。

泰阳的人在生态建筑附近设了公厕以改善公共卫生，许多人在排队。图米说泰阳会把粪便送到特区，送进巨大的甲烷堆肥系统去处理。中国人一点东西都不浪费。他们会烘出甲烷、滤出水分，然后将残余物变成肥料，撒在特区里的奇花异草上，让它们长成大树。

他们派到市区的厕所车也一样，十分智能。他们什么都不会错过，什么都运到生态建筑里。他们会吸取自己所需的养分。

烈日当空，第二段午休开始了。玛丽亚又开始卖水。

您要一杯还是一壶？您要一杯还是一壶？您要一杯还是一壶？

每一滴水都是钱。

一辆福特油电混合大卡车开了过来，引擎轰隆隆地吞噬汽油，就像一头漆黑的华丽怪物，改装过的巨齿轮胎几乎跟玛丽亚一样高。车上两名男子一下车，她就认出他们来：威特的手下卡托和埃斯特凡。两人咧嘴微笑，过马路朝她和图米走来。图米早就准备好了，立刻将钱交给他们，连手上煎玉米饼的动作都没放慢。埃斯特凡接过钞票，熟练地数了数，接着目光飘向玛丽亚的推车。

玛丽亚这才发现自己太蠢了，忍不住腹部一紧。她留了太多瓶子在推车上，一半卖掉了，一半进了工人的杯子里，只剩她傻傻一个人站着。她太蠢了，竟然忘了自己的财富会引人注意。

埃斯特凡朝图米点点头："给我三份，猪肉奶酪的。"

卡托点了豆子奶酪玉米饼，图米开始煎饼。卡托转头看了玛丽亚一眼，用手肘顶了顶埃斯特凡："卖水女孩的生意不错哦。"

"可以开银行了。"埃斯特凡附和道。

"你们要买水吗？"玛丽亚问，装作不晓得他们心里在想什么，不去想她胸罩里的钞票，希望这两个西印仔放过她，当作一切正常，让她消失在背景里，当她只是不小心飘进凤凰城的一个得州小妞儿，什么都没影响。

"看来你得交税了。"卡托对玛丽亚说。

玛丽亚咽了咽口水，"我已经付给他了，"她朝埃斯特凡撇撇头，"来这里之前就付了。"

"真的吗？我看你好像在这里开起卖水银行，自己建立了一个小王国吧？又买又卖的，感觉生意做得很大嘛，小姑娘。"

"没那么多。"

"别这么谦虚，得州人，我看你生意真的做得很不错。"

"我已经交过税了。"

卡托瞄了埃斯特凡一眼，咧嘴笑着说："好吧，不过……我猜埃斯特凡一定没允许你搞这么大的生意吧？你先前交税的时候，他可能以为你只是做做小生意，就像我们的图米一样，只是做点普通生意的普通老百姓，对吧？"他开始数瓶子，"但你做的显然不是那么一回事。不过，既然我是你的朋友，也是埃斯特凡的朋友，而且我喜欢看别人走运，所以我打算网开一面，让你有机会改过自新。自己想想应该付给我们多少，好报答允许你在这块不属于你的土地上做买卖的人。"

图米完全没有开口，只是挺着硕大的身躯低头望着馅饼在煎锅里嗞嗞作响，油滴四溅。电动车从他们后方轻声开过。

玛丽亚发现一群人正站在这两个杂种后面默默排队：几名无精打采的得州人和郊区的亚利桑那人，通通没有说话，观望着。两名中国工头站在队伍的后面，一副若有所思的模样，用母语交头接耳，袖手旁观。

“所以是多少钱，得州小妞儿？”

玛丽亚真想拿水朝卡托脸上泼去，但她忍住冲动，伸手到胸罩里捞出汗水浸湿的钞票，抽了几张绿色的美钞和红色的人民币。卡托伸手等着。玛丽亚正想数一数要给他多少，卡托却将所有钞票一把抢了过去，朝排队的客人撇撇头说：“反正你还能赚。”

“但我已经交税了。”玛丽亚嘀咕道。

卡托接过包在血腥报道里的玉米饼，又顺手抓了半瓶水。

“你现在才付清了。”

埃斯特凡只是耸耸肩，按了按帽子，就和卡托离开了。两人走到卡车前，卡托将刚才抢到的钞票拿给埃斯特凡，两人相视而笑上了车。车子离开时，玛丽亚看见卡托猛灌了一口水，高举瓶子朝她致意。

“你想害死我吗？”图米低声怒斥道。

“他们拿了我的房租！我还得拿房租给达米恩。”

玛丽亚看了看水瓶，在心里计算，看自己欠莎拉多少，还欠了多少房租。玛丽亚好想哭。她计划了那么多，努力得到垂直农场的情报，结果什么都没赚到，甚至还搭进去更多。要是莎拉不肯分担她的损失，那她不只没赚，还亏了钱。

图米摇着头说：“我得承认，小姑娘，你还真够大胆的，竟敢跟杀手讨价还价。你刚才要是坚持下去，就会被威特拿去喂他的鬣狗了，而且连我也会被拖下水。”

“我交过税了。”

“哈哈，你交过税了！”图米蹲到地上，将她也拉下来，看着她的眼睛说，“让我跟你解释清楚。埃斯特凡是威特的手下，威特说什么他就做什么。只要能让威特满意，他就能为所欲为，威特不会管。只要埃斯特凡干掉老板想做掉的人，不会让老板少赚钱，老板就不会管他。"

"我也在替他们赚钱啊。"

"你也在赚钱，"图米哼了一声，"所以威特应该处罚埃斯特凡咯？他会问埃斯特凡：'嘿，那个拉着小红推车运水的女孩呢？她怎么了？'埃斯特凡说：'你说谁？哦，那个瘦巴巴的得州小贱人啊？我先上了她，然后扔给了弟兄们，让他们轮流操她，把她操到手脚断掉，然后赏她脑袋一枪，把她扔给泳客了。你怎么会问起她？'你觉得威特听了会大发雷霆，因为你是他的卖水小天使，跟其他阿呆得州人一样乖乖纳税吗？"图米接着说，"谁知道？说不定威特真的会罚埃斯特凡200美元，因为你在威特眼中就值这个价钱。也许吧，如果他真的在乎你。但说不定他根本不知道你这个人存在。"

图米摇头道："唉，你那个在酒吧讨生活的小女朋友，她跟你一样是可有可无的存在，但至少还有点价值。威特当然不会动她，因为她起码还能卖身。妈的，我越想越觉得威特根本不会因为埃斯特凡欺压你而惩罚他。"

他抓住玛丽亚的胳膊，一脸严肃望着她："你必须明白这一点，玛丽亚，你要是再这么在乎对错，迟早会和你爸一样丢掉小命。他也喜欢讲道理，老是说什么高等法院会判决重新开放跨州通行。

"你以为事情分对错，但那些狗屁只存在于你的脑袋里。规则是财大势大的人说了算。这世界充满了老鹰、夜枭、土狼和毒蛇，他们只想把你生吞活剥。所以我拜托你，下回遇到卡托或埃斯特凡那些家伙，记得你是老鼠，压低身子，能闪就闪。只要你一忘记，

114

他们就会把你从头到尾吃干抹净，而且根本没感觉，甚至连饱嗝儿都不会打一个，也不会消化不良。你只是一盘小菜，不是正餐，懂吗？"

等到玛丽亚点头，图米的神情才柔和下来。

"很好。"他轻轻捏了捏玛丽亚的下巴，然后站了起来，"好了，振作一点。我们还有客人要招待，看我们午休结束前还能赚多少。"

他转身招呼下一位客人，仿佛刚才的谈话完全没有发生，也没有对她生气。

"这有猪肉、奶酪和豆子，您要什么口味？"说完又补上一句，"您要不要来点水喝？"他刻意看了玛丽亚一眼。

玛丽亚回到摊位前，开始将水倒进杯子或水壶里。

她知道图米说得没错，自己不应该反抗。威特对埃斯特凡和卡托就跟对他的鬣狗一样放任，两人只要一有机会就会将她生吞活剥。所以，她刚才到底是怎么了，怎么会没有识相地闭上嘴巴？

"你看，"图米笑着对她说，"你还有水可卖呀，这会儿不是又变回小凯瑟琳·凯斯了吗？"

玛丽亚生气地看着他："我要是凯瑟琳·凯斯，我就绝对不会让那两个混账抢走我的水。我会割断他们的喉咙，用滤水袋把他们的血滤成水，然后拿去卖。"

图米脸上的笑容消失了。

玛丽亚继续倒水给客人，脑袋里一边计算赚到的钱，一边盘算晚点该怎么跟莎拉解释，说她损失了她们的房租和她的投资。

玛丽亚对这个世界如何运作有一个想法，但这个想法显然是错的，就跟爸爸觉得美国各州不会在州界架设路障，图米觉得自己可以一直盖房子一样。

埃斯特凡和卡托就像刺眼的霓虹广告牌，告诉她，她对这个世界的了解是多么少，少得多么可怜。

玛丽亚继续倒水，但无论收入如何增加，也还是永远不够。

第9章

车窗外，营火在暗处熊熊燃烧，告诉安裘凤凰城快到了。难民和回收系统散布在城市的黑暗区，城市不断吞食自己，消耗自己在昌盛年代所累积的富庶。

前方车流逐渐拥堵，车尾灯缓缓聚集，廉价电动摩托车在弹性燃料皮卡和特斯拉SUV之间穿梭。州际公路尘土蒸腾，车子是一团团的黑影。

鬼魅般的身影从安裘两旁闪过：一个女子搂着男人的腰坐在摩托车上，紧闭双眼和嘴巴躲避风沙，头发随风乱舞；另一辆摩托车用弹簧索捆住5加仑的水桶，摩托车手弓着身子紧握手把，鲜蓝色的"彩虹小马"防尘面具遮住了他的脸庞。

车子变多了，人也变多了。风沙迷蒙，男男女女用围巾和面具遮住口鼻，车头灯照出隧道般的光束。马路两旁站着人，他们都是风暴扫出来的。他们走在路边，替扫地车清除尘土，个个如同生活在阴暗处的蚂蚁辛勤地工作着。

马路开始变得坑坑洼洼，安裘放慢车速，让底盘极低的特斯拉缓缓驶过有如洗衣板的路面。尘土不断袭来，高效能滤网拼命运转，车内空调嘶嘶送风，将安裘隔绝于沙尘世界之外。仪表板蓝灯和红灯闪烁着，收音机低声呢喃。

"KFYI 电台听众来电时间。"

"你知道这感觉像是哪里吗？庞贝！风暴过去之后，我们都会被埋在50英尺[1]厚的沙尘底下。"

"好的，下一位听众——"

安裘的车灯照到一个人站在路肩上，脸上戴着防风眼镜和防尘面罩，眼睛被车灯瞬间一照时如同昆虫的复眼闪闪发光。那人感觉就像静默的怪物，无以名状，随即消失在黑暗之中。

"我建议派兵到科罗拉多。我是说，他们抢了我们的水，我们应该去那里打开他妈的水坝，把我们的水要回来。"

黑暗区过去了。前一秒凤凰城还是一片漆黑死寂，下一秒就变得热闹非凡、灯红酒绿，仿佛有人绕着城市边缘用火把烧焦了城市的边界，只留下霓虹闪烁的中央区块，生气勃勃的市区，就像火光从市郊的废墟中蹿起。

"我们当初要是没有浪费那么多水在农业上，就不会有事了。把剩下的农场通通关闭了吧，我不在乎他们有什么权利，水都是他们浪费掉的。"

"刚才那个白痴在说什么屁话，废除农地只会引来沙尘暴，就这么简单。不然他以为现在这些沙尘是从哪儿来的——"

亚利桑那人互相指责，就是没人检讨自己。凯斯说这就是亚利

1　英制长度单位，1英尺为0.3048米。

桑那人，问题永远出在别人身上。她就喜欢他们这一点，很容易各个击破。

"霍霍坎族[1]就在我们脚下，我们都踩在他们的坟墓上。他们也把水用光了，你瞧他们现在都去哪儿了？通通消失了。你知道'霍霍坎'是什么意思吗？就是'用光了'的意思。再过一百年，这世界上根本不会有人记得我们，甚至不会记得凤凰城曾经是什么模样。"

灯光更多了，除了拥堵的车流，还有路旁的酒吧和枪支贩卖店。派对女孩在街角徘徊，得州难民四处寻找愿意收留他们的人家。扫地装置把尘土吸走，不知道运去什么地方。私人安保人员配备着黑色防爆装备，站在一家俱乐部门口，旁边是汽车经销店和小型超市。市政府资助的厕所车运送屎尿到仅存的污水处理厂，希望抑制疾病滋生，减轻污水管线废弃停用的影响。

街景之上，一幅巨大的广告牌闪耀着凤凰城城市发展局最新的宣传海报：一只火鸟张开双翼，翱翔在欢笑的孩子、太阳能发电厂和泰阳生态建筑之上。

凤凰城。崛起。

广告牌下方，一群保镖护卫着几名穿着西装的男士和小洋装的女士走向楼房低矮的郊区。CK防弹夹克、莉莉蕾防尘面罩、M16自动步枪，全是凤凰城的时尚配备。

另一幅广告牌从窗外闪过，图案已经支离破碎，上面写着：贷款购房！广告牌边缘是一沓红色的人民币百元钞票，之前应该还有打灯，但用来照亮钞票的霓虹灯管似乎被小偷偷走了。

---

1 历史上生活在如今美国科罗拉多州区域的印第安人。

又一幅广告牌。

宜必思国际集团·水利·钻探·开采——今天开始，巩固未来

越靠近市区，越热闹。难民在路口徘徊，望着来来往往的车辆，纸板上潦草地写着大字，求人施舍工作或现金，向加州人讨几个零钱。那些加州人穿越边界，来到这座衰败的城市当大爷，玩玩纸醉金迷的游戏。

"现在只是处在气候调整当中，未来还是会风调雨顺的，这里一万年前不也是丛林吗？"

"我要告诉刚才那个蠢货，凤凰城从来没有风调雨顺过。就算之前家家户户都有游泳池，也不代表雨很多。"

安裘驾着特斯拉行驶在黄金大道上，穿梭于人群之间。黄金大道，这又是凤凰城城市发展局振兴旅游的花招，想打造小型的拉斯韦加斯，但和正牌相比，只显得窄小、庸俗而可悲。

前方，泰阳生态建筑的天际线凌乱闪亮，试图模仿北方的凯斯在柏树特区创造的奇迹。这片生态建筑由外资持有，中国太阳能计划资助，可能比凤凰城居民打造的所有东西更有机会在如此恶劣的环境中幸存。

这里比安裘上回来访时更糟了。荒废的店铺更多了，盖满尘土，橱窗残破不堪，废弃的购物广场和商店街也变多了。多宝宠物用品商场[1]、派对百货[2]、沃尔玛和福特经销店都空空荡荡，橱窗碎裂，被人搬得半点不剩。女人流连街角，穿着紧身裤的男孩在路口

---

1 美国最大的宠物用品公司。
2 美国百货公司，专门出售或租赁聚会、派对设施及物品。

招手，靠在停下来的车旁搭讪，为了钱什么都做，只为了买水，为了活到明天。

安裘心想，只要一餐饭，甚至让对方到他旅馆房间冲个澡、洗个衣服，他也可以找个人陪。

10美元？小费20美元？

希尔顿酒店的红色标识高高亮着，在尘雾中如同闪着微光的灯塔，为城市瓦解后幸存的高楼与店铺发出呼唤。那里是末日前的最后净土，大难临头时应该逃去的地方。

安裘驾着特斯拉驶进希尔顿的圆环车道，通过隔绝沙尘的气帘，将钥匙交给泊车员，走进酒店大门。

净化过的冷气迎面袭来，如同一道洁净的冰墙挡在面前，让安裘差点困住，必须使劲才能穿越。他一边往前，一边辨识身旁男女的面孔：救援组织人员、钻探投机业者、笑得露出金牙的州界承包商，全是大发灾难财的家伙。

酒店里安静无声，散发着近乎虔敬的气氛，只有高跟鞋踩踏地毯微微作响，还有意大利皮革牛津鞋的踏地声。中庭远处的酒吧里传来轻柔的乐音。

但连这里也开始出现末日的征兆。上回还喷着水的中庭喷泉关闭了，有人在没水的喷泉里摆了一只骆驼玩偶。

骆驼上挂着牌子：

我比较想喝龙舌兰酒。

用假证件和假信用卡订了房，安裘走进酒店房间，走进除湿机、高效能净化器和氩气窗打造的堡垒里，将世界阻绝在外。

他靠在窗边俯瞰落难的城市，一边听电视喋喋播报地方新闻。大部分市区依然安好无恙，努力不让"凤凰城崛起"沦为谎言，但马路对面一栋办公大楼上次还灯火通明，如今却漆黑一片。部分房地产公司完全放弃招揽房客，不想再支付空调和安保费用，放任大楼人去楼空。

安裘发现那栋大楼里有灯光闪动，有人在四处寻找被落下的物件。这些人是末日前的老鼠，钻进自我吹捧的城市内部啃肚吞肠。

他点开手机，再次点击屏幕，进入南内华达水资源管理局的水源开发界面。这是一套隐藏的加密操作系统。安裘发出信息，告知系统他到了。

电视开始播报全国新闻，一群疯狂的科罗拉多农民跑到蓝台水坝坝顶，举枪扬言要弄出点大事。反正就是科罗拉多农民每回遇到倒霉事时会说的那一套。

安裘换了台。

"《血河报》称现场可能有一百多具尸体——"

新闻主播一副激动愤怒的模样，镜头扫过沙漠上横陈的尸体。

"最新消息指出死亡人数已经超过两百——"

画面出现一名头戴牛仔帽、警徽别在腰上的州警。

"我们目前只知道是一对夫妻，但不清楚他们答应要带多少人通过州界。"州警无奈地耸耸肩说，"我们还在了解情况。"

有人在敲门。

安裘掏出西格手枪站到门后，解开门锁将门打开。没有人进来。

他后退一步继续等待，最后总算有人踏进房里。那人小腹微凸，但手和脚都骨瘦如柴，比安裘上次见到时老了许多。是胡里奥，他手上也拿着枪。

"砰！"安裘低呼一声。

胡里奥吓了一跳，接着哈哈大笑。他将枪放下，肩膀一垂，大大松了口气。

"老天爷老兄，真高兴见到你，"他说，"老天。"他将枪收回外套，把门关上，随即用力地抱了抱安裘，"老天爷，真高兴见到你。"

"我听说局势不好。"两人放开后，安裘说。

胡里奥长吁一声："这地方……"他摇摇头，"你还记得我们合作那时候，事情简单得很，对吧？"他朝安裘挥挥手，"我是说，你看看你，虽然脖子挨了一刀，至少还知道惹着了谁。但这里完全不是这么回事。那人可能只是看你皮带上刻了得州孤星州旗，就把你的喉咙割了，根本他妈的不讲道理。"

"我听说你被派到这里时，还以为对你来说易如反掌呢。"

"这里不是只有得州妓女和硬通货。没错，如果你在泰阳有房子，那凤凰城是很不错，你知道吗，可以在瀑布旁喝浓缩咖啡，还有中国女员工穿着裙子走来走去。"

胡里奥摇摇头："但到了黑暗区呢？那里呢？那里他妈的乱到了极点。我每次去巡视安全屋，都觉得后脑勺可能会吃子弹。"

"他们不是说凤凰城崛起了？"

胡里奥狠狠地瞪了他一眼，走到小冰箱前开始翻箱倒柜："凤凰城沦陷还差不多吧。这地方已经没救了，要不是一切都乱了套，我还真要感谢老佛给了凯斯一个把我调回河对岸的理由呢。"

"老佛？"

"佛索维奇，亚历山大·佛索维奇，我找来的亚利桑那人。那家伙竟然给我捅了马蜂窝。"

"你叫他做了什么？"

胡里奥拿了一瓶科罗娜啤酒回来。"还不就那些破事，"他脖子贴着酒瓶享受冰凉的感觉，"老佛非常合适，因为他是盐河计划电力公司的水利工程师，所以我要他多交朋友，借钱帮积欠赌债的同事解围之类的。他不时会找我跟他新结交的朋友见面。我们在亚利桑那中央运河计划、凤凰城自来水处和垦务局里有人，不过老实告诉你，他做的都不是有生命危险的大事。"

胡里奥不再用酒瓶当冰袋，而是拿着它挥舞。"我是说，老佛原本只是打听盐河计划收买农民的策略，亚利桑那花了多少钱收购印第安人的水权之类的，但他后来挖到了别的东西。"他又跪到冰箱面前开始翻找，拿出几瓶五星、燕京和科罗娜，"凤凰城自来水处有人找上老佛，说他手上可能有老佛想买的消息，很有价值。"

"那人是什么来历？"

胡里奥从冰箱里探头出来，做了个鬼脸："老佛口风很紧，只说对方是水权律师，就不肯再透露其他细节了。"

"你就没有再问了？"

"我以为那个王八蛋只是想吊我胃口，讨一点介绍费之类的。亚利桑那人做什么都想捞一点油水。这里的人就是他妈的这副德行，贪到底了。"

"所以消息内容是什么？"

"可能什么都没有。如果你问我，我觉得是亚利桑那的反情报工作，想要引我们上钩，整件事感觉就像一场骗局。"

他拿了一罐特卡特啤酒，打开来喝了一口，闭上眼睛长叹一声："啊，真好喝。在黑暗区待得太久，连喝到冷饮都会怀疑是不是幻觉。"他瞄了安裘一眼，"要不要来一罐？"

"不用了。"

"确定吗？"他转头看了看冰箱说，"里面还有一罐，不然就剩下科罗娜和中国啤酒了。"

"你觉得老佛把你供出去了吗？"

胡里奥看了安裘一眼："呃，我看过他的验尸录像，他肯定供出了些东西。"

"你觉得你有危险吗？"

"换作其他人出事，我一点也不会担心，"胡里奥耸耸肩说，"我通常都对我用的人保持距离，匿名寄送数据和邮件加密之类的。可是老佛，哼！"他摇摇头，"我们合作了大概有十年了吧。"

"所以你被泄密了。"

"老佛一定被拷问了，这不用说。那家伙的死状就跟你那些走狗挂在河边示警的亚利桑那人一样，根本就成了肉饼。他显然没能封口，要是他们问对了问题，有麻烦的就不只是我了，你懂吗？因为老佛还帮我雇人。"

"多少人？"

"你说有危险的吗？至少二十人，还要加上他雇用但不是由我付钱的人。我真为接下这个烫手山芋的人感到抱歉，那家伙肯定要瞎子摸象好几年。"

"所以你就这样拍拍屁股走人了？"

胡里奥瞪了他一眼："条子根据那家伙的补牙才认出他来，我才知道他出事了。他的名字被我们安装在凤凰城警局服务器里的监听程序截取到，他整个人差不多就剩下两三颗牙了。"

"你那个老佛会不会另外有生意，"安裘问，"像贩毒之类的？毒枭州的手已经伸到这里了，说不定他的死跟我们的生意一点关系也没有。"

"我只知道我不赌没把握的事，"胡里奥拿起啤酒朝安裘甩了甩，"所以才能活到现在，兄弟。"

"有谁有动静吗？还是有什么状况？知道是谁做了他吗？"

"没有，"胡里奥又灌了一口啤酒，"所有人都安静得跟老鼠一样，没有半个人开口。那家伙出现在《血河报》的头版，整个人面目全非，却一点消息也没漏出来，把我吓坏了——"他闭上嘴巴，目光被电视画面吸引了过去。

"你看到了吗？"

他走到电视前调高音量。

镜头带到蛇头夫妻铐着手铐走出郊区的家。那栋房子如同诡异的城堡，外围架着刺铁丝网，还有自己的发电机和贮水槽。画面接着转到屋内，充分展现这对男女过的是什么样的奢华日子，而钱全都来自那些可怜的得州人和亚利桑那人，他们以为这对蛇蝎伴侣能带他们逃往北方。

"尸体真他妈的太多了，"胡里奥说，"就算是这里也很夸张，比中彩票的概率还低。我押300元人民币赌人数会超过一百五十个，还以为这个数字已经很高了。早知道就赌更高一点。"

"你见到他了吗？"安裘追问道。

"谁？老佛吗？"

"是啊，佛索维奇，"安裘愠怒道，"那个肉饼。"

"你说的看到是亲眼看到吗？见到他本人？"

"对。"

胡里奥目光离开电视："我在警局服务器上看过他，对我来说已经够近了。"

"你会害怕吗？"

"废话，我当然害怕，不然你觉得我在泰阳特区里住得好好的，为什么突然希望连夜搬家？老佛都被他们整成那样了，天知道他们会怎么对我——"他看见安裘的表情，便不再往下说，"唉，去你妈的，"他开始摇头，"你真的想见他？"

"做事要彻底。"

胡里奥面露嫌恶："我提醒你，聪明人会尽量远离停尸间。"

"只剩补牙吗？"

"真的很惨，"胡里奥说，"我得说，凤凰城是个野蛮的破地方，但我从来没有看过那么可怕的。"

"你可是从华雷斯[1]来的。"

胡里奥一口气喝完啤酒，将罐子捏扁："就是因为这样我才吓得要死。我好不容易才逃过一次世界末日，可不想再经历第二次。"

1　墨西哥北部边境城市。

第 *10* 章

　　露西挤过堵在停尸间前的群众。救护人员、警察、联邦调查局探员和州警在现场大声吆喝，死者家属、鉴识人员和法医情绪激动，歇斯底里。

　　似乎凤凰城所有在加班的勤务人员都出动了，赶来处理尸体。死者不是堆放在门厅的轮床上，就是直接扔在停尸间外。露西放眼望去，到处都是尸体。走廊上闪光灯闪个不停，小报记者左右穿梭，捕捉血腥混乱的场面。

　　外面又送来一批尸体，抬着担架的人将露西一把推开。露西伸手扶墙才没有撞到旁边一具干尸。干尸上盖着勉强能遮掩的布。腐尸的恶臭蒸腾而上，加上救护人员的汗臭味，露西拼命压住呕吐的冲动。

　　"露西！"

　　瘦巴巴的提莫咧嘴微笑，抓着相机挤过人群朝她挥手。熟悉、友善的脸庞。

露西刚到凤凰城时，提莫是最先将她视为自己人的当地居民。她问雷伊·托瑞斯这里的小报怎么样，他就介绍她和提莫认识。两人从互不信任的工作伙伴开始，如今已经不只是单纯的工作搭档了。

现在露西只要接到采访任务，需要震撼人心的画面，她就会找提莫。提莫的摄影创作若需要文字搭配，或想登上大型杂志和新闻媒体，他就会打电话给她。

共生。

友谊。

在凤凰城如流沙般的浩劫之中，这份情谊是唯一坚定不移的磐石。

提莫挤过啜泣的死者家属，一把抓住露西的胳膊，将她拉进了混乱更深处。

"没想到你也来了！我们上次聊天的时候，你不是说你已经不再报道尸体了吗？"

"到底出了什么事？"露西大吼。

"你不知道吗？他们发现半个得州的人都埋在沙漠里了，尸体一直被送过来！"

提莫举起相机，挪开挡住屏幕的死亡女神护身符，顶开身旁推挤而过的人群，点出照片给露西看："看看这些宝贝！"

一张张尸体被人挖掘出的照片，一具接一具的尸体。

"蛇头集团收了钱，直接把人杀了埋在沙漠里，"提莫说，"没有人知道还会挖出多少尸体。"

露西打量着眼前的混乱景象，吃惊地说："我没想到事情这么大。"

"我就清楚得很，是不是？我一接到消息就知道事情成了，这新闻一定会火。"提莫激动又得意地说，"全球一半的地方都派记者来采访了，但最棒的照片在我手上。我在挖掘现场花钱买到了独家拍摄的机会，条子只让我进去。今年死神真是太保佑我了。"他亲了亲护身符，"感谢她亲自出手。"说完，他推了露西一下，"怎么样，你要合作吗？我有照片哦！"

"看来是。"

"小姐，我是说真的！我电话都接到手软了，现在我可是各大媒体的宠儿了。但我还是把你摆在前面，不想把这些照片交给刚从多雨区坐飞机赶来的浑蛋。本地人优先！"

"谢了，我想好了再跟你说。"

"怎么了？难道你有其他任务？"

"别担心，是私事。"

"好吧，"提莫不是很相信，"记得找我聊照片的事。我们手上的东西可以做好几个星期的独家。"救护人员抬着担架和更多尸体从两人身旁挤过，冲散了他们。提莫提高音量："我们可以大干一场！"

"别担心，我会打给你的。"

"别拖太久！"

露西挥手表示知道了，随即推开人群跟在救护人员后面。她见到一名警察，立刻开口问他："请问马可莉在哪里？"

"你有什么事？"

"我来这里指认尸体，"她撒谎道，"是她通知我来的。"

警察不耐烦地左右看了一眼："你晚点再来吧，这里都乱成一团了！"

"别担心，"她从他身旁挤过，"我去找她。"

警察根本没听见。他急着推开群众，朝一名抱着覆满尘土的尸体号啕痛哭的得州老人大吼："先生！先生！你不能碰证物！"

露西一路挤过走廊，来到冰冷的停尸间。尸体，到处都是尸体。她看见了马可莉，便朝她挥了挥手。

女法医正对着救护人员比画着。"这里已经放不下了！"她吼道，"我不知道是哪个白痴下令移动死者的，尸体应该留在现场！"

"好吧，我们不可能把尸体运回去，"其中一名救护人员说，"除非有人付钱。"

"下令的人又不是我！"

"我说了，你付钱，我们才会把尸体运走。"

"他妈的，负责人到底是谁？"

没有，露西突然明白，这里根本没人指挥。

她看着尸体和忙成一团的救护人员，感觉世界就要毁灭了。起初很慢，现在却瞬间天崩地裂，快得来不及逃脱。露西难以估算自己究竟看到了多少具尸体。她写过许多关于难民的报道，知道逃难者有几十万，但一对凶残的人口贩子怎么有办法害死这么多人？

比起飓风、龙卷风和海水倒灌而产生的难民，露西眼前这些堆积如山的尸体，这些花钱想要逃往北方追求水、工作与希望的人更让她震撼。每次当她觉得自己已经对人类的苦难感到麻木时，就会遇到这样的事，而且比之前更大，更惊人。

露西在混乱中漫无目的地走着，双手紧紧抱住自己克制颤抖。

情况越来越糟了。

可莉还在对救护人员咆哮，要他们把尸体带走，但救护人员径自离开了。

停尸间里就像大浪扫过留下了浮木般，遍地的尸体杂乱堆放在每张桌子和每块地板上。

天哪，她只用口述就够了。提莫说得对，这是天大的事件。她或许可以把独家采访卖给福克斯电视台、美国有线电视网、谷歌《纽约时报》，然后发在自己的社交网站上，在#凤凰城沦陷#话题下发帖，还有在《Kindle邮报》上直接线上出版。

要是操作得当，她甚至能够出书。露西忍不住计算她可能的收入。她有六种方式可以卖出采访，而且不只……

提莫正在拍摄可莉发火的照片，为他的小报档案增加库存。他瞥见露西在看他，便朝她竖起大拇指。

"他们说会创纪录！"

当然会了，不然其他记者才不会涌到凤凰城来。大家都知道这地方快完了，但慢慢衰亡没有爆点，破纪录的大规模凶杀案才会让美国各大媒体的主管垂涎，下令采访团队立刻乘机前来。

这件事能让她和提莫吃上好几个月。

提莫不停地拍照，露西看到他轻而易举潜入人们最悲惨、最私密的时刻，这场景让人难以忘却。他前一分钟还蹲在一对悲伤的得州夫妻身旁，拍摄他们抱着没能前往北方追求美好生活的女儿，这一分钟已经挤到冲突核心，拍摄救护人员不停送来尸体，还有可莉拼命维持秩序的徒劳模样。

没有人在意提莫。他跟大家都很熟，几乎像是家人了。他在停尸间进进出出，不断拍照。这家伙真是坚强精力充沛的信使墨丘利。到了今晚，他拍的照片就会在网上疯传，而安娜又会打电话给她，求她到北方来，求她重新考虑是不是真的需要继续在漩涡边缘直面这一切。

我很担心，安娜这样说过，*就这样，我只是很担心。*

这件事只会让她更担心，因为露西无法只用媒体夸大四个字就交代过去。这件事太大、尸体太多了。这么恐怖的事，就算安娜安安稳稳地生活在绿草如茵的温哥华也不可能视若无睹。

这是真正的世界末日，一切规则不再存在。

杰米决定赌上一切，不也是因为如此吗？在世界崩塌之前拿到他应该得的那一份。他一直活在恐惧之中，需要一条出路。所有人都是。

提莫挤到露西身旁，打断了她的思绪。"说真的，你在找什么？"他问，"也许我能帮得上忙。"

"我在等可莉。"

提莫哼了一声，"你等到明年吧。"说完举起相机，"你看这个，"只见屏幕里一堆腐尸，"他们把一家人又一家人带到这里。我是说，这些人花了大把钞票想逃到加州，结果却死在这个地方。你一定有办法用到这张照片吧？人道角度，还是赚人热泪的报道？"他点出更多照片，"我还拍了特写，你看——你还可以看到婚戒留下的痕迹。"

又一具尸体被送了进来。

提莫要救护人员停下来，随即拉开尸袋拉链拍了一张。又是腐尸。长发，但露西分不出是男是女。"太好了，谢谢！"他拉上拉链，露西转身要走，但被他一把拉住。

"你会联系我的，对吧？"

"当然，提莫，我如果写报道，一定第一个联系你。"

"别拖太久！老百姓对灾难新闻的兴趣只有一个星期！我们要趁阅读量飙升的时候猛力出击！"

露西拍拍提莫的肩膀，趁可莉再次开始跟救护人员吵架之前拉住她。

"露西！"可莉高喊，"你也是为这件事来的吗？"

"不是，"露西迟疑片刻，随即直说，"我想看看杰米，杰米·桑德森。"

"你说水利局那家伙？那个律师？"

"对。"

"你该不会想要报道他吧？"可莉一脸关切。

"没有，只是顺道，"露西装出笑容，"我可没疯。"

可莉抿起嘴唇，环顾堆放在各处的尸体。她累得眼窝凹陷、眼眶发黑。"我不知道他在哪里。"她拿出平板电脑开始浏览，随即皱起眉头，抬头对露西说，"你确定要看？"

这句话差点让露西笑了出来。我们身旁都是尸体，而且不断有死者送进来，你还担心我会不会害怕？

"不用担心。"

可莉耸耸肩，带露西到另一个房间。"他运气很好，送进来时还有空位。"说完她走到其中一张轮床边，"但我们正准备把他送走。因为尸体太多了，我们空间不够，容不下那么多尸体。"

露西发现这就是新闻点。

这就是能让大媒体买单的新闻点。不是提莫拍下的无数悲惨故事，而是连马可莉都被吓到了的这一点。

露西刚到凤凰城的时候，被城市的支离破碎吓坏了，偶尔夜深人静时，觉得自己都快要疯了。但她后来遇到可莉，发现自己应该受得了。可莉永远处变不惊，掌管停尸间就跟她在北极管理战地医疗站一样，她从来不会被吓倒，不会疲惫，更不会崩溃。

然而，此刻的可莉却被压力弄得不成人形。"我想这应该是他，"她面露迟疑，手指拈着白布警告露西，"他死前被人拷打过。"

露西生气地看了她一眼："我受得了。"

她错了。

拷打杰米的人用他残缺不全的尸体宣告着他们的手法。在冰冷的停尸间里，少了模糊视线的沙尘和满是刮痕的防尘面罩遮掩，杰米受到的折磨是如此醒目、凄惨而逼近，远超过露西以往见过的一切。

她吃力地咽了咽口水，竭力不让自己的表情露馅儿。

可莉伸出戴着橡胶手套的手，指着杰米的尸体说："生殖器遭受电击，皮下注射肾上腺素，肛门有创伤痕迹，曾遭钝物侵入，可能是棍棒之类的。"

"警棍吗？"露西问。

可莉立刻听出露西话中的暗示，因为她瞪大眼睛，随即装得一脸茫然。她偷偷地瞄了瞄停尸间另一头围在一批新运来的尸体旁的警察，然后狠狠瞪了露西一眼，怪她怎么把传言说出来了——只要有钱就能买到凤凰城警察当打手。"可能是拨火棍一类的东西。"

她接着往下说："他可能多次断气，但又活了过来，体内的肾上腺素有再分泌的现象。眼睛是死前剜除的。至于身体其他部位，只有手脚是死前切除的，腿和其余部位为死后截断。四肢有使用止血带的痕迹，似乎想拖延他的性命。"

露西强迫自己放慢呼吸，把可莉的话听进脑中。她感觉天旋地转，只好伸手抓着轮床才不会跌倒。可莉描述杰米所受的虐待，语气丝毫不带感情，但承受折磨的杰米不可能无动于衷。他一定在啜泣、呢喃、尖叫、哀求，脸上满是泪水、唾液和鼻涕，哀号到声音都哑了……

露西往前一步，注视他面目全非的脸庞。

他咬断了自己的舌头。

牙齿上还沾着血。

露西直起身子，努力克制呕吐的冲动。那疯狂的状态一定持续了好一阵子，直到杰米的生命从施虐者手中溜走，而这肯定激怒了他们。因为他们硬生生又将他从地狱或天堂拖了回来，让他重新再死一遍。

一遍又一遍。

可莉或许可以描述杰米如何被肢解，却无法道出他被施虐者切断手脚时所经历到的惊恐。老天，杰米真是白痴，他那么得意于自己和自己的计划，以为可以大赚一笔，然后远走高飞。

"这里有他的遗物吗？"露西问。

女法医看了她好一会儿："嗯，他没有被抢。"

"我可以看一下吗？"

可莉犹豫不答："你认识他，是吗？"

露西点点头："对。"

"看得出来，"可莉叹了口气，"戴手套吧。"

露西戴上手套，可莉便让她翻找装有杰米遗物的袋子。沾血的衣服、皮夹。露西打开皮夹翻了翻，里面有信用卡、几张人民币和几张发票。露西仔细看了发票：小吃摊开的，卖西班牙油条的得州人用手写的那种。杰米做什么都会报销，但这也太离谱了。三张名片，盐河计划电力公司、印第安事务局和垦务局，简短地见证了他的工作经历。

露西翻了翻他的信用卡，发现一张无标记芯片卡，烫金的卡片印着血红的商标：末日到来！露西将卡翻到背面，看来是储值卡，使用比特币之类的数字货币往里储值，完全不会被追踪，对不想留下交易记录的人来说非常好用，也很适合汇钱进去，是简单又匿名的付款方式。

她拿着卡片轻拍掌心，在心里盘算着。这个卡感觉很奇怪，跟杰米不搭。他那个人高调多了。

"死得真惨。"她身后有人说话。

露西吓了一跳，立刻将发票、纸钞和信用卡塞回皮夹里。

两名便衣警察站在她身后，都是西班牙裔，一手拇指插在皮带里，一手撩起外套露出警徽和手枪。

其中一名警察身材矮小，小腹微凸，留着山羊胡子，露出看穿一切的冷笑。另一名警察身材高大，表情严肃，脸庞有棱有角且历尽沧桑。两人都低头望着杰米。

"妈的，"矮个子的山羊胡警察说，"看来有人不想让这家伙死得太轻松啊。"

"两位有何贵干？"可莉厉声问道。

"刑事调查局。"高个子警察亮了亮警徽，接着便凑到搭档身旁，跟他一起靠近尸体检视杰米的脸，"他应该死得很痛苦，舌头都被自己咬断了。"他转头看了露西一眼，漆黑的眼眸冰冷无情，"那是他的遗物？"

露西还没回答，高个子警察就从她手里夺走了杰米的皮夹。

"蛇头杀手的被害人在那儿。"可莉指着另一头说。

表情严肃的警察直起身子说："我们不是来找刚出土的旧尸体的，而是刚死不久的尸体，像他。"他低头望着杰米的尸体，"他叫什么名字？"

"杰米·桑德森。"可莉说。

"唔，"他耸耸肩说，"不是他。我们在找一个叫佛索维奇的人，"他似乎若有所思，"不过跟这家伙一样被打得很惨。"

露西不喜欢两位警察自命清高的态度，还有他们目光打量杰米尸体、可莉和她的模样。

矮个子的山羊胡警察手背上有图案，看起来像是蛇纹刺青。高个子警察脸上一道刀疤延伸到脖子，细白歪斜，很像被人用碎玻璃瓶从喉咙一路划到胸口。矮个子警察一边翻动杰米的皮夹，一边和搭档跟着可莉走到另一具尸体旁。

可莉撩起白布问："这是你们要找的人吗？"

露西好奇地跟了上去。面带冷笑的山羊胡警察依然拿着杰米的遗物，露西很想再瞧发票一眼，还有那张会员卡，但她一看到另一具尸体就忘记这件事了。这家伙和杰米一定有关。两具尸体虽然受到的虐待不同，但就像一个模子刻出来的。

"你看，"矮个子警察说，"佛斯伯格，奇瓦瓦启示录3.0，你还说事态没有一发不可收拾。"

高个子警察哼了一声："真的是末日到了。"说完朝杰米的尸体撇撇头，"两个人简直一模一样。"

"也许只是巧合。"山羊胡警察打趣道。

"我听说真的有巧合这回事。"

两人都笑了，目光不约而同转向露西。

"你认识这个人吗？"刀疤警察指着他们说是佛索维奇的尸体问道。

这名死者惨遭蹂躏的模样跟杰米实在太像了，再笨的警察也不可能看不出来两者必有关联。

露西摇头说："我没见过他。"

刀疤警察指着杰米说："但你认识那个人，是吗？他是你朋友？"他从搭档手中抢过皮夹，掏出杰米的驾照问，"这个杰米·桑德森是谁？"

"应该是法务，凤凰城水利局的，"矮个子警察说，"至少他名片上是这么写的。"

"是吗？"高个子警察问露西，"桑德森真的在水利局工作？是法务？"

露西不喜欢高个子警察看她的样子，虽然一派轻松，其实问得很尖锐，深黑的眼珠子盯着她不放。

"我哪知道，"露西故作漠然，"对我来说，他就是个泳客。"她竖起大拇指比了比正在拍照的提莫，"我们是小报记者，想说拍拍尸体应该能上头版吧。"

"啧，真没想到你是个秃鹫。"刀疤警察朝杰米和另一具尸体点点头说，"你最近看到过类似的死者吗？跟他们一样被虐待的？像是泳客？挂在天桥上之类的？有吗？"

露西耸耸肩说："毒枭有时会做这种事。"她让对话继续下去，假装厌烦了，利用雷伊·托瑞斯教过她的方法来转移警察的注意，"提莫拍了一堆照片，你们可以去瞧瞧，说不定他拍到过类似的。"

"我想也是。"刀疤警察转过头叫可莉，因为她又跑过去遏止混乱场面了，"嘿！这家伙有遗物吗？"

"可能有，"可莉高喊，"找得到的话，就拿去吧！"

"找得到的话。"矮个子警察嘀咕一句，看了周围的满眼混乱，又低头研究起杰米的尸体来。

露西努力思考两个警察之间的关联，还有能从他们那里打探到什么。佛索维奇，刚才那个警察这么叫他。她真希望自己问了那个名字怎么写，才可以开始挖消息。她敢说这条线索一定能告诉她更多关于杰米死因的事情。就这一次，死亡不会是个谜。

她心里突然浮现雷伊·托瑞斯的脸庞，他挥舞着食指警告她。别写尸体。

"你们知道是谁干的吗？"她问两个警察。

从两名警察交换的眼神里透露出他们觉得这件事很有趣的意思。"坏蛋，"山羊胡警察说，"大坏蛋。"

"我可以引述你们的话吗？"露西还以颜色。

"当然，随便你。"刀疤警察看着她的表情突然让她不确定了起来。露西目光飘向对方的刀疤，疤痕从下巴到脖子一路延伸到衬衫里，在他硬得似桃花心木的皮肤上就像一道歪斜的裂痕，两旁肌肉绽裂皱缩，不难想象当时的凶残。

"关于这个男的，请你再说一次，"刀疤警察拍拍杰米的轮床，"你说你为什么找上他？"

"我——"露西顿了一下，"我说了，我只是来找点刺激的，写给小报用。"

"嗯，"警察点点头，"写给小报用。"

露西突然有种不安的感觉，觉得自己见过他。

是他的眼睛，露西心想。他注视别人的目光有种特别的专注，黑暗又强烈，仿佛看尽世间的恐怖，不再抱有任何幻想，跟她一样。

露西觉得口干舌燥。

提莫曾经提过死神使者的事。他说只要留意，你就会感觉到死神在你头顶上挥动翅膀，这时最好赶快到死神庙去花大钱献祭一番。只要动作够快，死亡女神就会保佑你——如果她喜欢你，而且你好好献祭的话。

露西当时一笑置之，觉得那是亚利桑那人的迷信，但她现在突然相信了。

这人就是死神。

"我还不知道你叫什么。"刀疤警察说。露西咽了咽口水。她不想透露，只想钻进墙里或掉头就跑。

"我想你应该有名字吧？"警察笑着追问。

他侧头打量着她，如同乌鸦凝望着腐尸，用目光撕碎她，啄弄她的皮和肉、肌肉和肌腱，将她破肚开肠。她才意识到跑来见杰米真是愚蠢，她竟然想弄清楚朋友的死。

"你不是警察。"

她一说出口，就觉得太明显了。他尽管戴着警徽，但不是警察。

"是吗？你这么认为？"虽然他这么说，但脸上的僵笑还是证实了她的推测。

她心想是不是他拷打杰米的，还将杰米和另一具尸体送到停尸间引诱她来？西印黑帮有时会干这一招，杀了人之后等亲友出现，再将亲友杀光。很狡猾的招数，而且黑帮很爱用，可以制造更多死亡，就像握着干掉的青柠檬挤出最后一滴汁液。

露西倒退一步，但警察抓住了她的胳膊，手指嵌进她的肉里，将她拉到面前，低头凑到她耳边，嘴唇扫过她的耳朵。

"我想你没有跟我说过你的名字。"

露西咽了咽口水，左右张望想找人求援，但她没看见可莉，提莫也不见了。露西只好咬紧牙关，故作威严瞪着警察说："你靠得太近了。"

"是吗？"

"退后，不然我就找真的警察来治你了。"

露西觉得旁观者可能只有一半会觉得刀疤男是骗子，但要是可莉在场，那就不一样了。

露西又瞄了停尸间一眼，寻找女法医的踪影。她到底在哪里？

手臂刺青的山羊胡警察漫步走来。"你问到什么了吗？"他伸手到腰带准备掏出手铐，"她有线索吗？"

刀疤男看了搭档一眼，接着又转头望着露西。

没想到他竟然放了她。

"没有，"他说，"没问到什么，不过是个小报记者，什么都不知道。"他回头看她，深色眼眸闪着警告，"小报记者什么都不知道，对吧？"

露西愣了一秒才低声回答："对。"

"滚吧，"刀疤男朝门口撇撇头说，"别待在这儿，去其他地方打劫吧。"

露西没等刀疤男再说一次，转头就跑。

第11章

安裘看着女记者走出停尸间。

她有些不对劲，但安裘不喜欢胡里奥插话的方式。被胡里奥问话的人，十有八九会崩溃，所以安裘放了她，但他立刻后悔了。

我心肠变软了。

"嘿，"胡里奥抓住他的手肘说，"有人来了，见鬼。"

只见两名男子亮出警徽，推开人群和救护人员走了进来。看上去是州警。

"你认识他们？"

"加州人，"胡里奥转身背对他们，压低声音说，"他们看到我一定会认出来，凤凰城太小了，躲都躲不掉。"

安裘匆匆打量了他们一眼，觉得应该没错。凯瑟琳·凯斯专挑囚犯和被逼到穷途末路的人充当打手，但加州经费雄厚，花钱的地方和做法都跟凯斯不同。这两人走在轮床之间，利落、整洁的外表一看就像是有钱的斯坦福大学毕业生。没有刺青，发型也恰到好处，货真价实的成功人士。

"你确定他们是加州人？说不定是真的刑事局官员。"

胡里奥用手肘推了安裘一下，不耐烦地说："拜托，我很确定。我在宜必思装了摄影机，那些家伙经常在总部进进出出。"

"那家公司说不定是加州代表处。"

胡里奥已经在找出口了："我就知道不该答应跟你来的。"

"冷静点，老兄，让我们看看他们来这里干吗，说不定会发现什么。"

"去你的，少来老兄那一套。"胡里奥面如死灰，一副魂飞魄散的模样，"我打包票他们的证件一定是真的。他们想逮捕就可以逮捕我们，对我们做背景调查。你希望那样吗？"

"真的？他们能那样做吗？"

"加州什么事都抢先我们一步。你遇到狠角色了，老兄。"胡里奥刻意加重最后两个字反讽安裘，随即拽着他的袖子说，"快点走行不行！"

安裘觉得胡里奥垮了。

站在他身旁这家伙，从前就算被人拿枪塞进嘴里，他眼睛眨也不会眨一下，还会气定神闲地告诉对方拉斯韦加斯拥有这里的水，叫对方放弃吧。过去的胡里奥不知恐惧为何物，只会拿出文件，就算对方赏他后脑勺一枪也无所谓。

但现在才来了两个加州人，这家伙就吓得屁滚尿流了。

"你要走就走吧，"安裘说，"我还想在这里多待一会儿，看看这两位朋友有什么企图。"

胡里奥犹豫不决，心里显然很挣扎，既想逃又想在安裘面前维持颜面。"你死了不关我的事。"最后他嘀咕一句，说完就挤过人群逃之夭夭了。

安裘继续在尸体之间穿梭，偶尔撩起白布看一眼，假装在办正事，其实是暗中监视那两个加州人。那两个家伙也在寻找死者。

不管胡里奥怎么说，但安裘觉得他们看起来实在像是真正的刑事局官员。刑事局来这里可以理解，因为停尸间里的得州人尸体多得跟柴堆一样，就连亚利桑那人也不得不表示关切，至少告诉游客这里还不打算成为新的种族清洗州。

那位小报摄影师还在拍照，闪光灯跟炸弹火光一样闪个不停。安裘看他绕着尸体前后拍照，动作流畅而专业。他突然想起溜走的女记者。那个女的很有问题。

那我为什么放她走？

安裘一边盯着那两个加州人，一边跟着摄影师四处走。那家伙想从某个角度拍摄尸体。只见他一手撩起白布，另一手抓着相机单手拍照。

安裘替他拎着白布："看来生意不错。"

摄影师点头感谢，一边调整相机设定。"真的，老兄，简直难以置信。"他眼睛贴着取景框说，"你可以举高一点吗？谢了！"他连拍了几张，"我想拍她缺了牙齿的样子。金牙都被拔掉了，不过……"

安裘老老实实把白布举高。"那个，"他说，"刚才你朋友也在这里，就是跟你一起为小报工作的那位女士。"

"你说谁？露西吗？"摄影师又拍了一张，随即又后退寻找适合的角度，"她拿过普利策奖，可不是什么小报记者。"

"是吗？"安裘埋怨自己竟然放走了她，"我应该早点发现她很厉害，你知道，她很会问问题。"

"是啊。"摄影师漫不经心地点点头，继续专心拍照。

"我本来想多了解一下她，结果……"安裘挥手比了比四周的混乱场面，"发生这种破事，害我忘了问她的名字和电话号码了。"

"你可以上网搜索她，露西·门罗。"摄影师背出她的电话号码，手上依然忙着拍照，"你可以举高一点吗？"

门厅又传来一阵骚动。安裘和摄影师同时转身，以为又有一波尸体进来，没想到竟然是一群家属蜂拥而入，而且不止得州人，还有本地人，黑白棕黄，各种肤色都有。他们都失去了亲友，此刻正推开警察往里面冲，警察完全控制不住场面。英语、西班牙语和达拉斯口音的拖腔此起彼落，但都带着浓烈的哀伤。

"哇，这下精彩了！"摄影师说着便往人群跑去。安裘退到墙边，目光依然盯着那两名加州人，看他们检视尸体。

露西·门罗，普利策奖得主。

加州人停在杰米·桑德森的尸体旁，喊了掌管停尸间的华裔女人一声。两个整洁利落的家伙，做着他和胡里奥几分钟前才做过的事。

应该很有趣。

女法医比手画脚，和两名加州人争执着。两人亮出警徽，女法医转过身来，目光扫过周围的混乱场面，整个人的神情都变了……

她指着安裘。

谢谢你，女士。

安裘冷笑一声，假装头上戴着牛仔帽，朝加州人按了按帽子，用嘴形跟他们说："太慢啦。"

对方当然立刻掏枪，但安裘早就钻到哀伤的家属中间不见踪影。

脱逃时，安裘不小心踢到一张轮床，害得床上层层叠叠的尸体通通落到了地上。

两名加州人拼命推开人群，家属看见亲人的遗体摔到地上，气得七窍生烟，开始追打加州人，高喊复仇和血债血偿。

安裘抓住旁边一名警察，亮了亮警徽说："抓住那两个白痴！快点！现在是刑事案件！"

他继续在人群之间穿梭，让加州人跟警察和愤怒的家属纠缠。

那两个家伙挺厉害的，其中一人竟然甩脱了警察。

安裘继续挤过人群，顶开不断涌入的尸体、家属和医护人员，随手扯下一张轮床上的白布，露出底下的得州人尸体，然后往左闪进侧厅。

摆脱警察的加州人紧追不舍，冲到了附近。安裘将白布扔到对方头上，那人抓狂大吼，但安裘已经将他拉到面前，手肘对准他鼻子就是一下猛击。那人掏出手枪，安裘抓住对方的手狠狠撞墙，枪应声落地。他将那人转过来，脑袋夹在腋下拖着前进。

那人不断挣扎，隔着白布发出模糊的咆哮。

"警察办案！"安裘对着旁观群众吼道。

他又捶了那家伙一拳，勒住对方脖子。不一会儿，那人就四肢瘫软了。

安裘将他翻过来，刻意在人群面前替他铐上手铐，然后拖着他往大厅里走，远离了混乱的停尸间。

他将加州人塞到轮床底下，翻阅对方的警徽和皮夹，然后用白布将他捆好，接着回到大厅寻找那人的搭档。

另一名加州人还在跟警察和家属纠缠，指着对方鼻子互骂，为某家的小孩在骚乱中崩溃大哭而大发雷霆。

安裘低头挤过人群，走出铁门迎向屋外的炙热与嘈杂。警察、救护车和得州难民乱成一团。亚利桑那的烈日凌空照耀，让柏油路黏黏腻腻。安裘怀着一丁点儿希望在记者群中左顾右盼，可惜谁也没见到。

他在停车场找到胡里奥，那家伙看起来焦虑得快疯了。

"你说对了，"安裘坐上胡里奥的卡车，将皮夹扔给他说，"他们是加州人。"

胡里奥接住皮夹压在胸口，用西班牙文骂道："操你妈，我早就跟你说了。"

"他们来找佛索维奇和另外那一个死掉的人。"

"太棒了，你真是福尔摩斯再世。"胡里奥发动卡车，将空调开到最强，"我们他妈的可以闪人了吗？"

"可以，走吧。"安裘系上安全带，"我接下来想查查那名记者。"

"你说那个小报女记者？"

"她显然不只是个小报记者，而是个真正的记者，我敢说她一定认识那个死得跟老佛一样难看的家伙。"

"你说水利局的法务？"

"没错，既然那家伙的舌头没了，只好看这位记者会不会多说一点了。"

"你得先找到她才行。"

胡里奥将车开出警察局停车场，安裘笑着说："记者好找得很，他们最喜欢被人关注了。"

胡里奥避开马路清洁人员清理到路旁的沙堆，朝市区开去。车子驶在龟裂的水泥高速公路上不停震动。"跟我们不同。"他说。

"没错。"安裘望着日渐萧条的城市从车窗外掠过，"记者，

148

一个个都喜欢自己找死。"

胡里奥变换车道，超过骑着摩托车的一对夫妻。只见两人戴着防尘面罩和头盔，将头整个包住，感觉就像电影《捍卫星际9》里的突击队。

"刚才那里尸体真多。"胡里奥说。

"所以呢？"

"我想我应该多买点彩票，离挖完尸体还早得很呢。"

"你在这里就做这些事？"

"你别笑，收益好得很。数字货币，完全追不到，通通免税。所以呢？"他一脸期待，等着看安裘的反应。

"所以怎样？"

"所以你想入股吗？那里有上百具尸体，加上城里每天会死的人，我看数字很可能会爆表。"

"你妈难道没教你天下没有白吃的午餐？"

"拜托，"胡里奥笑了，"这里付钱的是得州人。"

第*12*章

　　玛丽亚还没看见鬣狗，就远远听见它们的声音了。鬣狗鼻翼翕动，声音在荒芜的分区上空颤抖、飘扬、回荡。

　　威特将这一带占为己有，变成自己的地盘，不仅架了双层铁丝网做围篱，上面还加了蛇腹式铁丝，保护铺着西班牙瓷砖屋顶的灰泥房舍。

　　我死定了，玛丽亚一边这么想，一边继续往前走。鬣狗从低语变成了齐声高唱。

　　野兽的叫声幻化成形，如同超现实的怪物守在铁丝网后方，在双层围篱中间的无人地带来回奔跑。它们毛发蓬乱，隔着铁丝网窥视她，龇牙咧嘴，低嚎咆哮，摇头晃脑地在她身旁打转，跟着她走上小道。

　　那悲惨的一天终于结束后，玛丽亚手里抓着赚来的美金和人民币，和莎拉并肩而坐，心想干脆逃走算了。这些钱根本就是笑话，连她都不够用，更别说莎拉了。薄薄一沓钞票摆在沾满沙尘的被子上，少得可怜。

"我们可以逃跑。"过了很久，莎拉打破沉默说。

但她们逃不了，没办法。莎拉如果不在黄金大道工作就活不了，而玛丽亚如果不在泰阳特区附近卖水也无法维生。她们只是苟延残喘。

"我去找达米恩谈，"玛丽亚说，"看能不能延期。"

"我不敢去，"莎拉不敢看玛丽亚的眼睛，低头抠着被绑带高跟鞋割伤的晒黑的脚踝，"我——"

"跟你无关，我去就好。"玛丽亚说。

"我不敢——"莎拉欲言又止，"他晚上会把兽栏打开，我看到过它们。他会打开兽栏，放它们在屋里屋外跑来跑去。"她打了个冷战，"我不敢回去。"

"你跟我说过。"玛丽亚说。

其实没有，至少不是用讲的。

莎拉那天一从威特的通宵派对回来后就蜷缩在玛丽亚身边，即使地下室热得要命，她还是裹着被子发抖。她换上最好的衣服，一袭美丽的黑色连衣裙合身精致，是某位五仔买给她的，他把她当成小公主疼爱。她去派对是希望遇到能和威特平起平坐的人，遇到长期饭票，没想到第二天清晨却跌跌撞撞地回来，缩在玛丽亚身旁，仿佛玛丽亚能让她摆脱昨晚见到的一切。

"他们逃得不够快。"莎拉不断喃喃自语。

后来玛丽亚听那天在场的其他人说，鬣狗被人放出来乱跑，阿罗约小姐和她的金发男友弗兰斯都死了。鬣狗把两人扑倒，啃食他们的尸体，轻松得很，因为鬣狗猎捕其他动物辛苦多了，不像扑杀两个白痴亚利桑那人那么容易。那两个白痴还以为威特会救他们。

但就算不知道这些，那群鬣狗还是让玛丽亚心惊胆战。它们的黄色眼眸似乎潜藏着远古的记忆，经历过的饥渴、干旱与求生的挣扎远超过玛丽亚。它们紧跟着她，仿佛在说她活不久了，而它们永远不会灭亡。

更多鬣狗闻到了她的味道，叫声更凶了。它们从威特让给它们的空屋里出来，尖叫低嚎，嘶嘶狞笑，成群结队，但随即从她身边跑过，去追逐新的目标了。

玛丽亚望向前方的宅院大门，铁栅门后面站着一名白发男子，他正拿着血淋淋的肉块抛向隔离在另一区的鬣狗。只见那群野兽争先恐后，互相推挤、碰撞，低声咆哮，扑向飞过铁丝网和蛇腹式铁丝的生肉。

这群巨兽有十多头，有些站起来跟她一样高。它们满身尘土，动作野蛮迅速，猛扑到生肉前咬下一块，随即跑回原地趴着啃食。它们在铁丝网后面来回跑动，神情警觉而兴奋，眼睛紧紧盯着抛肉的威特。

鬣狗弓着身体，而后向上跃起。

玛丽亚很想描述鬣狗的动作，说它们弓身像猫，跳起来像狗。她想用自己见过的事物来形容它们，但鬣狗的动作就是那么奇特。

又一块血淋淋的生肉飞过了刺铁丝网。一只鬣狗瞬间立起，张大嘴巴，大得可以咬住玛丽亚的脑袋。

鬣狗伶俐的反应让威特笑容满面。他的两只前臂沾满了鲜血。他的一群手下正在抽烟，一边将烟盒传给没烟的同伴，一边留意街上的动静。鬣狗继续嚎叫乞求主人再给它们喂食。埃斯特凡也在那群人之中。他一见到玛丽亚就露出冷笑，喊了达米恩的名字。

"嘿，你的卖水小姑娘来了。"

威特站在他们身后，从桶子里拿出一根僵硬的东西。是人的手臂。鬣狗立刻争抢着龇牙咧嘴地撕扯起来。

达米恩缓缓走到大门前："我还以为你已经拿着钱越过州界了呢。"

玛丽亚忍不住动怒说："你去问埃斯特凡！他就在那儿。他把什么都拿走了。"

"所以……你要我去叫他吗？你希望两个人拿着和平玫瑰坐下来，像小学生一样好好谈吗？"达米恩微笑看着她的样子……像是他根本不意外她身上没钱。他知道她钱不够。

是他叫埃斯特凡那么做的，就是要她钱不够。

"你已经拿到钱了。"

达米恩咧嘴微笑，这样打哑谜让他乐得很。"你想抱怨？"他朝正在抛肉的威特和威特那群宠物撇撇头说，"抱怨请往那儿走。"

玛丽亚狠狠瞪着他。这是骗局，一切都是骗局。他们根本不想让她赚钱，不想让她离开，只想让她和莎拉在这里流血流汗、跟人上床、孤苦老死，直到榨干她们。然后呢？

然后再找下一批得州人，继续这么干。

玛丽亚突然明白了。她知道自己看穿了这个世界。难怪爸爸会一直装作看不见。

"嘿！"她大喊，"威特先生！"她挥舞双手，"威特先生！"

威特闻声转头看她。

达米恩僵住了。他瞄了瞄威特，又看着玛丽亚，脸上露出气愤的假笑："你这是自讨苦吃。"

威特放下桶子，挥手要手下两名西印仔把桶拿走。他们递给他一条抹布，威特漫不经心地擦了擦手臂上的血渍，大步朝玛丽亚走来。

玛丽亚努力压抑内心的恐惧，看他走到大门前，隔着铁栅望着她。

"这是哪位？"他问。

"没事，"达米恩说，"这小妞儿迟缴规费。"

威特转头看着玛丽亚。"这跟我有什么关系？"他一边说着，一边继续擦拭他手臂和手上的血渍，抹布上沾满了脂肪、肉屑和浓稠的鲜血。

"我有钱。我在泰阳特区旁边卖水。"玛丽亚说，"我有钱，但都被他拿走了，他叫埃斯特凡，他把我的钱拿走了。"

"所以你就来找我。"威特露出微笑，"我没见过几个人会直接来找我。"

威特壮得跟公牛一样，肩膀厚实，白发蓝眼。浅蓝色的眼眸跟飘着卷云的天空一样高远冰冷，瞳孔细如针尖。他隔着围篱看着她，眼神跟他的鬣狗一样饥渴，如同饿坏了的野兽，只想冲到铁丝网的这一边。

玛丽亚突然发现自己错了。威特根本不是人，而是别的东西，是从地底爬出来的恶魔，不停地啃食吞噬、啃食吞噬。而这恶魔现在正舔着嘴唇盯着她，铁丝网根本阻挡不了。他只要一伸手就能抓住她。

"过来。"

威特伸出抹着血迹的手臂，张开沾着血的手掌，急躁而期盼地召唤玛丽亚："让我瞧瞧你。"玛丽亚发现自己竟然乖乖听话，朝他带血的手指走去，心里惊骇到了极点。

154

威特轻抚她的脸颊，捏住她的下巴："你叫什么名字？"

"玛丽亚。"

威特将她拉得更近，他的瞳孔亮得刺目，如野兽一般饥渴。

"我看到了什么？"威特口中念念有词，一边用沾满鲜血的手左右搬弄她的脸庞，似乎看得入迷了，"我看到了什么？"

"如果他一直拿走我的钱，我就没办法赚了。"玛丽亚低声说道。威特依然捏着她的下巴，她感觉自己好像抽离了身体，旁观着这一切。

"玛丽亚，"威特喃喃道，"玛丽亚……我不是笨蛋，你觉得我是笨蛋吗？"

"不是。"她勉强才挤出一句。

"那你为什么还来找我，跟我说一些我早就知道的事？"他的手捏得更紧了，像老虎钳一样，"你以为在我的地盘上，有些事我不知道是吗，玛丽亚？你以为我有地方没看清楚，竟然还活得好好的，是吗？"

他又轻轻摸着她的脸，用指背抚过她的脸颊说："我知道你在泰阳附近卖水，也知道你想赚更多钱。你的事我通通知道，因为我有通天眼，懂吗？死亡女神在我耳边说话，跟我说你会来，说她喜欢你和你的小红推车。"他用充满野性的蓝色眼眸看了看肮脏的小巷，"你怎么没带推车来？我看到车上装满瓶子，在阳光下闪闪发光。但你是一个人来的。原来天眼看到的不一定会和发生的完全一样，你是不是也这样觉得？"

玛丽亚咽了咽口水，点点头。

"所以你为什么不想为我工作呢，玛丽亚？"

"我只是想好好卖水。"

"达米恩可以让你去好地方，玛丽亚，安排你在车流大的地方轻松赚钱，或者你可以替我运货。你比你那个朋友聪明，她只会躲着我。你这样的女孩对我很有用，有好处。你可以待在救济水泵附近，可以存钱当偷渡费，但光是赚小钱绝对去不了北方，得赚大钱才有办法。"

"我只是在卖水。"

"但你不是个体户，对吧？"他针尖般的瞳孔盯着她，"难道你私下藏钱，没有把该缴的规费交给达米恩？"

玛丽亚吓坏了。她咽了咽口水，没想到威特竟然知道她跟莎拉去见过她的五仔，而且跟他一起吃过饭，听他说含水层的事，为了赚钱。

"我不是笨蛋。"玛丽亚说。

"如果你是笨蛋，我就不会问你了，只有聪明人才会觉得可以自立门户。"他又露出空洞的笑容，"只有聪明人才会觉得可以在我们这个大家庭、这个生态系里钻出自己的漏洞。"

威特目光飘向鬣狗。"当然，那些家伙也以为它们出了铁丝网一样能活。"他的视线又回到玛丽亚身上，"它们喊着想要自由，可以自在地奔跑和狩猎。它们看我们这么娇小柔弱，搞不清楚状况，便觉得机会来了。我们进化得没有它们好。弱肉强食强化了它们的族群，我们却无法适应那样的挑战。你看看它们。"他捏着玛丽亚的下巴要她转头，看看那群鬣狗。鬣狗望着他们俩。

玛丽亚咽了咽口水，威特笑了："你也看到了，对吧？我想我们都是能看清事情的人。"

鬣狗瞪着骇人的黄色眼睛打量玛丽亚。玛丽亚知道威特说得对，她看得见它们远古的心灵在运作，几乎可以听见它们在幻想，想象威特要是放它们离开围篱去狩猎，它们会变得多么繁盛与壮大。

玛丽亚发现，这是它们的天下。残败的凤凰城郊区是它们的应许之地。鬣狗不怕没水，它们只是在围篱里默默守候，等待接掌这个世界。

我们跟你不一样，小妹妹。我们不需要水，只需要血。

"我想我要是放了它们，它们应该会活得很好，"威特说，"你不觉得吗？也许它们总有一天会得偿夙愿，这座城市会变成它们的地盘。"

威特放开了她。

"我宽限你一天，"他一边说着，一边转身离开，"把该缴的钱交给达米恩。"

"但他已经把钱拿走了。"

"死亡女神说我不该为你办派对，"威特说，"但可没说我别再做生意。"说完他看了看他的手下，"只要付了该缴的钱，达米恩就再也不会找你麻烦。"他紧盯着她，眼神和鬣狗一样疯狂，"把钱交了，不然下次你再来的时候，就是来参加派对了。"

玛丽亚退后一步，用力抹了抹脸，手被沾在脸上的血渍染红了。

"你听到老大说的了，"达米恩冷笑道，"快去赚钱吧。还有别忘了，你的朋友也欠我钱。"

玛丽亚转身离开，努力不去想她身上的血迹，不去想那血来自哪里。

那只是水，她告诉自己，那只是水。

玛丽亚离开威特的住处，鬣狗一路低笑跟着她，扯得围篱沙沙作响。它们每一步都在提醒她，在它们眼中，她便是猎物。

第*13*章

安裘靴子都没脱就倒在希尔顿酒店柔软的大床上，脑袋靠着蓬松的枕头，打开电视，屏幕上出现最新一集的《大无畏》。

他将平板电脑放在腿上，搜索刚才放掉的那名记者。她朋友提莫没说谎，她真的不难找。

露西·门罗，我们的超级扒粪[1]大记者，正忙着大力揭露黑幕。

凤凰城水利局法务遇害

死前遭受凌虐数日

---

1 19世纪末20世纪初的美国掀起了一股新闻报道浪潮，一些记者和报刊致力于深入调查报道黑幕，揭发丑闻，对社会阴暗面进行揭示。总统西奥多·罗斯福在一次演讲中，将一批致力于揭丑爆料的记者，比作英国作家约翰·班扬小说《天路历程》中的一个反派人物，他从不仰望天空，只是手拿粪耙，埋头打扫地上的秽物。但是被批评的揭丑记者却不以为意，反而欣然接受"扒粪者"这个称号。

她果然骗了他。露西根本不是小报记者，她比狗仔疯狂多了。他得承认，这女的实在有种，或像凯瑟琳·凯斯说的，够剽悍。安装每次讲话太大男人时，凯斯都会这么纠正他。

不管她是有种、剽悍或白痴，反正下盆地的所有大咖她都杠上了。从加州、赌城到凯瑟琳·凯斯，通通被她点名批判，还有凤凰城水利局和盐河计划电力公司。以她激动的程度，就算提到安装他也不意外。

凤凰城水利局的法务被五马分尸，所有人都装作没事。所以露西·门罗决定捅遍马蜂窝，到处兴风作浪。各方开始交相指责，凤凰城警局和州检察长则都"不予置评"。

以这女人的拼劲，安装觉得她应该才来这里不久。她这样迟早会惹毛某人，把她除掉。

电视上，陶欧克斯刚赏了颗子弹给两名威胁得州难民的西印仔，这会儿将枪塞进一个金发男子的嘴里，问他"焦人"在哪里。

安装很喜欢陶欧克斯在《大无畏》里的角色：雷利克·琼斯。琼斯是前海军陆战队武装侦察部队队员，他从北极回到得州海边的老家，却发现家人都被飓风卷走，生死不明。

第一季，雷利克·琼斯都在南得州联邦紧急事务管理署设立的避难所寻找妻儿的下落。他在墨西哥湾的泥泞海岸和残骸垃圾堆里寻寻觅觅，还要躲避暴雨和龙卷风。但在最新一季里，雷利克·琼斯回到陆地，开车继续寻找他的家人。

陶欧克斯真他妈适合这个角色。

他失败过，所以演起雷利克·琼斯来恰到好处。这家伙直到出演《大无畏》才大红大紫。他之前演过两三部动作片和爱情喜剧，曾经红过，但随即销声匿迹，迷上泡泡和可卡因，还有人说他当过男妓，后来就完全从小报上消失了。所有人不再关注他。比他堕落得更惨、更夸张的明星大有人在。陶欧克斯完了。

没想到转眼之间，他竟然靠着这个角色东山再起。如今的陶欧克斯已经是刚毅的中年男子，不再是当年的俊俏小生。他经历了太多波折，外表看上去就是个地地道道的得州人。

马桶哗哗冲水。胡里奥扣着皮带走出厕所说："你还在看这部破电视剧？"

"我很爱看，"安裘说，"失败者也有灵魂。"陶欧克斯受过伤，遇到过困难。"他很有深度。"安裘说。

让安裘觉得真实的明星并不多，更不可能有演员知道安裘置身的世界是什么模样，但陶欧克斯扮演的得州人却让安裘觉得丝丝入扣。安裘也苦过。当凯瑟琳·凯斯将他从地狱里救出来时，他正需要重生，而她给了他机会。

第二次机会。也许这就是他喜欢那浑蛋的原因。

"停尸间那个小妞儿是什么来历？"胡里奥问。

"呃，她不是小报记者，是认真做新闻的家伙，"安裘说，"写过很多报道。"

他没有说她很眼熟。他在停尸间见到她时，那似曾相识的感觉吓了他一跳。更糟糕的是，他明明应该抓住她、盘问她，没想到却放走了她，像蠢蛋一样，结果现在只得设法再找到她。

真难堪。

"都是大媒体：谷歌《纽约时报》、英国国家广播公司、《Kindle 邮报》《国家地理杂志》和《卫报》，写一些环境新闻之类的狗屁。还有《高乡新闻》和另外两三家媒体。她报道了许多凤凰城害死人的消息，也制造热点话题，在#凤凰城沦陷#话题里发布了一堆文章，简直呼风唤雨。"

"她会发布#凤凰城沦陷#话题文章？"胡里奥兴致来了，"那个话题不错，有点类似#尸体彩票#。你看过#尸体彩票#吗？太扯淡了，比小报还劲爆，真的。"

电视上，陶欧克斯赏了最后一个混混一颗子弹，发出啪的一声，鲜血溅地。

"要写的尸体太多了。"安裘评论道。

"真的，"胡里奥说，"我们应该会超过新奥尔良。"他举起手机，"但彩票就没那么好运了。我想我们押了500元人民币赌人数会超过一百五十人，但还没得到确切数字。那些浑蛋不肯再计算尸体，埋怨不知道从何数起，因为沙漠里不断有尸体被挖出来。"

他瞄了一眼手机屏幕说："连彩票都撑不下去，你就知道这里不能待了。"说完他将手机塞回口袋，"管他的。我要往北走了，你还需要什么吗？"

"你搜过那家伙的东西吗？"

"搜过。"胡里奥走到他们从两名死者那里拿来的证物袋旁，看着倒出来的遗物，"什么都没有。"他笑着举起一张金卡，"除非你想查查'末日到来！'，看我们这个挂掉的家伙藏了多少不记名现金，说不定还能办派对呢。"

"这就不用了。"

胡里奥生气地瞪他一眼："你要是打算待在这里，最好学会怎么找乐子。像是得州站街女郎，她们为了能洗澡，几乎什么都肯做。"

"你有听过露西·门罗这个人吗？"安裘举起平板电脑让胡里奥看照片。

"她就是你要找的记者小姐？"胡里奥将会员卡收进口袋。

"她写了一堆关于杰米·桑德森的事，就是和老佛一起遇害的家伙。"

"肯定是小报那种狗血的报道，我猜。"

"不是，"安裘摇头说，"她完全没提到毒品和凌虐，只针对水。桑德森那家伙绝对是凤凰城水利局的，担任法务之类的。"

"像布雷斯顿那样？"

"我不认为他有那么位高权重，就是普通公务员吧，搜索整理州郡档案，供布雷斯顿出庭使用，那一类的工作。"安裘皱起眉头，"桑德森，还有你的手下老佛，两人都那样伤痕累累绝不是巧合，尤其是加州人也来查他们俩，肯定不单纯。"

他将平板电脑转过来，让胡里奥看一眼凤凰城水利局那家伙出事前的模样，跟他在停尸间里不成人形的模样判若两人。

"你认得他吗？说不定他是老佛的眼线？我猜你手下老佛也许雇用了他探听情报之类的。"

胡里奥看了看照片，摇摇头说："我确定从来没见过这个人。但我也说了，老佛两周前曾经对我三缄其口，一直说他发现了一件事，值一大笔钱，却怎么也不肯吐露细节。"他又看了看照片，"我以为老佛只是想赚点外快，"他笑着说，"想到他打算搞一票大的，我却在领凯斯的死薪水，我心里就有气。结果现在他死了，我却能回拉斯韦加斯，你瞧有多讽刺。"

"还真是讽刺。"

胡里奥意味深长地望着安裘："你要是够聪明，就会跟我一起走人。"

"工作还没做完。"

"去你妈的工作。"胡里奥哼了一声，"别以为你在这里可以当英雄，变成雷利克·琼斯。你来过，也查过了，我可以向所有人做证。"他朝门口做了个手势，"所以跟我一起走吧，反正凯斯又不会像检查作业一样监督我们。我们只要回去，跟她说老佛的死没什么，这样就没事了，我和你都不会落到老佛的下场。"

安裘放下露西·门罗的另一篇报道。她写了一千字的檄文，提到两年前凤凰城警局一名警察中枪的事。这女的真是扒粪扒得冷血无情。

"你的胆子跑到哪里去了？"安裘问，"你以前不是很有种吗？胆子跟牛睾丸和我的拳头一样大？不是堂堂男子汉？你他妈的怎么了？"

"我在这个狗屁地方待太久了，就这么简单。你要是在这里待得够长，也会变成这样。这里的人——他们都不知道为什么死的。我说了，这可不是在演戏，跟陶欧克斯一样。天天都有得州人被吊死在高架桥上。小孩子脑袋吃子弹，只因为某个人沙尘暴过后发了狂。"

胡里奥接着说："前一秒钟你还在黑暗区买龙舌兰酒，下一秒就有皮肤晒得黝黑的10岁得州小鬼蹦蹦跳跳跟着你一路走到最近的提款机，这里就是这么疯狂。

"就连有钱有势的亚利桑那人也在逃。我每天都在情报里读到这类事。政客收取贿赂，好在加州购买豪宅，要是记者开始问问题，他们就叫警察把记者押去沙漠处理掉。我不骗你，这里半数的州代表都在温哥华或西雅图有度假屋，以便到时拿着特别旅游签证离开这里。

"这地方快要完了，所有人都在搜刮，你竟然还来这里调查某个人的死因？"

"某两个人。"

"去，干你妈的——"胡里奥摇头用西班牙文骂道，"唉，算了。我敢打赌老佛还有你那个杰什么桑德的，管他叫什么，他们应该是在夜店惹毛了某个西印仔，结果就被打死了。这地方跟有没有种无关，有的只是便宜的华雷斯城毒品、便宜的得州妓女和便宜的伊朗子弹。"

"我认识的那个胡里奥会说这里根本就是天堂。"

胡里奥做了个鬼脸："你会笑是因为还没见识到亚利桑那民兵和得州蠢蛋打起来的样子，等你看过之后想法就会跟我一样了。"

安裘投降似的举起双手说："我什么都没说。"

胡里奥冷笑一声，"最好是。"他又看了看手机，然后塞回口袋，"哦，对了，去你的，我才不在乎你怎么想。"

"就这样？你什么都没留下就要离开了？连吻别都没有？还有什么我需要知道的情报吗？"

"当然，我手上有一堆狗屁情报，每周告诉我凤凰城水利局哪些人升官了，优先用水权的档案更是多到爆炸，还有凤凰城含水层淡化和化学过滤计划报告，根本就是他妈的痴人说梦。我得到报告说可口可乐打算撤除全新的装瓶厂，因为直接从加州运来还比较便宜，不管凤凰城提供多少好处，他们都不打算待着。我知道弗德河已经有多长一段沉入地底。我有一堆装满情报的U盘可以给你，而且我可以告诉你，老佛挖到的情报根本不值得让人赴汤蹈火，全都是没有用的狗屁文件。"

"所以你认为他在追查的水权都没有实凭实据？"

"我是说我才不在乎。这里死定了，我要拍拍屁股走人了，待到现在是因为你是我朋友。

"当然，"安裘说，"我了解。"

看到胡里奥完全变了一个人，让安裘觉得自己老了。他们曾经一起到佩科思和俄克拉何马的红河执行任务，还有阿肯色州，确保科罗拉多东部的城市油水充足，不会又来争抢偏远山区的水，断了拉斯韦加斯的命脉。他们一起经历了那么多，但如今胡里奥却成了一条败犬，夹着尾巴一心只想逃。

安裘认定这家伙走了不足为惜。

胡里奥离开后，安裘重新点开平板电脑，将焦点摆回女记者身上，继续试着拼凑出她的全貌。跟其他雄心勃勃的记者一样，她甚至还出过两本书。

第一本没什么特别，典型的浩劫狗血——报道某个地区土崩瓦解的过程。水井被人抽干，而凤凰城市政府拒绝接水管援助居民。后来亚利桑那中央运河被人炸毁，整座城市停水一段时间，所有人惊慌失措，这些都被露西·门罗记录了下来。

安裘见过许多记者这样做，很容易就能满足外人对某座衰亡城市的兴趣。廉价的催泪报道，准备迎接末日来临的人们看了就会高潮的内容。

比起得州和亚拉巴马州那十几个崩坏中的城市，还有全球所有沿海市镇，凤凰城唯一的不同就是它的对手不只有气候变化、沙尘暴、大火和干旱，还有另一座城市。

露西反复将矛头指向北方的拉斯韦加斯，让安裘读得津津有味。她写了一整章的凯瑟琳·凯斯，还有南内华达水资源管理局和亚利桑那中央运河被炸的种种可疑之处。

她写得不是很深入。许多人都写过凯斯，称呼她为"西部沙漠女王""科罗拉多河女王"之类的。而亚利桑那中央运河被炸时，也有许多人注意到拉斯韦加斯立即停止从米德湖抽水，让水位维持在略高于进水三号位。

安裘发现露西竟然写到他所在的秘密世界，而且抓对了一两分，不禁有些开心。但浩劫狗血终究是浩劫狗血，廉价得很。

不过，第二本书就不同了，完全不一样。第二本书非常深入。

谋杀之书，尸体之书。

煽情之作出版后，露西隔了好几年才又提笔，而且像是变成了一位作家。凤凰城不再有人关心，谋杀率直逼毒枭州的出生率，居民干脆放弃了，开始兜售子女。这是完全不同等级的浩劫狗血，而就安裘的理解，露西彻底投入了其中。

之前她是旁观者，从旁报道着，如今却已然历经切肤之痛，写出来的东西更像是午夜睡前的私人日记，辛辣、直接、坦白而私密，充满了疯狂、失落与失望，是处在理智边缘，狂饮特卡特啤酒和龙舌兰酒之后的产物。

露西越陷越深，安裘从字里行间看得出来。她已经陷得太深，而这座城市还在不断拉她往下沉。胡里奥很机灵，懂得赶紧抽身，不要为凤凰城而死，但这名女记者……

安裘觉得她会追着事情的发展，直到地狱。

而这会儿她将焦点转向了杰米·桑德森。从她撰写的文章看来，露西似乎将这名水利局法务的故事当成了她的最后一战。

安裘审视着她的照片。

晒得斑驳的黝黑皮肤、野性的浅灰色眼眸，她已经变成本地人了，以某种难以言喻的方式成了地道的凤凰城居民。她快疯了，在未知的航道上迷失。他在停尸间见到的她就是这样。她看着安裘，他立刻觉察到两人的关联。她看得太多了，跟他一样。

他认得她。

她也是。

安裘起身走到窗边，望着垂死的城市，还有仿效赌城的大街上的人群和夜店。人们装作一切如常，努力寻找和寄望一个已不可得的未来。

商会广告牌在他们上方闪闪发亮：凤凰城·崛起。

露西·门罗在写第一本书的时候，还不了解凤凰城是什么，也不了解拉斯韦加斯和失落为何物。现在她知道了，也知道他了。

"要是她知道你，"安裘喃喃自语，"那就表示她可能知道很多了。"

第14章

对露西来说，杰米皮夹里的不记名金卡就像一盏明灯。杰米喜欢派对，但从来不去黄金大道，更不会去"末日到来！"那样张扬的地方。他喜欢爵士和灯光昏暗的同志酒吧，讨厌黄金大道的赌场和夜店，讨厌那里的灯红酒绿，更别说"末日到来！"那种庸俗的后现代老一套了。

"末日到来！"是加州人和五仔去找得州小姐的地方，杰米绝不可能纡尊降贵跑去那么低级的场所。

"他们竟然还在店名里加了感叹号。"他曾经这么哀叹。

"说不定那是讽刺。"露西猜想。

"才怪，凤凰城的税收得仰仗贩毒收入，就会是他妈的这种下场。"

那天傍晚，他们开车经过黄金大道，一边避开得州站街女郎，一边留意有没有人能卖些"泡泡"给他。"记住，这不是正式谈话。"他说，"水利局的立场是这样的，经济发展有其必要，而对外来的收入征收娱乐税是水量分配的关键。所以，他妈的别引述我刚才说的话。"

凤凰城企图将黄金大道打造成科罗拉多河南岸的拉斯韦加斯，跟赌城分一杯羹，以其人之道还治其人之身，让赌城尝尝当初炸掉亚利桑那中央运河的后果。

虽然结果凄惨，凤凰城完全没抢到赌城的赌客，但酒吧、餐厅、赌场和夜店确实开了，也赚到了一些钱。泰阳特区的五仔喜欢出来跟本地人厮混，加州人喜欢周末越过州界来找乐子，外国人喜欢白天来这里感受都市浩劫的模样，夜里派对疯狂开到天明。

"末日到来！"这样的地方大行其道。

"城市发展局的广告牌或许也该用感叹号，"杰米闷闷地说，"凤凰城！崛起！"

所以，对露西来说，当她在停尸间翻找杰米的遗物时，那张不记名卡就像凤凰城城市发展局的霓虹广告牌一样显眼，充满了感叹号和问号。

她停好皮卡，抓起防尘面罩。傍晚风又大了。她觉得沙尘暴应该不会来，但还是防患于未然。

露西走到夜店门口，几名虎背熊腰的男人穿着CK防弹衣和刻着店名的防尘面罩，挥舞金属棍棒指挥排队的男女，强风在他们身旁吹起阵阵沙尘。警卫眯着眼睛抵挡风沙，手指压着耳机聆听指示。女孩穿着紧身衣裙踮脚站着，低声承诺塞钱给警卫，希望对方网开一面，而有钱的五仔和加州人却两手空空走进店里，身上的定制西装就是他们的入场券。

警卫一见到露西，立刻尽责地拦住她。她戴着运动款的防尘面罩，身穿牛仔裤和T恤，全身上下都写明了她不属于这个地方。

露西走到夜店后方，这里的人不太会拒绝现金和说话。她来到后巷里，拿出一根大麻口味的电子烟和一名出来休息的女酒保一起抽，跟她聊天。小巷里飞沙走石，让她不得不眯着眼睛。

她拿出照片，没想到女酒保竟然抿着嘴说她认得杰米。

"不会错，我常见到他。"她说完吸了一口烟，烟头的紫色LED灯闪闪发亮。

"你确定？"

女酒保缓缓吐出烟来："我不是说了吗？明明往来的都不是普通人，小费却给得那么小气。"

听来是杰米没错："他都跟谁往来？"

"通常是五仔，泰阳特区里的人。"女酒保耸耸肩说。

"你们酒吧里都是那些女孩吗？"

女酒保猛力摇头。"那些烂货？当然没有。她们都在街上，我们只让检点的女人进去，但她们个个都拼命想捞个金龟婿。"她往北边的高楼大厦和钢筋鹰架撇了撇头，"泰阳特区啊，宝贝。在这个鬼地方，那里最接近天堂了。"

"所以你见过杰米跟那些女孩厮混？"露西一头雾水。

"不是，"女酒保望着照片说，"这家伙不玩那一套。他专找五仔搭讪，是五仔找女孩子。"她吐了口气，散发着甜香，"你在找的这个小伙子，他很奇怪。我起先以为他找五仔是想勾搭他们，虽然我们这里几乎没有同志，因为跟他们格格不入，但他感觉就跟同志一样饥渴，你知道吗？好像他一心想找某个人可怜他、施舍他一样。他完全不碰女孩子，就是一直跟五仔厮混。"

"什么样的五仔？"

"主要是外地来的，你知道，就是拿公司信用卡和外派艰苦补

170

贴的家伙。中国籍太阳能工程师、加州人，还有华雷斯城和毒枭州来的小药头。"女酒保耸耸肩，"反正就是有钱人。"

"你知道他们的名字吗？"

女酒保摇摇头："不知道。"

"我可以给你钱。"

女酒保沉吟片刻，最后还是摇头说："我可不想丢了工作。"

"我可以给你钱。"

女酒保又吸了口烟，吐出甜甜的香气："听着，你如果想见他们，现在里面就有一个五仔正在办派对，你朋友经常跟他混在一起。我可以指给你看，但就这样，我不能说出名字。"

"你要多少钱？"

"妈的。你说你吗？你有50元吗？"

露西就这样进了夜店。她站在漆黑的角落看着那名五仔跟两名得州妓女贴身跳着艳舞，其中一个是金发少女，另一个是拉丁裔，两个看起来都不到能做这种事的年纪。

不管那人是什么来历，他在露西眼中就是另一个有钱的浑球。

"你确定和杰米在一起的就是他？"露西在夜店的喧嚣中大喊道。

女酒保正在倒红色的内格罗尼鸡尾酒，她抬头瞄了一眼。"没错，就是他。他们常在一起。那家伙从不欠钱，小费也给得很慷慨。"她拍拍自己的脑袋，"谁付的钱我记得清清楚楚。"

"他很舍得花钱？"露西回头瞄了那人一眼说。

"是啊，可舍得花了。"女酒保咧嘴笑道，"宜必思对高级主管不设消费上限，只要看到蓝白两色，就知道钞票又要满天飞了。"

"宜必思？"露西突然转头，"你说宜必思？"

"是呀，大公司，到处都见得到他们的广告牌，'明日的压裂科技'之类的。"女酒保开始摇晃龙舌兰酒和君度橙酒，"他老是自吹自擂，说他们正在开凿新井，可以让凤凰城重见绿意。"她笑了笑，"我们都知道他在胡扯，但刷宜必思信用卡的家伙都很大方。"

"谢啦，"露西说完递了一张50美元钞票过去，"你帮大忙了。"

女酒保望着钞票，好像见到狗屎一样。

"你有人民币吗？"她问。

露西和提莫在席德酒店的顶楼碰面。席德酒店位于老旧的索诺拉布鲁姆区，这一带已经废弃了，只剩下未完工的房子在这里积灰，而席德就像一座灯塔矗立在废墟之间。暮霭中，常客们正忙着拿枪乱打土拨鼠，点二二手枪在客人间传来传去，只要有人打中就引来一阵欢呼。露西抱着两罐多瑟瑰啤酒走上楼梯，递了一罐给提莫。

"拜托嘛，提莫，帮帮我。"

提莫的手机响了。他还没接，露西就已经听到他姐姐安帕萝发飙的声音了。

"帮帮你？"提莫打完电话，难以置信地说，"怎么不说帮帮我？我拍到的得州死人都堆到天花板了，就缺文字搭配。你到底要不要帮我？安帕萝的男友又把她甩了，所以我得赚钱养活所有人，这是我的责任。"

"我只是不想再写浩劫狗血了。"露西说。

"你之前不是写得很开心？能够付账单。"

"好啦好啦，我看看能不能赶快挤出两篇报道。"她刻意停顿片刻，"但我还有一件事想写，大新闻。"

"可以得奖的那种？"提莫还是忍不住好奇。

"很难说。"但她没有否认，让提莫自己去幻想大新闻会带给他多少名声。

"什么新闻？"

"我查到一个人的名字，麦克·拉坦，在宜必思工作。"

"他死了？"

露西笑了。"没有，我认为他在凤凰城，来这里替加州人办事。我花了很多时间在他们公司的数据库里找照片，我想应该是这家伙。"她让提莫看她手机里的照片，"我敢说他一定是五仔，却查不到他的其他信息。没有办公室地址，泰阳特区也找不到他。我在想你是不是有朋友可以查得到他？"

"你还知道他什么？"

"不多，他是宜必思探勘部的，我查证过，但那是因为他们公司的人事部宣布了人事异动我才查到的。他被派到这里来担任首席水利工程师，负责弗德含水层计划、震测解释、水利探——"

"好了好了，够了。还有其他的吗？"

"差不多就这样。他的个人资料用公开搜索都找不到，我用个人渠道去搜索，那人甚至不在亚利桑那，还在圣地亚哥。"

"嗯，有钱人确实比较难搜索到，他们会付钱让自己销声匿迹。"

"我有钱可以用在这上头。"

"哦？"提莫精神一振，"有人找上我们了吗？可以报销的话，能做好些事情。"

露西摇头说："没那么好，所以别花得太凶。我只是试试看，碰碰运气，用的是我的钱。"她喝了一口啤酒。这时来复枪砰的一声，一只土拨鼠在沙尘里翻了个筋斗，接着就不动了。

"哦。"提莫像泄了气的皮球，"好吧，如果你肯出钱，我倒是认识一位给泰阳特区记账的女士，记录水电费。如果那个叫拉坦的在账单上登记的是他的名字，而不是公司抬头，也许可以挖到一些东西。"

"需要多久？"

提莫做了个鬼脸："嗯，我得先跟她吃饭……"

露西打开她的银行账户，敲了一个数字说："如果你能加快速度，我可以给你300元人民币。"

提莫咧嘴微笑，拿出自己的手机碰了露西的手机一下，启动转账程序："看来我今晚有事可做了。"

第 *15* 章

"你确定这会有用？"玛丽亚隔着震耳欲聋的音乐大喊。

她抓着借来的紧身连衣裙的裙摆，觉得自己衣不蔽体，屁股都快露出来了，不自在到了极点。莎拉打气似的看了她一眼，朝她喊了什么，却被"末日到来！"里的嘈杂淹没了。她拉着玛丽亚往人群当中挤。

舞客的脸庞在闪烁的灯光中忽明忽暗，映照出骷髅般的眼影、血红的唇釉、冰冷的颧骨。沉重的鼓点令人晕眩，人与人相互推挤。

玛丽亚任莎拉带着她走。这是莎拉的世界，而玛丽亚几乎一无所知，一切都很新鲜和震撼：鼓点、人群、肌肤相贴、穿在身上的紧身衣裙和肢体暴露的感觉。玛丽亚觉得对什么都超级敏感：身体、呼吸和瞪大的眼眸，还有人的牙齿在黑光灯下发着蓝光——

莎拉从皮包里拿出一样东西，塞进玛丽亚手里。

"拿着！"她隔着震天响的噪声大喊。

玛丽亚举起迷你软管,感觉它看来有点像眼睛进沙子时拿来清洗眼睛的人工泪液。

"这是什么?"

"泡泡!"

莎拉耸耸肩,将软管抵在鼻子下轻轻一挤,然后吸气。她倒抽一口气,伸手抓住玛丽亚的肩膀,药效发作让她手指抓得紧紧的。

莎拉开始摇头晃脑,大笑颤抖,指甲抠进玛丽亚的肉里。她摇摇晃晃站立不稳,两眼闪闪发亮,隔着披垂的头发瞄着玛丽亚。

"你确定?"她调侃道,"吸了会比较简单,比较好玩。"

玛丽亚迟疑了一下,说:"好吧。"

莎拉满意地笑了,从皮包里拿出另一条软管:"别担心,这是好东西。"说完便搂住玛丽亚的脖子,将软管塞到她鼻子下。

廉价的塑料味,有点像黑胶唱片。

"吸吧!"

玛丽亚用鼻子吸气,莎拉摁了摁软管,泡泡瞬间冲进玛丽亚的鼻腔。她扭过头猛眨眼睛,眼眶泛泪,感觉先热后冷,眼窝后方像是吃了芥末一样难受,接下来更加厉害。她开始摇摇晃晃。

莎拉抱住颤抖的她说:"放松,姑娘,放松。"

但放松没那么容易。玛丽亚觉得皮肤像是爬满了无数小蛇,在她身上蠕动,随着她的心跳、上升的血压和夜店的音乐节奏盘绕、滑行和摆动。那毒品就像音乐,在她体内鼓动,充满她、伸展和涂抹她,然后在她体内绽放狂野的生命力。

突然间,玛丽亚可以感觉到一切。她放声大笑,吓了自己一跳。她的身体充满了活力,头一回感觉自己是活生生的。她瞪大眼睛望着莎拉。

"感觉好棒！"

莎拉笑她大惊小怪。

玛丽亚感觉到了一切。她感觉到每一束灯光、每一个鼓点，强烈感觉到她身上那件紧身裙，之前觉得它太陌生、太紧、太暴露，现在却觉得它无比诱人。她只要移动身子，连衣裙就像双手轻抚着她。一切都像是爱抚。莎拉搁在她腰上的手等着她靠近，等着她品尝，等着她投身其中。

玛丽亚伸手抚摸莎拉的脸颊，手指触碰肌肤的感觉是那么美妙，她可以这么抚摸那柔软的肌肤，几天几夜都不会厌倦。

"感觉真好。"玛丽亚梦呓般地说。

"我就说吧。"

莎拉没让玛丽亚闲着，一把抓住她的手带她往人群里钻。

人群的推挤不再感觉压迫或侵犯，更像一场游戏。玛丽亚伸手触碰擦身而过的人，手掌滑过某个男人丝质衬衫的背部，滑过某个女人的翘臀。她趁机用身子挨挤错身而过的人，感觉他们也伸手抚摸她的身躯。手指和手掌无所不在。触碰、压挤和戳弄，每一次肌肤相亲都在她体内激起一阵泡泡。她发现自己情欲高涨，急着想跟人欢爱。她感觉自己犹如饥渴的野兽，彻底受本能驱使，强烈渴望触碰与性。

她心里有一块地方觉得很难为情，被药物的威力吓坏了。这不像她，这不是她会做的事。但她心里的其他部分一点也不在乎。玛丽亚让自己沉浸在舞客、灯光、双手和身体的愉悦中，任其将她吞噬——

"快点啦！"

莎拉依然拉着她的手。玛丽亚感觉太舒服了，不想跟莎拉争辩。她让自己被莎拉牵着往前，一边继续触摸身旁的人。她爱他们每一个人，笑吟吟地感受他们的手拂过她的身体。

莎拉突然放掉玛丽亚的手，玛丽亚困惑地转过头来。

只见莎拉双手搂住一个男人，亲吻他。就是跟她说含水层的那个家伙，水利学家拉坦。他想得到她们两人，莎拉说他离开时会带她一起去北方，她们来这里就是为了他……

玛丽亚没兴趣了。这里的音乐太美了，DJ将鲜血乐团的音乐混进爹爹组合的曲子里，舞客都是为她而来。让莎拉去忙她的事吧。玛丽亚舞动身躯，觉得莫名狂喜，从小到大第一次感到自己什么都不在乎，什么都不畏惧。

说不定她们明天付不出规费，就这么一命呜呼了。说不定此刻是她今生能享受到的最后的美好，明天只剩尘土、匮乏，求图米可怜她，借给她他可能不会借的钱。但今晚她先后和一个男人和一个女人贴身热舞，然后自己独舞，上下抚摸自己的臀部，扭动身体感受节拍。她抓扯身上的紧身裙，喜欢随着音乐摇摆身体时布料搔弄她掌心的快感。音乐已经渗入她的体内，不再震耳欲聋。她随着音乐摇晃，脉搏和节奏合而为一，感觉就像多了一颗心脏，在她体内注满活力。

玛丽亚瞥见莎拉和她的情人正在看她。莎拉身穿迷你裙，脚踩高跟鞋，化着浓妆，看上去老了好几岁。她在玛丽亚脸上也化了同样的妆，把她打扮得像洋娃娃一样，好将她因为卖水闹剧损失的钱赚回来。

莎拉挥手要她过去。

玛丽亚朝莎拉的情人伸出一只手，挑逗对方。她喜欢伸手要他亲吻的感觉，喜欢他盯着她的手不放，喜欢莎拉凑过来，呼出的温暖气息拂过她耳朵的感觉。

"他说好。"莎拉说，"他会付钱，希望狂欢一场。"

"多少钱？"

"绝对够，他想办一场传统的大派对。"

莎拉将玛丽亚拉到身旁，两人一起跳舞。泡泡在玛丽亚皮肤底下聚积沸腾，不停上扬。莎拉的情人朝穿着高跟鞋、紧身短裙和洞洞上衣的女侍者挥手示意，对方立刻端了龙舌兰酒过来。三人一饮而尽。莎拉的皮包里还有泡泡。

拉坦拿了一管泡泡递到玛丽亚的鼻孔旁。玛丽亚没有反抗。他的勃起直硬地顶着她的小腹贴着她，渴望着她的身体，暗示着。玛丽亚抬头对他微笑，沉迷于他的触摸和他的双手摁在她身上的力道。难怪莎拉会做这种事。玛丽亚在飞翔，感觉活力无限。之前的她死气沉沉——说不定从来没有活过——这会儿她却强烈地活着。

玛丽亚和莎拉为他而舞，身体越贴越近。莎拉的唇吻上她的嘴，玛丽亚发现自己竟然毫不在意。莎拉的舌头湿润、陌生而火辣，饥渴地贴着她的唇。玛丽亚张嘴回吻莎拉，感觉泡泡在体内升腾。

拉坦从背后靠了上来，紧贴她的臀部。玛丽亚夹在两人的拥抱和鼓点之间，嘴里发出呻吟，周围一切都紧贴着她，又热又快。他的手在她身上游走，笨拙地寻找她的乳房。玛丽亚不在乎其他人的目光，不在乎自己近乎赤裸。

她再次亲吻莎拉，狠狠地吻她，追逐她的小嘴，寻索她的双唇。她体内浮现出一股饥渴与欲望，强烈到她无法理解，只知道她好渴望莎拉，渴望她的吻。

他们三人离开夜店，奔向烟雾迷蒙的炎热夜晚，远方森林大火的灰渣和枯死农田的沙尘在他们四周缭绕。

玛丽亚只觉得吃了这个药很开心，很喜欢这种感觉，很高兴莎拉在她身旁。她喜欢莎拉再度牵着她，拉她靠近，喜欢莎拉剥下她的紧身裙，再次露出她的乳房。

玛丽亚拱起身子，希望莎拉的嘴唇再度亲吻她。她渴望回吻莎拉，袒露莎拉娇小闪耀的乳房，吞噬和她不同的粉红乳头，急切渴望品尝莎拉的身体。

只要让玛丽亚拥有莎拉，拉坦就能为所欲为。莎拉才重要。只有莎拉。莎拉的手滑到玛丽亚的腿间，玛丽亚张开双腿，渴望莎拉触摸。

那里。

玛丽亚觉得自己的眼睛大如明月，凝望着莎拉狂野的蓝色眼眸。莎拉的目光比电流还要强烈，她觉得自己在飞翔又在坠落。

玛丽亚突然被自己的饥渴吓到了。她几乎没意识到他们下了车、经过门房、走进安全电梯，没感觉到他们直冲云霄。玛丽亚只想触碰莎拉，只希望泡泡的药效和莎拉的抚摸能永远不断。她很怕药效和莎拉的触碰会消失，害怕这一刻会结束，留下她一人孤独而饥渴，没有莎拉的陪伴。

拉坦的大床容得下他们三个。汗水和渴求让她身体湿滑，她脱下了衣衫，再次投向莎拉怀中。玛丽亚感觉拉坦的手摸上她的髋部，感觉他硬挺的阴茎抵着她的臀部，手指试探她的禁区，不停推进，往里面挺进。她感觉疼痛。

玛丽亚挣扎了一会儿，但拉坦依然执着。这时，莎拉捧起她的脸，将玛丽亚拉到面前，眼里闪着理解的光芒。

莎拉将玛丽亚拉到身旁，亲吻她的嘴唇、脸颊和眼睑，在拉坦不停冲刺时在她的耳边低语。

莎拉安慰的呢喃应和着他的节奏。

他会付钱，他会付钱，他会付钱。

第16章

露西·门罗住在一栋低矮平房里，泥墙厚实，个人太阳能板用粗铁链固定在屋顶上面，仿佛深怕精神病患逃跑似的。老派的环保建筑风格，杜松立柱门廊用一块松垮的蓝金两色橡胶涂布保护着，感觉像是从很久以前的动漫展场偷来的，来自凤凰城还会举行真正展览的年代。

一辆老旧的福特皮卡停在前院，停的角度很怪，轮窝生锈，轮胎用千斤顶架着，感觉像是在沙漠里奔驰了100万英里，但还想驰骋沙场冲出地狱。

安裴将特斯拉电动车停在屋前，两只鸡在车头咯咯叫。他下车靠着车门，女记者家附近的房舍都有空心砖墙保护，不让外人窥探墙后的一切。

安裴看见小巷远处有几顶帐篷和几间由铁皮和废纸板搭成的棚屋，似乎是流民聚居的地方，心想是不是有人凿穿了凤凰城的旧水管。这附近没有救济水泵，流民窟会出现在这里很奇怪。凯斯绝对

182

不允许赌城发生放任民众偷偷接水而没有付钱这种事。这又是一个凤凰城会衰败的原因。

他戴上太阳眼镜开始等待。

安裘心想露西要是在屋里，应该会观察他，思忖该怎么办。她会认出他来，说不定心生厌恶。所以他在外面等着，给她时间习惯外人来访。他当过许多次不速之客之后才发展出一套固定仪式。告诉别人即将失去水这个坏消息是一项特殊技能，当面否决人总是很危险。

他出于习惯扫描了左邻右舍的屋顶，看看有没有摄影机或狙击手，但没有异样。

露西的皮卡车底下躺着一只黑灰色澳洲牧羊犬，它懒洋洋地吐着粉红色的舌头，可能因为太热了，懒得理他这个侵入者。一只鸡就在这只杂种狗的鼻子前啄食，它却都懒得叫。

安裘觉得已经给露西·门罗够多时间了，便推开院门，沙尘簌簌掉落。那狗一跃而起，不是因为安裘，而是门开了。

女记者走了出来，宛如一道阴影从装有遮阳棚的门廊里踏入艳阳下。她双手插在裤子后口袋，漫不经心地站着，声音很不客气。

"你来这里做什么？"

眼前的她跟他在停尸间见到的她不一样。她那时穿得比较讲究、比较专业，好赢得警察和法医的敬重。这会儿她穿着展露臀部线条的褪色紧身牛仔裤和低领T恤，看起来很居家，好像正在做家务一样。

"我希望能跟你谈谈。"他说。

露西朝他的车撇了撇头："我就知道你不是警察。"

"没错。"

"但你假装是。"

她一脸警惕，但对安裘来说感觉跟之前差不多。这位女士也许装束不同，但眼神没有变：一双灰色眼眸看尽了世事，而且知道得太多。

对安裘来说，她的眼睛就像隐藏在砂石峡谷深处被人发现的池塘，同时带着救赎与沉静，如同一方冰冷的水，当你跪下掬水而饮时，发现自己的倒影在水底深处望着你，彻底洞穿，就算陷溺其中你也不会后悔。

"我觉得我们之前的互动方式错了。"安裘说。

"是吗？"

女记者将手从牛仔裤后口袋抽出来，握着一把黑亮的手枪，黑色亚光的枪身只比她的手掌稍大一点儿，枪管很短，感觉跟握着弹夹没有两样，但依然足以致命。

"关于你这个人，我想我该知道的都知道了。"

"哇，"安裘举起双手说，"你搞错了，我只是想跟你聊聊。"

"就像你对杰米那样吗？用火钳戳进我的屁股，然后电击我？"她举起手枪。

安裘发现又黑又小的枪眼对着他的眼睛。

"你误会了。"

"我不觉得。"

安裘发现她在害怕。

尽管手枪在她手里可能握得很稳，但她在害怕。她脸上带着一丝恐惧——她觉得自己死定了。

妈的，她觉得自己在做最后一搏。

"我不是来找你麻烦的。"

安裘后退几步坐在低矮的土坯墙上，刻意缓和情势，尽可能让自己看起来被动和无害。

"这种话谁都会说。"女记者低头眯眼瞄了瞄枪管，"我给你五秒钟离开这里，再也别让我看到你。你应该庆幸没有被我一枪打死。"

"我只是想找你聊聊。"

"五。"

她不是天生杀手，安裘不觉得她是，她只是被逼过头了，跨越了是非的线。安裘从来没在其他人眼中见过那样的神情。他知道那种绝望。他经历过。

"听着——"

"四。"

他在得州难民眼中见过那样的神情，在他们长途跋涉逃离得州却遇到墨西哥黑帮的时候；他在运毒小弟眼中见过那样的神情，在他们不堪虐待决定死前报复伤害某人的时候；他在内华达州的农庄主眼中见过那样的神情，在他们挺身捍卫灌溉水闸不让南内华达水资源管理局关闭的时候。

露西不是靠杀人维生的人。不过话说回来，失去希望的人有时会失去人性，狗急跳墙，成为未知悲剧的执行者。

"你不会想这么做的——"

"三！"

"拜托！"安裘反驳道，"我们不必这个样子！我只是想找你聊聊！"

他已经在心里盘算如何一个箭步冲向她。他可以转身，用防弹夹克吃子弹，不断往前直到抓住她。虽然危险，但他觉得有办法制服她。

"我只希望你听我——"

"二！"

安裘竟然一反直觉张开双臂，防弹夹克应声松开，让自己更加危险。"你的朋友不是我杀的！我来找你只有一个理由，因为我和你都想知道同样的事！我只是想和你聊聊！"他闭上眼睛、张开双臂，像是钉在十字架上等着受死。

这一天终于来了。

他屏住呼吸，恨自己竟然把自己走到这一步。早知道就一把擒住她，而不是只能在心里祈祷他没有看错她。耶稣、马利亚、死亡女神……

没有子弹。

安裘微微睁开一只眼。

露西依然拿枪指着他，但没有开枪。

安裘勉强挤出微笑："你玩够枪了吗？我们可以谈谈了吗？"

"你到底是何方神圣？"露西问。

"我只是想和某位大记者谈一谈，因为她在所有与凤凰城凶杀案和水资源的话题下拼命发文。#凤凰城沦陷#对吧？那是你吗？言辞激烈。"安裘刻意面露迟疑，想让她觉得自己很有力量，有主导权。

她当然有主导权，你这个白痴，他脑海中有一个声音这么对他冷嘲热讽，就算她瞄得不够准，你也早就被子弹打得脑袋开花了。

安裘继续往下说："这一切不是只有你朋友被五马分尸那么简单，对吧？而是有别的事在发生，而且大有蹊跷，这一点我们都知

186

道。我只是希望你能给我一些方向，就这样。我只是想跟你谈谈。"

"你觉得我会在乎你要什么吗？你这个假扮成警察的浑球。你怎么会觉得我愿意帮你？"

"也许我们可以商量一下，"安裘安抚道，"互相帮忙。你是因为害怕才会拿枪指着我，不是吗？但我发誓，你应该提防的人不是我。我们也许能互相帮忙。"

露西苦笑道："我发疯了才会相信你。"

"我是来讲和的。"

"我赏你一颗子弹，我们就和了。"

"人死就没办法问话了。"

"我可以打穿你的膝盖。"露西说，"看我把你一对膝盖骨打爆之后，你还笑得出来吗。"

"你是可以那么做，但我认为你不会。听着，我见过那种人，但我认为你不是。那种游戏不是你这种人会玩的。"

"但你是那种人，对吧？你就是那种人。"

安裘耸耸肩："我没说我是圣人，只说我们利益相同。"

"我真的应该赏你一枪。"

"不会的，相信我，你不会想成为冷血杀人狂的。"

没想到露西肩膀一垮，放下了手枪，让安裘吓了一跳。"我已经不知道我是什么样的人了。"她说。那一刻，她脸上的神情是那么疲惫和绝望，感觉像一千岁那么苍老。

"你觉得有人会来干掉你。"他说。

她干笑一声说："写尸体的人不可能活那么久，至少在这里不行。"她转身大步朝屋子走，踏上门廊时回头瞥了一眼，不耐烦地挥了挥手枪。

"怎么？不是说要聊聊吗？"她说，"我们就来聊吧。"

安裘不禁微笑。他果然没错看她。他了解她，第一眼看到她的时候就知道她是什么样的人了。

也许他早就了解她了。

安裘随露西走进屋里。她的狗依然懒洋洋地躺在皮卡底下。安裘走过时朝它咧嘴笑着说："我了解她。"

说出来感觉真好。

狗打了个呵欠，侧躺在地，一点儿也不在乎。

露西家里东西很少，室内整洁而凉爽，陶瓦地砖搭配危地马拉针织窗帘，架子上摆了几只纳瓦霍陶器，所有东西混搭在一起，洋溢着美国西南部特有的庸常，感觉很亲切。

她的平板电脑和键盘摆在粗糙的木桌上，用军用级的防震保护壳包着，就算往墙上砸也不会摔坏。

电脑旁放着外层龟裂的防尘面罩和护目镜，周围一圈沙子和尘土，仿佛她一进门都来不及抖掉沙尘就赶着干活，一心只想打开电脑开始发文。

屋子里还放着几个书架和一些照片，其中几张拍得很清楚，是隔着窗拍摄的死城百态。某家人驾着敞篷小货车逃离得州，年少的儿女背着猎枪和长枪坐在300加仑的水箱上挥舞州旗。安裘很好奇他们这样一路挑衅到底能走多远。

还有其他照片：得州人的祈祷帐篷里，男男女女跪在地上拿着墨西哥刺木茎鞭打背部，祈求神的救赎；高速公路上的车阵被烈日照得闪闪发亮，两旁是一望无际的血红沙漠，头顶上是炽热无云的蓝天。可能是得州人穿越新墨西哥州，肯定是老照片，因为现在国民兵不让人们乱跑，去他们想去的地方。

其中一张照片特别醒目，是两个孩子和某个绿草如茵的地方。人们欢笑着，肌肤光滑湿润。

"你的孩子？"安裘问。

露西顿了一下说："我姐姐的。"

照片中一名皮肤白皙的女子将头靠在深色皮肤男子的肩上，安裘觉得他看来像是中东人或印度人。

女子的脸跟露西很像，但眼神中没有露西那种顽强的深邃。露西到鬼门关里走过一遭，虽然浑身是伤，至少完整无缺，但照片中那个白皙版的露西应该很容易就崩溃了，安裘心想。露西的姐姐是那种很容易崩溃的人。

"看起来绿油油的。"安裘说。

"温哥华。"

"我听说内衣在那里会发霉。"

露西微微一笑："我也这么说，但安娜一直否认。"

一个书架上都是老书，册数还不少，像是皮革装帧的伊萨克·迪内森小说和附插画的旧版《爱丽丝梦游仙境》，就是用来炫耀个人聪明才智的那种书，标榜身份地位用的。不过，有一本老书：自然保护作家赖斯纳的《凯迪拉克沙漠》。安裘伸手去拿。

"别碰，"露西说，"那是初版签名本。"

安裘冷笑一声，"我想也是。"接着又说，"我老板每次雇用新人，就会叫他们读这本书，让我们知道现在局势乱成一团不是意外。我们明明朝地狱走，却什么都没做。"

"杰米也常这么说。"

"你说你朋友，就是那个水利局的法务？"

"你老板是凯瑟琳·凯斯?"

安裘咧嘴微笑:"是谁不重要。"

他靠着料理台,两人陷入沉默。

"你想喝水吗?"露西问。

"你想招待的话。"

她看了他一眼,似乎不晓得自己是想招待他,还是想补他一枪,但还是去拿了杯子,打开滤水缸的龙头。清水注入杯里,缸上的数位显示屏亮了起来。

28.6加仑……28.5加仑。

他发现她只用一手装水。她还是在提防他,还是没放下那把枪,但至少不再指着他了。他觉得这应该是他今天能得到的最大的让步了。

"你之前写东西比较谨慎。"他说。

露西冷冷地瞄他一眼。装好水后,她将杯子递给他:"你现在又变成评论家了?"

安裘接过杯子举杯道谢,但没有喝:"你知道以前柽柳猎人在科罗拉多只要遇到同行,就会分水喝吗?"

"是有听过。"

"他们拼命铲除从河里吸水的东西,柽柳、白杨和沙枣之类的。那时加州还没有强占河水,所以竞争非常激烈。铲除越多的吸水植物,就能抢到越多的水,换取越多的赏金。所以,他们每次见面都会交换水喝,但只交换一点点,一水壶,一起喝。"

"一种仪式。"

"没错,但也是一种提醒,提醒所有人,就算他们为了水争得你死我活,大家还是在同一条船上。"安裘停顿片刻,"你要跟我一起喝吗？"

露西打量他，最后摇摇头说："我们没那么亲近。"

"随便你。"安裘还是举杯致意，感谢她提供的生命之泉，他喝了一口，"失去杰米这个朋友，似乎让你豁出去了。你开始杯弓蛇影，觉得恶魔就要找上你了。既然如此，你何必豁出去呢？"

露西移开目光，匆匆眨眼，似乎想振作自己："他明明是个大浑球，我也不晓得自己为什么要在乎。"

"是吗？"

"他非常……自以为是，"露西停顿片刻，寻找正确的形容词，"他喜欢耍帅，觉得自己比谁都聪明，而且很喜欢证明这一点。"

"所以才会一命呜呼。"

"我警告过他。"

"他在忙什么？"安裘问。

"怎么不是你告诉我？"

她又态度强硬了起来。虽然心底脆弱，但可不是他能见到的。她这会儿又用那双暗灰色眼眸望着他，就算有柔弱的一面，也被她锁了起来。

"我想应该跟水权有关。"安裘说。他拿着杯子走到防震电脑前喝了一口，接着说道："而且是值钱的大发现。"他左右看着电脑和电脑的边角。

"电脑上锁了。"露西说。

"我没有刺探的意思。"

"胡说！那你朋友佛索维奇为什么会死？"她问，"他是谁的手下？"

"我想你既然知道他的名字，应该也知道他是谁的手下了吧。"

她生气地瞪他一眼："看证件他是盐河计划电力公司的人，但显然是障眼法。就算他领电力公司的薪水，我也觉得他是某人的眼线。"

"你好像扯太远了。"

"你说眼线吗？"露西哈哈大笑，"20世纪20年代，洛杉矶榨干了欧文谷的蓄水，他们那时就有眼线了。既然当时设眼线有用，现在当然值得一试。"

"你真是专家。"

他回到料理台前，将杯子搁在瓷砖上，发现她的手提包、钥匙和手机放在旁边。紫色的皮质手提包，有大量的银色车边。

"手提包不错。"他一边说着一边摸了摸。

"你没回答我的问题。"

"用到现在还是很不错。"

"这是萨琳娜包。"露西说，"你看起来不像时尚达人。"

"我通常都穿CK防弹衣，"安裘摸了摸夹克，"工作很实用，你懂吧？"

露西似乎很失望。"杰米很懂时尚，这只手提包就是他买给我的。我没什么时间购物，但他总是想送我一点行头。"她耸耸肩，"他老是这么说：'你需要行头，你需要行头。'"

"所有人都需要行头。"安裘说着伸手去拿她的手机。

露西将手机抢过来。"你还是没有回答我的问题。"她走过去坐在沙发上，把手枪放在身边，跷起二郎腿。

安裘突然意识到她的身材。他觉得她是故意的。他喜欢她的腿、她的腰和臀，也喜欢她的灰色眼眸。他喜欢她叫自己不要怕他，不听他说屁话，而且愿意冒险挖掘她想知道的事。

"所以呢？"露西追问道，"你那个死掉的朋友到底是谁？"

"不会吧？"安裘找了一张椅子拉过来坐在她面前，"你那么聪明，应该不需要问这种问题。"

她一脸恼怒："我不玩你猜我猜的游戏。"

"那就别猜了。"

露西皱眉审视他。"赌城。"最后她说，"你是水刀子，替凯瑟琳·凯斯工作，是她的手下。"

安裘笑了："我还以为你要说我是007呢。"

"我很怀疑你有没有当007的头脑。"露西说，"你偷瞄我屁股的样子简直像一头猪，但脑袋实在不够灵光。"

安裘背靠椅子，不让露西看出他被刺痛了。

"水刀子不存在，"他说，"只是传言罢了，是神话好吗？就跟卓柏卡布拉一样是人捏造出来的，只要出事就怪到他头上。凯瑟琳·凯斯没有水刀子，只有一群替她解决问题的人。她手下当然有律师、眼线和护卫，但是水刀子，"他耸耸肩接着说，"那倒是没有。"

露西放声冷笑："所以她没派人渗透到其他城市的水利部门吗？"

"没有。"

"她也没有派人对付不肯出售水权的农民，让他们人间蒸发吗？"

"没有。"

"她也没有派人在内华达州的南方州界组织民兵，提供武装，攻击试图横越科罗拉多河偷渡到你们州里的亚利桑那州人、得克萨斯州人和新墨西哥州人吗？"

安裘忍不住微微奸笑："这倒是蛮接近的。"

"你们也没有派黑色直升机炸掉卡佛市的自来水厂？"

"错了，我们当然有，那里的水是我们的。"

"所以你是内华达人，凯瑟琳·凯斯的手下。"

安裘耸耸肩。

"别不好意思承认。我知道你不是加州人，他们喜欢穿西装。"

"只有版型不同，"安裘说，"材料一样是防弹纤维。"

她朝他生硬地笑了笑："那你为什么不肯透露你那位不是水刀子的朋友到底跟杰米有什么瓜葛，两人都被杀了？"

"我猜这你也知道答案了，想过，也搞清楚了。"

"不会吧？你觉得可以这样对付我吗？我只要猜测关于你的事，你就拿它来反问我一些事？少来了。"露西摇头说，"你不可以来我家，然后这样对我。你要么说实话，要么就离开。"

"不然呢？你要一枪毙了我？"

"有种你就试试看。"

安裘举起双手，道歉说："你问吧。"

"你破坏东西难道不会累吗？"

"破坏东西？"安裘笑了，"我可不干那种事，你误会我了。"

"是吗？你到哪里，哪里的人就惨了。"她挥手指向加了栅栏的窗户，"你对凤凰城做了这些事，难道不觉得羞耻吗？你停下来思考过吗？"

194

"你把我说得好像具有神力一样。我对凤凰城什么都没做，是凤凰城自己搞成这样的。"

"凤凰城没有切断亚利桑那中央运河，是有人用烈性炸药干的。"

"我听说是摩门教分离主义者。"

"凤凰城停水了好几个月，运河才修好。"

"听着，是凤凰城自己变脆弱的，不是我的错。就像卡佛市只有次优先水权，却敢在沙漠里兴建城市一样，两者都不是我的错。余西蒙爱怎么抱怨是他家的事，但卡佛市一开始就没有资格抽那里的水。"

"是你干的，对吧？"露西瞪大眼睛，"你真的去了卡佛市，你就是炸毁水厂的凶手之一。天哪，说不定亚利桑那中央运河也是你炸的。"

"不流血就没水可喝了。"

"你听起来跟天主教徒一样。"

"我比较相信死亡女神，但你要问我有没有罪恶感，抱歉，完全没有。就算拉斯韦加斯不把这里逼到绝境，加州也会这么做。"他朝露西书架上的那本《凯迪拉克沙漠》撇了撇头说，"很多人早就知道在这里兴建城市很愚蠢，但凤凰城还是像鸵鸟一样将头埋在沙里，假装灾难不会发生。"

"所以就算炸掉他们最后的稳定供水来源，你也想都不想就干了。"露西说。

"你很喜欢扒粪是吧？挖掘谎言，喊出真相，就算害自己丧命也在所不惜。"

"当然——"露西顿了一下，"不是。你知道吗？才不是，我根本不在乎谎言。谎言没什么。真相和谎言只有一线之隔,至少——"她又顿了一下,摇摇头说,"问题不在谎言,而是沉默。是沉默让我受不了。是我没说的那些事、没写出来的那些话,让我难受的是那些,最后让我受不了。那些我叫自己不要说的事,那些因为太危险而永远不会变成白纸黑字的真相和谎言。"

"但你现在却跑到屋顶上对所有人说,大声疾呼。"

"因为我受够了,"露西摇头说,"你不会相信我没写的那些事。"她耸耸肩,"也许你会。"她面露疲惫,"因为你身在其中。"

"那是你说的。"

露西横眉竖目:"赌城水刀子,觉得自己是坏蛋。"

"我还挺得住。"安裘说。

"是吗?"

"我还没死,赌城也是。"

"错了,"露西摇头说,"你是外行。"她猛然起身走到窗边往外看,"加州那些人,他们才是行家,知道怎么玩这个游戏。洛杉矶、圣地亚哥和帝王谷那些公司,他们才知道如何抢水。那是他们的本性,与生俱来的本领。他们的水源争夺已经整整沿袭五代了,厉害得很。"

她走到另一扇窗前往外看,环顾被阳光烤干的院子,接着说:"凯瑟琳·凯斯只是在苦苦追赶。我本来以为她很重要,像你这样的水刀子是她的打手。这都得感谢亚利桑那中央运河那件事。"她摇摇头,"但我现在知道你根本不算什么。"

"因为杰米,"安裘补充道,"你认为加州人杀了他。"

露西回头瞥了他一眼:"他们没有理由杀了他。他已经给了他们想要的……"她没有往下说，"我觉得是你们的人，拉斯韦加斯。"

"这绝对不是我们干的，所以一定是加州人。"

露西似乎没听进去。"不久之前，"她说，"我采访了一个男人，他是某家公司的老板，为亚利桑那探勘水源，像是钻探、水力压裂和水文分析之类的。那个男人坐在那儿，我以为他会跟我谈钻探、抽水和含水层补注，例如他们在得州圣安东尼奥做过含水层淡化等，一些无聊的工程话题，甚至吹嘘这里有深水含水层，只要交给他们做水力压裂，保管亚利桑那变成南方的北达科他之类的屁话。结果他竟然拿了一份小报扔在桌上。"露西顿了一下，回头望着安裘，"你应该看过小报了，对吧？"

安裘点点头："昨晚你说你替小报工作。"

露西说："做记者的说自己替小报工作，比较没有威胁感。只报道尸体，不报道尸体背后的故事。不交代背景来历的尸体比较无伤大雅。"她腔调一改，模仿起某人的语气，"只报道尸体，小姐，只报道尸体。"说完她僵硬地微笑着，"提莫以前老是这么说。"

"你是说你的摄影师朋友吗？我跟他聊过一会儿。"

"他的摄影技巧很好。总之，这里正在崩塌，所有人都知道毒枭开始进驻，在流民居住的区域活动，将得克萨斯人、新墨西哥人和半个拉丁美洲的人变成运毒工具，让他们把货运到北方。墨西哥湾和华雷斯城的毒枭在这里争夺地盘，却没人敢报……"露西沉默下来，似乎若有所思，过了一会儿才说，"但那家伙坐在那里，穿西装打领带，手里拿着小报，戴着一副小眼镜，你知道，就是那种新款的，有实境增强功能的眼镜。他没有说自己的丰功伟业，而是说：'你写了不少批评加州的报道。'"

露西苦笑道："感觉就像公共资料部派人来提醒你一样，只不过完全不是，就只有我、他和一份小报。"

"你说他是钻探公司的老板？"

"对。"

"宜必思吗？"

她一脸茫然地望着他："我忘了。不过你要是告诉我拉斯韦加斯渗透了哪些公司，我可能会想起来加州掌握了哪些企业。"

"漂亮，"安裘说，"所以你跟宜必思的高层见了面，他说……"

露西笑了："亚利桑那请来找水的公司都是加州人把持的，你就知道这地方没戏唱了。"她说完又笑了，"没错，这位宜必思的高层建议我：我想写什么都行，只是最好别再管加州在搞什么，多担心其他事情，例如科罗拉多河协议修正案、内政部人事改组、内华达，"她朝安裘撇撇头说，"或是传言中的赌城水刀子，还有联邦紧急事务管理署人力不足，无法应付墨西哥湾的飓风、中西部的龙卷风、密西西比的水灾和曼哈顿的海堤溃决。有人情味的报道最好看了，所以多写鞠躬尽瘁的紧急事务管理署人员，或是联邦政府力量有限，无法照顾家园干涸的得州人。全世界有太多故事可以写，有太多消息值得关注。"露西冷笑道，"他没有命令我写什么，只是提醒我或许可以多关心其他值得并需要报道的新闻。"

她接着说："然后他拿出一大沓人民币摆在桌上，肯定有20厘米高，而且一点都不觉得不好意思，直接将钱推到我面前，站起来说：'谢谢你过来。'说完就大步离开了。

"我愣愣地坐在那里，眼前是一沓钞票和一份小报，小报上是一名女泳客死在干涸的游泳池底，血都快流干了。一群野狗围在她身旁舔她的血。我就愣愣地坐在那里。"

露西转头看着安裘："这就是加州人的手段。凯瑟琳·凯斯可以找一堆秘密手下替她做事，但说到底，一切都是加州人说了算。加州人不跟你开玩笑的。"

"你让步了。"

她意味深长地看了他一眼说："你知道，听到别人告诉你接下来要怎样，你一开始会很生气，对吧？会想反击，让他们知道你不害怕。所以你立刻还以颜色，再写一篇关于宜必思探勘公司的报道，或者写一写加州如何千方百计地从哈瓦苏河多弄一点水。你提到亚利桑那位政客跟宜必思董事会的某位毒枭有勾结，那位毒枭刚给了众议员戴恩·雷纳5万美元，而议员恰好正在游说撤销科罗拉多河协议删节案，而且在温哥华多了一间度假别墅。你在差旅和转账记录里寻寻觅觅，拼凑出冷门深奥的揭秘文章，内容比沙漠还要干。

"比起小报的血腥照片，没有人对文件数据里的蹊跷感兴趣，对吧？就算你写出来，也根本没有人看。正是这些报道中的一篇让我拿到了普利策奖，但那篇报道可能是我阅读量最低的一篇文章。接下来我只知道我的车胎开始被人戳破，再也没有人肯让我采访。这时你就知道至少有某个人在读你的报道，而那个人才是真正的关键。"

她耸耸肩说："于是你就明白了。你不再报道尸体，因为毒枭不喜欢，至少不再报道尸体背后的故事。你也不再报道钱的事情，因为政客不喜欢。你更不会报道加州人，因为他们一定会想办法让你再也写不了任何东西。"

"很多不再。"

"我受够了。"

"所以你现在豁出去了，"安裴朝她的手枪撇撇头说，"等人拿枪来对付你。"

露西冷笑一声："也许我不想活了吧。"

"没有人会想死的，"安裴说，"或许嘴巴上会这么说，但只要死到临头都一定会反悔。"

露西的手机响了，她接起来。

"我是露西·门罗。"她听对方说话，接着看了安裴一眼，随即低头，"是吗？五仔？"她突然全神贯注，"你再说一遍。好，我知道了。不，现在不方便。"她又瞄了安裴一眼，"嗯，好，没问题。"说完便挂断手机。

"你该走了。"她对安裴说。

"你不打算告诉我你朋友杰米到底在搞什么吗？"安裴问。

"对，"露西说，"其实我觉得我已经不需要你了。"她拍拍腿上的手枪，枪口并没有对准他，"你该走了。"

"我以为我们正渐入佳境呢。"

她瞪了他一眼说："你们都一样。内华达人、加州人，还是别的人，通通都一样，都来这里偷拐抢骗，想办法把河水变成你们的。"她把头伸到窗前，窗外凤凰城的天际线沙尘弥漫，"你说你们不会做出他们对付杰米的那种事，但你们对这里的居民做的事更糟糕。"

"把这里建造得这么糟不是我们的错，是凤凰城自作自受。"

"那我想你的朋友佛索维奇也是自作自受。"

她举起手枪指着他。

"哇！"安裘举起双手，"我们又回到原点了？"

"本来就是这样。"露西牢牢握着枪，"出去！要是再让我见到你，我一定马上开枪，下次可就没有警告了。"

她是认真的。

之前她还没那么认真，但接了电话之后，她就充满杀气。

安裘小心翼翼地摘下眼镜，站了起来。

"你错了，"他说，"我们明明可以成为朋友的。"

那一瞬间，他以为自己打动她了，但那种感觉一下子就过去了。她挥舞着手枪示意他往门口走。

"我不需要朋友，"她说，"我有狗。"

第 *17* 章

他在泰阳特区。5区11楼10号。"拉坦先生是住户。"提莫对自己的侦探本领扬扬得意。

露西要他别挂电话，自己开着皮卡车在炽热的凤凰城烈日下疾驰。她看了后视镜好几次，但都没有见到那名水刀子或那辆亮黄色特斯拉的踪影。

除非他有同伙。

她缓缓兜了几个圈子，在废弃不通的街巷里绕来绕去，确定安裘没有跟踪她之后，便一边听着提莫开心地在她耳边叽叽喳喳，一边全速驶向泰阳特区。

"我确定他就是你要找的人。他用加州驾照当身份证明文件，而且你想得没错，他确实是五仔。"

问题是拉坦是五仔，露西不是。

她一驶进泰阳特区的公共中庭，守在住宅大厦门口的警卫便将她拦了下来。他们要是没有通报就让全身汗臭的亚利桑那人跑去找拉坦先生，那就倒大霉了。

　　她虽然很生气，却无法将怒气撒在警卫头上。赶走一穷二白的
凤凰城居民是他们的工作，而她的工作是攻破他们的防线。但刚才
跟那名赌城水刀子的荒诞谈话结束得太仓促了，让她来不及为现在
的应答做准备。

　　露西不是五仔，警卫一眼就看得出来。她身上没有一处像是外
籍居民、加州人或光鲜亮丽的泡泡贩子。她身上的沙尘多了点，皮
肤晒得太黑了点，神情也太匆忙和急切了点。

　　在警卫眼中，露西看起来就是百分之百的亚利桑那人。

　　提莫觉得这真是太好笑了，尤其他常说她还太嫩了。

　　"我想你终究还是变成我们的一分子了。"他一边在耳机里哈
哈大笑，一边听她继续连哄带骗想闯过警卫这一关。

　　警卫又说了一次："您如果是拉坦先生的客人，就请他打电话
给我，我就会设定电梯让你上去。"

　　露西退却了。她已经叫他们撂了四次对讲机，闹够了。

　　"我等一下再试试。"她说，"我们约好了碰面，他可能还没
回来。"

　　"我想也是。"警卫友好地微笑着，"他只要回应，我们立刻
问他。"

　　露西从住宅区的旋转门回到公共中庭，绕着喷泉和水池走，
经过从上方楼层倾泻而下的瀑布，假装对两旁的咖啡馆和商店感兴
趣，其实一直盯着住宅区的电梯和警卫，想看看有没有办法溜进去。

　　51110。5—11—10。

　　5区，11楼，10号房。

　　她知道名字，也有住址，却无可奈何。

所有刺探都被那位过度专业的警卫给挡住了。

她坐在鲤鱼池旁望着刻意挂在公共区的20英寸平面屏幕，上面用英文、西班牙文和中文显示着新闻与股价，让住户知道上海的时间与气温。

泰阳太阳能开发集团的主管和秘书在中庭有说有笑，隔着玻璃墙欣赏墙外的荒芜世界，而他们雇用的凤凰城承包商却在沙漠里安装太阳能收集器，在布满砂岩与石英的土地上架设新的电网。

没有一个州肯接收亚利桑那人，却都想享受这里提供的太阳能。结果就是凤凰城自己的分区停电，让私人企业将收集到的太阳能运出亚利桑那，送往美国北部、东部和西部，而亚利桑那人哪里都不能去。

露西写了一篇关于这事的报道，结果千辛万苦换来的浏览量少得可怜。

泰阳特区墙外，凤凰城正一步步沦为地狱，墙内却是另一个世界。特区的人不想见到任何与末日有关的人、事、物渗进这里，包括她。

另一名警卫从她身旁缓步走过。这里通常只需要对付偷偷溜进来喝水的小孩，因此他们见到她这样的侵入者出现自然很兴奋。

泰阳特区的进出管制就跟内华达州和加州一样严格，让这里的居民享受着遗世独立的感觉，仿佛与墙外城市的沙尘、烟雾与沦亡完全无关。

特区里的居民和企业外派人员活得舒服自在，而你只要仪容整洁，而且看来有正经事要做，就可以进到公共区域喝杯咖啡或跟人会面，甚至求某人下来带你进入住宅区。

5-11-10。

5区11楼10号。这比邮政编码还棒。五位数地址，五仔，五位数的门票，通往另一个世界的入场券。

那两名警卫肯定盯上她了。她在这里逗留太久了。

露西拿出手机假装拨号，但看得出警卫并不买账。其中一人紧紧盯着她，一只手伸到耳朵旁按着耳机启动警报，将她纳入面部辨识系统供以后查询，并准备现在就把她赶走。

"小姐？"

露西吓了一跳。第三名警卫突然出现在她身旁，手里拿着电击棒轻拍大腿。

"您来这里有什么事吗？"

他们很厉害，她不得不承认这一点。她根本没发现这名警卫靠近她。"我——"她迟疑道，"我只是想上楼。"

他回头看了负责住宅区的警卫一眼，对方正注视着他们："所以你是住户？你带卡了吗？还是访客证？"

"我——"

警卫很坚持，等着她回答："要我替你联络谁吗？"

"不用，没关系，我只是来欣赏喷泉和池子。"

"你要是弄丢了访客证，我们可以查询名册。"

他太习惯这种场面了，不会直接拒人于门外。太多人溜进这里，就为了享受水雾、瀑布和滤除了烟尘的新鲜空气，以及土壤和植物的芬芳。

他习惯顺水推舟，客客气气，而不是大声嚷嚷，破坏泰阳特区小心翼翼构筑出来的清幽与宁静。

要是她不肯配合，嗯，反正还有（他正拿着拍着大腿的）电击棒。至少她会安安静静让他和他的伙伴们拖着她失去意识的身体离开特区，把她扔到街上。

"没事，"她说，"我要走了，先让我把东西收好。"

"没问题，小姐。"

真是客气。他们总是彬彬有礼，只要你照着他们的意思行动，不必害他们把场面变得难堪，他们甚至对你亲切有加。

露西承认自己失败了。她瞥见一群有钱的五仔走向旋转门，个个身穿西装，聊得很起劲，仿佛主宰着全世界，中文和西班牙文在这群主管间一来一往。刚才要是抓对时机，她现在或许就能跟着溜进去，而不是被警卫推着往出口走，想跟也没办法了。

她必须另找办法接近麦克·拉坦。

第*18*章

熊熊烈火和翻腾的黑烟包围了玛丽亚，吞噬了她。

一头体形如狗的黝黑生物从烈焰中冲出来，嘴里念念有词，凄厉怒吼，犹如魔鬼派出的斗牛犬想要将她一口吞没。

莎拉在她身旁。

玛丽亚想逃离那头魔兽，但莎拉动作太慢。莎拉的手不停从玛丽亚手中滑开，但玛丽亚不肯放弃。然而，莎拉的手再次滑落，玛丽亚怎么也找不着，为这份失落心碎不已。

玛丽亚惊醒过来，发现自己在那个男人家里。她气喘吁吁，全身发热冒汗，心跳如同擂鼓，脑中不停浮现两个字：谢谢。谢谢。谢谢。

刚才那一切都不是真的，莎拉没有死，这只是个梦。

谢谢。谢谢。谢谢。

玛丽亚发现莎拉和那个男人的手都压在她身上，难怪她感觉像火烧一样。她试着挣脱身子，小心不吵醒他们。清醒之后，她开始觉得恶心和难受，脑袋像是被人用螺丝刀钻进眼睛一样痛。

她慢慢摸到床边试着下床，但马上觉得天旋地转，赶紧扶着墙面。她放慢呼吸，试着在昏暗中站稳。床上交缠的两人依然呼呼大睡。莎拉和……她的男人。

拉坦。

玛丽亚笑了一声。她发现自己竟然不记得那个男人的名，只记得姓，不知该觉得恶心、害怕，还是根本不在乎。他跟她说过好几次，但她就是想不起来。她对这人抱了那么大的期望，却怎么也想不起他叫什么。

她将童贞献给了一名陌生人，但不知道该不该在乎。说不定夺走她贞操的其实是莎拉，因为她一直跟她在一起。玛丽亚比较喜欢这个说法。她其实将童贞献给了莎拉。

地上躺着一瓶香槟，玛丽亚也没有印象。或许有印象，只不过觉得在做梦。昨夜实在太模糊、太不真实了。她和莎拉轮流喝酒、接吻，让冰凉的气泡酒沿着两人的身体流淌到水利学家饥渴的舌尖……

这到底是梦境还是真实？是记忆还是预兆？

呃，酒瓶空了，这一点千真万确。

玛丽亚望着闪闪发亮的酒瓶，感受到泡泡效力退去后的空虚。清醒之后，豪华的卧室感觉无比沉默，近乎孤单。汗湿的床单皱皱巴巴，酒瓶空空如也，莎拉一头金发凌乱地披垂在枕头上，手臂搭在男人肩上，姿势古怪而亲昵，让他们看来比钟点恋人还要亲密。

见到他们触碰着对方，让玛丽亚感觉更复杂，回忆倏忽闪现：她和莎拉接吻，身体像是通了电；拉坦想融入她们，莎拉让他加入；她专心伺候她的男人，而玛丽亚只希望莎拉继续吻她，不要停止，只想感受两人肌肤相亲。

玛丽亚记得她双手兴奋得颤抖，仿佛体内有炸弹爆开，颤动着饥渴的期盼，吞噬着、震撼着她，要她不断渴望莎拉，别管那个男人在做什么。

她记得莎拉望着他的眼神是多么饥渴。他是莎拉离开亚利桑那州的通行证，只要他够喜欢她。她感觉拉坦的目光粘着她的胴体，大手滑上她的腿。他们三人串在一起，像食物链一样：玛丽亚迷恋莎拉，莎拉迷恋那个男人，而那个男人一点也不眷恋将玛丽亚当成供品以交换北逃的女孩，而是迷恋玛丽亚。

那时玛丽亚不在乎，整个人只渴望莎拉，现在却不禁感到颓丧，因为有一些饥渴并未得到满足。

她开始寻找浴室，找到一间有着冰凉大理石地板、绿松石和纯银镶边的镜子和蓝白瓷砖台面的房间。

她望着镜中的自己，没看到什么不同。她还在，还是一样。她跟一个男人和一个女人发生了关系，跟两个都做了。其中一个她完全不在乎，可是另一个……她不停望着自己。她还是一样。她父亲绝对看不出她昨晚做了什么，街上的人也猜不出她去哪里干了什么才赚到这些钱，还有她享受的是什么，喜欢的是谁。

她坐在马桶上，强烈感受到冰冷的陶瓷贴着她的皮肤。她努力回想自己上次不是在她和莎拉住处后方的茅房或厕所车大小便是什么时候，不用撕小报擦屁股又是什么时候。她想起自己曾经溜进希尔顿酒店，一路闯进女厕里，结果被一名来上厕所的女士逮到。对方本来想赶她出去，但心生同情，便让她在洗手台洗脸和洗手，痛饮自来水，之后才将她踢回热气蒸腾、沙尘弥漫的世界。

玛丽亚按了按冲水钮，清水直冲而下。太神奇了。

她走进厨房翻看那男人的橱柜，心里涌上一股僭越的快感。她像小偷一样拿了个杯子开始倒水。水龙头旁装了计费表，她望着红色数字不停跳动，倒了满满一杯水。

玛丽亚一饮而尽。

她又倒了一杯水，想到可以记在这个她忘了名字的男人账上，不禁露出了微笑。她举起冰凉的杯子贴着脸颊，接着又一口气喝光。

她倒了第三次，水依然源源不断。她倒再多也不够，尽管胀得喝不下了，她还是停不下来。玛丽亚将杯子拿进浴室，旋开莲蓬头。几加仑、几加仑的水哗啦啦地洒在她身上，比她在红十字会水泵挣到的水还多，顺着她的身体流泻而下，消失在排水孔里。她用肥皂刷洗身体，想起莎拉和那男人贴着她的感觉，那令人颤抖的兴奋，肌肤相亲的原始快感。泡泡。她很怕自己太爱那种毒品。她感觉整个世界都黯淡了，不再像她兴奋时那么明亮而真实。她很好奇泡泡是在哪里买的，莎拉又怎么会有。她感觉很干净。老天，她感觉很干净。

玛丽亚刷洗着内衣，懊悔怎么没想到多带些衣服来洗。莎拉来泰阳特区之前总是做好万全的准备。

浴帘被人拉开，拉坦光着身子站在帘外。

"在洗衣服？"

拉坦望着她，脸上露出诡异的笑容。玛丽亚全身是水，手里拿着内衣，结结巴巴想要解释，但拉坦若无其事地说："没关系，公寓的租金和水费都是公司出的。你可以把其他衣服都洗完了再走。"说完他便跨了进来。

拉坦往自己身上抹着肥皂，目光在她身上游走。玛丽亚觉得他想再跟她发生关系，但她希望不要。可是他想。虽然很痛，她还是没有反抗。感觉没什么，比上次轻松，甚至可以装作乐在其中。她假装莎拉就在旁边。

完事之后，拉坦跨出去拿了一条浴巾给她。玛丽亚多拿了一条擦头发，想起她和妈妈以前都会用毛巾包头，直到国民兵来了，说她们必须搬到庇护所，从此一切都变了调。

玛丽亚梳洗完毕来到客厅，拉坦已经拉开了窗帘。天空刚刚沾上晨光，染红了迷蒙的沙尘。她以为她睡到了很晚，其实没有。

拉坦走进厨房。这会儿两人都离开了浴室，他突然显得有些尴尬，不停地逃避她的目光。

"你……"他吞吞吐吐，"你还好吗？"

他明明做了想做的事，而且刚才在浴室又来了一次，现在却硬不起来，不敢直视她的眼睛。

她没想到他会这么羞愧，心想她怎么一点感觉都没有。她父母亲要是知道她做了什么，肯定会伤心欲绝，她却一点儿也不在乎。

"想吃点早餐吗？"他问。

玛丽亚将浴巾围得更紧一些。她怕自己声音不稳，所以只点了点头。冲澡、洗干净衣服。她朝卧房瞄了一眼，莎拉还在睡觉。

"我忘了你叫什么。"她坦承。

他笑了，突然变得像是男孩一般，同时放松了一点。"我叫麦克。"他伸手跟她握手，"很高兴见到你。"说完他又笑了，露出困窘的表情，"应该说，很高兴再次见到你。"

玛丽亚报以微笑，想让他好过一点："又见面了。"

拉坦从冰箱里拿了几枚鸡蛋打进碗里，玛丽亚环顾公寓，忍不住对这里的奢华感到惊讶。客厅的硬木地板上铺着纳瓦霍地毯，墙上挂着绘画，精雕细琢的书架上摆着真正的书，中间夹杂几只陶器，玛丽亚觉得应该是日本来的。稳定的电流让冰箱发出满足的嗡鸣。这里不但奢华，而且安静，非常安静。玛丽亚听不到楼上有人吵架，也感觉不到别人的窥探。

拉坦打开水龙头，将蛋壳扔进排水孔里。他发现她在观察他的一举一动。

"这些水不会被浪费，"他解释道，"会循环利用。他们会先让水经过甲烷消解处理，然后送到鲤鱼池和蜗牛田，其中一部分逆渗透处理之后用水管送回住宅区重新使用，另一部分送到南边的垂直农场。"

玛丽亚默默听着，对他认为哪些需要解释、哪些理所当然感到不可思议。

她也曾经拥有这些东西，这些基本的生活所需——水龙头、自己的房间和空调——而且跟这人一样觉得理所当然。

他不知道这样的生活有多神奇。

玛丽亚想起麦克在她体内冲刺时，莎拉抓着她在她耳边低语：他会付钱。

但重点不是钱，而是待在这里。待在这里才是一切。

"你会在这里待很久吗？"她问。

话一出口，玛丽亚就发现自己讲得太白了。

麦克抬头看她一眼，脸上露出警惕的神情。两人都知道她在暗示长期关系。

"很难说。"他答道，语气刻意维持平淡，"最近发生了很多变化。"他低头望着鸡蛋，"昨晚算是特别的庆祝。"

"庆祝什么？"

他眨眨眼："幸运的空当。"

"别忘了找我。"

她只是开玩笑，但说得太直接、太诚实了。从麦克瞬间沉默的反应来看，她知道自己坏事了。她应该让他觉得她是玩家，而不是黏人的麻烦才对。"对不起，"她说，"不是你的错，别在意。"天哪，她越描越黑了。

麦克低着头煎蛋。"要是能够离开，你想做什么？"他突然抬头盯着她说，"要是有人打算带你一起离开这里，你想做什么？"

玛丽亚没想到他会这么问，仿佛看穿她的心思似的，但听起来不像随口问问。

"我不知道，找份工作吧。"她不晓得如何回答才对，但感觉要是答得好，或许会是契机，"或是回学校念书。"

"你知道就算出了州界，也不代表会是'流奶与蜜之地'吧？"

"至少比这里好。"

"当然。但要是你想去哪里都可以，你会挑什么地方？要是全世界可以任你选，你会挑哪里？"

他执着得有点奇怪，简直跟提供救赎的得州牧师一样："如果你可以去任何地方做任何事，想当谁就当谁，你会做什么？"

"但这不可能啊，"她说，"没有人可以那样。"

"要是可以呢？"

他一直问一些不可能的事，让她有点生气，但她还是回答了。

"中国吧，因为我爸爸说我们应该到中国去。我会去中国，然后学中文。爸爸说上海有浮游城市，我想住在那里，在海上生活。”

“你是得州人，对吧？”

“当然。”

“那你怎么会到这里来？”

她不知道说出来能不能博得他的同情，让他跟她和莎拉更紧密。她不能只靠性爱牵住这个男人。性爱很脆弱。街上有太多女孩为了多赚一点钱和可以洗澡，什么都肯干。光是跟他上床还不够，她需要让他喜欢她和莎拉，觉得她们俩跟其他人不同才行。她需要他将她们当人来看，有关紧要的人。

因此她据实以告，没有加油添醋，告诉他国民兵到圣安东尼奥市郊的小镇，通知所有人都得离开，因为不会再有卡车运水来了。她和家人离开得州往西走，因为所有人都知道俄克拉何马州会吊死人，而路易斯安那州挤满了飓风难民。她告诉他新墨西哥州有多惨，对他讲述被扔到通电铁丝网外的尸体、得州人的车队、红十字会的救济帐篷，还有她死于基孔肯雅热的母亲。

她还跟他说了她的赚钱方法，告诉他怎么会在图米旁边卖水，还有她如何利用他告诉她的小道消息。

拉坦笑了，露出佩服的神情，让玛丽亚生起一丝希望，觉得或许有机会赢得他的好感。只要她能将自己和莎拉跟这个男人绑在一起，就能让他带她们到天涯海角。

“你知道凯瑟琳·凯斯也是从卖水起家的吗？”麦克说。

“你是说那位拥有赌城的水的女士吗？”

“你要说拥有也行。她最早是卖农地的水给大都市，当时农地和城市的水权交易刚开始热络，价钱正好。赌城被她这么搞了之后决定雇用她，让她用同一招对付其他城市。她总是千方百计地找方法，好几次交易都让她声名大噪。"

"我跟她不一样。"

拉坦耸耸肩："没差多少，你们都是把水送到价钱好的地方，只不过凯斯处理的是几十万英亩-英尺的水，而你只有几加仑，但你们玩的把戏没有那么不同。"

他说完把火关了，吓了玛丽亚一跳。他走到书架前拿了一本老旧的纸质书，若有所思地看了她一眼，随即开始翻动书页，抽出夹在书里的字条。

"你读过这本书吗？"他将书递给玛丽亚，一边问道。

玛丽亚接过书，吃力读着书名："《凯迪拉克沙漠》？是在讲车子吗？"

"其实是在讲水，有点像交代我们为什么会变成现在这样。类似的书还有，之后出了很多，你可以上网读到，像是弗莱克、费什曼和詹金斯的书。"他朝她手中的书点点头道，"但我向来觉得要从这本读起，它可以说是水的圣经。"

"圣经哦？"

"就像《旧约》，讲述事情最开始的时候。那时我们以为能让沙漠草木扶疏，让水永远流淌，以为能挪河移川，控制水源而不被水控制。"

"真有趣。"她想把书还他，但拉坦挥手拒绝。

"你可以留着。"

他说这话的神情……"你要离开了，对吧？"玛丽亚说，"所以才会在我和莎拉身上花这么多钱。"

他感觉有点不自在："可能吧。"

"你什么时候走？"

他低着头，"不一定。"他不敢看她，"很快吧，我想。"

玛丽亚将书塞回他手里："你的书还你。"

"我想你不了解。"

"我当然了解。这是一本书。我不需要书本来告诉我人有多蠢，我早就知道了。你要是有书说明如何越过州界不被无人机抓到，那我就需要。或者如何不被蛇头做掉，就像电视上那些被挖出来的人一样。"

她瞪着他："我不需要书本告诉我从前如何如何，这种事每个人都在说。我需要书本告诉我现在怎么活下去。除非你有这种书，否则我不需要多一块砖头来增加我的负担。"她朝料理台上的那本书甩甩手，"说穿了，它不过是一沓纸。"

拉坦露出受伤的神情。"这是初版，"他辩驳道，"很多人很重视初版。如果你想的话，你甚至可以卖个好价钱。"

但玛丽亚根本不在乎，她突然厌倦他了，厌倦对这家伙彬彬有礼，只因为他给了她一本书让自己好过一点，不至于为上了她之后匆匆离开凤凰城而感到歉疚。

"你留着吧。"

"对不起，"他喃喃道，"因为你刚才说这本书很有趣。"

"没关系，无所谓。"她顿了一下，"我可以继续洗衣服吗？"

"当然。"拉坦点点头，感觉跟她一样疲惫和受挫，"我房里有一件睡袍，你洗衣服时可以穿着。你也可以帮莎拉洗衣服。"

"谢了。"

玛丽亚挤出微笑，刻意笑得灿烂一点，希望弥补两人间的裂痕。他看起来开怀了一些。他也许不会带她们离开凤凰城，但她或许能从他身上小捞一笔，或者跟莎拉在这里再待一晚。

她回到卧房解开浴巾寻找睡袍。莎拉翻了个身，伸展着一只胳膊和一条腿，把整张床都占了，但没有醒来。

玛丽亚停下动作，深情款款地望着她呼呼大睡的朋友，为莎拉能睡着并且睡得很沉而高兴。

我爱上她了吗？ 她心想。

她知道她想要莎拉，也知道自己一点也不想要麦克，不像莎拉那样渴慕他。麦克很好，玛丽亚从小到大遇见的男人都对她很好，但是望着莎拉让她感到一股震慑人心的禁忌，就像她有一次用平板电脑搜索女星徐艾莉，结果被妈妈发现她偷偷抚摸自己一样。跟莎拉在一起，感觉就像抓住通了电的电线，她只晓得自己不想失去莎拉。

玛丽亚翻动搅在一起的床单，找寻她和莎拉的衣服。她碰了碰莎拉："你的裙子在哪里？"

莎拉梦呓几声，将她推开。

"好，那你就自己洗衣服吧。"

客厅门铃响了。玛丽亚突然想起自己全身赤裸。麦克的睡袍呢？

她躲在卧房门后往外窥探，听见一个声音说："嘿，老麦，你这个死家伙，最近都好吗？"

"靠，你来这里做什么？"麦克说，"我不是跟你说晚点见吗？"

"我不想等了。"

"搞什——"麦克话没说完就被撞击声打断，接着是一阵吼叫，然后又是撞击和喘息声。

"他妈的，老麦，你干什么摆着一张臭脸！我们不如来谈谈——靠，你别想！"

砰的一声闷响。玛丽亚瞥见麦克踉跄后退，一手抓着肩膀。一个男的跟了上来，拿枪指着他。

"等一下！"麦克喘息道，"我们说好了！"

"是啊，我们说好你把我要的东西交给我，然后滚出凤凰城。"

麦克朝拿枪的男人扑去，手枪再度发出闷响，麦克往后飞倒，鲜血从后脑勺迸射而出。

玛丽亚冲到莎拉身旁，"起来！"她低声吼道，"快找地方躲好！"说完开始拖莎拉下床。

"放开我，"莎拉呢喃道，"别管我。"

客厅传来说话声：

"妈的，你干吗要做掉他？"

"不是迟早的事吗？"

"我还没问他授权书在哪里！"

"抱歉了，兄弟，人总有失手的时候。"

"去你的，赶快检查其他地方吧。"

玛丽亚抓住莎拉的手腕使劲拽她。她听见有人过来了，鞋子踩在硬木地板上喀喀作响，声音越来越近。

门开了，玛丽亚慌忙趴下躲到床侧。

"你是——"莎拉开口道。

手枪发出闷响。

那人又开了一枪。玛丽亚一阵觳觫，全身僵硬，努力克制啜泣的冲动，拼命挤进床底。

"妈的，真是一团乱。"一个男人说。

"你发现什么了？"另一个男的在客厅高喊。

"一个得州妓女。"说完脚步声就走远了。

"你干吗做掉她？"

"谁叫那婊子吐在我身上。"

玛丽亚听见自己的心脏狂跳，几乎盖过了他们的声音。那两人在屋里走动，交谈声模糊不清，中间又夹着闲聊，分不出他们到底说了什么，不过语气平静得很。

他们才刚杀了两个人，听起来却像午休喝咖啡聊天或应酬谈笑一样。玛丽亚听见其中一人笑了，柜子被打开，两人继续交谈。

脚步声回来了。

千万不要，拜托拜托拜托。

"宜必思的家伙还真懂得享受。"那人评论道。

"花公司的钱嘛。"

玛丽亚看见那人的鞋子。黑色牛仔靴擦得雪亮，近得她伸手就摸得到，看来价格不菲。靴子停住了，接着又是一声枪响，玛丽亚打了个冷战。

他开枪是为了让莎拉断气，还是只为了好玩？

玛丽亚发现自己哭了。她感觉泪水流下双颊，视线模糊。她躲在床下害怕得不敢动弹，只能偷偷啜泣，不敢发出一点声音。

她静静掉泪，跟老鼠一样僵住不动，希望穿着靴子的男人不会察觉床上摆了太多的女性衣物，地毯上的高跟鞋也多了一双。

玛丽亚怀着恐惧和失落而哭，掌心依然能感觉到莎拉温暖的手，能感觉到莎拉的手指从她指间滑出，就在她躲避危险的时候。

她默默绝望地哭着，明白她梦见的是真的。无论在她耳边低语的是天使、恶魔、圣人还是鬼魂，她都不该愚蠢到无视梦魇中的警告。结果现在一切都太迟了，只能祈求宽恕和救赎。

客厅里不断传来碰撞和摩擦声。

"这里没有，"其中一人说，"去卧房找找。"

不要。千万不要。拜托。

第*19*章

警卫一直跟着露西，直到她真的离开为止。

她见过几次赶人的场面，却没想到自己有一天也会亲身经历。

她曾经坐在中庭尾端的仙人掌咖啡馆，跟一名专精生物设计技术的中国工程师见面。他说两人身旁的水池其实是净水程序的一部分，每根芦苇和每条鱼都经过精心改造和挑选，执行特定的净水任务。

谈话时，露西正好瞥见警卫送走一个人。她喝着咖啡冷眼旁观，心里虽然同情，却无法体会对方的绝望。

如今轮到她被驱离了，咖啡馆的人都装作没看见。

他们后面有人倒抽一口气，声音很大，露西忍不住回头张望。

从那人吸气的声音，露西猜想他可能被人刺伤了。结果不是。那人动也不动地抬头向上望，其他人也开始惊呼，纷纷从座位上站起来，目瞪口呆。震惊的气氛横扫整个中庭，众人惊诧、警觉，通通仰头望着天空。错了，不是天空——

是屏幕。挂在中庭的巨幅电视屏幕。

露西顺着众人的目光往上看:"怎么——"

警卫推她继续往前走,但她挡开警卫的手。

"等一下。"

警卫想再抓住她,但也停下了动作。两人不再是警卫和闯入者,而是看着电视的两个人。局势骤变,两人瞬间从对手变成了手足。

电视上出现一片巨大的平静湖泊。是水库。画面下方是一行字幕。

科罗拉多州甘尼森郡蓝台水坝。

湖水犹如晶莹的蓝宝石,被黄土丘陵、悬崖峭壁和遍地的山艾草包围着。

湖水一端是一道巨砾堆砌而成的弧形高墙,宛如陡峭的峡谷挡住了那一方水蓝。

只不过背向湖水的坝面在漏水,总共三道瀑布,而且水花似乎越来越大。

露西看见有人爬下水坝拼命奔逃,跟漏水形成的瀑布比起来就像蚂蚁一样。一辆车在水坝顶端的高速公路上全速奔驰。

坝面有工程人员垂降到漏水的地方,想勘察该如何处置——

水坝撑不住了。

警卫放开了露西的胳膊,她后面有人惊惶地尖叫。水坝漏水越来越汹涌,坝身开始大块崩落,更多水从缺口奔腾而出,四散迸射,漏水越来越多、越来越快。水坝边缘出现三三两两的人群,他们通通在往外奔逃。水势大得超乎想象,人站在冲破水坝倾泻而出的水柱旁显得那么渺小。

坝顶崩了一块，一辆水泥搅拌车也跟着掉了下去，碰撞着岩壁坠落到狭窄的坝底，犹如玩具在水里载沉载浮，被越来越汹涌的水流推着翻滚。

有人打开了电视的声音。主播上气不接下气的播报响彻了整个中庭，列出一长串可能受到洪水侵袭的城镇：

"目前完全无法预测灾情会多严重！垦务局推断莫罗角水坝和克里斯特尔水坝也会决堤，陆军工兵部队建议下列城镇的居民紧急疏散：霍齐基斯、德尔塔、大章克申、莫阿布……疏散范围可能延伸到葛伦峡谷。"

主播继续念出城镇的名字，镜头从崩塌的水坝转向狭窄的坝底，然后再转向滚滚的泥涛。房子大小的砾石在洪流中翻腾。主播表示这是恐怖攻击，但随即改口说可能是施工不当。水坝已经屹立不倒将近一百年，如今却毁于一旦。更多泥水冲破水坝奔流而下。

滔滔洪水冲破了一部分山壁，整块花岗岩断裂崩落，转了几圈，连带拖了五六名勘察员陪葬。蚂蚁般的小人手忙脚乱地从山壁旁逃开。主播高声大喊："那里有人！"好像生怕没人看见似的，但他依然不停重复，说得喘不过气来，语气充满惊惶，"那里有人！"

"我们刚得到垦务局的消息，该水坝最近才接受检查，一切正常，建筑结构和地理位置都很理想。从来没有水坝自行崩塌的记录，更何况坝体已经持续稳定了这么久——"

"所以是恐怖攻击咯。"有人说。

但主播依然避而不谈。

露西心想这主播是不是跟加州有关联，是不是像她一样曾遭人施压，要他对加州轻轻放下，是不是也经历过"要钱还是要命"的时刻。

水坝垮了，只剩下滚滚洪流。

洪水会流过峡谷，穿越州界，淹没城镇，抹去所有人类的活动，但主播依然竭力回避现在人人皆知的事实：加州已经厌倦同其他州郡协商水权，决定采取行动了。加州想要属于它的水，而且立刻就要。

所有人站在生态建筑的露天中庭里，抬头看着新闻，露西突然意识到机会来了。

其他人都看得目瞪口呆，她只要悄悄移动就好。

她从警卫身旁慢慢走开，轻轻松松溜过人群之间。其他人依然抬头站着、看着，像是被催眠了一般。

露西仿佛不存在了，成了无影的鬼魂。

她穿过旋转门走向电梯，尾随着一名像是经历过炮弹惊魂的男士踏进电梯，等他刷了房卡之后再按下她要去的楼层。

电梯门关上之前，她又看了那些有钱的五仔一眼。只见那些尊贵的泰阳特区居民通通仰头看着新闻，在强势的加州面前显得无比渺小。

第20章

拜托快离开。拜托快离开。拜托。

但那两个男人怎么都不离开，继续谈天说笑，翻找抽屉，检查碗盘。玛丽亚僵着身子躲在床下不动，小心不发出半点声响。

她想尿尿。她越告诉自己不需要上厕所，尿意就越强。她之前狼吞虎咽喝下的水这会儿都联合起来对付她。玛丽亚在心里不断祈祷，祈求那两个男人快点离开。

但那两人没有离开，反而争执了起来。

"我不是跟你说了，混账，就是打不开！"

"它要指纹辨识，去抓他的手指来用。"接着便是一阵撞击和拖拉重物的声响，玛丽亚猜应该是麦克的尸体。

"它还是加密了。"其中一人说，"我们要带回去破解密码吗？"

"试试他的生日。"

"试过了。生日、他母亲的名字，所有简单的组合都试了。破解这东西需要一段时间。幸运的话，大概只要两本字典就能搞定了吧，但就是需要时间。"

"我们没时间了。"

"你是说你没时间了。"

公寓里的电话响了："要接吗？"

"不要，我才不要你去接，白痴，我要这台破电脑的密码。"

电话不响了，玛丽亚猜是其中一名杀手将它挂断了。

"快没时间了。"

"找找看他有没有把密码写在什么地方。"

脚步声又朝卧房靠近，玛丽亚赶紧屏住呼吸。他们开始翻箱倒柜。那两人不管在找什么，一定会检查床底下。玛丽亚很清楚这一点。她已经可以想象自己看见那人的靴子，看见他弯腰伸手到床底下，手指离她的脸只有几英寸。玛丽亚好想爬开，但努力克制自己不要动。

那双手抓起麦克的裤子，翻动他的口袋。

*神啊，别让他们逮到我。死亡女神，圣母马利亚啊，拜托拜托。*虽然玛丽亚感觉自己双唇嚅嚅着，不停地喃喃祷告，她的膀胱还是失守了。与此同时，那双手在麦克的裤子口袋里捞到一只皮夹。

"这里面说不定有什么。"

温热的尿液开始在她胯下蓄积，浸湿地毯的声音听起来跟大吼一样响。尿液奔腾而出，玛丽亚想克制也阻止不了。膀胱痛得像是刀戳一样。她恨透了自己，很想静静撒尿，快点尿完，但她的身体就是不听话，而且尿液源源不绝，她之前贪婪喝下的水全都抢着出来，而那两个男人还在说话，一来一往聊个不停。

她听见开冰箱的声音。

"要喝柳橙汁吗？"

玛丽亚懂了，那两人根本不打算离开。他们是恶魔，喜欢待在死人身边。

一滴冰冰凉凉的东西落到她裸裎的背上。是液体。又一滴。

什么东——

又一滴。

天哪！

是莎拉的血。她的血已经渗过床垫滴到她背上，又冰又凉。玛丽亚只想从床底下爬出来，躲开莎拉的鲜血，但脚步声又回到卧房，她只能强自忍耐。

衣柜吱嘎一声打开了。从玛丽亚趴的地方看不见他们的脚，但听得见两人走动、翻找的声音。他们在房间里转来转去，一定会发现她的，两人迟早会往床底下看。

"这家伙昨晚真是爽翻天了，是吧？"

"这小妞儿真倒霉。"

"不过长得还真标致。"

"怎么？你现在想爽一下？"

"我可不需要毙了辣妹才上得了她，那是你这个变态才会做的事。"

另一个男的笑了："话别说得太早。死掉的女孩子才不会抱怨你干完之后都不打电话。"

快走开，快点，快走开，玛丽亚暗自祈祷。

"你知道，要是你没毙了他，事情就好办多了。"

"我能说什么？这浑蛋算是有种，没几个人看到我拿枪还敢那样的。"

那两人一起翻找衣柜。

"但我还有问题想问他。"第一个男人抱怨道。

"你已经有他的电脑、平板和手机了,不会有事的。"

"如果破得了密码的话。"

有人敲门。

那两个男的立刻停止说话。

玛丽亚也屏住呼吸。

门外的人又敲了一下。

那两个男的溜出卧房,脚步突然变得鬼鬼祟祟。

是警察,玛丽亚想道,心中如释重负。他们应该是听到了动静。

她得救了,终于可以逃走了。她要去找图米,从人间消失。她之前太骄傲,不肯依赖图米,但她现在知道自己愿意放弃一切,躲在那个男人的羽翼之下。图米是老实人,她会藏在凤凰城的黑暗区里。她做什么都换不回莎拉了,但她至少能长保平安。她会色诱图米,任他为所欲为。她会让图米占有她,让他要她,喜欢跟她在一起。就算她没感觉也无所谓,她会让他要她。

什么都可以,我什么都愿意做。神啊,求求你帮助我。死亡女神啊,帮助我吧,我会念玫瑰经,我什么都肯做。

门又敲了一下。

"不会吧。"其中一人笑着说。

玛丽亚听见门开了。

一个女人说:"麦克——"但她话还没说完,就被重击声和哀号取代了。

门砰地关上,接着是闷哼和模糊的碰撞声,声音低沉、遥远又充满惊恐。

那个女人尖叫呼救，但玛丽亚知道这么做没有好处。玻璃碎了，可能是咖啡桌。其中一个男人痛得大叫，也开始咆哮。

"抓住她！抓住她！"

更多碰撞声。

那个女人不再尖叫。

客厅安静下来，很久都没人说话。

后来，其中一个男的说："妈的，我们得闪了。"声音粗哑而疲惫。

"这个女人怎么办？"

"都被你闹成这样了，你觉得该怎么办？"

"要人闭嘴很难。你要我解决她吗？把她跟那个小婊子扔在一起？"

"当然不要！我想知道她知道多少。我已经有一个吐不出消息的死人了，不需要第二个。把她抓好，我去拿电脑。"

一声闷哼，然后又是一阵碰撞。

"小心她的头！"

"好啦，"一阵笑声，"无所谓。死掉的女孩子还真重。"

"她最好没被你弄死，蠢蛋。"

门开了又关，公寓一片寂静。

玛丽亚静静趴着，不敢相信他们真的走了。时间流逝，最后她终于决定从床底下爬出来。她全身僵硬，背部像火烧一样。她之前硬钻到床下时擦伤流了血。她试着起身，皮肤因为沾了尿液而瘙痒不止。

莎拉躺在床上，鲜血浸湿了床单。玛丽亚望着莎拉僵直的身躯。她本来也该一命呜呼的，跟莎拉一样。她突然感到一阵强烈的晕眩，忍不住跌坐在地上。她努力对抗发黑的视线，用力呼吸，拼命压抑心头的惊惶。刚才的危机她都撑过去了，这会儿却发现自己连站都站不起来。她将头夹在两膝之间，强迫自己放慢呼吸。眼前的昏黑逐渐淡去。

客厅窗外，美景依然如故。她和麦克用来喝水的杯子还在料理台上，他打蛋的碗砸碎在地板上，碎片在阳光下像钻石一样闪闪发亮，照出地砖上的血迹。

她走近细看，发现麦克脸上中了一枪，鼻子和一只眼睛不见了，后脑勺开了一个大洞。碎发、脑壳和脑浆散落在白地毯上，有如碎裂的瓷器。地砖和地毯上有一长条血渍，是他们拖动麦克留下的痕迹。

他缺了一根手指。

她受不了了。

玛丽亚忍着呕吐的冲动冲向浴室。

那只手抚摸过她。死人的手，缺了一根手指的手，抚摸过她的肌肤。

她吐了。水、胆汁和惊恐从她体内倾泻而出。她边吐边哭，哭得全身颤抖，不停反胃，肠肚翻搅，直到没东西可吐，所有悲伤和恐惧都倒光了、吐完了、一点也不剩为止。

全没了，她愣愣想着。

玛丽亚将额头贴在冰凉的马桶上。

快跑，离开这里，去找图米。

不要。动点脑子。

玛丽亚跨进浴缸，仔细冲洗身体，洗去身上的血液、尿液、汗渍与恐惧，逼自己不要去想浴室门外的两具尸体。

她走进卧室，刻意不去看莎拉。她找到自己的衣服穿上，紧身布料贴着肌肤的感觉现在只让她觉得恶心，让她觉得门户洞开。她找到自己的鞋子，那双莎拉说麦克希望她穿上的蠢高跟鞋。

动点脑子。

玛丽亚翻着莎拉的手包，里面有两颗紧急避孕药、一剂泡泡和两个黏糊糊的东西，她们应该没有尝过。另外还有20美元和5元人民币。

玛丽亚想起接吻时莎拉将她拉到耳边。

他会付钱，他会付钱……

钱。

玛丽亚走到客厅，翻开扔在地上的皮夹。没有现金，只有卡片。但也许在夜店时麦克没带现金，或被那两名杀手拿走了。莎拉说她总是一开始就拿到钱。但麦克是常客，也许莎拉信任他，让他事后付账。

玛丽亚环顾客厅，努力想象有钱的加州人会把买春的钱藏在哪里。她铁了心强迫自己回到卧房，一样不去看莎拉。她翻找麦克的抽屉，检查了袜子、内衣、裤子，还有绣着一只优雅鸟儿的标识和"宜必思探勘"字样的衬衫……就是没有现金。她又找了衣柜和西装口袋，跪在地上检查了他的每一双鞋——

突然，她听见客厅传来窸窣声。她立刻停下动作，竖耳倾听。声音没了。玛丽亚悄悄溜回客厅，想确定自己听到的是什么。可能没什么，但她在公寓待太久了，想到时间不多了就心里发毛。那声音一定是错觉。该走了。离开前，她瞥见料理台上的那本书——《凯迪拉克沙漠》。麦克说她可以拿去卖钱。许多人喜欢旧书，虽然没找到现金，但起码——

窸窣声又出现了。

玛丽亚发现原来是大门。有人正在门外弄锁，动作很轻、很谨慎。玛丽亚咽了咽口水。她很想逃，身体却僵住不动，只能望着大门，听着窸窣声继续不断。

他们回来了，她心想，他们回来了，他们——

门把转动，玛丽亚奔向厨房。

"嘿！"其中一个男人大喊。

玛丽亚抓了一把菜刀，但两名杀手动作更快。其中一人追上她，抓住她拿刀的手猛撞料理台，一次、两次，刀子脱手了。有人尖叫。玛丽亚发现声音来自自己的喉咙。她想冲过去再拿一把刀，但那人将她整个举起，她只能双脚猛踹。

玛丽亚收起双腿奋力往前一弹，让自己和那人双双失去平衡，跌在地上。

瓷砖迎面而来。

玛丽亚的头狠狠撞了上去，但她几乎感觉不到痛。

第21章

露西醒来时，发现头上罩着布袋，有人伸手摸她的身体。"找到手机了。"那人说。

"拿掉电池。"另一人说。

"要我扔掉吗？"

"不要，我晚点还要检查她的通信录。但在我们回到屏蔽区之前，最好不要被人用追踪器盯上。"

她在车上，车子在动，她感觉得到车身摇晃。她倒在硬邦邦的长椅上，被塞在很挤的角落，双手被人用束带绑在背后。

卡车吗？可能是加长型出租车的后座，她心里猜想，跟某个身上飘着汗臭和电子大麻烟味的男人挤在一起。他搜完她的身之后，狠狠捏了她一边的乳房，看见她身子一缩忍不住哈哈大笑。

"她身上没东西。"他说。

露西想坐起来，但被他推了回去："嘿，别乱动，车窗隔热膜没贴那么高。"

"反正又没人在乎。"另一个人——听起来应该是司机——说，"大家只会以为我们载了一个得州妞儿。"

"难说哦，得州人最近可不好惹，一群白痴好像团结起来了还是怎样，个个都觉得自己很有种。"他拍拍露西的脸颊，故意用指关节狠狠敲她，"得——州——白——痴——不——识——相。"

"我不是得州人。"露西说。

她的脑袋被指关节敲了一下："谁管你。"

布袋又热又闷，露西觉得快窒息了，感觉呼吸急促、惊恐万分。

平静下来，深呼吸，你没有窒息。

"所以你跟拉坦是老相好，是吗？"

应该是司机在说话，露西心想，因为他的声音比另一个人远，而且背对着她。她试着回想那两人的脸。他们开门抓住她时，其中一人感觉很眼熟。是因为他们一直在跟踪她吗？还是尾随她？他们感觉好眼熟，那种似曾相识的震撼。她想起从她家巷子开过的那辆红色卡车。是他们吗？

坐在她旁边的男人又掐了她一下："他在问你问题。"

"我不认识拉坦。"露西回答。

"那你为什么去找他？我不记得泰阳特区允许陌生人随便进去。"

"我也想问你们同样的问题。"

她的喉咙顿时被人掐住，布袋缠得更紧，她只好大口呼吸。

"现在还是我们问你答比较好。"

我不可能活命了，她意识到，我看见他们的脸了。

她想起那间公寓，想起拉坦倒在地板上，鲜血浸透了纳瓦霍地毯的图案。她的下场也会和他一样。

那人只掐了她的脖子一下就放开了。谁叫我不听安娜的话,露西一边咳嗽一边用力吸气到肺里,心里这么想。

卡车绕了一个弯道之后开始加速。应该是上高速公路了,她想。

"你们到底在找什么?"又能呼吸之后,她问,"告诉我你们要什么,我会尽量帮忙。"

"你怎么会认识拉坦?"

"我说了,我不认识他,完全不认识。我以为他认识我一个朋友。"

"你朋友是谁?"

她迟疑片刻才说:"杰米,杰米·桑德森。"

驾驶笑了:"杰米,杰米·桑德森。就是你想报道的那位水利局法务。"

"你知道我的报道?"

那人笑了。"废话,露西·门罗哎,你很有名好不好,小姐?写过一大堆头条,用一大堆狗屁报道描述你死掉的朋友们。"他停顿片刻,"杰米·桑德森那家伙死得蛮难看的,对吧?"

她想起可莉描述杰米死前经历的痛楚。肾上腺素显示曾经断气后复活……肛门有创伤痕迹……只有手和脚是死后切除……其余部位都是死前截去的。

驾驶还在说话:"那小子似乎很有自信,对吧?以为他能唬过我们、玩弄我们,当我们跟凤凰城水利局的人一样蠢。"

"不是。"

但那人说得没错,杰米真的太过自信。她还记得他酩酊大醉坐在自家公寓里,扬扬得意做着春秋大梦的模样。

"最棒的一点，"他说，"不是我会变得比神还有钱，而是我可以耍人。我可以在合约里胡整齐诺，在法庭上教训米拉，去他妈的诺里斯和他让弗德河复活的狗屎计划，还有把我送到鸟不生蛋的鬼地方的马奎兹，那个爱挖印第安保护区记录又爱闪黑窗的家伙。等我搞定一切，他们就通通等着被捅屁眼吧。"

"真高兴你待人还是这么亲切。"

"你笑了，但你知道我最想电的人是谁吗？凯瑟琳·凯斯。我走之前一定要给万恶的赌城好好吃一记重拳。"他哈哈大笑，"亚利桑那人至少该感谢我这一点。"

露西听得心惊胆跳："我还以为你在为加州卖命。"

杰米眼里露出狡诈的神色。

"你跟赌城有什么关系，杰米？"

"你说谁？我吗？只是还债而已。"

他很有把握自己在玩什么把戏，而且能将所有人玩弄于股掌之间。

"你们是赌城派来的？"露西问俘虏她的人说，"是吗？你们是凯瑟琳·凯斯的手下？"

那人捶了她脑袋一下："我说了，这里没有你发问的份儿。"

"我只是——"

他又打了她一下，而且更用力。

第22章

　　玛丽亚在地狱中醒来，眼前的一个男人全身是火。

　　他身上冒出阵阵浓烟，有如恶魔化身，地狱之火包围着他，就像她母亲很久以前还在创作时在画里描绘的那样。

　　浑身是火的恶魔男子饥渴地朝她扑来，仿佛想剜出她的心脏吃了。

　　我死了，玛丽亚发现，我死了，我抛下了莎拉，所以下地狱了。

　　恶魔说话了。

　　"喏，喝点水吧。"

　　异象消失了，她眼前出现一名神情冷酷的男人，脸上有疤，穿着防弹衣。他身后烈日当空，腾跃在凤凰城之上，替他罩上了一圈红晕，而阳光穿透公寓落地窗的自动滤波器，由红色变成了琥珀色。

　　玛丽亚一阵反胃。

　　"放轻松，小姑娘，"那人说，"你刚才狠狠摔了一下。"

　　她感觉额头发疼，左眼上方肿了一个鹅蛋大的包。刀疤男凑了过来，玛丽亚当即身体一缩，他立刻举起双手往后退。

"我不会伤害你，好吗？"说完他又用西班牙文说，"了解吗？你说西班牙文还是英文？你听得懂吗？了解吗？"

"我会说英文。"

"那好。让我瞧瞧你的眼睛。"

玛丽亚迟疑片刻，最后还是让他看了。这人虽然一脸凶恶，动作却很温柔，粗糙的大手轻轻托住她的下巴，手指抚摸她的淤青，接着张开手像蜘蛛一样爬过她的头发，轻轻摁压她的头颅，接着检查她的眼睛。

玛丽亚一直盯着他的伤疤，无法移开视线。疤痕从下颚延伸到脖子，消失在防弹夹克底下，衬着他棕色的皮肤犹如一条愤怒、纠结的黑虫。

那人放开她的头，退离她身旁，"你有点脑震荡，放轻松，不要激烈跑动，最好睡一会儿。"她已经开始昏昏欲睡了，但他戳戳她说，"不过不是现在，你现在不能睡，还不行，得先确定你睡了还能醒过来才可以。你刚才摔得很重。"

"你是说你抓住我的时候。"玛丽亚指责道。

刀疤男笑了，脸上毫无愧色。"没办法，总不能让你拿刀捅了我，对吧？我虽然对女人没辙，但可不喜欢被女人拿刀砍啊。"说完他微微一笑，伸手摸了摸留疤的脖子，"那可不好玩，你知道吗？"

玛丽亚一脸正经地说："我一定会砍你。"

"因为你朋友的遭遇？你认为自己也会有同样的下场？"

她回头看了麦克一眼。麦克倒在她身旁的血泊中，脑浆四溅在地毯上。她咽了咽口水，点了点头。

"他们被杀时你在场？"

"我躲在床底下。"

刀疤男一时怔住了，似乎很吃惊。玛丽亚说："她被人枪杀了，我却躲在床下，让她挨子弹。"

那人点点头，试着理解当时的状况："你运气好。"

"是吗？"玛丽亚掌心依然留着莎拉的手滑开的感觉，"他们杀了你……你……最好的朋友，但没发现还有一个女孩，你觉得这叫运气好吗？"

"对，"他表情很认真，"非常好运。死亡女神大驾光临却有漏网之鱼，当然叫好运。"

他说话的语气像极了虔诚的信徒，跟复活帐篷里的那些得州人一样，对真理和神有着外人无法理解的认识与体悟。

那一刻，刀疤男的表情似乎变温柔了，但他随即问："你有看到是谁干的吗？"温柔的感觉瞬间消逝，玛丽亚发现他只不过是另一头骇人的怪物，跟其他人没有两样，蹲在血泊中对她咄咄逼人。

她撇开头去："我躲在床底下，只看到他们的脚。"

"是不是还有一个女人？棕色短发，白人，中年人，来找凶手讲话，还是跟你的男人讲过话？"

"他不是我的男人。"

"我没有别的意思。"

玛丽亚摇摇头："他们把她抓走了。"

"所以确实有一个女的来过？"

"嗯，"玛丽亚摇头说，"他们打了她，还在麦克的计算机里找东西。"

"他们找到了吗？"

玛丽亚想了想："应该没有，他们找不到密码。"

那人重新检视公寓，脸上露出厌恶的神情。他起身走过去捡起一个女用手提包，将里面的物品甩出来，用指尖拈起某样东西收到口袋，发现玛丽亚在看他。

"我在跟踪那个女人，"他解释道，"所以在她的手提包和车子装了窃听器。"他叹了口气，"没想到她竟然会自投罗网。"

那人又走过去看了睡袍半开倒在地上的麦克一眼。"宜必思，"他拿起一张名片看着上头的名字说，"宜必思的死人。"说完低头望着麦克，"宜必思到底在打什么主意呢，麦克·拉坦？"

"他是钻水的。"玛丽亚主动开口道。

"他这么跟你说吗？"

玛丽亚感觉刀疤男似乎在嘲弄她，让她不太高兴。"他说他们用钻探和压裂法在找水，希望挖到新的含水层。"说完她瞪着那人又补了一句，"但他说他们不会挖到的。"

刀疤男冷笑一声："啧，这倒是真的。"他将麦克的皮夹放进口袋，接着又扫视公寓一圈。

"你有人可以投靠吗？"他问玛丽亚，"有地方让你休息，让脑袋恢复，或是有人可以看着你，确定你不会一睡不醒吗？"

"你干吗在乎？"

他似乎吃了一惊，随即沉吟道："也对，我何必在乎。"

他又匆匆扫视了公寓一遍，接着便扬长而去，留下玛丽亚一人在血泊中。

第*23*章

安裘没有理由在乎那个小妓女，而且很有理由赶紧离开。

不管公寓里发生了什么，他都更火大了。不是因为尸体，也不是因为血，那两样东西他看多了。而是无论他去哪里，两名凶手都早他一步，把可能回答问题的人解决掉了。

凤凰城从不下雨，只会死人。

现在看来真是这样。从得州妓女、宜必思高层、赌城间谍、凤凰城水利局法务到穷追不舍的记者，安裘不禁想起毒枭全面掌权之前的墨西哥，有人死在餐厅和车行门前，有人吊死在高架桥上，还有许多人跟那名女记者一样就此失踪，再也没有出现。

早知道就跟紧一点。

安裘越想越觉得整件事没戏了。无论杰米·桑德森葫芦里卖的是什么药，都已经随风而逝了，除非再有线索，否则安裘不可能查出他到底在兜售什么权利。

他走出住宅大楼的门厅，来到俯瞰泰阳特区其中一处中庭的走廊。

泰阳特区跟凯瑟琳·凯斯一手擘画的柏树特区很像，使用通风管深入凉爽的地底进行通风换气，兴建大量中庭增添绿意，并利用可透光的净水设备让自然光照进特区的住宅大楼。

安裘走到缓缓螺旋往下的公园步道，四周绿意盎然，空气湿润，还闻得到柠檬香……那感觉实在太过相似，让他觉得泰阳说不定跟赌城雇用的是同一家生态建设公司。

这里明明是凤凰城，感觉却像他在柏树特区的公寓一样清凉舒适，让他一时不知自己身在何处。偏光玻璃外，索诺拉沙漠热气蒸腾，气温高达120华氏度。

安裘神游物外，差点跟丢了那两名加州人。

要不是他在停尸间里见过其中一人，那两个家伙看上去就跟来这里找上海投资者的生意人没有两样。

那个浑蛋。

安裘退离栏杆，环顾中庭并打量穿越花园、露天餐厅和咖啡馆的跑道，接着扫视楼上和楼下的住户阳台。

看到了。

从住宅大楼通往商业购物区的天桥上还有两名加州人，虽然努力不让自己看起来像是卫哨，不过显然正在找人。两人都戴着智能眼镜，不停扫描往来人群。安裘心想他们的目标会不会是他。

他又瞥见另一名加州人，那人穿着紧身慢跑服在公园长椅旁做伸展操。

妈的，这些人跟蟑螂一样到处都是。

又一个。这人在咖啡馆里喝拿铁。要不是咖啡馆旁的屏幕正在播放科罗拉多某座水坝崩塌的画面，安裘根本不会注意到他。其他顾客都看得目不转睛，只有那人无动于衷，继续背对屏幕以便监视花园。

安袭原路撤退，心想他们到底监视了多少出入口，他是不是踏进陷阱里了。

真是一团乱。

他转身回到大厅，寻找逃生出口的标志，心想他会不会被包围。

那名小妓女正好从死掉的加州人的公寓出来。"别关门。"他一边说着一边从她面前迅速走过，一把拉着她往屋里走。

"怎么回——"

"坏人来了，你要帮我躲过他们。"

他一边扫视公寓，一边脱下防弹夹克。这夹克太明显了，他需要正式点的衣服，可以混进……

"要是我不帮呢？"女孩问道。

"那你就会死得比你那个可怜小女朋友还难看，这些家伙可不是闹着玩的。"

女孩吓得瞪大了眼睛，安袭觉得很丢脸。他不难想见自己在她眼里的模样。一个拿枪使唤她的刀疤恶徒，威胁她若不从命就先虐后杀。他觉得自己不像个男人，跟饰演英雄的陶欧克斯完全相反。

因为你根本不是英雄啊，白痴。你是恶魔。

但现在恶魔需要活命。

他走到麦克·拉坦的衣橱前抓了一件西装外套。尺寸太大了。拉坦有点胖，显然是加州给他的外派津贴的功劳。安袭顺了顺外套，应该混得过去。

"谁要来了？"那女孩问。

"加州人。我待会儿要你指认他们，看你认不认得。"

"你要我见他们？"她的声音充满惊恐。

好多帽子，拉坦还真喜欢西部装扮。安裘抓了一顶牛仔帽戴上，觉得蛮好看的。他又拿了一条皮带系上。银绿色的皮带扣大得吓人，像是在喊"老子有钱"。没错，穿成这样肯定混得过去。

"你准备好了吗？"安裘从料理台上抓起露西的手提包，将防弹夹克塞了进去，心里真希望能穿着它。他可不想毫无保护地挨子弹。

反正发生枪战我也活不了。

那女孩抓着一只小手包，还有……

安裘笑了："你还想带书？"

"我识字好吗？"

安裘将书从她手里硬抢了过来。《凯迪拉克沙漠》。"不会吧？"

"是他给我的。"那女孩辩驳道。

"最好是。"

"真的！"

"我才不在乎。"他将书扔进露西的手提包里，把包递给她，"拿这个，我不能拿着它。"

安裘知道没时间了，加州人随时会敲门进来。不会有其他可能。六名加州人同时出现在泰阳特区，不可能是巧合。他们就要杀过来了。那女孩将自己的东西塞进露西过大的手提包里。

"好了。"她说。

安裘检查着她的打扮。穿着那一袭黑色紧身连衣裙，她肯定能融入人群，而他或许能靠她混过去。凭他这套飘着浓浓毒品味的牛仔装扮和一个得州小妞儿，应该可以过关。只可惜她脸上有淤青，但也许反而更有说服力，安裘尖酸地想。

"小姑娘，你待的地方还真够呛的。"

"你说什么？"

"没事，走吧。"

她走得非常不稳。可能因为刚才撞到头了，也可能是见到死亡场面吓坏了。安裘伸出了手臂。

"你靠着我。"

女孩丝毫没有反抗，任安裘抓着贴住他，带她走到门外。她紧紧搂着安裘，仿佛遇到了白马王子一般。这女孩真的崩溃了。

加州人出现在前方的转角。

安裘将她拉得更近。"假装你很爱我，"他低声道，"很迷恋自己的男朋友。"

她靠得更紧，安裘低头凝视她的双眼，用牛仔帽挡住加州人射来的目光。"我们晚上去夜店好不好？小亲亲？"他一边说着，一边用占有的姿势搂住她。加州人从两人面前经过。"你想再为我跳舞吗？"

虽然他感觉得到那女孩怕得发抖，但她依然抬头看着他，傻笑着在他耳边吹气如兰地说："没问题，干爹。你还想看我跳舞吗，干爹？你喜欢吗，干爹？"她卖弄风情的谄媚是那么自然，感觉就像全凤凰城最开心的女孩，钓到黄金五仔的得州婊子。

在恐惧的外表下，这女孩冷酷如冰。

加州人的脚步声逐渐远离。安裘一边架着玛丽亚走到中庭，一边留意四周有没有其他加州人。他们搭上电梯，但电梯往下时，安裘又发现主要出口站了两名加州人，而且比刚才那些家伙更不遮掩，不时出示证件拦人，观察每一张从他们面前走过的脸庞。安裘按了按钮，让电梯停在五楼。

"怎么了？"

"没事，有点小状况。"他拉她走出电梯，用说话让她分心，"你之后有地方可去吗？"

那女孩依然一脸惊惶，但还是点点头说："有，我有朋友，一个……男的。"

"他人好吗？"安裘寻找着其他出口，加州人把所有地方都盯住了。

"他很照顾我。"女孩说。

安裘示意她在公园的长椅上坐下。两人旁边是一个挤满鲤鱼的无边小水池。这是泰阳特区再循环系统的一部分。池塘一侧开了口，池水倾泻而下，注入四层楼下的荷花池。安裘看见池水接着流进一个人造洞穴里。

他望着池塘和流动的池水，望着莲叶和荧光鱼，心里很羡慕。池水可以离开公园和这里，他却不行。只要那些加州人还在，拿着招摇的证件守住所有出口，他就别想离开。

安裘环顾四周寻找逃生出口，可惜毫无所获。头顶上方的电视屏幕还在播放科罗拉多水坝遭人破坏的新闻。

"看着电视。"安裘说。

"为什么？"

"因为其他人都在看电视，我们照做才不会引人注意。"

破坏规模惊人，不只蓝台水坝，连莫罗角水坝和克里斯特尔水坝也瓦解了。三座水坝都位于甘尼森河，埃利斯一直想买下水权的地方。

凯斯一定气炸了。

女孩望着画面中的崩塌水坝说："是谁干的？"

凯瑟琳·凯斯可能也有相同的疑问，只是绝对会再加一句：我为何没看出来？

安裘一点也不羡慕埃利斯。就算他重出江湖，凯斯也会因为他没事前察觉而砍了他的脑袋。

"可能是加州。他们一定会否认，但那条河是他们的，而科罗拉多没有依约将水往下游送。"

"为什么没有？"

"农田干涸，牛也快死了，反正就是那一套。"

"所以加州就把水坝炸了？"

"看来是。"

安裘环顾周围的人，想找出脱困之道，但他们身旁只有中国工程师和从事金融业的亚利桑那人，这些人通通盯着电视看科罗拉多最新发生的破事。

他瞥见那个假装慢跑的加州人还在做伸展操。他感觉似乎没人在找他，不然就是他的装扮和女伴瞒过了他们。刚才擦身而过的那两个加州人要下楼了，安裘看见他们坐上了玻璃电梯。

"帮我一个忙，"他对玛丽亚说，"假装不小心看到电梯，告诉我你认得那两个男人吗？是他们杀了你朋友吗？"

玛丽亚转头瞄了一眼，随即收回目光继续看着电视："我……我其实没看到他们，只看到他们的鞋子。"

"鞋子不对吗？"

"不对，"她皱眉道，"其中一个男人穿着牛仔靴，还有牛仔裤，不是西装。"

"但抓走那个女人的是两个男人？"他问道，"你确定吗？他们其中一人穿西装吗？"

"我不知道，应该没有，但我基本上只听到他们的声音。"

"但他们带走她的时候，她还活着？"

"应该是，他们有事要问她。"

安裘又环视了那群加州人一眼："牛仔靴的事你很确定？"

"嗯。"她语气很肯定。

安裘一脸失望地往后靠。安裘揪出来的六名加州人都衣着讲究。他真的很希望查到什么线索，让他知道露西怎么了。她就算还没丧命，也撑不久了。职业杀手不会留下目击者。

"你跟那位女士是朋友吗？"玛丽亚问。

安裘没想到她会这么问："不是，你怎么会问这个？"

"我不知道，我觉得她好像是你的女朋友。你似乎很担心她。"

安裘沉思片刻，"她很……她心里有一个地方很冷，非常顽强，我还挺欣赏她这一点的。"他耸耸肩，"当然，因为她是很有原则的记者，但那种事只会害你没命。"

"真笨。"那女孩说。

"是啊。"安裘叹口气说，"你不晓得有多少人搞不清楚事情的轻重。"

加州人开始聚在一起，接着突然都朝安裘的方向看了过来，伸手摁着耳机跟同伙交谈。

"我敢说他们盯上我们了。"安裘说。

他缓缓站起来，伸了个懒腰。加州人果然有所反应，虽然跟安裘一样故作轻松，但显然准备行动了。

安裘又瞄了中庭一眼，打量那个水从一侧倾泻而下的无边水池。倾泻的池水接到小河，再到过滤系统，然后到农田⋯⋯

他走到观景栏杆前，望着四层楼下的莲叶和池塘。

加州人已经绕过转角了。他们都有证件，货真价实、经得起泰阳特区警卫检验的证件。

安裘看了玛丽亚一眼："你会游泳吗？"

第24章

这两个家伙最恐怖的地方，就是一切行事都像例行公事一般。

他们将她从炎热的屋外推进屋内，绑在椅子上，动作一气呵成，完全不给她逃跑或挣扎的机会。

两人拿掉她头上的布袋，露西看见其中一人正在厨房整理刑具，将亮晶晶的工具在料理台上一一摆好。

另一人跨坐在椅子上盯着她，脸上挂着浅笑。

"你好啊，露西·门罗。"

那人已经脱掉防弹夹克，挂在旁边另一张椅子上。他穿着背心，双臂上各有刺青，一边是蟠龙，另一边是死亡女神像，刺工精致、华丽。

"喜欢我的刺青吗？"那人发现她在看他的手臂，便问露西。

露西动了动手脚，他们果然是高手。她的脚踝被绑在椅脚上，手臂被扳到背后，不只手腕，连手肘都被绑着。电线嵌进肉里，越动缠得越紧，血液无法循环让她的手指像针扎一样痛。

那人微笑望着她，似乎知道她在打什么主意。

刺青、山羊胡……

"我知道了，"她恍然大悟，"你是停尸间那家伙，其中一名假警察。"她紧张地咽了一口口水，"你们是赌城的人。"她转头注视摆放刀钳的男人。他不是那个水刀子，比较像是街头直接找来的西印仔，从脸到身体都是刺青，还有一双带着强烈饥渴的眼睛。

"你朋友呢？"她问。

山羊胡男笑了："他还来不及搞懂凤凰城的办事方法，我们决定不等他了。"

他们三人在郊区一栋屋子的厨房里，地板是萨提洛瓷砖，空间很宽敞。山羊胡男身后的玻璃滑门外是火窑般的亚利桑那沙漠，沙漠被一道高大的铁丝网围篱隔在外头，围篱顶端装了蛇腹式铁丝。远方沙丘层层叠叠，零星散布着石炭酸灌木和干枯的仙人掌，被人丢弃的滤水袋在阳光下闪闪发亮。

"你叫什么名字？"露西问。

"这很重要吗？"

其实不重要，只是她的记者本性又冒了出来，即使小命快没了，还在想报道可以怎么写。

那个西印仔放了一把钢锯在料理台上，旁边是一捆医用导管。

"你有刺青吗？"山羊胡男问。

玻璃滑门外的那道铁丝网围篱奇怪地眼熟。她瞥见围篱外不远处有一长条蓝色，是河吗？不是……

是亚利桑那中央运河。

她看到的是亚利桑那中央运河。那条人工河离她不到100英尺，蔚蓝的河水静静流着。这表示她在凤凰城的外缘，不是北端就是西侧。

知道这一点也没用。

围篱和有刺铁丝是为了阻止外人接近混凝土水道里的河水而建的。她刚来凤凰城时曾经写过几篇文章，报道难民闯过围篱，被凤凰城民兵枪杀的事。如今围篱上挂着高压电警告标志，还有无人机在空中侦察，已经不再有人挑战这片无人之地了。

露西心想，中央运河的警戒系统说不定能帮她脱困。只要让垦务局的保安队注意到她，或让空中的无人机发现——

"没有吗？完全没有？"

那家伙似乎真的很想知道。

"干吗？"她觉得自己声音有点粗，便清了清喉咙，"你为什么要问？"

"没什么，"他下巴搁在椅背上，深色眼眸打量着她，"只是在想万一你有刺青的话，可能得把它从你身上挖掉，才不会有人认出你来。"

那人的同伴走过来递给他一把厨刀。他摸摸刀锋，满意地点点头，站起来将椅子推开。

露西察觉自己开始呼吸急促。她很想保持坚强，绝不示弱，但见到那人拿着刀走过来只觉得心跳加速。她拼命扭动身体，试图挣脱捆绑。

刀子越来越近，她不禁放声尖叫。一旦开始恐慌，尖叫就停不住了。她一边嘶吼一边扯动绑得她无法动弹的电线，想躲开不断逼近的刀子。她绝望尖叫，朝屋外大喊，希望有人听见了出手相助，是谁都好。

那人将刀锋对着她的眼睛。

露西往后猛仰，整个人翻倒在地，依然困在椅子上。

俘虏她的两人哈哈大笑，弯下腰将她连人带椅扶了起来，定在瓷砖地板上。

"一定很痛。"山羊胡男说。

他的手下绕到椅子后方抓住她的肩膀，手指嵌进肉里，将她牢牢按住。露西听见他的呼吸，声音凌乱而兴奋。

山羊胡男拿着刀拉了一把椅子过来。

"我应该塞住你的嘴，问题是我有一些事得问清楚。所以你想尖叫就叫吧，反正我们在最偏僻的郊区里最偏僻的马路上，跟世界尽头没有两样。但你如果还是想尖叫，我可以理解。"他凑到她面前，"例行公事，对吧？"

露西不再尖叫，她已经看到结局了。她试着做好心理准备，希望自己能死得干脆一点，但很清楚这两人绝不会让她好过。她心想不如自己朝刀扑去，杀他个措手不及算了。

我再也见不到安娜了。

"我们各有各的任务，"山羊胡男说，"我负责动手，你负责尖叫，就像你朋友杰米一样。"他咧嘴微笑，"那小子——那小子的肺活量还真大。但你不必走到那个地步，你知道，你不必屁股插着棍子而死。你甚至不必承受痛苦，"那人摸了摸刀尖，"你只要老实招来，不用尖叫，这样大家都好过。"

露西发现自己好想发信息给安娜和她的孩子们，跟他们说……一点儿什么。叫他们不用担心？说她爱他们？一个人知道自己将被凌虐致死之前，到底该发什么信息？

不知为何，露西忽然想起安娜和她手绘的卡片。

我再也摸不到雨了。

接下来的遭遇一点一滴地渗进露西心里。她会出现在提莫拍的小报照片里，跟其他陈尸在干涸泳池里的人一样，成为另一具尸体，另一个偷窥成癖的小报吸引读者上门的卖点。

#泳客#

#凤凰城沦陷#

#尸体彩票#

#无国界记者，如果有人查到她的ID的话。#

"你到底要怎样？"露西问，"只要别伤害我，你想知道什么我都告诉你。"

"非常好！"山羊胡男露出微笑，"那就从你的朋友杰米·桑德森开始吧。他在兜售水权是吗？"

"对。"

"很好，谢谢你！"他又微笑着，"那么……那些水权是真的吗？"

"杰米说是真的。"

那人一脸失望："你没亲眼看过？"

她摇摇头："他没那么大方。"

"是啊，那浑球也把我要得团团转。我是说，我以为他打算卖一些不错的水权给我们，结果却空手而归，因为那小子已经卖给加州了。"他笑了，"那浑球真是把我骗惨了。"

"我有骂过他很蠢。"

"你知道他那么做？"山羊胡男面露微笑，"我一边剜掉他的眼睛，一边跟他说玩两面手法是不会有好下场的。"他顿了一下，"你渴吗？想不想喝点水？"

露西咽了一下口水，摇摇头。山羊胡男抬头看了站在她背后的西印仔一眼:"我这手下很想看你生不如死,但我跟他说只要你告诉我实话,我们就不动手。"

"我说的是实话。"

"很好,"他俯身向前,审视她的脸庞,"非常好。"

他拿着刀随意甩动,仿佛不小心似的将刀滑到了她的腿间,贴着她的大腿内侧。

"那我就来说说我的问题吧。"那人说,"我在挖你朋友眼睛的时候,他告诉我已经把水权卖给加州人了。"刀子开始沿着她大腿缓缓滑动,"我跟加州人无冤无仇。我是说,我们都知道那些混账有的是钱,但怪就怪在加州人好像也没找到水权在哪里。他们派人过来到处打听,跟我找同样的东西。你朋友杰米发誓他把水权卖给了加州,但他们却没拿到。"他一边微笑一边继续用刀抚摸她的大腿,"所以我就想,你知道……我发现我一直看到你。加州人去哪里,你就在哪里。可怜虫杰米去哪里,你也在哪里。于是我心想,你可能知道的比你说的多。"

"没有!我什么都不知道。杰米也跟我说他把水权卖了。他只是想整赌城,想坑凯瑟琳·凯斯。我只知道这样!"

"我得说,那小子还真有野心。"刀子沿着她大腿往上,碰到了胯下,在她私处不怀好意地左右徘徊,接着滑到她的腹部,从腰间伸进她的裙子里,刀尖轻轻戳刺肌肤。

"告诉我你到底想知道什么!我一定告诉你!你不用伤害我!我会帮你!"

"别担心,我等一下就会告诉你了。"

他说完将刀往上一划,露西的T恤应声裂成两半,上身裸露。

"奶子不错,"他说完转头吩咐手下,"去拿电线过来,我不

水刀子　255

想让她的血溅到我身上。"

"我真的什么都不知道！"露西抗议道。

"别担心，我只是公事公办。"

挨完鞭打，露西身体像被火文身一般，整个人惊恐得不时颤抖，无法控制，嗓子也叫哑了。

山羊胡男揩了揩额头，咧嘴笑着说："天哪，我竟然流汗了！"

他走进厨房从瓮里倒了一杯水喝了，拿着杯子回来。

"你渴吗？要不要在继续之前喝一点水？"

露西鼓起全身恨意朝他眼睛啐了一口，吓得山羊胡男猛然后退。她屏住呼吸等着挨打，没想到他竟然笑了，这样反而更糟。只见他抹去脸上的唾液，看了看沾湿的手指，接着将口水抹回她脸上。露西想咬他，但他躲得很快，仿佛知道她一定会这么做似的。

"没关系，"那人说，"我知道你需要吐吐怨气。你要是全都招了，我或许可以不计较。但我得说，你要是不喜欢被电线抽，接下来的你一定更讨厌，因为刚才只是热身而已。"

"但我什么都不知道，"露西反驳道，"真的。"

那人又喝了一口水，将杯子放到摆放刀钳和针头的料理台上。"你知道，我很想相信你，只是你朋友杰米被我拿扫帚插进屁眼之后，突然又告诉我许多事情。你知道吗，有些人很能憋话，杰米那小子撑了好一会儿才从实招来，害我不得不拼命想办法。这其实挺挫败的，因为加州人比较高明，用了一堆掩饰和障眼法，让人分不清到底谁付钱、谁收钱，搞得我也不知道从何问起。不过只要往下问，迟早还是会得到答案的。"他朝手下点点头说，"你要是再浪费我的时间，或许我就叫克洛普来试试身手，看会问出什么。"

"我只知道杰米想把水权卖给加州人，然后打算恶整拉斯韦加斯。他接连跟两边人马会面，自己非常得意。"

　　"你怎么会认识拉坦？"

　　"我不认识他，他只是线索，我只是想知道谁杀了杰米。"

　　"这一点我可以帮你，人是我杀的。"那人微笑道，"你觉得我的独家报道能拿普利策奖吗？"

　　露西没有回答。

　　"换你帮我了，"他说，"告诉我你和拉坦到底是怎么认识的。"

　　"我已经跟你说了，我跟他没关系。"

　　"你知道，拉坦要是还活着，要是在这里——"他故意看了克洛普一眼，"我或许会相信你，问题是他害自己脸上挨一枪死了。我实在很难不怀疑，因为你认识卖水权的家伙，又认识买下水权的人，也就是拉坦，让我觉得你应该掺了一脚。说不定拥有水权的就是你。"

　　"我没有，完全不是！水权在杰米手上，不是我！"

　　"你知道，过去这三天我到处跑，想知道他妈的水权到底被谁拿去了。我突击了你朋友杰米和我手下佛索维奇，结果呢？什么都没有。我什么都没拿到，因为你朋友杰米已经把水权卖了，而且还把我们当成只是玩玩但不会娶回家的小三，耍得我们团团转。这下麻烦了。我本来以为可以拿到加州给你朋友杰米的钱，但因为我把他眼睛挖出来了，就无法用视网膜扫描进入他的银行账户了。唉，我哪知道会需要他的眼睛。所以我现在两手空空，还得消灭出手的证据，把这么丢脸的事吞下去。"

　　他咧嘴微笑："结果你知道怎么了？麦克·拉坦那家伙竟然冒

出来，跟我说他有很特别的东西想卖，想找我谈谈。嗯，我心想还会是什么？那么一个人模人样的加州人会有什么想卖给赌城呢？也许是他不想交给老板的东西，因为他妈的太有价值了。"他笑着摇摇头说："要是水权在我手上，我也会跟那个浑球一样搞。这真是太妙了。我是说，我几乎动用了我的所有人脉，想查出有没有人知道水权的去处，没想到拉坦那小子竟然自己找上门来，说他有天大的东西想卖，希望赌城能保证他安全离开，同时给他一大笔数字赏金。"他咧嘴微笑，"可惜拉坦处理这种事时脑袋蠢得跟猪一样，所以——"他耸耸肩，"你知道，我就提前造访，"他弯身凑到她面前，"结果那小子把自己害死了。于是我拿到了他的手提电脑，却没有密码。"

"那就是你要的？"露西无奈大笑，"但我不知道密码，也根本不认识拉坦。"她笑得停不下来，"如果那是你要的，那你脸真的丢大了，因为我帮不了忙。"笑完她开始啜泣。她不想哭，但就是止不住："我什么都不知道。"

"妈的，"那人皱眉道，"我感觉你说的是真的。"他叹了口气，"不过我还是得想办法确定。"他抓起露西爬满泪水的脸，"别担心，完事之后我会让你死个痛快。"说完他直起身子走回料理台边，拿起一把刀子。

哦天哪，不要，不要这样，拜托。

那人回头朝她走来，露西开始尖叫。

尖叫声很久才停。

第 25 章

　　玛丽亚跌入水中，感觉水硬得像混凝土一样。她猛往下沉，内心惊魂未定，随即拼命往水面游。

　　前一秒刀疤男才问她会不会游泳，下一秒那个浑球已经将她推下栏杆，让她掉进四层楼下的水池中。

　　她浮出水面，笨拙地划动手脚，一方面气得要命，另一方面又如释重负，庆幸自己依然活着。玛丽亚已经好几年没游泳了。她和家人以前夏天会到湖边去玩，全家野餐，而她会在浑浊的湖里划船。但后来湖水干了，他们就不再去了。

　　刀疤男跌进她身旁的池水中，浪花淹没了她。他浮出水面将她一把抓住，拉着她朝长满青苔的下水道游去。

　　她用力反抗，心里又气又怕："你要做什么？"

　　"救我们两个的命，或害死我们两个。"他们顺着水流被冲进洞里，刀疤男游在前面，开始扳弄金属闸门。"加州人来了吗？"他问。

她知道他在说谁，那些穿西装的人。她往下水道外瞥了一眼，看见那些人正奔向电梯准备下楼。

　　"来了。"

　　刀疤男从腰带中掏出手枪交给她，然后继续猛按密码锁的按键。

　　"谁探头进来就开枪。"

　　"真的吗？"

　　她还没得到答案，刀疤男已经解开密码锁，将她拉到身旁，把枪收了回去。

　　加州人纷纷跳进水里，朝他们游来。刀疤男故意开了一枪，那些人立刻闪躲寻找隐蔽，接着水流开始增强，他们两人就被冲进特区里了。

　　水流不断汇集，将他们往里带。玛丽亚努力不让脑袋沉到水里，回头只见加州人被挡在了闸门外，无法进来。她撞到刀疤男，刀疤男顺手将她抓住。她以为他要将她甩到另一边，没想到他竟然将她抬离水面，送上走道。

　　"抓好！"

　　玛丽亚手指乱抓，最后终于抓到边缘爬了上去。刀疤男也跟着攀上走道。他全身滴水，整个人喘个不停。

　　"这是哪里？"

　　"净水系统。"刀疤男起身将她拉了起来，"走吧。泰阳特区的警卫肯定会来逮我们，我们得在他们封锁整个地方之前溜出去。"说完他便推着她沿湍急水流旁的狭小通道往前走。

　　"你怎么知道往哪里走？"

　　"其实我只是装的。"

　　"你刚才怎么能开闸门？"

他笑了，似乎有些得意："建造这套净水系统的生态建筑公司就是我们在赌城雇的那一家。他们有标准密码，我想可能没人更改过吧。他们常常这样。"

玛丽亚心想他万一打不开闸门会怎么做，但想想应该会用枪解决吧。

刀疤男带着她沿水道走，然后横穿步道。水从两人脚下奔腾而出，分散到好几个水槽中。他们身在一座巨大的洞穴里，空气中弥漫着鱼和植物的味道，水里满是青苔和水藻，浅水处看得到鱼鳞闪闪。巨大的洞穴里充满了水和生命。

玛丽亚停下脚步，内心震撼不已。

这就是含水层。虽然细节跟她想象的不同，可是肯定没错。尽管向导从她父亲换成了刀疤男，来的方式也从划船换成了走路，头顶上方的钟乳石如今更是变成了电子监控设备，在水池上方闪烁着数据，将传感器插入水中，但玛丽亚非常肯定这里就是她梦想中的地方。这里凉爽又充满生命，就算到处是拿着除沫器清理水藻槽表面的工人，也绝对是含水层没错。她期盼了那么久，终于美梦成真了。玛丽亚希望这是好预兆，但她没时间多想，因为刀疤男已经在催她上路了。

他带她匆匆前进。一名工人原本盯着闪动的屏幕，抬起头见到他们吓了一跳。

玛丽亚以为刀疤男会开枪杀了他，没想到他只是亮出警徽。"凤凰城警察局，"他说，"安检出了一点状况。"说完便从那人面前匆匆走过了。

"你是警察？"玛丽亚问。

"他觉得我是。"

他们通过双开门来到一条灯光微弱的操作廊。刀疤男抬头看着天花板皱起眉头。有探头。

"这里！"他抓着她往另一条通道走。

他们穿过另一道门，突然间就到了外面。

强光让玛丽亚忍不住咪着眼不停眨动，但刀疤男抓着她继续前进。强风和往来的车辆吹得沙尘在他们四周飞舞，前方一辆鲜黄色特斯拉的车门倏地打开。"这是我们的车。"他将她推进前座，接着绕过车子坐进驾驶座。他一坐好，车子便自动上锁并且发动。

干净的操作接口加上冷光仪表板，让坐在皮椅上的她看来有如溺水的小猫。空调开了，吹在她湿透的肌肤和衣服上感觉很冷。车子驶离路旁开始加速，让玛丽亚往后撞上椅背。她回头一看，以为会见到追兵，没想到路人都无动于衷。

"我们甩掉他们了吗？"她问。

"暂时甩掉了。"

一旦不再逃命，肾上腺素便消退了。她吹着空调只觉得又累又冷，同时发现自己在颤抖。她想不起上一回感觉这么冷是什么时候了。

"可以把空调关掉吗？"

冷风停了，两人在车里默默相对。

"你说你有地方可以去？"他问。

"对，一个男人，离这里很近，就在工地旁边。他卖玉米饼。"

"你确定不想到更远的地方？"

他说得好像想照顾她，一副关心她的模样，让她听了就火大。

"你何必在乎？我刚刚才被你丢到栏杆外呢。"

她头很痛，车子疾驶让她想吐，现在又被他气得七窍生烟。这家伙以为自己可以拖着她到处跑。她开始在手提包里翻翻找找。这手提包也是他叫她拿的，就为了装他那件该死的防弹夹克。她抽出夹克，果然几乎没湿，不过《凯迪拉克沙漠》却湿透了。

　　"妈的！"

　　"会干的。"刀疤男瞄了一眼说。

　　"我原本打算卖掉它的，麦克说会有人想买。"

　　刀疤男迟疑片刻说："应该会干吧。"

　　她经历了这么多痛苦，结果竟然一无所获。她望着湿透的书，努力克制眼眶里的泪水。费了那么大力气，结果全是屁。

　　"够近了，"她说，"让我下车吧。"

　　刀疤男将车停在路边，掏出皮夹抽了几张人民币给她："对不起，把你的……"他朝书点了点头。

　　"没关系，无所谓。"车里好舒服，玛丽亚发现自己舍不得离开，"你女人的事我很遗憾。"

　　"她不是我女人。"

　　"我还以为是，因为你一直问她的事。"

　　他撇开头去，一瞬间似乎陷入了无比深沉的哀伤："自寻死路的人，你很难救得了她。"

　　"她是自寻死路吗？"

　　"她太在乎自己认为的大是大非了，结果反而变得盲目，自找麻烦。"

　　"很多人都是那样，"她说，"我是说盲目。"

　　"的确，有些人很盲目。"

　　"你不会。"

“通常不会。”

他语带苦涩。即使刀疤男不肯明白承认，玛丽亚还是看得出他很在乎那名遭难的女士。

“你为什么要救我？”她问，“你其实可以抛下我，这样简单多了。”

刀疤男看了她一眼，皱起眉头。

过了很久，她以为刀疤男不会回答了，他突然开口说：“很久以前，我经历过和你一样的事，在墨西哥，目睹某件我不该看到的事，跟杀手只有这么近。”他指着他和她在车上的距离，“我那时还很小，大概8岁或10岁吧，站在瓜达拉哈拉一家小酒馆外头吃着冰激凌——”

他顿了一下，望着挡风玻璃外烈日下的凤凰城大街，陷入了回忆里：“那名刺客——你知道刺客吗？就是杀手。他在我面前杀了一个男人。那个可怜虫才刚停好卡车，下车走过来，结果，砰！脸上就挨了一枪。接着身体又挨了五枪，最后杀手还在他脑袋补上一枪，以防万一。我呢？我站在那里看傻了。”

刀疤男皱着眉，“然后那浑球拿枪指着我。”他意味深长地看她了一眼，“说起来很好玩，我完全不记得那名刺客的长相了，却记得他的双手。他的指关节上刺了‘耶稣’两个字。除此之外，我对那家伙完全没有印象。但我现在还看得见他的手，还有指着我的那把枪，就像昨天才发生的事一样。”

他耸耸肩，似乎想甩掉回忆：“总之，你只是在对的时间出现在错的地方罢了。我也经历过，所以不会抛下你。”

他伸手过来替玛丽亚开了门：“保持低调，别做什么引人注意的事，也不要回到之前待过的地方或生活方式。只要保持低调，别人很快就会忘记你。"

　　玛丽亚望着他，想看出他在打什么主意。不过，他刚才提到的一件事对她很重要。

　　杀手的指关节……

　　"那两个人，"她说，"其中一个有刺青。"

第26章

"抓走你的女人……而且把她杀了的那两个人……"那女孩咽了口气,将黑发拨到耳后说。

"他们其中一个到卧室检查衣物时,我躲在床下看到了他的手。他手上有刺青,跟你刚才说的那个人一样,就是那个刺客。"

安裘突然觉得童年往事重新攫住了他。他还记得刺客的手掌,记得自己虽然被人拿枪指着额头,还是不知死活地想读出对方指关节上刺了什么。

"是字母吗?"

他想起刺客对他微笑,假装朝他开枪,还将手往后甩,同时出声模仿枪响,就像他跟玩伴劳尔和米盖尔玩枪战的时候一样。

"砰!"

安裘手指紧紧抓着冰激凌,把甜筒都捏碎了。他吓得尿了裤子,膀胱像气球炸开一样,温热的液体沿着大腿缓缓流下——

那女孩在说话:"不是,不是字母,而是像蛇的尾巴,从他手

266

掌往上延伸到夹克袖子里。我看到了，是蛇的尾巴。"

安裘沉浸在回忆里，一开始没听到她说什么，但所有细节随即像拼图一样凑拢了起来，原本零碎的世界突然联结在一起，现出了全貌。

"你说蛇？"

他摸着自己的手腕。"会不会是龙的尾巴？有鳞片吗？什么颜色？"他不想混淆那女孩的记忆，不过心里已经有数，在她回答之前就知道答案了，"不是绿色，而是其他颜色，对吗？"

"红色和金色。"

不会吧。

一切豁然开朗。

"这个线索有用吗？"

安裘真想吻她。这位饱受世界蹂躏的天真小姑娘让他茅塞顿开，犹如圣母马利亚让他看见了世界的真貌。她应该披着蓝衣才对，她是他的瓜达卢佩圣母，为他拼上了最后一片拼图。

"有啊，当然有。"安裘伸手到口袋里，"有用极了。"他突然觉得世界失去了平衡，急着想站稳脚步，"喏，"他掏出皮夹里的钞票，数都没数就都给了她，"拿去吧，通通拿去，你真是帮大忙了。"

女孩瞪大眼睛接过钞票，但他已经没空管她了。时间紧迫，他拿出手机，朝她挥手道别。女孩关上车门，车里只剩安裘一个。他凭着记忆拨了号码。

凯瑟琳·凯斯眼中的世界是一幅马赛克。她成天搜集数据，将数据拼凑成她喜欢的图案。但安裘不是这种人。他无意拼凑，只希望看清既存的现实。马赛克只会让人想要东拼西凑，拼出不存在的图案，而不是让所有的片段各归其位，让它们揭露事情的真面目。

红和金，蛇尾巴。

是龙。

胡里奥的手机直接转到语音信箱。

安裘咒骂一声，将车驶离路边。可恶的胡里奥。故意闪躲回避，抱怨自己被困在凤凰城，埋怨这里风险太大，报酬太少。

红和金，尾巴从手腕蜿蜒到胳膊。

那女孩见到那刺青以为是蛇，但安裘很清楚她看见了什么。他之前跟胡里奥一起在河边出任务，两人穿着背心汗涔涔地逼蠢农民交出水权，他不止一次见过他的胳膊。要是那女孩跟他一样见过胡里奥的手臂和肩膀，她一定不会说那是红金色的蛇，而是一条龙。

处理水的人不多：衣冠楚楚的加州代表、联邦垦务局和内政部的官员，还有仰赖美国西部复杂水权的大城市的水利局人员……

胡里奥。

他一直抢在安裘前面，从一开始就在耍他，杀死他想问话的人，赶在他之前杀人灭口，好让他……怎么样？

你到底有什么盘算，你这个狗娘养的。

安裘想起胡里奥站在他旅馆房间里，一边低头看着手机一边抱怨彩票的事，假装很害怕。他想起胡里奥对杰米·桑德森冷嘲热讽，仿佛一点兴趣都没有。

就是个不起眼的中层人员……跟资料不符……我不认为佛索维奇有吸收他，不然他应该会告诉我。

胡里奥的手机又直接切到语音信箱。

你这条蛇，到底溜到哪里去了？

假设胡里奥得从那女记者口中问事情，他会需要一个安静的地方，没有左邻右舍打扰，他觉得安全的地方。

安裘心想胡里奥会不会那么有种，敢用自己的秘密据点当侦讯室。他要是不觉得被人盯上了，或许会那么做。胡里奥显然不认为安裘是威胁，因为他相信他还在凤凰城捕风捉影，毫无头绪，而他胡里奥早就快了他一步。

安裘推断胡里奥应该觉得还很安全，因此应该溜到了凤凰城炽热的郊外，黑暗区某个没水没电、人烟稀少的地方，待在舒服的秘密据点里。他通常会在那里会晤手下和线人，如果安裘或其他水刀子需要暂避风头，也会待在那儿。

他会在那里解决露西·门罗。

安裘还记得这次行动里的五六个秘密据点，其中只有几个离这里很近。胡里奥肯定不会只有这几个巢穴，但还是值得一试。

安裘猛踩油门，完全不管特斯拉的抗议，全速驶过车辙斑斑、坑坑洼洼的路面。

时间紧迫，那名女记者很快就要跟佛索维奇和桑德森一样，被人碎尸万段了。

第27章

　　安裘去的第一个据点看来没有人在，但他去到第三个据点时，就看见胡里奥的卡车停在屋外。

　　"去你妈的，胡里奥。"

　　这家伙的自大令人火大。安裘就算不相信胡里奥完全把他当白痴，看到他将卡车明目张胆地停在赌城派给他的秘密据点前，他也不得不信了。

　　安裘将车停在远处，打量周围的环境。这里除了风沙和风滚草之外空空如也，只有几栋房子遗然独立，灰泥墙龟裂剥落，能用的金属和太阳能板也早就被拔走了。

　　没什么好看的，也没什么好在意的。离开吧，各位。

　　这些房子都很大。安裘心想，当年住在这里头的人拥有五房三卫，觉得自己很有钱，凤凰城断了他们的水，他们可能很不爽。当初花了大钱装潢，像是装了花岗岩料理台好抬高未来房子转卖的价格，如今这些却都成了抛过光的废石，没有人会多看一眼。

安裘重新把西格手枪装满子弹，接着瞄准胡里奥的卡车低喊一声："砰！"想象子弹出膛的瞬间。

　　安裘受训时模拟过，知道秘密据点的配置。眼前的房子跟他在虚拟现实里看到的没有两样，唯一的差别是烈日当空，热辣辣地照在他背上。

　　房地产经纪人在门上装了键盘锁。安裘按了键，屏住呼吸，心里期望胡里奥没有更改密码……门咯的一声开了。

　　尖叫声从门缝冲了出来，凄厉得像动物哀号，吓得他猛往后退。安裘一边从玄关走向厨房，一边留意两侧的房间。尖叫声停了，取而代之的是不规律的喘息声。他躲在转角偷瞄了一眼，只见露西被人绑在椅子上，上身赤裸。她的嘴唇破了，满是鲜血，两边乳房都是鞭痕。胡里奥和一个脸上刺着帮派图腾的凤凰城西印仔站在她面前，两人手上都拿着刀子，而露西则在颤抖啜泣。

　　安裘走进厨房："我还以为你去拉斯韦加斯了呢，胡里奥。"

　　胡里奥扔下刀子拔出手枪，西印仔躲到露西背后用刀抵住她的脖子。安裘感觉死神就在现场，啪啪挥动着黑色的翅膀。安裘和胡里奥都举起手枪，但安裘快了一步，西印仔脑袋应声开花，倒在露西背后。胡里奥的子弹打在安裘肩上，让他整个人往后弹，像被马踹了一样。他试着举枪回击，但手毫无反应。子弹伤了他拿枪的手臂，让他举不起手来。

　　"我不是劝你离开了？"胡里奥说。

　　说完他又扣动扳机。枪响瞬间，露西突然猛力往前，整个人带着椅子往前翻倒，撞到了胡里奥。原本会射中安裘眼睛的子弹从他耳边飞过。

　　露西和胡里奥缠成一团倒在地上，胡里奥一脚将她和椅子踢开，大声咒骂。安裘将手枪甩到左手，靠墙抵着枪。胡里奥也举起枪，可惜太慢了。

安裘扣下扳机。

胡里奥胸口出现一个鲜红的大洞。安裘继续开枪，胡里奥身上喷出更多道血柱，从胸口、脸上到腹部，骨血齐飞。

胡里奥手枪落地，往前扑倒。他翻身想将枪拿回来，但安裘摇摇摆摆走过去将枪踢开。胡里奥胸口血迹斑斑，下巴骨也碎了，呼吸时带着血沫。安裘蹲在从前的老友身边。

"你为谁工作？"他问道，"你为何要这么做？"

他将胡里奥翻过身来，望着他牙齿碎裂的狰狞脸庞。胡里奥想说些什么，但只能嘶嘶出声。安裘将他拉近，耳朵贴在他唇边。

"为什么？"安裘追问道，但胡里奥只是咳嗽一声，喷出更多血和牙齿，接着就断气了。

安裘抓着受伤的肩膀跪坐在地，试图揣测胡里奥变节的原因。

"你……你可以……帮一下忙吗？"

露西倒在地上，依然跟椅子绑在一起。

"什么？哦，抱歉。"

安裘左右张望，在料理台上找到一把刀，左手笨拙地割断露西身上的电线，还她自由："你还好吗？"

"嗯，"露西声音沙哑，"死不了。"

她动作僵硬地挣脱翻倒的椅子，随即缩成一团，望着胡里奥和死掉的西印仔。

"你还好吗？"

她双手抱膝缩着身子静静呼吸，两眼凝视刚才拷打她的人。

"露西？"

最后她终于颤抖着吸了口气，目光重新找回焦点："我没事。"她摇摇晃晃站了起来，走过去拾起自己的T恤，发现衣服已经被割烂，便把它扔了。她走到死掉的西印仔身旁蹲了下来，开始扯下他的白背心内衣，然后将它穿上。安裘刻意避开目光。

　　"没关系，"她哑着嗓子说，"不过是两团肉而已。"

　　安裘耸耸肩，但依然没有转头。他听见露西将到处是伤的上身套进背心时倒抽了一口气。"好了，我穿好了。"她说，"谢谢你救了我。"

　　"我就跟你说我帮得上忙。"他说。

　　"是啊，"露西笑声颤抖，"你还是有点用的。"

　　她将椅子拉过来扶正，然后坐了下来，身体忍不住一缩。才刚换上的背心已经洇出了血。她低头望着血渍，将衣服拉离身体，双手颤抖着说："你怎么找到我的？"

　　"我在你车上放了追踪器，手拿包里也放了。"

　　"手拿包不在我这里。"

　　"有人看见你被胡里奥掳走了。幸好他挑了以前的藏身处。他应该常换据点的，不过这次没有。"

　　"我以为你们是一伙的。"

　　安裘低头看了胡里奥的尸体一眼。

　　"以前是。"

　　承认自己看走眼了让他很生气。他应该察觉的。就算没发现胡里奥有问题，也该察觉他有些事不对劲。安裘漏看了许多东西，让他不禁怀疑自己是不是还有其他地方没看到。

　　"你之前不肯告诉我的那些事，你到底知道多少？"他问。

　　"我现在为什么就要告诉你？"

"除了我刚才替你挡子弹之外？"

"你不是为了我，是为了拉斯韦加斯，为了亲爱的凯瑟琳·凯斯。"

安裘沉下脸："你打算来狠的？"

"你在威胁我吗？"露西问，"你觉得你可以像你朋友那样对付我吗？"

她笑容紧绷，安裘这才发现她手里多了一把枪。

她是怎么——

胡里奥的枪。她刚才趁他分心时拿的。她都计划好了。

"看来我赢了。"她低声道，灰色眼眸严厉而冷酷。

安裘怒目而视。"我不是他，我刚刚才为了你开枪杀死我朋友，"他说，"我想你欠我一个解释。"

她望着安裘，下颚绷了起来，过了一会儿总算点了点头，低头望着胡里奥。

"他杀了杰米和另一个家伙，就是那个佛索维奇，打算劫走杰米预备卖了图利的水权。我猜他突袭了杰米和他自己手下的会面，好染指水权，没想到丢了大脸。杰米已经把水权卖给加州了。"

"他根本没把水权卖给我们？"

"杰米恨死拉斯韦加斯了，他只是在耍你们。我跟他说他在玩命。"

"所以他把水权卖给麦克·拉坦了？"

"我觉得是。你的……朋友……当然想知道我能不能进入拉坦的计算机。根据他的讲法，拉坦的盘算跟杰米一模一样，把水权卖给出价更高的买家，因此他联络了最可能的人选，拉斯韦加斯。"她微微冷笑，"你朋友急着想知道我能不能进入拉坦的计算

274

机。"

"你能吗？"

"我很怀疑。宜必思的安全措施很严。"她看着安裘，"你在流血。"

"我就说我帮你挡子弹了。"他恼火地说。

露西笑了。"你真是我的大英雄。"她起身走到厨房拿了一堆餐巾回来，"让我瞧瞧。"

安裘耸肩拒绝："我没事，跟我说你朋友杰米到底做了什么交易就好。"

"不行，让我瞧瞧。"她语气坚决，安裘让步了。他乖乖脱下夹克，露西抿着嘴倒抽一口气说："还有T恤。"

安裘让她脱掉他的衣服，身体忍不住缩了一下。

她目光扫过他的胸膛，望着疤痕和刺青说："你混过帮派？"

"那是很久以前的事了，"他耸耸肩，身体又缩了一下，"在我到内华达为凯斯工作之前。"

她的目光移向他的肩膀："子弹的力道几乎都被夹克吃掉了，但你的皮肉像是被人用刨丝机刨过一样。"

"胡里奥喜欢霰弹枪，就是子弹会炸开的那种，不过遇到盔甲就没辙了。"

"幸好你的夹克是防弹的。"

"工作的标准配备。"

"你常遇到枪战吗？"

"我尽量避免。"安裘笑了，"毕竟枪能打死人。"

露西皱眉说："这里有很多碎片。"她走到橱柜前开始翻箱倒柜，最后拿了一瓶龙舌兰和一把刀回来。安裘一脸不悦。

"怎么？"她反驳道，"你想去医院？想让凤凰城警局盯上你吗？"

安裘不再反抗。

露西动作很快。她又切又戳又刺，将龙舌兰倒在伤口上，安裘咬牙忍痛。她没有面露欢疚，也没有大惊小怪，只是专心干活，仿佛清理中枪者的肩膀就跟清洁料理台一样单纯。

她很厉害。安裘看着她拿刀挑刺清理他被炸烂的肩膀，皱着眉专心做事，浅灰色眼眸全神贯注。

"你经常处理枪伤？"

"还好。我们以前会在那家酒吧打土狼，射中了就去剥皮。"

"土狼？"

"毛茸茸的那种。"

"你们会把土狼身上的子弹挖出来？"

"不会，是帮一个朋友挖子弹。我有一位摄影师朋友中过两次枪，其中一回是在命案现场，被跑回来的凶手打中的。"

"就是那个在停尸间的摄影师。"

"你记性真好。对，就是提莫。"刀子戳进肉里，安裘低嘶一声。露西抬头说："抱歉。"

"我没在抱怨。"

露西微微冷笑："装硬汉是吧？"

"没办法，水刀子的基本训练。"

"我还以为水刀子不存在呢。"

"没错，"安裘咬牙忍痛，"我们只是幻影。"

"是凤凰城自己的幻想。"她低语道。

安裘很难不喜欢她。她完全不浪费时间，实在有一套。大多数人遇到她刚经历过的一切，早就吓得屁滚尿流了，她却立刻从刚才的拷打中站起来，重新回到战局之中。

她检视安裘的伤口，看处理好了没有。安裘觉得自己可能爱上了她的眼睛，一直希望她能抬头看他，希望在她眼中见到他所寻求的认同。

"你有没有头一回见到某人却觉得早就认识他的经历？"安裘问道。

露西抬头看他，眼带嘲讽。

"没有。"

虽然她这么说，但安裘知道她在说谎。她的目光在他脸上逗留太久，而且当她继续清理他的肩伤时，他看见她脸红了。

安裘满足地笑了。他们是同一种人，而且他知道，她也这么认为。他在其他人眼中见过同样的神情，有些是警察，有些是妓女、医师、救护人员、毒枭或军人，就连当年把他吓得要死的那名刺客也是。都是同样的眼神：见过太多，不再假装这个世界尚未崩坏的眼神。露西·门罗跟他一样，两人都看透了。他们是同类。

他想要她，从来没有这么想要一个女人。

所以我才先杀了那个西印仔吗？

这个想法令他不安。

当时他毫不犹豫，但现在想来绝对应该先解决胡里奥和他的枪，然后才处理抓着露西当人质的西印仔才对，结果他却搞错顺序了。

这个女人在安裘不知不觉间左右了他，差点害他脑袋吃上一颗子弹。

"你身上的疤还真多。"露西说。

"没办法，躲不掉。"他改变话题，"你说你觉得你朋友在玩命。"

"没错。"露西包扎完安裘的肩膀，身体往后蹲直，虽然距离胡里奥的尸体只有几英寸，却好像毫不在意，"杰米打算狠捞一笔，然后跑到加州。"她说，"原本我想事后报道这件事，写个独家新闻，拿个普利策奖，报道没人发现的水权如何改写了半个美国西岸权力争斗的内幕。"她叹了口气，"没想到他太贪了，想要同时整垮拉斯韦加斯。"

"你说的水权到底是怎么回事？为什么闹这么大？"

"你听过皮马族吗？"

"印第安人？"

"美国原住民。"她冷冷地说，"没错，皮马族。他们是霍霍坎族的后裔，霍霍坎族13世纪时曾经在这里耕种作物。"

露西收起刀子和沾满血的餐巾走回厨房，背对他说："多年以前，他们跟凤凰城达成协议，将水权全数卖给凤凰城。皮马族人当年靠着政府补偿拿到了亚利桑那中央运河的水权，而凤凰城需要运河的水，因为这一带的河川都快干涸了，所以协议算是双赢的局面，凤凰城得到继续发展所需的水，皮马族得到一大笔现金，可以购买北方的土地。"

安裘冷笑道："去会下雨的地方。"

露西舀了瓮里的水洗手和刀，双手在牛仔裤上抹了抹，然后走了回来："是呀，反正科罗拉多河看来也撑不久，持有垂死河川的水权没什么用。"

"所以皮马族卖了水权走人了，然后呢？"

露西在他身旁的椅子坐下："皮马族以为他们只拥有小部分的

运河水权。亚利桑那州只拥有科罗拉多河的部分水权，而他们又只拥有亚利桑那州水权的一部分，怎么看都是很不优先的水权，对吧？许多人握有的水权都比他们悠久而且优先，因此他们的水权永远可能被人抢走，所以才决定卖掉。"

她接着说："但杰米一直泡在旧档案堆里，不只是水权数据，还有其他档案，土地管理局、垦务局、陆军工兵队、印第安事务局……有太多的管辖权重叠或冲突，太多水权协议互相矛盾，简直是官僚体系的大烂账，必须依信息自由法提出申请才要得到数据。而大多数数据不是不见了就是被人忘了，或是修订过太多次，根本没有用处了。向公家单位调数据简直像无底洞一样，除非你是杰米那种人，否则绝对挖不到什么。"

"但杰米就是那种人。"安裘说。

露西做了个鬼脸，说："杰米是典型的肛门期自大狂，喜欢证明自己知道的比谁都多。这种个性不会让你成为万人迷，也不会让你升官，只会害你被派到印第安保留区，整天在档案室翻箱倒柜，只有黑玻璃、响尾蛇和蝎子做伴，而你的上司却在泰阳特区花天酒地，有说有笑。"

露西接着说："不过，你也因此接触到非常多的旧档案，包括皮马族几十年前与联邦政府和印第安事务局签署的有趣协议。那时保留区才刚设立，皮马族的权利就是可以回溯那么久，而杰米整天就泡在这些资料里。"

"其中一部分就是水权。"

"不是无名水权，是科罗拉多河的水权。"

"日期呢？"

"19世纪末。"

安裘吹了个口哨："还真久。"

"而且是最优先水权，现有纪录最久远的水权之一。"

"怎么会没人发现？"

"杰米觉得，呃，他生前认为是印第安事务局故意隐瞒的，因为他们很后悔签了协议，对他们不利。他们根本不在乎那些住在鸟不生蛋地方的原住民，而且当时看来也无所谓，他们怎么也想不到亚利桑那州会动科罗拉多河的主意。"

安裘发现自己竟然听得入迷了："但现在有了亚利桑那中央运河，像一根大吸管直接将河水运过沙漠。"

露西点点头："换句话说，凤凰城和亚利桑那赢过了加州。加州人手上有400万英亩–英尺的水权，但万一被人抢走——他们可是有帝王谷和5000万人要靠这些水过日子呢。"

"这些水权等于是他们的死亡判决书。"

"不只加州，要是凤凰城拿着皮马族的最优先水权到法庭上亮一下，一切都会天翻地覆。凤凰城可以要求垦务局抽干米德湖，让水通通流到下游的哈瓦苏湖，专供凤凰城享用。他们可以叫洛杉矶和圣地亚哥停止抽水，或将水卖给出价最高的买家。他们可以号召盟友共同对抗加州，将水锁在上盆地州。"

"那加州会炸掉亚利桑那中央运河，就像炸掉科罗拉多的水坝一样。"

"是呀，只不过现在联邦政府24小时都有无人机在运河上空巡逻，这回躲不过他们的眼睛了。即使是加州，也不敢真的发动内战。游说通过州自主法案，以派国民兵在州界巡逻是一回事，就算炸毁水权归你所有的那些水坝也算合法，但公开宣战？美国虽然四分五裂，但可还不是无政府状态。"

"之前大家也这么说墨西哥，结果隔天醒来那里通通变成了美国的毒枭州。"

"军队左支右绌，不代表华盛顿政府会坐视各州为了水权公然开战。"

"你真的看到那些水权文件了吗？读到内容了吗？"

"杰米不肯给我看，他很……偏执，讳莫如深，老说等事情都搞定之后，他就会公开一切。"她叹了口气，"我想他可能担心我会背叛他吧。虽然他矢口否认，但到后来他几乎不敢相信任何人。"

"这么想还挺有道理的，你看其他人得知后的反应就知道了。你朋友拿到了水权决定大捞一笔，胡里奥听说之后也打算这么做，就连拉坦一拿到水权也想搞私下交易。所有人一听说或拿到水权，就开始不安分了。"

"这些水权简直是诅咒。"

"不管是不是诅咒，重点是它们现在在哪里？"

两人的目光不约而同射向胡里奥从麦克·拉坦那里拿来的笔记本电脑。安裘伸手去拿，但被露西抢先了一步。

"不行，"她一把抓起笔记本电脑说，"这是我的报道，我也有份，我想知道。"

"这些水权已经害死很多人了。"

露西伸手按着放在料理台上的手枪说："你在威胁我吗？"

"你可以别再威胁来威胁去的吗？我只是说这件事很危险。"

"我不怕，"她低头看了胡里奥和西印仔一眼，"反正我已经牵扯进去了。"

安裘发现自己竟然为了她选择逼近真相而非转身逃跑而暗自窃喜，一时有些不知所措。

女人会让男人变成蠢蛋。他父亲曾这么说，在他美好的童年时代，一切尚未在他眼前土崩瓦解的时候。

"好，"安裘说，"但我们得躲起来。我可不想待在那些秘密据点里。胡里奥连自己的人都敢杀，谁知道他这一路上还出卖了谁，泄露了什么。"

"你觉得他在玩两面交易？"

安裘低头望着被他开枪打死的胡里奥："我觉得他很贪心，这就够了。我们需要一个地图上看不到的地方，我和你通常都不会待的地方。"

"我有朋友，"露西说，"他们会帮我们。"

第*28*章

"流民免费。"夏琳说。

露西觉得脚下地板踩起来很软,几乎撑不住她的重量,随时可能塌到楼下。他们刚才爬上一架由捡来的木板搭成的梯子走上这里,露西可以听见楼上家庭走动的声响。左右两旁都是棚屋,层层叠叠,全都挨在红十字会和中国联手建造的亲善水泵周围。

棚屋有两间房间,一间是起居室,里头有一张满是刀痕的木桌,天花板吊着一盏很小的LED灯,发出刺目苍白的光线。

"这里有加热板。"夏琳不是很肯定地说。

另一个房间铺了两张松垮的睡垫,盖住了全部地板。

对话和综艺节目的声音从墙外传来,可以听见越狱的中文平板电脑正播着影视剧和音乐视频,声音混杂交错,还混着难民的各种语言与口音。被飓风逼走的墨西哥湾居民,还有躲避干旱和毒品暴力的毒枭州民,大伙儿为了追寻更好的生活而挤在这里,被挡在州自主法案所立起的高墙外。

"我帮你们准备了床铺。"夏琳说。

"谢谢,"露西说,"这样已经非常好、太好了。"

隔壁有婴儿在哭,号啕声穿透了墙壁。

"别人留下的衣服,你可以随便穿,"夏琳指着角落一堆黑色塑料袋和没人要的行李箱说,"里面有不少好东西,很高档,名牌、设计师款之类的。"她张着缺了牙的嘴笑着说,"你可以穿得很体面。普拉达、杜嘉班纳、MK、洋洋——什么都有。我通常拿来当抹布,但你如果想要……"

"你哪来这么多玩意儿?"

"都是别人不要的,去往加州或投奔北方的路上带不走,所以扔了。你真的不要跟我住?"夏琳问,"我家是真正的房子,你不必待这个狗窝。"

真的不要?

楼下棚屋传来鸡蛋烧焦的味道。人贴人的窒息感让露西心里一阵恐慌,但那水刀子坚持要找别人追查不到的地方。

"这里很棒。"她说,"你不用担心,我只是需要一个地方窝着。"她意味深长看了夏琳一眼,"远离熟人。"

"当然当然,我了解。但你得知道,现在跟得州人靠太近不是好事。因为沙漠里挖出被蛇头灭口的那些尸体,"她耸耸肩,"他们群情激愤。"

"怎么个激愤法?"

"一点小事就会怒气满点。我只是说如果情况不对,赶快走人。"

"有什么需要特别留意的?"

"你真的不知道导火线会是什么事。也许是有人在水泵前吵架，也许是黑帮过来教训得州人，就这样变成暴动了。总之小心点，别让我来为你收尸就好。"

"我不会有事的。"

但夏琳依然欲言又止。

"你在担心什么？"

夏琳斜斜看她一眼，终于说出心底按捺许久的话来。"我不晓得你写了哪篇报道惹到人——"她双手一摊，"我也不想知道。但你最好记得这里是威特的地盘，所有人都臣服于这个疯子，所有事他都了如指掌。他会给小孩水和糖果，要他们当他的眼线。你完全无法判断谁是他的手下。"

露西想起她跟夏琳爬上梯子时，楼下的小孩一脸认真望着她。"跟贩毒无关，"她说，"如果你在担心的是这个，那我可以告诉你，我不是在追贩毒的事。"

夏琳如释重负，表情都写在了脸上，"哦，好，那他应该不会管了。"她满意地点点头，将挂锁的钥匙交给露西，"你想待多久都没问题。"说完伸手到牛仔裤口袋里捞出另一串钥匙，"我还帮你准备了一辆车。你说你需要，对吧？"露西正想开口道谢，但夏琳挥手制止了她，"就只是一辆便宜的梅特洛，但代步还不成问题。虽然它是油电混合车，可是充电功能坏了，所以别忘了加油，也不要相信油量表，那已经故障了。你要是到瓜达卢佩，那里有一家旧租车店。威特派了人在那里看着车，我已经跟他们讲好了，他们不会让它被刮，直到你需要用车。"

"夏琳，你真是太棒了！"

夏琳笑了。"呃，不过车牌还是得州的，所以别太感谢我。不骗你，我开那辆车的时候真的觉得自己像箭靶一样，你不会相信那些人看我的目光有多凶狠。"她摇摇头，"直到坐进那辆车，我才知道当得州人有多惨。"

"你怎么会有那辆车？"

"跟其他东西一样，都是房客留下的。他们要去北方，我就跟他们买了。"夏琳耸耸肩说，"车子很烂，但我想还能凑合着开，而且我很同情他们。他们还带了两个孩子一起走，你知道他们为了越过州界一定花了一大笔钱，就不忍心跟他们讨价还价，但车子真的很烂。"

"不会有事的。"

"等你被人开枪攻击时再说吧。"

夏琳说完便爬下梯子走了出去，随即折了回来，拆下棚屋的隔板拖到更靠近红十字会水泵的地方。她会在那里搭建更多棚屋，在被凤凰城遗弃的大片土地上塞进更多住所。

露西又匆匆绕了棚屋一圈。她必须承认夏琳搭房子很有一套，这样的组合屋竟然还有一扇小窗。她隔着满是沙尘和脏污的玻璃往外窥探。这里位置很好，既靠近水泵，视野也不错，从门口可以将屋上架屋的小巷尽收眼底，就算身在如此拥挤的贫民窟里，依然能老早就看见来者是谁。

夏琳离开几分钟后，露西发现那水刀子正挤过水泵旁的人群。

她一会儿失去他的踪影，一会儿又发现他。只见那家伙背靠墙壁，嘴里叼着牙签默默观望着。但他实在太静了，动也不动，露西发现自己的目光一直飘开，飘向卖食物的摊贩、排队装水的人们，还有广场外围铺着毯子兜售能量棒和黑市人道救援物资的卖家。

那水刀子完全融入了环境里。露西见他坐在两个男人旁边，弯腰跟其中一人借火点烟，还回请他们香烟。他完全消失在人群之间，不再是个体，而是一小群人，是三个靠墙闲聊的朋友。他由一变三，由显而隐。他可以是任何人，是墨西哥仔或得州人，是工人或为威特卖命的手下，是疲惫的一家之主，努力想带全家逃往北方，但这会儿只想逃离棚屋和哭叫的婴儿出来透透气，或是历尽沧桑的难民，被困苦折磨得不再显眼。

夕阳西斜，犹如一团愤怒的火球挂在烟尘迷蒙的天际线。许多人下班了。他们过来排队买水，有些人装了一罐就回头排队，免得一次装太多水费率提高。

十年来，她报道了无数这样的人，如今竟也成了其中一员，成为报道的一部分。她早就知道会有这么一天。

安娜一定会骂她蠢。就连提莫，即便他花了那么多时间跟着死亡跑，至少也晓得待在漩涡边，不要被卷进去。提莫有求生本能，只要事情一失控，他就立刻退回安全线内。

而她，却一头钻了进去。

她到底是怎么了？她要怎么跟安娜解释自己跑去泰阳特区，就为了追查杰米生前最后接触过的人，结果差点被自己找到的线索害得丧命？

是你害自己被捆在椅子上的。

她想起自己什么都对胡里奥说了，一五一十、巨细靡遗，只希望拷打结束。她现在觉得好丢脸，自己竟然百般讨好他，好换得那家伙赞美她记性不错。

"你记性很好。"他说。

说完他又开始毒打她。

"这不是私人恩怨。"

这才是恐怖的地方。不是私人恩怨，跟她一点关系都没有。她只是一团有嘴巴的人肉，可能拥有他所要的信息，如此而已。

但她依然没有放弃，就算知道一切已经变得如此危险，她还是继续往下追。安娜永远不会懂的。

有人敲门。露西开门让杀死胡里奥的家伙进来。他动作僵硬，但没有抱怨这里疼那里痛，只是打量整间棚屋，进出检查所有房间。

"让你借住这里的那个女人是谁？"他说。

"夏琳没问题。我认识她很久了，信得过她。"

"我也很信任胡里奥。"

他侧身靠到窗边，盯着楼下的水泵。

"你太疑神疑鬼了吧？"

他回头讽刺地看她一眼："我是疑神疑鬼。胡里奥知道我很多事。他知道我车的验证码，也知道我来这里用的假名。"

"所以你到底叫什么名字？"

他耸耸肩："随你叫。"

"真的吗？"

他没有回答，只是继续检视棚屋。

"我想这里应该没有窃听器。"

"我不是在找窃听器。再跟我说说你那位朋友，她是什么来历？"

"我很久以前报道过她，"露西说，"她专门到别人家里捡破烂儿。我的太阳能板就是她帮我弄到的。她真的没问题。"

"你说的弄其实是偷吗？"他走到屋墙边停了下来，耳朵贴着捡来的纸板搭成的墙板，"我还以为你很正直呢。"他掏出手枪用枪托敲了敲墙，谛听墙板发出的叩叩声，接着走进卧室跨过床垫，同样敲了敲那边的墙。

"夏琳说那叫再利用。"露西在他身后喊道。

"是吗？"

露西还记得她半夜从别人家屋顶拆下太阳能板时，心脏一直狂跳，觉得随时会被垃圾巡逻车逮到，她甚至想好了到时该怎么解释。

"夏琳要我跟去帮忙才肯让我写她。我们拆完太阳能板后，我才知道她要把那些板子给我。"

"除了报道还有外快就对了。"

"我不想丢新闻系老师的脸。"

他离开卧室又走到窗边，隔着蜘蛛网一般四分五裂的玻璃往外看，打量从电线杆偷接到屋里的电线。电线从窗户进来，连接到一堆插座上，然后再四散出去，穿过地板、墙壁和天花板上的无数小洞，将电力传送到其他棚屋。

"所以现在她是房东？"他问。

"她大概两年前开始盖这些房子。大家都得住在水泵附近，因为很多人都买不起车了，必须住在有公交车的地方，而且不能离水太远，走路能到才行。"

"她交钱给谁？"

"一个叫威特的老大，这里是他的地盘。怎么了？"

那水刀子耸耸肩："胡里奥身边那个西印仔，我不知道他是做什么的。也许只是打手，也许是胡里奥的朋友派来的。是的话，他朋友可能会找上门来。"

"他们又不知道我们。"

"除非胡里奥是大嘴巴。"他开始在屋里兜圈子，感觉就像来到陌生地方的狗，四处嗅嗅闻闻，让露西看了很不舒服。突然，他在屋子中央停了下来，竖耳倾听。"我不知道，但这地方让我很紧张。"他说。

"你真的是疑神疑鬼，这里已经隐秘到不行了。"

"我只是一直想起胡里奥，感觉很不对劲。我已经把车丢了，手机也弄坏了。"

"那辆特斯拉？"

"它这会儿可能正在城里兜风。"

"你是认真的？你就这样把车丢了？你该卖给夏琳的。"

他摇头说："不行，我不想让人从那辆车查到我。"

"你真的疑神疑鬼。"

"所以我还活着。"他走到门口望着低垂的夜幕，"应该可以了。"他说，接着下定决心似的将门关上，扣好挂锁，将屋子牢牢锁上，表情就跟在方圆百码[1]内所有车胎和消防栓上都撒了尿的桑尼一样满足。

这时，露西才突然想到桑尼还在家里。"我的狗。"她说。

他立刻警告似的看着她："找人去家里看它，但别找知道我们在哪里的人。"

"你觉得接下来会怎样？"

"我不知道。"他一脸挫败地摇头说，"我真希望多知道一些，搞清楚胡里奥到底在搞什么。他连自己的手下都敢牺牲，让我不得不怀疑他为了钱还肯做哪些事。也许把信息网卖给加州人，或是跟毒枭结盟……"他没往下说，继续打量棚屋。"应该可以了。"他又说了一次，但比较像自言自语。

他找了张椅子坐下，将拉坦的手提电脑放在桌上开始东摸西弄。

1　英制长度单位，1码为0.9144米。

"你知道自己在做什么吗？"她问。

"就是确定一些事情。"

"听着——"露西顿了一下。

我干吗跟这家伙混在一起？

"我不知道你的名字，实在无法跟你合作。就算说谎编一个也好，至少给我一个名字可以喊你。"

那水刀子抬头看她，微微一笑说："好吧，你可以喊我安裘。"

"不会吧？"她正想开他名字的玩笑，但对方的眼神让她打消了念头。他真的叫这个名字。"安裘。"

"安裘。"他又用西班牙语发音念了一次，安荷。他发现她一脸疑惑，便说："安荷是天使的意思，我妈希望我长大当个好人。"

"在墨西哥？"露西猜道。

"很久以前了。"他小心翼翼地脱下夹克，身体缩了一下。她临时替他包扎的餐巾沾满干掉的血渍，已经变成铁锈色了，但他似乎不以为意，继续盯着计算机。

"你混过帮派，"露西说，"所以才有那些刺青。"

他没有抬头："那也是很久以前了，但不在墨西哥。"

"而你现在是水刀子。"

他耸耸肩，继续轻轻敲打着计算机。

"你还会去找你母亲吗？"她问。

"她已经过世了。"他说。

"让我猜猜，很久以前？"

他没有回答。

这算什么互相认识。露西走到窗户边，欣赏水泵附近的熙攘。人来人往，得州人拿着空罐子在排队，还有人躺在炎热的人行道上，庆幸能在离水不远的地方找到栖身之处。

过了一会儿，安裘说："我破解不了，你认识做计算机安全工作的人吗？"

露西回头一脸惊讶望着他说："我还以为你认识很多那种人呢。"

"换作昨天，我要什么都拿得到，而且随时可以。但我现在觉得这地方已经千疮百孔了，要是我联络的人跟胡里奥有关系，只会引来不必要的注意。所以要么你找人来帮忙，要么就是我设法将计算机送回拉斯韦加斯，看看里面有什么。"

露西皱眉说："我有一个朋友替小报工作，或许知道可以找谁帮我们。"

"你说提莫吗？"

"嗯。"

"他不会到处嚷嚷吧？我可不想出现在报纸的头版。"

"你到底相不相信我？"

他微微笑了。

第**29**章

夕阳西斜，炽热的火红阳光照耀着荒凉的郊区，玛丽亚看见收工回家的图米沿着马路缓缓走来。

她这辈子从没有这么期待见到一个人。那一刻，她是多么喜欢图米的一切。他的秃头在阳光下闪闪发亮，插着红白大伞的玉米饼车咔嗒作响。他已经脱了围裙折好收好，所以只是一个身穿松松垮垮的牛仔裤、推着餐车的家伙。但就算推车一个轮子坏了嘎嘎乱响，在她耳中也像天籁一样。

图米看见她坐在他家前廊时吓了一跳，但没有"你怎么可以来"的表情。他走到她身旁坐下，因为腰酸唉了一声。

"嘿，小女王。"

他声音轻柔，一点也没有逼迫感，显然知道她出事了。他拿了一只装了水的旧可乐瓶给她。她知道那是他自己的水，是他来到这片荒芜之地干活前在市区附近的水泵装的。

玛丽亚小口喝着，努力克制牛饮的冲动。

她知道他心里是怎么想的：又是一个想装女人的傻女孩。玛丽亚擦擦瓶口，将水还给图米。图米将瓶子接了过去，她突然察觉他的手好大。那是盖过房子的手，这些房子。

他喝了点水，又将瓶子递给玛丽亚："喝吧，我喝完了。"

玛丽亚摇摇头："莎拉死了。"

她没想到自己的声音竟然这么镇定。她觉得心都碎了，眼睛却像两口枯井，仿佛她的身体知道苦难还没结束，不能太早把泪水流完，要省着点用，留着给接下来还要面对的折磨。

图米听到这消息并不惊讶。他看玛丽亚没再开口，便说："莎拉就是跟你一起的那个女孩，对吧？"

"嗯，就是屁股很瘦的那个。你跟我说过她做的事很不聪明，"玛丽亚耸耸肩，"我该听你的。"

图米沉默良久："我很抱歉。"

玛丽亚知道图米在看她，知道他从她身上的黑色紧身连衣裙和高跟鞋看得出来她也玩起了莎拉那一套把戏。

她刻意盯着沙尘弥漫的马路，不去看他。她不想见到图米眼中的批判，评断她的装扮、她的愚蠢或莎拉。她不想见到别人批判莎拉。

对不起，她在心里对她的朋友说。她的女朋友，她的……对不起。

玛丽亚缩着身子。穿着派对连衣裙坐在这个衬衫扣得整整齐齐的大个儿身旁，只让她觉得渺小而赤裸。这男人的一切都有条不紊，感觉就像骇浪中的平静岛。即使是现在，一切都分崩离析了，他依然比她多年来见过的人都要镇定。

"你说得对，"她又重申了一次，"我该听你的。"

图米只是又说了一次抱歉。

"你为什么要抱歉?"玛丽亚厉声说,"又不是你开枪打死她的,是她自己笨,害死了自己。"

图米像是被她甩了巴掌似的噤若寒蝉。

玛丽亚不想吓走他,但就是管不住自己,仿佛就是想激怒他,让他惩罚她,大声呵斥她,甩她巴掌。怎么样都好,就是别默默坐在她身旁。

她瞪着图米说:"她把自己害死了,对吧?卖身为生的得州蠢婊子,死了活该不是吗?她那么蠢,死掉是活该。"

"不,"图米柔声说,"不是她的错,她也不该死。"

"她出卖身体,结果死了。"

他撇过头去,开口想说些什么,但欲言又止。开口,又闭上嘴巴,最后他只是叹了口气说:"事情也不一定是这样。"

玛丽亚冷笑道:"你讲话跟我爸爸一样,说什么以前不是这样,'一切都会恢复正常的'。"

她突然火冒三丈,气图米、气她父亲,气所有只会谈过去如何如何,却绝口不提现在景况的人。

"事情一直都是这样,"她说,"未来也会如此,永远都会这样。"

她发现自己又能直视眼前这个老男人了,不再因为身上这件向莎拉借来的连衣裙而觉得全身赤裸,不再在乎被高跟鞋磨痛的双脚,也不再自责没能及时将朋友拉到床下而害她丧命,救不了她。也许她心里其实庆幸莎拉吞了子弹,因为他们要是没找到莎拉,一定会四处寻找那堆女性衣物的主人,而她就难逃一劫了。

"你好像看不到眼前正在发生的事,而是一直说过去怎样,但我根本没经历过。你们有过的，我都没有——"

"我不是——"图米想说什么，但玛丽亚提高音量抢过了话头。

"我认识的人都死了。我妈、我爸，现在是莎拉，我……
我……"她泣不成声。

我好累。

"我……"玛丽亚说不出口。悲伤终于来了，倾泻而出，就像
洪水溃了堤。

她为自己失去的一切而哭泣。莎拉、她爸妈、得州美好的家、
上下铺、学校、担心大人准不准她穿运动内衣、揣摩吉尔·艾莫斯
算不算朋友、期待八年级的舞会，全是一些愚蠢的小事——但通通
消失了。

只剩下她，玛丽亚·维拉罗萨，剩下她是自己仅存的回忆，独
自一人坐在崩坏的城市里，旁边坐着一个只能悲伤地看着她的黑人
老头，而他却是她在这世上所拥有的最接近朋友或家人的人。

图米搂住她。

被他一搂，玛丽亚哭得更凶了。被他抱着，让她再也克制不住
地卸下心防，尽情宣泄。

最终她哭声渐缓，然后停了。她靠在他的胸口，感觉疲惫而
空虚。

"我只是想赚点钱，"她喃喃道，"我亏了莎拉的钱，所以必
须还她。我现在欠威特一大笔钱了。"

"嘘，"图米说，"不是你的错。"

玛丽亚听了又哭了。

最后，终于，她的眼泪真的哭干了，只剩下如同石块般坚硬、
焦黑的悲伤，她可以清楚感觉到。悲伤没有消失，只是被埋住了，

埋在她肋骨底下，虽然疼痛，不过结束了。

玛丽亚让自己靠着图米，两人沉默了很久很久。

火红的夕阳落向当年他用乐观的心和那双大手兴建的房子。如今那些房子早已人去楼空。玛丽亚发现自己竟然觉得平安，很惊讶自己会有这样的感觉，不知道为何如此，也不知道能持续多久。但她想了想，决定不要多问。

一道像是狗的影子闪过马路。是土狼，转眼便消失在小巷里。它步履轻盈，四条腿快得模糊难辨，毛发棕灰夹杂，动作敏捷而果决，匆匆穿越渐暗的晚霞。

图米动了动："狼窝在那里。"他指着马路另一头。

"很多只吗？"玛丽亚问。

"至少四只吧。"图米沉默片刻，接着说，"我本来打算卖了那地方，赚个三十五万九千美元的，现在只能想办法向几头野兽收租金了。"

这笑话很冷，但玛丽亚还是笑了。她抬头看他。

"我——"她想问，但不知该从何说起。她撇开头去，不敢看他，"我在想你是不是……"她尴尬得说不下去。

她父亲总是告诫她要自立自强，不能求人，绝不能向人开口。

"我在想是不是能跟着你，"她脱口而出，随即闭嘴，但又接下去说，"我身上还有一点钱，我可以给你。我可以工作，可以帮忙，我会……我什么都肯做。"她靠向他，"我可以——"我会做莎拉叫我做的那些事。"我会——"

图米将她一把推开："别这样，我们已经讲清楚了。"

"对不起，我不该……对不起——"

"别以为我不想，"他摇摇头说，"我要是年轻一点，或是没规矩一点，那当然毫不犹豫。"他不自在地笑了，"但现在不行。"

"我会走的。"玛丽亚觉得自己好蠢。

图米一脸困惑："为什么？"

"你不要我，"她说，"我懂。"

"拜托，小姑娘，我当然要你。"他伸手将她揽到怀里，"我当然要你，但不是像刚才那样。我想让你得到你该享有的一切，让你拥有未来，还有真正的生活。我要你能离开。"

玛丽亚干笑道："我爸也这么跟我说，结果呢？不可能离开的。威特会来找我，等他逮到我，我就会变成他的鬣狗的食物了。"

"啧，那倒不一定。我认识一些人，他们或许能帮你逃出去，越过州界。"

玛丽亚捞了捞手提包。"我付不起钱。"她伸手到那遇害女士的手提包里，拨开拉坦那本沾了血的"圣经"，拿出刀疤男给她的人民币，"我只有这些。那家伙要是付了钱，应该还会更多。但如果这些钱能……"

图米不知为何更难过了："你父亲过世后，我该马上就收留你的。"

"为什么？"

想到自己这一路来无依无靠，又让她胸口一紧。

"我一直觉得我能帮你。"他叹息道，"每回在街上看到你，我总想帮忙，可是心里害怕，所以总是打消念头，因为我不想说了却做不到，辜负了你。我觉得你已经听过太多空头支票了。"

玛丽亚发现图米湿了眼眶，不禁吓了一跳。

他握住她的双手，包着她的拳头和手里的钞票。"我们会离开这里的。"他斩钉截铁地说，"你不会死在这里，更不会在这里生活。我只要还有一口气，就不会让这件事发生。"他起身唤她进屋，"进来吧，有地方给你住，然后我们要开始计划。不要急，仔细想清楚，做出可行的计划，而不是空想。我们会找人带你过河，交给我吧。"

玛丽亚一脸困惑地看着图米，就像她对他施了魔法，让他做出疯狂的事。他的这番言谈举止都说不通。他为什么突然想要帮她？

别再想了，开心接受吧。

是莎拉的声音。实事求是。能拿就拿，别问为什么，这就是莎拉。

但你看她的下场。

不过，玛丽亚还是跟着他走进屋里，看着他先到厨房煎了一块玉米饼，然后从众多空房里挑了一间，替她铺床。

她终于忍不住了。"为什么？"她问，"你为什么对我这么好？这说不通。我又不是你的女人，甚至不是你的同乡。"

"所有人都是同乡，就跟大家都是手足一样。我们有时会忘了这一点。时局崩坏的时候，人往往会忘记一些事，后来才会发现大家都在同一条船上。你就是我的同乡，玛丽亚，在我心里从来不曾怀疑过。"

"大多数人都不这么想。"

"是啊。"图米叹了口气说，"我认识一个印度人，非常瘦，从印度来。他没有妻子，也没有孩子，可能留在了印度吧，我不记得了。总之，他说了一件让我印象非常深的事，他说美国人很孤独，所有人都一样，只相信自己，不相信别人，什么事都自己来，不倚赖别人。他说这就是他觉得印度能熬过这场浩劫，但美国没办法的原因。因为在美国，左邻右舍都是陌生人。"他说到这里就笑了，"我还记得他摇头晃脑地说：'左邻右舍都是陌生人。'"

图米耸耸肩说："他说凤凰城是他待过最冷酷的热带城市。看着流民窟，他无法想象大家为什么不齐心协力，更努力盖房子，互相帮忙。他说他想了想，也许因为大家都是从其他国家来的，已经忘了邻里相携是什么感觉了。"

玛丽亚想起自己的家乡，想起流离前的生活和多年未见的同学朋友。她想起共同逃难的那些人。大家一起朝加州前进，一个他们永远到不了的地方，她父亲心中的梦想之地。她想起塔米·贝雷斯跟她挥手道别，因为塔米的父母亲有钱，所以能带着全家奔向北方，而玛丽亚不行。塔米将衣服通通给了她，因为她带不走，而两家的父亲就站在一旁，面对着迫使小孩分离的地位鸿沟，脸上只写着焦躁与尴尬。

"我没有孩子，"图米说，"我和我老婆，我们都没去想两人为什么一直没有……但这不是重点。"他耸耸肩，"不过，我们要是有孩子，应该就像你这样，跟你年纪相仿，也许大一两岁。"他朝窗户挥了挥手，"我们不可能让我们的孩子生活在这种地方，不可能爱他们到极点，却让他们生活在地狱里。"

他叹了口气。"我一见到你就知道应该收留你，但我很怕，真的很怕。"他耸耸肩说，"我不知道——也许是担心自己能力不足，或许是怕事与愿违。我和老婆没有孩子说不定也是因为害怕。放弃冒险容易多了。"

他走出去拿了一件衣服回来。男人的T恤套在她身上像帐篷一样。"这衣服不是你的尺寸，但至少是洗干净的。"她套上T恤，脱下莎拉借给她的连衣裙，感觉像蛇蜕皮一样。连衣裙滑落在地，她很高兴终于摆脱了它。

图米笑着看她穿着那件T恤："我们得找几件女生的衣服给你。我老婆没比你高多少，但比你胖。我晚上到她的箱子里找找。"

"图米？"

"怎么了？"

"是什么变了？为什么你现在肯帮我了？"

"唉，"图米摇摇头，"我也不知道。我以为置之不理比较简单，只要转头不看就好。但你知道吗？我觉得那是自欺欺人。还不如伸出援手，种下关怀的种子，看看后续如何。我要是有孩子，肯定会希望别人能关怀他们、照顾他们，而不是只顾自己，任由悲剧发生，看着坏事发生却什么都不做。"

他走到门口："你需要夜灯吗？我有一盏太阳能小灯。"

玛丽亚瞪了他一眼："那是小孩用的东西。"

"哦。"图米似乎又难过了，但他没说什么，只是点点头就出去了。

玛丽亚躺在床垫上，微风从开着的窗户吹了进来，夹杂着厨房炉火的味道和远方山林大火的灰烬。火光点点，犹如满天的繁星。

"明早见。"图米喊道。

"嘿，图米？"玛丽亚喊道。

大个儿转头说："什么事，小女王？"

"谢谢你。"

"不，小女王，"图米说，"是我要谢谢你。"

第30章

露西在一桩夜店枪击案的现场找到了提莫。夜店外红蓝警灯不停闪烁，到处都是警察，而提莫就在骚乱当中贴着马路拍摄血迹。血已经开始凝结，水汽不停蒸发到炎热干燥的空气中。

尸体杂乱横陈，穿着细肩带连衣裙的女子跟她们的毒枭爱人或加州男友挤在封锁线后方交头接耳，好奇地引颈眺望，警察则四处找人问话。

"这下糟了，"提莫说，"中国人不喜欢枪战波及他们。"他朝现场大批警察点了点头，"市政府努力装出一切都在掌控中的样子，我看凤凰城崛起的口号应该不是指死伤人数吧。"

露西环顾尸体，总算看见遇害的中国人倒在血泊中。那人显然身家不菲，碎裂的雷朋智能墨镜还挂在脸上。一名金发女子倒在旁边。她身穿亮片装，手指挂满钻戒，脖子上还缠着金项链。虽然面容完好如初，但身体动也不动。两人的鲜血汇成一摊，缓缓凝结。

露西发现他们牵着手，死时两人正牵着彼此。真惨。

提莫拍完死掉的中国人说："对小报来说，这场面太干净了点。但有些新闻媒体最喜欢报道美国有多混乱，只要从他们的角度拍，应该能赚上一笔。"

露西数了数尸体。8具，不，10具……天哪，11具。派对服装和面色槁灰的难民尸体模糊难辨。"这到底是怎么回事？毒枭火并吗？"

"得州人，信不信由你。蛇头屠杀埋尸案把那群白痴气坏了，黑暗区一直传言要血债血还，建立得州民兵或地方民团之类的。这是我今天拍的第四起枪击案了，尸体彩票的话题肯定会刷屏，甚至持续一星期。得州人通通打算回击了。"

"回击什么？"

"我哪知道？弗林说枪击是因为排队的顾客里头有人口音不对，结果起了冲突，其他得州人也加入了，算是同仇敌忾，接下来——砰砰——就开始死人了。"

"还死了很多人。"

"是啊，好笑的是始作俑者竟然没有死，而且根本不是得州人，是佐治亚州亚特兰大市来的。"

露西望着尸体，望着那一连串误会下的冤魂。这城市感觉就要瓦解了。

"你有事吗？"提莫问。

"什么？"露西好不容易才将目光从尸体上移开，"哦，对了，我在想你是不是认识什么可以破解硬盘的人？"

"你要找丑闻照片？"

她摇摇头："是私人文件，只是需要有人帮忙破解。"

"私人的，嗯？好，我可以找人帮你看一下。"他挥手要露西跟他进夜店里，露西照办了。警察让她和提莫进去，提莫和警察轻松说笑。他跟那名刑事组警察就像哥们儿，两人一起见识了无数起命案，很喜欢结伴在尸体间穿梭。露西不禁想起托瑞斯，想起他还没成为提莫照片里的主角的时候。

"你不认识那个中国人吗？"提莫问。

露西回头望了尸体一眼："不认识。怎么了？"

"不知道，我没想到来了那么多警察，就算是作秀也太夸张了。"他朝两名正在讯问目击者的便衣刑警点了点头，"警察通常不会这么早来，所以我想可能也有政治因素。"

"如果是呢？"

"照片会卖得更好。只要我抓对角度，有些新闻媒体说不定肯开更高的价钱，比一开始讲好的还高。"

"我帮你问问。"

"谢啦。"他从她手中接过笔记本电脑。酒保走了过来，但提莫挥手要他离开。酒保瞪了提莫一眼，但没多说什么。提莫一边浏览刚才拍的照片一边点头。两人头顶上方的两台电视正在播放实时新闻。科罗拉多河上游的那座水坝完全毁了，下游的水坝也没了。

提莫发现她在看新闻，便说："老天，真的很夸张，对吧？"

露西点点头，依然看得目不转睛。刚从鬼门关逃回来的她，都忘了这个世界正在沉沦、陷落。那座叫德尔塔的城镇几乎都被冲走了。大水穿过峡谷倾巢而出，四处漫溢，航拍画面里灾情惨重。

"一定是加州搞的。"提莫一边检查计算机一边说道，"是政府的问题，"他喃喃自语，接着一脸担心地抬起头来，"这不是警察的计算机吧？"

"不是。"

"呃，有可能是，因为少了密码。"

"所以我才拜托你。"

提莫做了个鬼脸说："我进不去，这需要电子密钥才可以。可能是企业员工证，或是手机，甚至珠宝之类的，来回传送信息。密码从一端进去，从另一端出来。有密钥才能进入，否则免谈。"

"有办法绕过密钥吗？"

提莫耸耸肩，又抬头看着电视："你有过那种一切就快完蛋的感觉吗？"她听了忍不住笑了，但提莫不为所动："我是说真的。"他扬头示意着崩塌的水坝。电视画面上是干涸的湖泊和一圈圈的湖岸线。一天前还是蔚蓝如画的水库，如今只剩几个泥泞的小水塘，零星散布在峡谷中。

画面切到直升机航拍。记者的镜头跟着一辆大型砂石车，只见它在水坝下游50英里外的水里翻腾起伏，撞击河岸，被水的巨大力道冲着、推着、翻转着，早已变成一团黄色的废铁。

"接下来就是葛伦峡了。"

"不会，加州已经控制了鲍威尔湖，"露西说，"他们会让水流下去。"

"这年头还是不能买水坝下游的地。"

"海边也是。"

"没错，小姐。"

提莫继续摆弄计算机："听着，我有一个朋友，他也许可以弄出假密钥，但要花一点时间。我可以带走计算机吗？"

露西犹豫不决。

提莫白眼一翻："怎么，你觉得我会偷看吗？"

露西想到计算机就要脱离她的掌控，努力克制心里的焦虑：

"它很贵重。"

"相信我，"提莫说，"我认识的那位女士，她专门为微型博客用户架设安全机制，帮我们这样的人躲开毒枭追杀。她很厉害，跟我们是一伙的。"

露西勉强压下心里的不安，强迫自己微笑："谢谢。"

"没什么，"提莫说，"别忘了帮我查一下那个中国人，如果是条大鱼，我也许能向有些新闻媒体开三倍的价钱。"

说完他就抓起手提电脑和相机走出夜店了。

露西望着计算机从她眼前离开。

第31章

露西一出门去见提莫，安裘就溜出棚屋去跟凯瑟琳·凯斯联络了。

傍晚时分，城市缓缓散发热气，温度降到110华氏度左右。

水泵附近搭起了夜市，太阳能小灯犹如萤火虫飘浮在摊贩的头顶上方，男男女女忙着制作墨西哥卷饼、玉米馅饼和玉米夹饼，用报纸包好拿给顾客。

安裘刚才在这一带混了够久，已经抓到居民的节奏，面对夹板棚屋、上四道锁的越野单车和贴满戈尔特斯[1]碎布阻挡风沙的门窗应该轻松自在才对，但即使有了藏身处，也抹去了自己的踪迹，他还是去不掉心里疑神疑鬼的焦虑。

他感觉这地方像是通了电，干燥的空气像是暴风雨来临前一

---

1 戈尔特斯（Gore-Tex）面料是一种轻薄、坚固耐用的薄膜，具有防水、透气和防风的功能，在宇航、军事与医疗等方面都广泛应用，也被用于制作登山与御寒等户外衣物。

般，夹带着不祥的电能。

安裘倚着红十字会水泵外围的水泥墙，望着民众排队取水，注视他们身上肮脏的T恤、剪短的裤子和弯腰驼背的疲惫。他们将钱或卡送进机器里，看着水泵唰唰将水注入瓶中，然后拎着得到的珍宝返回鼠窝般的棚屋。

不远处有一名老人在地上铺了毯子，摆出一次性手机、滤水袋、破解版中文平板电脑和最新的《血河报》，还有香烟和大麻口香糖。

安裘买了一部一次性手机。

他花了一点时间才接通凯斯的号码。

"你跑到哪里去了？"凯斯追问道。

"这里有点混乱。"

这里到底有什么地方不对劲，让他坐立难安？人群中没有他认识的家伙，也没有加州人躲在玉米卷饼摊后，所以究竟是哪里不对？是他的第六感作祟，抑或只是刚才跟胡里奥枪战让他肾上腺素飙高，到现在还没消退？

"你在哪里？"凯斯问。

露天广场另一头，一名穿着达拉斯牛仔队球衣的黑人被人拦住了。一票黑帮混混围着他，显然想跟这个大胆穿着得州球衣的浑球干上一架。安裘退回棚屋林立的小巷里等他们开打，没想到人们竟然站在牛仔队球迷那一边，男女老幼通通撩起上衣露出手枪，要给那票西印仔好看。

"有人要在我面前干架了。"安裘低声说道。只见那群西印仔也撩起上衣，露出家伙来。安裘退到小巷更里面。

"什么？"

“没事。”安裘一边盯着情绪沸腾的群众，一边竖起耳朵听凯斯讲话，“我们有麻烦了。”

“我打了好几通电话给你，你为什么都没回？”

“我把手机扔了。”

“为什么？我们也查不到你的车，我还以为你死了。”

没想到西印仔竟然退开了，这让安裘很意外。那群混混尽管一脸凶悍，但显然知道自己寡不敌众，没想到会出现那么多得州人。安裘心想那名牛仔队球迷会不会是诱饵，根本是在引人上钩。

“我也把车扔了。”他说。

“为什么？”

“因为今天实在惊喜连连，我不想再遇到意外了。”

“你解释清楚。”凯斯说道，但信号不好，她的声音断断续续的。安裘心想是不是棚屋在干扰信号。凯斯又说了什么，但被杂音盖过了。他抓着手机贴紧耳朵说：“你再说一遍？”

打斗无疾而终，但安裘觉得西印仔不会善罢罢休，于是又走回广场，等待下一波冲突。

凯斯的声音又断断续续回来了：“你为什么把车和手机都扔了？”

她听起来很愤怒。安裘感觉话筒另一头有音乐声，似乎是弦乐四重奏。凯瑟琳·凯斯在空气清新的柏树特区享受高雅音乐，他却在这里等着枪战爆发。

“听着，我不知道还要多久——”

“等一下。”

他听见凯斯摁着话筒跟某人说话，只好压下心中的挫败感左右张望。那群混混跑到哪里去了？他听见话筒另一头传来压低的说话声、笑声，接着杂音消失了，凯斯重新拿起话筒，似乎稍微专心了些："水坝的事你知道多少？"

"水坝？"安裘试着回想，"你是说科罗拉多河上游那一座？"

"已经三座了，"凯斯说，"蓝台水坝、克里斯特尔水坝，还有莫罗角水坝，三座都垮了，大水通通涌向鲍威尔湖和葛伦峡去了。"

"鲍威尔湖水位很低，应该没事吧？"

"应该是，水位还要一天才会暴涨。葛伦峡肯定泛滥了，这毫无疑问。这对我们算是好事一件，米德湖的水量会比往年丰沛多了。"话筒那头又出现声音。"等我一下。"凯斯说。

"你到底在哪里啊？"安裘问。

"等一下——"又是压低的交谈声。安裘努力克制挂断的冲动。他讨厌待在空旷的地方，但又不想失去信号。牛仔队球迷还在那儿，简直跟挥舞着红布的斗牛士一样。

他们在选边站队，他突然明白，所有人都在选边站队。

凯斯终于回来了："我在参加柏树五号特区的发布派对。我们还没破土，预售屋就卖完了。我是代表南内华达水资源管理局来这里助阵的，让所有人知道这计划有我们全力背书，保证一百年不缺水之类的。"

"听起是个好差事。"

凯斯语气一转："本来是，只不过加州突袭蓝台水坝的消息传来，我笑嘻嘻地告诉投资者我们事前就已经知情，其实我根本没听说。"

"你觉得加州也会对付我们，攻击米德湖吗？"

"我的分析小组说不可能。那会造成骨牌效应，冲垮下游的所有水坝。而且我们不认为北加州会因为洛杉矶和圣地亚哥的水权而让全州卷入战争之中。我们觉得我们目前还不用担心。"

"布雷斯顿也在分析小组里吗？"

"够了，安裘，我已经派人查过他了。他没问题。"

"也可能是他够狡猾。"

"没接电话的人是你，我有办法盯着布雷斯顿。"

"你什么时候开始不信任我的？"

"从我翻石头每次都翻到蛇开始。埃利斯应该掌握加州人的动态，结果他半点警告也没给我，害我来参加投资人聚会，知道的事竟然只跟这些来买豪宅的蠢蛋一样多。所以你说说看，我应该相信谁？"

"妈的，你认为加州人收买了埃利斯？"

"我猜他这会儿应该在圣地亚哥的海滩上喝椰林飘香鸡尾酒吧。"

"也可能翘辫子了。"

"怎么说？"

"胡里奥叛变了。"

凯斯没有说话。

"你确定？"

"非常确定，他差点儿就让我脑袋开花了。"

"为什么？"

"你说他为什么开枪打我？"

"他为什么叛变？"

"钱吧，看来是这样。他手下找到了几份水权，而他想分一杯羹。我想他应该想海捞一笔吧。"安裘迟疑片刻说，"我想他可能也把我们的人卖给加州人了吧。我开始有种感觉，只要价钱对了，他什么都肯卖。"

"老天，我就知道该早点把他调离凤凰城，那地方太腐败了。"

"是啊，或许能救他一命。"

"等一下，他死了？"

"死透了。"

"你反击了。"

"而且打中了。"

"可惜没能问他一些事情。要是因为他做了什么，让我们泄了底……"

安裘仿佛能听见凯斯脑袋急速运转的声音：吸收新信息，拟订新计划，判断如何调整应对。他耐心等待，知道凯斯很快就会下达命令。

但凯斯没有下达指令，反而叹了口气，而且说话语气沉闷而疲惫："我每次以为我们终于超前了，就会遇到这种事。我才刚替南内华达水资源管理局揽下了柏树特区四千户的扩展计划，这下连完工时河里还有没有水都不知道了。"

"不会吧？"听凯斯语带犹疑实在令人不安。她是科罗拉多河女王，这会儿竟然跟埋怨红河水被抢走的北得州官员一样丧气。这女人从牢里放了一名囚徒，给他工作和一把枪，做事从来不曾有过半点迟疑，现在竟然忧心忡忡。

更糟的是，她软弱了。

"胡里奥一定是加州策反的。"凯斯说。

"我认为不是。"安裘想起死在豪华公寓里的那个宜必思员工，还有他在停尸间和泰阳特区遇到的加州打手，"我觉得加州也被蒙在鼓里。胡里奥身边只有一名跟班，一个亚利桑那的西印仔，感觉不像背后有很大的靠山。"

"所以他是单打独斗咯？"

"感觉每个碰到这些水权的人都想要自己来。"

"哪里来的水权？"

"兜售的家伙说是印第安人的最优先水权，属于凤凰城，但不在凤凰城手里。"

"他们的水权竟然不在自己手里？"凯斯笑了，"这是怎么办到的？"

"千万别低估吃公家饭的无能。"安裘说，"他们的一名水利局法务挖出了这些水权，一个叫杰米·桑德森的家伙。他原本想卖给加州，但一时起了贪念，决定也跟我们接触，所以胡里奥才会被扯进来，结果害自己丧了命。好笑的是，我认为替加州买下这些水权的宜必思员工也想自己赚。每个人只要碰到这些水权，就会觉得这是中饱私囊的大好机会。"

"这些水权有多优先？"

"根据我听到的说法吗？跟神一样优先，而且可能涵盖一大段科罗拉多河，甚至比加州的水权还早。"

凯斯笑了："你不会真的相信吧？"

"我已经不知道该相信谁了。每个拿到水权的人都像发现了圣杯一样，立刻开始寻访出价最高的买家。"

"你知道我拉了胡里奥多大一把吗？"

"你把他从地狱拉了出来，你对我们每个人都是。"

"所有人都在避险，"凯斯说，"就这么简单。鼠辈也需要救生圈。"

"那也得诱惑够大才行。这些水权可能值几百万美元。"

凯斯笑了："要是像你说的那么优先，可能值几十亿。"

安裘沉默了。

一座城市的存续值多少钱？一个州呢？一个人愿意付多少钱维持用水无虞？现在的凤凰城愿意付多少钱重拾往日？而其他城市又愿意付多少钱让自己不致沦落到凤凰城的境地？

"你知道这些水权现在在哪里吗？"凯斯问。

"我想文件记录应该在一台加密的计算机里，而计算机目前在我们手上。胡里奥当时正急着破解密码。"

"你没有留他活口真是太可惜了，"凯斯说，"我很想知道我们会受的损害有多严重。"

"我可以回去问他，但我想应该没用。"

"很高兴你还这么有幽默感。"

"我想我们不会有事的，因为计算机在我们手上。我们有人可以破解密码——"

"我们？"

安裘迟疑片刻才说："有一位记者跟我一起。"

凯斯啧了一声："事情真是越来越精彩了。"

"说来话长，她算是被扯进来的。她正好要采访那个凤凰城水利局的家伙，就是最先发现这些水权的人。现在要把她排除在外很困难了。"

"有那么难吗？"

安裘迟疑不答。

"你对她有感觉？"

"她很有用，好吗？"

"好吧，随便，我会找人去破解密码。你有我可以联络到的电话号码吗？"

"不行，"安裘打断凯斯，"我不想再接触自己人了。我们不知道胡里奥策反了多少眼线。我们在这里的人都可能被加州或凤凰城盯上了。跟我在一起的记者，她说她有认识的人可以破解计算机。我想他们应该没有选边站，我不用担心又被人拿枪指着。"

"记者哦。"凯斯的语气透露着轻蔑。

"她不一样……"安裘没有往下说。他不想多谈对露西的复杂情感，"她是那种需要特别留意的记者，很聪明，你懂吗？"

凯斯冷冷地说："我了解，理论上。"

电话那头的掌声盖过了她的声音。"我得走了，"她说，"要去镜头前讲话。"她顿了一下，"我要那些水权。"

"我说了，我正在想办法。"

"你和那名记者。她叫什么名字？"

"露西·门罗。你可以上网搜索她，她得过普利策奖。"

"非常好。"

他听得出凯斯语带怀疑。"我信任她。"他说。

凯斯又哼了一声："你认为我们要的数据就在计算机里？"

"我确定了会跟你联络。"

"别忘了。"

电话那头的声音更大了。又是一阵掌声响起，凯斯回到派对，电话就挂断了。

安裘将手机扔到地上猛踩，直到塑料壳碎了为止，接着弯身挖出芯片，再用鞋跟将芯片踩烂，电池也是一样。他拾起所有碎片，在拥挤得让人喘不过气的木屋小巷里穿梭，最后来到开阔的大马路。

他在路旁找到一辆厕所车，付钱进去之后先将直肠里的东西清到沼气四逸的分解槽里，再将手机碎片扔了进去。

他走下厕所车，目送它放着音乐驶离路旁，沿着天色渐暗的马路扬长而去，带走所有能追查到他的东西。

厕所车消失在转角后，安裘才觉得安全了。胡里奥在凤凰城待了十年，如庄家般运筹帷幄。也许他这几周才叛变，只为了干这一票，但安裘可不想冒险，将自己的小命赌在上头。

他回到棚屋小巷，边走边衡量眼前的局势。任何任务失败了，或发生不幸的意外，或有坏消息，他们都得回头反省，搞清楚是自己做错了，还是胡里奥在背后搞鬼。凯斯在凤凰城的网络已经完了，只能从头开始。

安裘在烟摊前停了下来。小贩架好摊位，太阳能板和电池发电的小冰箱里摆着可口可乐和莫德罗黑啤酒，看起来冰冰凉凉。小贩身旁坐着一名老人，头戴约翰迪尔棒球帽，拿着平板电脑在看新闻，旁边摆着一沓《血河报》和一小座死亡女神的神龛。

小报头版照片是露西的朋友提莫拍的。照片中一名得州人被钉在凤凰城南郊某个小区大门上，死前被扮成了死亡女神，身旁摆满小酒瓶和黑玫瑰，警告所有试图翻墙进入小区的人不要轻举妄动。

烟摊小贩发现安裘在看报纸，便说："狩猎季又到了。"

"说不定我也是得州人。"安裘说。

小报摊贩笑了："你看起来一点儿也不惨。"

安裘又买了一部手机，顺便瞄了瞄老人平板上播放的蓝台水坝新闻。镜头慢动作回放着坝壁崩塌和滚滚泥浆夹带着残骸流过峡谷的画面，接着是其他灾情：洪水冲垮了岸边一处城镇，汹涌的浪涛大得超乎想象。

老人找钱给他，里头有美金也有人民币。他在老家伙的死亡女神神龛前摆了一枚硬币。小小的祈愿蜡烛闪烁着，还有烟、酒和两个漆了颜色的骷髅头，外加一只死老鼠。

这倒是新鲜事。

一般人不会拿老鼠献给死亡女神。

安裘在装死老鼠的盘子里放了一枚硬币，希望改改运，但没有多大信心。

第 *32* 章

露西爬上梯子回到棚屋，发现门没有锁，屋里是暗的。

"哈喽？"

她将门推开一点，想偷看安裘的动静。屋里近乎全黑，只有窗帘的缝隙透进一丝楼下广场上红十字会帐篷传来的灯光，但不够亮。她瞪大眼睛，努力适应黑暗，接着就被一个强烈的感觉震慑住了：有人在里面，正在等她。等着抓住她，完成胡里奥剩下的工作。

她转身就跑，没想到背后有人咳嗽一声。露西一个回头，差点儿摔下梯子。

只见安裘站在高她两级的梯子上，躲在阴影里看着她。

"妈的！"她说，"别这样！"

"嘘。"他说完走了下来。

两人回到屋里，露西立刻捶了安裘手臂一拳说："你干吗要那样？"

安裘似乎不以为意。他打开小手电筒扫视漆黑的屋内，接着转开桌子上方的那盏小灯，房里顿时弥漫着刺眼的光线。露西眯眼望着灯光。

"你为什么要那样？"她又问。

"只是提高警觉。"

"为什么？"

"这里给我的感觉不是很好。"他走到窗边往外窥探。

"我还以为你是随遇而安型的。"

"不是那个问题，而是……"他耸耸肩，"我有种风雨欲来的感觉。"

"夏琳说现在局势很紧张。"

"可以感觉到。"

看来他是真有感觉，因为他一直走来走去，从窗边溜到门口往下窥伺拥挤不堪的小巷，接着又回到窗边盯着水泵。不过，他走到一半竟然蹲了下来，从窗边拿出两瓶啤酒，用其中一瓶的瓶盖打开另一瓶啤酒，然后将啤酒递给她。

"抱歉吓了你一跳。"他说。

虽然他说得不是很漂亮，但他的表情让露西觉得他是认真的。

他在桌旁坐下，身体缩了一下。露西想起自己也受了伤、留了疤。她觉得自己的身体像是被绞肉机绞过一样痛。

"我觉得自己好像被恶魔盯上了一样。"他说，"我已经很久没有这种感觉了，什么都不对劲。"

"上一回是什么时候？"

安裴皱起眉头，一脸愁困："很久很久以前了。"

"为凯斯办事的时候？"

"在那之前，还在墨西哥的时候。毒枭追杀我家人。"他耸耸肩说，"我父亲是警察，某人觉得他很碍事，但他根本不知道自己做了什么或惹到了谁。也许他们根本找错人了，跟真正的对象搞混了。"他喝了一口啤酒，"所以他们找上门来，杀了正要回家的我母亲和我姐姐，突袭她们。我在屋子里看到她们被枪杀，立刻从后门逃跑，翻墙的时候刺到了玻璃，躺在泥土上动弹不得。我在墙外听见他们大开杀戒。后来我溜回家，发现爸爸在家抱头痛哭。他一看到我就抓住我，说要带我到北方去。"

"那时你几岁？"

"10岁吧，我想，那时美墨边界还没有名存实亡，非法入境必须渡过格兰德河或横越沙漠。我爸他是执法人员……"安裘没往下说，"我记得爸爸在高速公路上飙车，但一直被减速带妨碍，快不起来。你去过墨西哥吗？那里的减速带很大，逼你就算经过鸟不生蛋的小镇也要放慢速度。我记得我爸爸一直骂脏话，一会儿妈的一会儿去死地骂粗口。他以前从来不说脏话，但那一路上都在骂。这才是最可怕的地方。骂人但不生气。他在害怕，屁滚尿流地怕……"他又停了下来。

露西意识到自己一直没有喝酒，啤酒在她手里都变温了。她很想喝一口，却又不想打断安裘。这是她头一回听他说这么多话。她发现自己在等待，默默坐着等他倾吐更多。

安裘说："他把我放在后备厢里带我穿越边界，跟海关说他要去受训。他开的是警车，就这样直接过关。我不晓得他付钱给了谁，又是怎么办到的。当然，既然要往北走，就要走得够远。我老爸知道非逃不可，却没料到他们会追上来。那些毒枭做事很彻底，感觉真的本领高强。"

"你确定你爸不是毒枭？"露西问安裘，"什么都没做的人应该不会惹来这么多麻烦。"

"他说他不是，但话说回来，谎言和真实……"安裘耸耸肩，身体又缩了一下。他揉揉肩膀说，"天晓得你能对10岁小孩说什么。"他笑着摇了摇啤酒，"那个加州男，他找了一个小妞儿。"

安裘突然转变话题，让露西反应不过来。"你是说那个宜必思的家伙？拉坦？"

"没错，拉坦那小子玩得很爽。"

"我听胡里奥说他们杀了她。"

"没有，"安裘摇头说，"他只看见一个女孩，其实还有另一个躲在床下。所以我才能找到你。十几岁的少女，卖身攒钱过活，结果遇到这种破事。"他做了个鬼脸，"我应该再多给她一些钱的。"他碰了碰肩膀，身体又是一缩，"没想到事情会变得这么棘手。"

"你感觉如何？"

"比胡里奥好。"

她冷冷一笑，想起安裘冲进房里掏出手枪的那一幕，还有她当时的感觉——

如释重负。

意外又如释重负。这个陌生的刀疤男竟然来救她，让她不再遭到毒打。

她起身走到安裘身旁。

"让我看一下。"

他先退了一步，随即乖乖让她撩起他的上衣，将绷带拆开。他的肩膀真是糟透了。露西环顾棚屋，发现了之前住户留下的空瓶子："我去打水，马上回来。"

她抓了一只空瓶就下楼朝水泵走去。她跟在队伍后面，本来想用信用卡，但最后还是用了现金。匿名比较好。她已经没纸钞了，但还有几枚人民币，够把水瓶装满了。而且她估计错误，水还装不完，只好让给排在她后面的人了。

回到棚屋，没想到安裘竟然待在原地等她，动也没动。

"这次怎么没躲到暗处偷袭我了？"

"我从窗户监视着你。"

果然。

"我们要省着点用，"她说，"我快没钱了。"

"你很小心。"他说，感觉很开心。

"学不乖就别想在凤凰城活这么久。"

但我才在水泵那边糟蹋了不少水。

她不知道自己为什么要瞒着他这件事。

我是想证明什么？

她倒了点水在他的衬衫上，擦拭他的伤口，但小灯照出的阴影让她看不清楚，于是她把手电筒从他手里抽走，检视伤处："我想子弹碎片都取出来了，你应该不会有事了——"

她说不出话，因为他那双深不可测的黝黑眼眸直直地望着她。她咽了咽口水，无法移开目光。

哦。

她感觉他的手指抓着她的无袖背心，将她拉向他。

"哦。"她又说了一次，脱口而出。

哦。

"搞什么？"

她让他将她拉近。他双臂搂住她，将她往怀里拉。他很有力。

那力道和他眼中的饥渴应该让她害怕，可是她却觉得有安全感。她让他将她搂入怀中，靠在他腿间。她小心挪动身子，免得触动他的伤口。

她双手托着安裴的脸，凝视他的渴望，然后吻了他。吻了他的伤疤、他的脸颊和双唇，目光始终望着他那漆黑的双眼。他紧紧搂住她，力道大得难以想象，她无法挣脱，但也不想挣脱。

我还根本不认识他。

但她却渴望他的手在她身上游走。

他将她一把抱起，举到空中。天哪，他好有力。

"别弄伤自己了。"她听见自己在亲吻的空当说，但安裴只是笑而不答。她只想占有他。两人一起倒在床垫上，双唇相接，爱抚对方。

她感觉他的手掌覆上她的乳房，滑过乳尖，试探地拉扯背心，往上拉。太好了。露西伸手撩起背心，感觉自己上身裸裎，还有胡里奥在她身上留下的淤青、鞭痕与刀伤。但她毫不在乎，不怕袒露在安裴面前，甚至觉得有些骄傲。

看我，看我承受了什么，又熬过了什么。

他们都伤痕累累，他们是同类。

她看到他吃力地想脱掉自己的上衣。

"我来。"她听见自己低声说道。

上衣脱掉了。他双手落到她的腰间，拉扯她的牛仔裤。她还在手忙脚乱解开他的皮带扣，安裴已经将牛仔裤拉到了她的臀部。她感觉他双手抓住她的屁股，将她拉近，接着两人又开始接吻。不停地吻，舔弄轻咬。

皮带扣解开了，皮带松脱了。她隐约察觉他的枪掉到了地上——他哪里来的枪？——但这念头只是一闪即逝，毫不重要。她拨弄他的拉链，将手伸进他的裤裆，想要感受他的坚硬。

天哪，她好想要他。他吓到了，但她克制不住。她湿了。他根本还没碰她，她就湿了。他的牛仔裤脱掉了，她的也是。还有她的内裤。

两人赤身裸体紧紧拥抱。她双手滑过他的身体、胸膛、精壮的肌肉、伤疤和年代久远的帮派刺青，接着再次触碰他的阴茎，抓着它，诧异于它的坚硬。他抓着她将她压在床垫上，亲吻她的脖子，双手在她身上游走，要她臣服于他。他亲吻、舔弄她受伤的乳房，轻咬她的喉头，吻她的下巴。她拱起身子贴向他，想感受他的肌肤。

安裘的枪在地上，离她伸长的手只有几英寸。她躺在床垫上，转头就能看见，看见枪被遗弃在刮痕累累的三夹板地板上。他用来射杀朋友的枪。是那家伙在她身上留下这些淤青，而安裘正吻着这些伤痕。他的唇让淤青发疼，却也带来了愉悦。鞭痕和淤青是她幸存的轨迹，证明她还活着，而安裘正用双唇、牙齿和舌头游走其上。

露西搂住他，让他的头贴上她受伤的胸前，沉浸于那份疼痛。她这辈子都在追寻死亡。即使她一直装得贪生怕死，但就算再怎么否认，她还是热切地投向了这股漩涡，现在更是完全卷入其中。她从来没有这么害怕过，也从来没有这么活生生地存在过。

他的舌尖向下滑到了她的小腹，露西双手抓着水刀子疤痕累累的结实背部，忍不住发出呻吟。

露西猛然拱起身子，双腿夹住安裘的头。他回应她。她听见自己喘息大叫，完全不管其他流民隔着薄墙会不会听到。

他抬起头，从她腿间滑回她身上，脸上露出微笑。露西搂紧他、吻他，渴望品尝他唇上的自己，将他黝黑的刀疤脸庞拉到眼前，感受他脸颊上的胡楂儿。

他坚硬地抵着她的大腿。她感觉到他的急切，心头一阵狂喜。安裘压了上来，露西张开双腿，抓住他的臀鼓励他，拱起身子迎合他，让他充满她。她停止呼吸——对，就是那里——下一秒他已经进入了她。

她又瞥见安裘的枪，看见它被扔在一旁，即使在做爱她也无法移开目光。她沉浸在被插入的愉悦中，如痴如醉，而看见那把扔在一边的死亡武器更让她感到一股狂野的生命力。

那一瞬间，她的生命似乎有了意义。露西一直在追寻这样的感觉，活在这一事和另一事崩裂的边缘，生与死的边界。她一直如此。安娜无法理解，她的家人也无法理解。但在她与安裘交合的此刻，这个她称为家的混乱城市突然有了意义。

露西听见得州小妞儿在街头吹哨揽客，红十字会水泵装满水瓶后砰砰作响，孩子在拥挤的棚屋里哭泣，还有尸体彩票赢家拿着电话大呼小叫，希望大赢一把。人，活生生的人，在她四周左右。挣扎、奋斗，面对这世界的惊涛骇浪努力活下去。

在这崩裂的一角，她活生生地存在着。

她抓着这个叫安裘的男人，心里明白这是自寻死路，但她还是拉着他，要他长驱直入。她喘息呻吟，想填满自己。她让自己贴着他，用他充满自己、淹没自己，但还是不够。

她抓着他的手，要他掐住她的喉咙。"掐我。"她低声说。

他手指收紧。"对，"她轻呼道，"就是这样。"他的手掐得更用力，她的声音开始沙哑。

她留了下来。

她来凤凰城目睹一座城市的衰亡，却为了活着而待了下来，试图在这地方遭受的磨难中挖掘意义。一个崩坏中的地方是什么模样？有什么意义？

没有。

完全没意义。

只是让我知道自己有多想活下来。

她在黑暗区做爱，周围都是面对崩坏的人，处在毁灭巨轮的利齿下。水刀子挺起身子压着她。露西摁着他疤痕累累的双手鼓励他、怂恿他，感受他有力的手指，要他更用力地掐着她。

那里。

这双强壮的手屠杀了无数生灵，此刻正掐着她、压制她，好更深地占有她。这人似乎知道她需要什么。

"再用力一点。"她低声说。

再用力一点。

铁一般的手指掐住了她的呼吸。露西感觉自己心脏狂跳。他就是死亡，犹如死神吞噬一切似的占有她。他再次挺入，露西拱身相迎，整个人被渴望所淹没。没有关系，她对自己说。她已经被死亡包围了，无路可逃。

"再用力一点。"

她需要这样，需要完全忘却自己，被抹灭和消除。她求之不得。她只想感觉自己活生生地存在着，感觉自己冒上一切风险依然不死。他抽插着，汗水滴在她受伤的乳尖、肋骨和小腹上，让她隐隐作痛。天哪，她要他。她想象他坚硬地贯穿她，双手掐着她的脖子，直到她脸色发白。

"再用力一点。"

她开始喘息，他手指的力道让她无法呼吸。她的性命在他手上，呼吸也是。他随时可以杀了她。

她消失了，不见了，不再呼吸得到空气。他耳中回荡着剧烈的心跳声。他的手指掐着她的喉咙，掐着她整个人。

夺走她的呼吸，然后夺走她。让他拿去吧。

这是信任。这是生命。

"再用力一点。"她低声道。

再用力一点。

第33章

　　玛丽亚的安全感只维持了一天——埃斯特凡和卡托开着黑色大皮卡呼啸而来，停在图米家门前，她的好日子就结束了。

　　她一见到那两个家伙，就立刻回到屋里将门锁上，但埃斯特凡似乎毫不在意。他和伙伴走到车子后头打开后挡板，伸手往里面一拉。

　　图米重重摔在马路上。

　　埃斯特凡和卡托将他拖到屋前。玛丽亚从装了铁窗的窗户往外看，图米的太阳穴鲜血直流，双唇被打裂了，一只眼睛肿得睁不开。那两个浑球用束带将图米的手反绑在背后，拖着他上门阶，把他扔在水泥地板上。

　　"嘿，玛丽亚，你在里面吧！"埃斯特凡吼道，"我的钱呢？"

　　玛丽亚屏住呼吸，努力不发出声音，假装他不知道她就躲在门后。

"少来了，小妞儿！快点开门，把钱吐出来！"

别出声。只要不出声，他们就会离开。

"我们知道你在里面！"门外传来一声重击和一声呻吟，"这个蠢货已经告诉我们你在里面了，让玉米饼先生省省心，你自己挪挪屁股走到我能看得见的地方！"

别出声。静如止水。一切都会结束。

埃斯特凡又吼道："你以为我们是白痴吗？不知道你前两天去卖身了吗？"

"你们没必要说这个，"玛丽亚听见图米说，"我们公事公办就好。"

"公事公办？你想公事公办？"埃斯特凡笑了，"好吧，我们就来公事公办。"

玛丽亚听见一声重击，接着是呻吟，然后又是一声重击。她稍微往前，盯着监视器屏幕看屋外的情形。

"最后机会了，小妞儿！"

埃斯特凡拿枪对着图米的膝盖扣了扳机。图米的膝盖应声爆裂，他痛得大叫。

"该死的！"埃斯特凡笑着说，"一定痛死了！"

他转头瞥见摄影机，便抬头望着它，对着镜头朝玛丽亚咧嘴微笑。他脸上还沾着图米的血，像雀斑一样。图米在他身后的水泥地上痛苦地扭动着。

"是他说要公事公办的。"埃斯特凡说，"你不立刻出来，我就对他的另一个膝盖也公事公办。看这个没有腿的家伙到时怎么推他的玉米饼车。"

"快跑！玛丽亚！"图米大喊，"快跑，快离开，不用管我！"

埃斯特凡搂了他脑门一拳，让他闭嘴，接着又对着镜头咧嘴笑着说："我只是来拿钱的，小姑娘。看你今天想付钱还是流血，但我还会再来。"

图米吐着血说："别付钱，玛丽亚！"

"你要是想让朋友活命，就立刻给我出来，不然我就一枪毙了他，然后还是一样去抓你。"

"好啦！"玛丽亚隔门大喊，"我有钱，别再伤害他了！"

"这才对嘛。"

"不要！"图米喊道，但玛丽亚已经跑到藏钱的地方，去拿刀疤男给她的那一点小钱了。虽然不够，可是……她将钱从信箱口递出去，埃斯特凡蹲下来拿了钱，开始数算。

"似乎有点少哦，小姑娘。"

"我只有这些了！"

"是吗？"埃斯特凡跪在图米身旁，将枪塞进图米嘴里说，"真有趣，因为某人刚才四处找蛇头问怎么离开这里，所以要么你们打算拿玉米饼当钱跑去北方，不然就麻烦大了。"

"我只有这些钱！"玛丽亚隔门大喊，"图米用的是他自己的钱，不是你的！"

"我不是这样算的，小姑娘，你应该清楚才对。你还欠我钱。你要是现在就出来付钱，我就保证让你朋友的脑浆留在脑袋里。"

"不要！"图米大喊，"不要出来！"

但玛丽亚脑海里全是她躲起来让莎拉横死床上的画面。她没抓着莎拉，结果莎拉死了。

她噙着泪，慌忙搬弄门闩。门开了，埃斯特凡咧嘴微笑，乐不可支。

"放开他，"玛丽亚说，"跟他无关。"

图米满脸是血，气喘如牛，嘴里含着枪，只能用鼻子呼吸，鼻孔不停冒出血泡。

不要，拜托，不要连他也死掉。

"我没有钱了，但我跟你走。"

她以为埃斯特凡会一枪毙了图米，没想到他竟然面露微笑，把枪从图米嘴里抽了出来，示意卡托上车。

玛丽亚蹲在图米身边。

"不要，"图米喃喃道，"不要跟他们去。"

"我不能——"玛丽亚眨着眼睛不让泪水流下，"我不能害你因我而死。"

"对不起，"图米说，"我以为我认识的那个蛇头很可靠，不会出卖我。"

"不是你的错。"玛丽亚擦擦眼睛。

"不要去，"他说，"不要……"

她惊惶地发现图米竟然还想反抗，即使这么做只有死路一条，他还是想站起来抓住埃斯特凡。玛丽亚冲上前紧紧抱住他，不让他做出傻事。

"这不是你的事。"她轻声对他说，随即站了起来。她上衣沾着图米的血，但她毫不在乎。

"你不可以伤害他。"她对埃斯特凡说，"你要我做什么都可以，要我赚多少钱我都会去赚，但你不准伤害他。"

"没问题，反正威特找的是你，才不在乎这个玉米饼男。"

玛丽亚对图米说："别担心，我把钱还给威特之后就回来。"

"没错，"埃斯特凡冷笑道，"她还完债就回来了。"

说完他就抓住玛丽亚的胳膊，拖着她往卡车走。

玛丽亚回头一望，发现图米已经支起身子坐着，双手依然抓着中枪的那条腿。

"你不准伤害他，"玛丽亚又说了一次，"你要向我保证。"

"你应该担心你自己才对，小姑娘。威特特别宽限你几天，你竟然糊弄他，不但迟交规费，还想逃之夭夭？"埃斯特凡将玛丽亚推上卡车说，"比起威特待会儿要对付你的手段，玉米饼男这样算是小儿科了。"

玛丽亚坐在两名男人中间朝命运驶去。她告诉自己千万不要面露恐惧，但当皮卡进入威特的地盘，在分区里蜿蜒前行时，她还是感觉越来越惊惶。

皮卡驶向大门，鬣狗一见到车子就盯着车看。它们的活动区域用围篱围着，里面有四五间房子，这会儿它们全都从门边或破窗里往外窥看，目光饥渴又嗜血，看卡托按了按喇叭，大门缓缓打开。

皮卡开进威特的巢穴，几名手下抬头张望，但大多数人只是坐在彩色的大洋伞下继续玩牌或骨牌游戏。

鬣狗挤在靠近人类活动区域的地方，鼻子贴着围篱往这里看。

埃斯特凡把玛丽亚抓下卡车，威特从屋子里走了出来。埃斯特凡把钱递上，威特数了数钞票，掂掂分量，随即抬头望着玛丽亚。

"你替我干活就赚了这么多？就这样？"

玛丽亚点点头，不敢说话。

"我是想帮你的，你知道。"

他没再开口，似乎在等她回答。两人之间的沉默持续着。鬣狗在装着倒钩刺网的铁链围篱后方徘徊着。

"我必须——"玛丽亚开口道。

"你必须逃跑，因为你不相信我会照顾你。"

玛丽亚闭上嘴巴。

威特的目光像刺一样射向她。"我本来是想让你赚够了钱到河对岸去的，你难道不了解吗，小姑娘？"他攥住她的下巴，"我是想帮你的，因为我喜欢你。"

他侧头皱眉道："我心想，这小姑娘真机灵。没错，就是她，就是这女孩，值得再给她一次机会。我要把她纳在我手下，给她机会赚钱。等她工作够了，口袋里就会有一笔小钱到北方去，而她会永远记得我帮了她多大的忙。"

"对不起。"

"我又问了死亡女神，"他朝摆满龙舌兰酒空瓶的神龛挥了挥手说，"她这回没说要饶你一命了。她也不喜欢食言而肥的人。"

围篱另一边的鬣狗低呜嘶叫，似乎从它们主人的话语中听到机会来了。

"莎拉死了，"玛丽亚想要解释，"我一时心慌——"

"我不管莎拉，"威特说，"我只在意你。死亡女神也在意你，而你没有照我们的要求做。"

"我现在可以工作了，"玛丽亚说，"可以把钱还给你。"

威特赏给她一个赞许的眼神，"我想钱的事情已经过去了。现在的问题是赎罪，而赎罪远远不止还钱而已。"他起身看着埃斯特凡和卡托说，"交给你们了，好好照顾她。"

埃斯特凡和卡托攥住她的双臂，把她拖向鬣狗的巢穴。玛丽亚奋力抵抗，但他们早就习惯阶下囚的困兽之斗了，轻轻松松将她抓得牢牢的。

他们拖着她在沙尘中走。鬣狗陷入了疯狂，其中一只兴奋尖叫，其他同伴也跟着鼓噪。它们用后脚站立，嘶叫迎接她的到来。更多鬣狗从废弃房舍的阴影处跑了过来，跳过打开的窗子冲向他们三人。

　　玛丽亚双脚跺地，疯狂尖叫。埃斯特凡和卡托哈哈大笑，将她抛向围篱。鬣狗们立刻扑了上来，玛丽亚及时躲开。她爬着后退，鬣狗不停撞向围篱，口鼻硬挤过铁链的缝隙，想要钻过来。

　　埃斯特凡和卡托围住她，将她推向围篱，越推越近："你喜欢鬣狗吗，小骚货？它们很喜欢你呢。"

　　玛丽亚无处可逃。所有鬣狗都聚在围篱边，至少12只。埃斯特凡和卡托逼着她靠得更近。利齿、口水、斑纹，还有饿到极点的亢奋与躁动。鬣狗将鼻子挤过铁链想要咬她，咆哮声震耳欲聋。埃斯特凡抓住玛丽亚的一只手腕，紧握不放。

　　"让它们尝尝吧。"

　　玛丽亚发现自己放声尖叫，拼命想要挣脱，却只能看着自己的手指离围篱和另一边的利齿越来越近。

　　她抵挡不了，她无法脱身。

　　她的手指碰到了围篱。她立刻握拳，但埃斯特凡使劲将她的手压在围篱上，而鬣狗就在围篱边撕咬着。

　　玛丽亚厉声哀号，鬣狗咬掉了她的手指。

第**34**章

等了提莫两天没消息后，露西开始担心了。

"我要出去。"露西说。

耀眼的晨光从窗外照进棚屋，烤得屋里像火炉一样，让她只想逃离这个昏暗可悲又燥热的地方，可是安裘反对。但躲在这里朝夕相处到第二天，她已经快疯了。

"我要出去。"她又说了一次，语气更坚决。

"你家很可能有人监视着。"安裘提醒她。

"桑尼是我的狗，我得对它负责，把它带来这里。"

安裘耸耸肩说："谁叫你之前不做？"

露西瞪了他一眼："要是我拜托夏琳去呢？"

安裘放下手上的廉价平板电脑，抬头说道："我不管你想做什么，但请找不知道你躲在哪里的人去做。"

"我们连是不是真的有人在找我们都不知道。"

他低头沉思，接着摇摇头。

"不会，有人在留意。"

"你怎么知道？"

他抬头用那双漆黑的眼眸望着她说："因为如果我是他们，一定会这么做。"

最后他们各退一步。露西拜托夏琳在街上随便叫一个男孩，请他到她家跑一趟，把桑尼带回自己家。

虽然她不想这样，但至少桑尼会有人照顾。

她很担心，在屋里来回踱步。

安裘似乎不在意空等，甚至一副怡然自得的模样，让她想到静定等待涅槃到来的佛陀，一切就绪，只需耐心等待，窝在棚屋里看电视，留意窗外有没有异状就好。

他在路边捡了一台中文平板电脑，付钱给水泵旁的小孩破解它的下载限制，所以这会儿他不是在看汉字、基本中文和礼仪教学视频，而是旧的《大无畏》剧集。虽然声音很小，画面闪闪烁烁，但他似乎已经心满意足了。

看他等得心平气和，感觉实在很气人。露西心想，是不是因为他坐过牢，或小时候在墨西哥的遭遇，又或是他生命中某个他不肯透露的阶段影响，他才会等得如此安然自在？她全然看不懂他。她发现自己一会儿好想要他，一会儿又因为他那么平静而觉得讨厌和愤怒。

此刻的他一脸满足。手里拿着破烂的平板电脑，安裘看上去年轻许多。当他因为剧情咧嘴微笑的时候，露西觉得他简直变了个人，不再浑身伤疤，而是变得纯真，变回他成为水刀子之前的那个男孩。

露西躺到床垫上，凑到他身边。天哪，又是《大无畏》。

"你还在看这个？"

"我喜欢前面几集，"他说，"那几集最棒了，一切都还不明朗。"

屏幕上，一群得州人正在祷告，准备过河前往内华达。他们求神让守在河对岸的民兵"沙漠之犬"良心发现，不再阻挡他们过河。

"哪有人这么蠢。"露西嘟囔道。

"你不会相信那些保守得州人有多蠢。"

纯真的男孩不见了，窝在她身旁的男人又变回水刀子，凯瑟琳·凯斯信赖的冷血杀手："你认识那些人？"

"谁？保守得州人吗？"

"你说呢？当然不是，是另一群人，沙漠之犬。"

他做了个鬼脸："他们不会那样自称。"

"你知道我的意思。你跟他们合作过，对吧？"

安裘按下暂停，转头看了她一眼："凯斯要我做什么我就照做，如此而已。"

"那些人心狠手辣。"

他皱眉沉思，接着摇头说："不，他们只是害怕。"

"他们会剥人的头皮。"露西提醒他。

安裘耸耸肩："他们有时会太过头，但不是他们的错。"说完又开始看剧集。

露西忍不住提高音量，"不是他们的错？我去过州界，见过他们的所作所为。"她伸手挡住屏幕，想叫安裘听她说话，"我看过他们剥下的头皮。"

安裘暂停影集，转头看着她。

"你听过那个心理实验吗？就是实验者要被试分别扮演囚徒和

狱卒，结果分到囚徒的人就真的变成囚徒，狱卒就真的变成狱卒，你知道吗？"

"当然，斯坦福监狱实验。"

安裘又点开《大无畏》，沙漠之犬正开始屠杀得州人。安裘指着屏幕。

"这也一样。你叫人做事，结果就会这样。这就是人。"他耸耸肩说，"是事情改变人，不是人改变事情。你叫他们待在州界，要他们别让难民过来，他们就会变成边境巡警。你把这些人放到河对岸，他们就会大声求饶，就会像得州人一样害自己头皮被剥、遭受践踏。做什么不是他们的选择，而是他们的宿命。有些人生在内华达，所以成了沙漠之犬；其他人生在得州，所以学会了摇尾乞怜。那些保守得州人，他们祷告，然后过河，像羊群一样，而沙漠之犬则是将得州人当成猎物生吞活剥。就算两群人交换位置，结果还是不变。"

"你也是吗？"

"所有人都一样。"他说，"你生在好人家就会是某种样子，生在西班牙语区就会变黑道、进监狱，整天想着怎么骗人。你加入国民兵，就会变军人。"

"要是凯瑟琳·凯斯雇用你呢？"

"你该砍谁就砍谁。"

"所以你不认为人天生就能自主行动喽？你不认为人能超越他所成长的环境？"

"妈的，我哪知道，"他笑着说，"我没那么有学问。"

"少来。"

"少来什么？"

"装傻。"

安裘抿起双唇，似乎生气了，想要跟她吵架。露西还真希望他发飙，对她怒言相向，但紧绷感一下就消失了。安裘又恢复了平静。

"好吧。"他耸耸肩，"人也许有选择，但通常被人一推就会照着去做了。只要轻轻一推，他们就会蜂拥狂奔。"他朝屏幕点了点头，继续播剧集，"一旦现实开始崩坏呢？对啦，人一开始还会合作，但情况再糟下去就免谈了。我读过一篇文章，非洲有个国家——刚果还是乌干达之类的，我读到一半就想，那里的人怎么会相残到这种地步，但我后来读到那里的军人，他们……"

他瞄了露西一眼，然后把头转开。

"他们在某个村庄做了一堆烂事，"他耸耸肩，"而我认识的那些民兵对过河进入内华达的得州人做的就是那些事；毒枭拿下奇瓦瓦州时，做的也是一模一样的事。"

他接着说："每次都一样。强暴女人，把老二剁下来塞进男人嘴里，把尸体用强酸腐蚀或用汽油和轮胎点火烧掉。总是那些烂事，每次都是。"

露西听得一阵反胃，因为他那套人性本恶的世界观，更糟的是她完全无法反驳，因为人确实如此。

"感觉就像写在人的DNA里，"她喃喃道，"把人变成怪物。"

"没错，我们都是怪物。"安裘说，"人会不会变成怪物全靠机遇，然而一旦变坏，就得花很长时间才能改变。"

"你觉得我们还有另一面？"

"你是说人是恶魔，但也是天使吗？"他拍拍胸脯，指着自己说道。

她忍不住笑了："你可能不是好例子。"

"我想也是。"

屏幕上，陶欧克斯正在劝一些得州人不要相信答应带他们偷渡的土狼，但没有人听进去。

安裴吐一口气，朝屏幕点点头说："我想我们都希望自己是好人，能跟他一样好的感觉很棒。"

露西看了剧集一眼，然后又看着安裴，再度惊诧于他那令人不安的天真。

他前一秒钟还那么冷酷，宛如杀戮和无情雕琢出来的恶徒，但当他看着屏幕上的雷利克·琼斯设陷阱给蛇头集团跳时，看起来又是那么纯真。

沉迷。

坦诚。

"他真的打算交给蛇头集团。"安裴说。露西觉得他看起来就像一个瞪大眼睛、对他心目中的英雄妙计叹为观止的孩子。

露西忍不住笑道："你真的很喜欢这部剧？"

"是啊，很好看，怎么了？"

"这是宣传片，一半以上的资金都来自联合国难民署。"

安裴一脸惊讶："真的吗？"

"你不知道？"露西不可置信地摇摇头说，"他们希望美国北部的人们能更同情得州难民一点。我采访过剧集制作人，一半以上的经费都是难民署出的。你真的不知道？"

安裴望着屏幕，表情很受伤。"我还是很喜欢这部剧，"他说，"它还是拍得很好。"

他一脸难过，露西看得都同情了，只好忍住笑意。

"是啊，拍得很好。"她窝到他身旁，脑袋枕着他的肩膀说，"你还有哪一集？"

一小时后，提莫来电话了。

"你要的弄好了，我们希尔顿的酒吧见。"

"真的吗？"露西问，"你破解密码了？"

"没错，我破解了，"他欲言又止，"但你不会喜欢我发现的东西的。"

"什么意思？"

"一小时内来见我。还有，拜托别告诉任何人。"

露西开着夏琳替她准备的破车，担心紧张了一整路，还要忍受路人见到得州车牌投来的厌恶目光。

希尔顿酒店酒吧里灯光昏暗，沙漠艳阳透过隔热玻璃，在酒吧里留下安静的橙黄氛围。

提莫已经在窗边包厢里等她了。他拿着拉坦的电脑，心不在焉地望着窗外透进来的阳光。酒吧里仿佛被永恒的夕阳照耀着。

提莫见到她了，但没有表情，只是一直抿着嘴唇。

"怎么了？"她一边滑进座位，一边问道，"你发现了什么？"

"我们已经认识很久了，对吧？"

"当然啦，提莫。怎么回事？"

他拍拍拉坦的笔记本电脑："这里面的东西很恐怖。"

她一脸困惑望着他："什么意思？"

"你叫我帮你看看里面有什么，我起初以为是……"他压低声音，"你没跟我说我们要对付的是加州。"

“有什么关系吗？”

“你知道吗？是没什么——只不过今天早上有两个男人来找我，还亮了宜必思探勘公司的名片。两个好人，你知道，只是想知道我是不是想在凤凰城久住。完全是最好听话不然走着瞧的那一套，你知道吗？”

“宜必思？”露西脊骨发凉，“宜必思的人来找你？”

“早知道你在搞水权的事，我就会找别人了。我还以为跟毒品有关。”

“宜必思的人知道电脑在你手上？”

提莫露出痛苦的神情说：“老实讲，他们知道电脑在你手上了。”他把电脑推到她面前，然后站了起来。

“不会吧？”露西厉声道。

“他们威胁我，露西，威胁我和安帕萝，我还能怎么办？”他顿了一下，“他们只是想跟你谈谈。”说完他就匆匆离开了，留下露西一人在包厢里。

这是圈套。

一道身影闪进包厢，动作完美迅速，舒舒服服坐到提莫的位子上，拉了拉领带，解开西装外套的扣子。

他一坐下，露西就认出他来了。这家伙就是几年前跟她接触过的那名老板，宜必思高层，那个很久以前跟她说“你写了不少报道批评加州”的人。

她想起他将小报推到她面前，还有那沓人民币，让她知道想待在凤凰城就得遵守什么游戏规则。

那人坐进包厢，脸上露出微笑。他看起来似乎一点也没变老。露西试着回想他的名字。

"柯塔，"她说，"你是戴维·柯塔。"

"佩服佩服。"柯塔笑着说，"我们一直觉得你擅长做你的工作，很有认识正确的人，并且牢记在心，不用机器帮忙的本事。这表示你脑袋很清楚。所以有时很难知道你到底在打什么主意，因为你有非常多的事情都锁在脑子里。"他轻敲眼镜，数据立刻出现在镜片上，犹如一扇泥泞的心灵之窗，"大多数人都需要机器帮助才能记住一些事情。"

隔着镜片，柯塔的眼睛很诡异，水汪汪的，简直像是液体。浅蓝色水汪汪的眼睛，边缘泛红，中央一点黑，不自然到了极点。露西不禁好奇他的眼睛是不是动过刀。柯塔似乎察觉到她在看什么。

"我会过敏，"他解释道，"因为这里的沙尘——"他耸耸肩，"虽然泰阳特区有滤净系统，但还是没有用。所有人都偷工减料，这种工程质量在加州绝对别想过关。没有人愿意长期投资，连中国人也是，至少这地方是这样，毕竟都注定要完蛋了。"

"我不收钱，"露西低声道，"我不要你的钱。"

"没问题，"柯塔说，"我已经付过钱给你了。"

"你要我别再报道某件事吗？"她指了指电脑，"是吗？你要我别写水权的事？还有皮马族？你不能不管吗？"

柯塔微笑道："这回我们在意的不是你的报道。"两人都望着眼前的笔记本电脑沉思，"而是这台笔记本电脑。"

"电脑是你的了，拿去吧。"

"里面什么都没有。"

露西很吃惊："没有？"

"呃，这是我们公司的电脑，"他说，"我想我应该很清楚里面有什么。"

"但水权就在这台计算机里。"

柯塔弯起一根手指。"别耍我们，"他瞪着她说，"那些水权在哪里？我们已经付了钱，现在就要看到水权。拉坦花钱买了什么，却跟我们说他被骗了，但我们现在知道他没有，水权确实到过他手上。现在到底在哪里？"

"我——"露西望着计算机吞了吞口水，"我以为在计算机里。"她又咽了咽口水，"我们都是。"

柯塔神情扭曲，凑到她面前厉声说："这件事让我们牺牲了不少人，很好的人，你很难期望我会相信水权不在你手上。"

"真的没有！"

"所以……水权难道人间蒸发了吗？啪的一声不见踪影了？"他眨了眨边缘泛红的眼睛，"我是在给你机会，露西，我希望你认真一点。你也不希望提莫替你拍遗照吧？一个人死在游泳池里，你应该不希望自己是那样的结局，对吧？"

"你这个禽兽。"

柯塔故作惊讶："你以为我喜欢这么做？我只是想拿回杰米·桑德森卖给我们的东西而已。"

"跟你说了不在我这里。"

"那个水刀子呢？安裘·维拉斯克兹。水权在他手上吗？他随身带着是吗？水权被他想办法弄到手了。"

"要是被他拿到，他早就回拉斯韦加斯了。"

"或许他也想玩同一套把戏，就跟桑德森对凤凰城和拉坦对我们玩的一样。我们发现一个不太好的现象——只要水权落到某人手上，那人就会想要自己兜售，中饱私囊。"

"我说了水权不在我手上。"

柯塔开口想说什么，但没有继续，而是摸了摸领带，把它拉直，一边用手将领带从喉头抚平到胸前，一边低头沉思。

露西觉察到他正在接收指令，通过智能眼镜接收信息。包厢里其实有许多人，都在听他们谈话。

"嗯，"他说，"好吧，也许你没说谎。"

但他还是盯着她。露西突然陷入恐慌，*我应该起身就走*。他打算说点什么，她知道一定会很可怕。

我应该快点离开，立刻逃跑。

她却动也不动，克制不了心里的记者冲动，只想知道更多。

你要什么？你到底是谁？

她已经陷得太深了。打从杰米透露他的计划开始，她就被迷住了。无论她再怎么告诉自己随时可以离开——甚至逃跑——她都非知道不可。

"你要什么？"她还是问了。

柯塔碰了碰智能眼镜。露西很好奇他看到了什么，还有背后操纵着戴维·柯塔这种怪物的人又是谁。

柯塔说："假设跟我共事的某些人非常了解你，对你去过和待过哪里、跟谁往来了如指掌；假设他们掌握了你的一切，就像替你看家、喂狗，察觉异状会警告你的邻居。"

桑尼。

"这又是威胁吗？"

他用力摇头否认："假设这位邻居是好人，只是特别关照你。"

他又停了一下。

"跟你在一起的那个水刀子，"柯塔说，"你的好邻居觉得你最好在某个时间点把他带到某个地方——"

"没门儿。"

柯塔继续往下说，好像露西没开口似的："黑暗区边缘有一个加油站，角落里有得州人的帐篷，你去了就知道。一群复活教徒，除了得州人，还有改宗的凤凰城本地人，通通在那里唱歌、跺脚，找寻神的爱。"

"没门儿。"

柯塔不为所动："我们希望你明天下午能带他去那里，2点15分吧。"

露西知道自己待太久了，该逃了。现在就走，起身快跑，通知安裘然后跟他一起逃跑，但柯塔水汪汪的蓝色眼眸定住了她。他无动于衷地继续往下说："我有点担心你没有理解我的意思。"

"你威胁不了我。我才不管你要我做什么，我不会再怕你了，再也不会了。"

"威胁你？"柯塔一脸和善，"我当然不是在威胁你。我们和绑架你的那头禽兽不一样，绝对不会伤害你。"他躬身向前，"我们喜欢你用手指在键盘上嗒嗒嗒地打出报道，不会打断它们的。"

他伸手从口袋里捞出几张照片摆在桌上。

"不过，这位是你姐姐，对吧？"

露西倒抽一口气。是安娜，在温哥华。照片里是安娜到托儿所接安特，将他放到蓝色特斯拉小车里的儿童座椅上的情形。天空乌云密布，两人后方是浓密的绿树。

另一张照片是斯黛西转头看妈妈给弟弟系上安全带，距离近得好像摄影师就站在安娜身旁，连她头发上沾着雨滴都看得见，如同水钻一样。

露西盯着照片，只觉得胃里一阵翻搅。

她一直在自欺欺人，假装自己能游走在难民、泳客、商人和毒枭之间，不会惹得满身腥，好像只要她不正视这头巨兽，巨兽就不会注意她。

但她一直在骗自己。从某个女孩死在游泳池底到一名警察在自家车道上被人开枪打死，到一位朋友死在希尔顿酒店前，到安娜笑望自己的子女。

照片里的安娜看起来是那么温柔、安全又快乐，以为漩涡远在天边，却不知道脚下暗潮汹涌，当露西被拖了下去，她和她的孩子也会被卷入其中。

露西一直活在这个幻觉之下，以为自己可以置身事外。

然而，从开始具名撰写报道，她就已经卷入了漩涡里，只能和别人一样疯狂泅泳免得灭顶，免得堕入无底洞中。她只是很迟才明白这一点。

露西咽了咽口水："你们打算杀了安裘，对吧？所以才要我带他过去。"

"你误会我们了。"柯塔笑着说，"我们只是想见见他，因为他过去一直来无影去无踪的，如此而已。你只要把水刀子带来——"他耸耸肩，"就可以回去继续写你的报道了，我们会忘了跟你的这次谈话，就这么简单，小事一件，真的。"

露西回到棚屋，发现安裘懒洋洋地躺在床垫上。

"怎么样？"他仰头看着她。

露西喉咙打结，不知从何说起，只能怔怔望着他满是弹孔和刀疤的身体。她想起宜必思高层的话：他过去一直来无影去无踪。他身上一个伤疤覆着另一个伤疤，现在又加上肩膀的子弹碎片，那是为了救她而留下的伤。

"怎么样？"

露西发现她看得见他的肋骨。他身材精瘦，只有骨骼和肌肉。这个人正注视着她。

"你发现什么了吗？"他又问道。

"嗯，当然。"

露西走到水瓶前，用之前房客留下的脏杯子倒了水。这些都是他们觉得无法带到北方的物品。她仰头牛饮，却依然消不去嘴里的干渴。于是她又倒了一杯，虽然觉得想吐，但不知道还能做什么。

最后，她终于说："我们查到一个地址。"

"哦？"

她没想到自己竟然这么淡定。她应该表现出说谎的样子才对。他那么厉害，一定看得出她在撒谎。但她声音里丝毫没有半点紧张，完全没有。

这就是恐惧的力量，她心想，让人成为撒谎高手。

"拉坦会把工作数据收在一个地方，那里有点像加州人的藏身处。水权文件似乎放在那里。"

安裘已经起身，开始穿防弹夹克了。

她看着安裘穿衣："你穿防弹外套不会热吗？"

他朝她咧嘴微笑，神情再度显得年轻："开什么玩笑？穿上这个，女士们都觉得我是浪子帅哥呢！"

露西强颜欢笑，但安裘似乎觉得她在引诱他，便上前将她揽入怀中。当安裘开始吻她，露西脑中突然闪过一个可怕的念头。

他知道，他一定知道。

她拼命忍住一把推开他的冲动，生怕安裘察觉她的背叛。他又吻了她，吻得更加用力和饥渴。她突然发现自己窝在安裘的怀中回吻他，吻得用力而急切。她品尝他的舌尖，双手滑过他平坦的小腹伸向皮带，开始松脱扣环。她突然变得狂躁，抑止不了强烈的欲望。

所有人都会死。不管怎么做，我们最后都会死。

没什么好怕，也没什么值得后悔。

安裘和露西身体交缠，饥渴地索求对方，渴望再活久一点点。

无所谓，一切都无所谓，反正结果都一样。

第35章

　　玛丽亚抓着受伤的手，像胎儿一样缩着身子倒在牢笼里。血已经凝结了，只剩下无名指被咬掉的部位还一阵阵刺痛着。她担心伤口会感染，但想一想又觉得无所谓，反正她也活不长了。烈日灼灼，强风不停扫过威特的巢穴，沙子鞭打着她的皮肤，让她的处境雪上加霜。

　　她的牢笼就在鬣狗窝旁，鬣狗一边吐着舌头盯着她，一边回味刚刚尝到的美妙滋味。无论她移动到哪里，它们都紧跟在后，伸长口鼻抵着围篱不停试探，仿佛希望她的牢笼不堪一击。

　　它们毫不放弃。

　　玛丽亚觉得不如脱水死掉算了，让身体被阳光榨干，变成干巴巴的木乃伊，这样至少不会称了威特、埃斯特凡和卡托的意，不用被鬣狗追着尖叫，成为他们取乐的道具。她想过上吊或割腕的方法，但手边没有工具。

　　"喏，你该喝水了。"

达米恩站在牢笼旁，手里拿着一罐水和一盘食物。这是他头一回出现，之前都是其他人。

"我不要。"

达米恩叹了口气，蹲下来开始将食物塞进牢笼里。

"我不要！"她朝他大吼。

威特的手下纷纷转头看她。埃斯特凡起身朝这里走来，脸上带着狞笑。

达米恩瞪了她一眼："看你做了什么好事。"

玛丽亚笑了："你以为我现在会怕他了吗？他还能怎么样？抓我去喂鬣狗吗？"

"威特只说要让你活着，"埃斯特凡说，"只要你没流血至死，我爱怎么处置你都行。"

"别碰她，"达米恩说，"你做的还不够吗？"

"我不喜欢她看我的样子。"

"别管她。"

"少指挥我，蠢蛋，不然我就把你扔进去和她做伴。"

达米恩退缩了。

埃斯特凡抓起米饭和豆子塞进牢笼里说："快点，小骚货，吃饱一点，否则哪有力气跑？"他朝那一窝鬣狗挥了挥手，"你知道游戏规则吧？我们让你从狗窝的这一边起跑，只要能在鬣狗追到你之前跑到对面，威特就会放了你。只要你跑得够快，运气又好，你就有机会了。但你得先养足力气才行。"

玛丽亚瞪了他一眼，想象他被鬣狗追的样子。

"快啊，小宝贝，饭菜都帮你送来了，怎么不大快朵颐一番，像小母狗一样狼吞虎咽？"

玛丽亚想象他的脖子喷出鲜血。

埃斯特凡臭脸一垮，转头走开了。

达米恩又拿了一罐水来："拜托你，赶快喝了吧。"

"你干吗在意？"

达米恩竟然面露愧色："我——我不知道会变成这样。"

"你们还要多久才会拿我去喂……鬣狗？"

"威特下次心血来潮的时候。"他回头瞄了埃斯特凡一眼。那家伙已经走到遮阳篷下去看威特的手下玩牌了，"他喜欢杀鸡儆猴，让其他人看到你的下场。"

达米恩将水罐从缝隙塞进牢笼说："可能不会太久，所以你最好吃一点东西。"

玛丽亚很想回绝他，但心底还不想这么早丧命，而且她实在饿极了、渴极了，于是便用没受伤的手开始狂吃痛饮，像饿狼一样，完全臣服于食物的诱惑。

埃斯特凡走了回来，看着她说："为什么他拿食物你就吃，我拿食物你就不吃？你还在为手指的事情生气吗？"

玛丽亚停下嘴巴的动作，狠狠瞪他一眼。

她恨不得他早点去死，惨叫而亡，掐住他的脖子让他付出代价。她很想找到方法把他骗进牢笼里，任何办法都好。

"滚开吧，埃斯特凡，"达米恩说，"你已经玩够了。"

"你错了，我才刚要开始玩呢。"埃斯特凡说，他似乎想再做些什么，但被卡托叫住了。

"埃斯特凡！我们要迟到了！"

"晚点见啦，小姑娘，等我回来再聊。"

说完他便优哉游哉地跟着卡托走向那辆黑色卡车，上车驶离威特的巢穴，留下滚滚风沙。

达米恩又蹲在她身旁。鬣狗离她只有几英尺，瞪着黄色眼睛垂涎地望着她，目光饥渴而执迷，眨也不眨。玛丽亚心想埃斯特凡是不是没有说谎，他们真的会给她逃跑的机会，她是不是有那么一丁点儿可能……

"你他妈的在想什么？"达米恩问。

玛丽亚嫌恶地看他一眼："我在想我他妈的一定要离开这里。"

"我还以为你很机灵呢。"

"去你的，达米恩。"

"嘿，对不起，但我真的没想到你会被抓来这里。我以为你会高明一点。你那个朋友莎拉——她就很识相，你应该多跟她在一起。"

"她死了。"玛丽亚说。

达米恩一脸惊讶。

"什么？"她反唇相讥，"你不知道？她乖乖照你们的话做了。我们照你们的话去赚钱，结果她死了。我们照着你们的吩咐做，我和她都是，结果她却挂了。"她瞪着他，"是你们造成的，所以不用说，我当然决定逃跑。"

达米恩咬着下唇，晒得黝黑的脸看起来好丑。玛丽亚抹去眼角的汗水，阳光照得她一头黑发又热又沉。她快被烤干了。120华氏度的酷热，而她被扔在艳阳下等着被烤熟。达米恩一脸歉疚。

"帮帮我。"玛丽亚低声道。

"什么意思？"

"放我出去。"

达米恩迟疑地笑了。

"他们把钥匙放在那里，"玛丽亚怂恿他，"我看到了。今天晚上，你可以把我放走，没有人会知道。是你害我沦落到这里，你欠我这一次。"

达米恩朝她指的地方看了一眼。威特的枪手都在玩牌，什么也不管，只顾着畅饮龙舌兰酒，为了谁赢谁输哈哈大笑。

他看着他们，玛丽亚几乎可以感觉到他快动摇了。

"你跟我一样不喜欢他们。"她说。

没错，她看得很清楚。他是最小的手下，虽然细瘦、强悍，但不是他们的一分子，只是替威特跑腿的小鬼。"我们可以一起离开，一起逃往北方。"

两人的联结消失了。

"不行，"达米恩摇头说，"那样只会害我跟你关在一起，被鬣狗追。"

"他们不会发现的，只要你今晚动手。"

但她心里明白，她和他的联结没有了。她只是在做最后挣扎，她对他仅存的一点影响力已经消逝无踪了。"这是你欠我的，"她说，"是你害我变成这样的。"

达米恩不敢直视她的眼睛。"你要的话，我可以拿泡泡给你，"他说，"让你爽一爽，嗨一下。只要吸得够多，就算他们让你……"他没有把话说完，只是瞥了鬣狗一眼。

"让我被鬣狗碎尸万段？"玛丽亚厉声道，"这就是你想说的？你想先让我嗨，然后被鬣狗活活吃掉？你觉得这样对我比较好？"

达米恩一脸尴尬："你到底要不要泡泡？"

玛丽亚只是瞪着他。

"对不起。"他喃喃自语，转身打算离开。

"达米恩？"

他回过头来："什么事？"

"去你的。"

第**36**章

　　露西将车驶进破旧的加油站兼便利商店，安裘问："我们为什么要在这里停车？"

　　"我想买烟。"她喃喃道。

　　"我不知道你抽烟。"

　　"要是能再多活两个星期，我就戒烟。再戒一次。"

　　安裘也下了车。露西回头看他，一脸困惑地问："你在做什么？"

　　"我想买糖。"

　　"不会吧？"

　　"是啊，我肚子饿了。"

　　安裘在糖果架前走来走去，露西则在柜台向店员买烟，慢慢地左挑右选。没有小熊软糖。安裘拿了一包欢乐水果糖回到柜台，而露西总算挑了一包密斯特电子烟，顺便买了一条万宝路泡泡糖。

　　安裘将糖果放在柜台上。"我还以为你很老派，会买卷烟呢。"他说。露西伸手去拿皮夹，但他抢先一步："我来付。"露西点点头但没说话，反而盯着窗外的车子看，仿佛觉得车会被偷走一样。

安裘刷了现金卡，但机器哔了一声没有过。"怎么搞的？"说完他又刷了一次。

"先生，您还有别的卡吗？"

安裘看着店员，心想：我有50张卡，笨蛋。但这张卡刷不过，让他觉得很不对劲。

他又刷了一次，但机器还是没过。

"别担心，"露西说，"你可以去看着车子吗？我把钥匙留在车上了。"说完她掏出一沓现金，"糖我帮你付。"

安裘抓了糖走回车上，心里不停思索他的现金卡为何突然不能用了。那张卡里应该还有几万美元才对。

他努力回想，试着想起自己上一次用卡是什么时候。两天前？肯定在他造访泰阳特区之前，这一点绝不会错。是在希尔顿吃晚饭，还是跟胡里奥喝酒的时候？

回到车上，安裘吞了一颗水果糖，漫不经心含着它。隔着阳光和便利店窗户的刺眼反光，他只能隐约看见露西还在柜台。他喜欢她。他喜欢她的姿态，还有她自我克制的模样。

马路对面是一间残破废弃的超市，保守得州人在停车场上架了一大顶老旧的祈祷帐篷。他们拿着英文和西班牙文标语，宣称只要到帐篷里做礼拜和见证，就可以拿到瓶装水。沙漠热风呼啸而过，他们努力抓着标语不被吹走。

停车场边缘站着一名男子，正对着滤水袋撒尿。撒完之后，他将滤水袋举到嘴边开始挤水来喝，仿佛成了世上最快乐的男人。大伙儿一开始都对滤水袋很反感，但现在就连最吹毛求疵的人也甘之如饴。

安裘在脑海中检视自己的假身份。万一马特欧·玻里瓦不管用了，他就得换用其他证件。除此之外，他还要跟南内华达水资源管理局联络，找出问题。胡里奥不可能知道他的所有化名，因此没必要销毁所有身份证明文件和现金卡。应该是水资源管理局出了一点小差错。

他妈的公务员。

虽然隔着马路，安裘还是听得见帐篷里的声音，听见得州人大声向神认罪，献上他们的感谢。欢呼和掌声时起时落。

帐篷里走出两个人，手里抓着许愿项链，显然刚刚还跪着祷告，仿佛在宣告沾满鲜血的背部还不足以证明自己被洁净了似的。

有些人再怎么做都无法洗清自己的罪，可能只有鞭打至死才会心满意足。

死。

为什么他的现金卡会死掉？有地方不大对。那张卡应该可以用才对，他的假身份从来没有出错过。

露西还在便利商店里。她转头望着窗外，望着他……

"哦，妈的。"

安裘回头就看见一辆黑色大皮卡冲了过来，汽油引擎轰隆作响。另一辆皮卡则开到了他的车后方。"该死——"

子弹疯狂扫射，震碎了车窗，如铁锤般一拳拳打在他身上，撞得他被安全带猛地扯住，身体一阵剧痛。子弹继续射来。

安裘一边拉起防弹外套试着遮住头部，一边伸手去抓排挡杆。他将排挡杆打到D挡，随即缩到座位底下，用手狠狠按下油门。

车子发出嘶吼。安裘两手是血，染满了油门和刹车。更多子弹朝他袭来，一锤锤打在他身上。车窗迸裂四溅，有如雨点洒落。车子狠狠撞到东西停了下来，安全气囊瞬间膨胀，打到他脸上，吓了他一跳。

我把血弄到安全气囊上了，安裘愣愣地想，随即伸手摸到门把，打开车门、推开安全气囊、解开安全带，从车里摔了出来。他知道这么做毫无意义，他们一定会围过来解决他，但他就是不想放弃。他一个翻身想要看清楚攻击者是谁，但痛得头晕眼花。车子刚才那么一撞，整个转了个圈，他根本搞不清方向。安裘眯着眼对着刺眼的阳光。

人都跑到哪里去了？

他伸手拔枪，但没抓到。他低头看着抓空了的手掌，只见满手是血。难怪他抓不住枪，他的手太滑了。

他再次伸手拔枪，同时想起多年前那名杀手拿枪指着目标的模样，感觉就像昨天发生的一样。他想起杀手站在被害人身旁，朝他身上灌满子弹，还有那人的身体被子弹打得一弹一跳的景象。

安裘终于捞到了枪。他试着举起手臂，想要瞄准好随时开枪。阳光直直射进他的双眼。他们要来了。他知道他们要来了，就像当年那名杀手一样，站在死者面前赏他脑袋最后一颗子弹。他们会找到他，确定他毙命。

安裘气喘如牛，但还是竖耳谛听他们的脚步声。他想起那名杀手拿枪指着当年的自己，如同上帝之指指着他，决定他是生是死。那名杀手笑着做出开枪的动作，像神一样。

子弹扫向车的另一边，看来枪支不少。安裘靠着车轮，试着推断他们会从哪一边出现。妈的，痛死了。他双手握着西格手枪，努力放慢呼吸。每吸一口气都痛得要命。

来啊！来报仇啊，浑蛋！看你们有没有本事在我的血流干之前逮到我。

他可不想在他们找到他之前断气，这样就没法回敬他们子弹了。

但也许最后结局就是这样。人无法选择自己的死法，只能听天由命，永远是别人替你决定。

水泵旁有人尖叫。某个可怜虫被流弹击中了。更多枪响、子弹呼啸声，还有随之而来的玻璃碎裂声。

安裘双手颤抖，怎么也止不住。他就快一命呜呼了。其实这也算一种解脱。打从那名杀手拿枪抵着安裘的脸，他就知道自己被挑中了。死神一个一个除掉了他的家人，现在终于轮到他了——来了——就在那儿。

死神的影子出现了。只见一名男子拿枪出现在他面前，脸上全是刺青。安裘扣下扳机。

影子往后翻倒，阳光再次笼罩安裘。

安裘翻过身，呻吟着，心想别的杀手会从另一边过来。但另一头虽然传出更多枪响，却都离他很远。

他勉强起身靠着轮胎，痛得嘶嘶吸气。他抬头望着犹如白炽灯泡的烈日吃力喘气，满身大汗。

他应该被杀死了才对。

所以快点给我滚吧，浑蛋。

他翻身趴在地上，开始匍匐前进，爬过灼热的碎玻璃和水泥地面。

他感觉五脏六腑都流了出来，肋骨也裂了碎了，有刀子扎着他的胸口。

他勉强爬到了人行道，继续往前爬。又是一个固执的白痴，蠢到不肯放手，不肯乖乖倒地断气，就爱硬撑。

他从小就很固执，在学校如此，对老师也是。还有在艾尔帕索的移民监狱和休斯敦少年监狱，他都依然顽固。就是这份固执让安裘撑到了监狱被泽维尔飓风吹垮，让他和其他非法移民重获自由，在风雨交加、行道树乱飞的夜晚涌到了街上。就是这份固执让他一路来到了拉斯韦加斯。

所以我才让你活着，那名杀手在他耳边说。

"去你的。"

安裘继续往前爬。

留意背后，浑球。

安裘一个转身，死神果然跟了上来。

他一枪击中突袭者的脸，随即翻过身来继续爬行。

那名杀手笑了。算你狠！他用西班牙文说，我就知道你有潜力，坏小子。就算你尿裤子，克制不住小鸡鸡，我还是知道你终有一天会胆大如斗。明显得很，就跟气球一样大。

杀手继续骚扰安裘。虽然他不停揶揄嘲弄，安裘还是听见有人低声祷告。他过了很久才发现七零八落念着圣母经的人是他自己。他想闭嘴，但经文还是不断脱口而出，对上帝，对死亡女神，对圣母马利亚，甚至对那名该死的杀手。连那家伙似乎都成了他的主保圣人。

安裘拖着身子爬到了满是风滚草的小巷里。他双手沾满了血和泥，上衣也湿了。他回头一望，只见身后留下了长长一道血迹。

枪在他手里打滑，于是他把枪扔了。他抛掉重量，抛掉生与死，只是继续往前爬。

远方传来更多枪响，但跟他无关了，再也没有关系。

安裘发现了一道碎裂的空心砖墙，便拖着身子挤进了缝隙，气喘呻吟。

我干吗躲？他心想，直接放弃死了算了。

他的五脏六腑犹如火烧，直接放弃等死还比较快，至少不会再痛了。

他一边在心里发着牢骚，一边前进。

我从以前就是这么固执的浑蛋。

腹部中弹了，他心想，腰侧附近。子弹打穿了防弹外套，可能是穿甲弹之类的。天哪，好烫。他满身是汗，阳光犹如铅块重压着他。

是神压着他。

小子，站起来。

那名杀手就是不肯放过他。

安裘发现自己躺在某户人家后院装饰用的红色碎石地上。他的脸麻了，他摸了摸下巴，却摸到了骨头。他想起之前胡里奥牙齿迸裂的模样，心想自己的脸还剩下多少。他身后又传来一阵枪响，于是他继续呻吟喘息着往前爬，不过速度放慢了，越来越慢。

烈日热辣辣地照在他身上。安裘硬拖着身子往前爬，阳光重如巨石，压得他趴在地上。

血和汗水遮蔽了他的视线。安裘隐约看见前方有一栋废弃的房子。能躲到阴凉处就好，卸掉这重量。只要阳光不再踩在他该死的背上，他就能休息了。

安裘鼓起最后一丝意志力，继续往前爬。他找到一个好抓的地方支起身子，往前跨了一步。

去他的这——？

安裘扑倒在地，整个人纠成一团，一只手臂压在身体底下，两条腿挂在头顶上，感觉除了痛还是痛。

他脸颊贴着蓝绿色的水泥地面。

游泳池，他妈的游泳池。

安裘笑了。原来这就是我的结局，凤凰城泳客，真是最后的羞辱。

他试着翻身，好不容易才翻了过来。他躺在地上浅浅喘息，心脏每跳一下，身体就痛一次。

他嘴巴很干，很想爬出泳池，但池壁太陡，他也没力气了。他就像一只困在浴缸底部的虫子，只想喝一口水。

水会直接流出来，白痴，谁叫你身上太多弹孔了。

真好笑。他的身体像洒水器一样喷水，就跟他小时候在动画片里看到的一样。子弹打不死人，只会在身上开洞。

远处依然枪声不断，宛如杀戮战场。世界行将瓦解，他很高兴自己不用目睹世界末日。安裘静静躺着，抬头仰望太阳，等心脏停止跳动。

他眼前出现一道阴影。死神终于来了。死亡女神亲自出现，带他离开这个世界。

他在她手上了，就像当年那名杀手拿枪抵着他的脸一样。

安裘又变回10岁的孩子，手脚无法动弹。死亡女神并没有放过他，只是守株待兔而已。

她一直在等。

第**37**章

　　便利店里所有人一听到枪声，就立刻趴在地上，以为是过路枪击案。只有露西站着不动，望着自己造成的后果。

　　两辆大皮卡开进加油站，一辆停在梅特洛旁边，另一辆停在它后方，两辆车的货斗上站满了人，全都拿着自动步枪。

　　他们朝梅特洛开火，子弹犹如雨点打在车上，车窗应声碎裂。

　　梅特洛突然往前猛冲，试图逃脱。它全力加速，车身旋转，挨了更多子弹，随即撞上消防栓转了几圈停了下来。两辆皮卡像鲨鱼一样紧随在后。

　　车上的人跳下车，上前确定不留活口。

　　是我做的，露西心想，但立刻想到如果她不这么做，安娜和她的孩子就会是这个下场。

　　那我为什么哭？

　　这么做是对的。露西可以全身而退，安娜可以继续在温哥华高枕无忧，而安特和斯黛西永远不会知道死神曾经用冰冷、枯瘦的双手拂过他们的脸颊。他们可以继续活着，露西可以平安离开。露西用手背擦去泪水。她得离开凤凰城，趁还能逃跑的时候赶快抽身——

她发现有两个男人掏出手枪躲在糖果架后方，其中一人正在打手机，另一人朝她眨了眨眼睛。

"别怕，甜心，"他慢声慢气说，"我们不会饶过他们的。他们追杀我们当中的任何人，就是追杀我们所有人。"

说完他和他的朋友便爬到店外，开枪朝那群杀手奔去。

得州人？但我不是啊。

是那辆车，它挂的是得州车牌。

那两名得州人干掉了一名杀手，其他杀手纷纷寻找掩护，同时还击。

得州人高声欢呼冲回便利商店，这回露西没忘了趴下。枪林弹雨射了进来，玻璃迸裂，子弹砰砰击中商品和货架，店里面目全非。

"没错，你们这群浑蛋，别想欺负得州人！"其中一名得州人大喊。

另一名得州人又在打手机，召集更多朋友和更多枪支。

马路对面，保守得州人从祈祷帐篷里涌了出来，其中多半都像见到光的蟑螂四处奔逃，但有些人却大步横越马路朝加油站走来，手里握着手枪和步枪。

杀手们继续开火，更多玻璃碎裂一地。店里子弹反弹乱射，薯片和蝴蝶饼爆裂飞溅。那两个得州人在油毡地板上匍匐爬行，不时起身还击。

"快点！"两人更换弹匣时，其中一人朝她大吼，"快跑！这里交给我们！"

露西冒险从糖果架后方抬头瞄了最后一眼。杀手已经散开了，一半冲到梅特洛旁解决安裝，另一半压低身子朝便利商店开枪，步步逼近。两边似乎都没发现保守得州人正从后面包抄，朝他们开火。

露西俯身寻找掩护。子弹捣毁店面，流弹像黄蜂在店里乱窜。她半爬着滑过地板，在洒了满地的货品之间吃力前进。

便利店店员早就从员工专用门溜得不见踪影。露西伸长手臂把门推开，跌跌撞撞走了进去。枪声在她背后紧追不舍，发出震天巨响。

店内有人发出惨叫，露西从后门冲了出去。加油机在她身后轰然爆炸。

空气振动，蘑菇状的黑云从加油站蹿起，不时闪出橘色火焰。更多枪声。砰砰砰哒哒哒。是自动步枪声。

露西停下脚步，双手按着膝盖不停喘息。她回头望着翻腾蹿升的黑云。远方传来警笛声。她得离开这里，找个地方躲着。

她觉得手臂很痛，低头一看才发现手臂上一道热辣辣的弹痕。鲜血不停地从手肘滴下来。她惊讶地望着伤口。她被子弹打中了，却一点感觉也没有。

现在看到了，她立刻就痛得要命。

她脱下无袖背心，穿着胸罩伫立在热浪和枪林弹雨中，从背心上撕了一条布来包扎伤口，痛得身体一缩。她觉得手臂应该没断。

只是皮肉伤，她心想，差点随即哈哈大笑，幸好忍了下来。

好痛。

"没事，"露西告诉自己，"没什么。你很好，快点离开这里就对了。"她自言自语。她一边惊慌地穿回被撕过的背心，一边自言自语："快点离开这里就对了。你很好，不会有事的。你照他们的要求做了。快点离开吧，快走。去找桑尼，然后带着它远走高飞。"

加油站的浓烟似乎越烧越烈。她伸手遮着眼睛注视那团黑色的巨云。它真的越来越大了。

"小姐，你还好吗？"

露西转身发现一群带着武器的人。全是得州人。

非常多。

"我没事。"

她抓着手臂点了点头，虽然知道应该离开了，但记者本能又开始作祟。

"你们在做什么？"她问经过的得州人。

"报仇。"一名得州女子说，脚步丝毫没有放慢，"他们杀了我们的人。"

她是说安袭。

露西忍不住跟了上去。得州人集结在便利店后方，店里虽然大火熊熊，不过水泥墙还是能当掩护。热气和灰烟在他们头顶上翻腾缭绕。

露西跟着其他人躲在墙角往外窥探。只见其中一辆皮卡已经被火舌吞没，杀手也被困住了。她看见得州人个个拿着手机，不停打电话。

"这是怎么回事？"

"得州复仇者联盟。"刚才那名女子说，旁边两个男人摁了摁帽子，"算是回馈州民。"

三名得州人露出阴狠微笑，随即离开掩护举枪开火，朝杀手逼近，打算将之前受到的羞辱通通讨回来。

远处警笛声更密集了。警察和消防员看见黑烟冲天，纷纷赶了过来。风更大了，火势也随之增强。火花和灰烬有如大雨，洒向附近的天空。

　　马路上出现两辆载满黑道的卡车，从保守得州人的帐篷前经过。车上的人朝帐篷开火，得州人纷纷倒地。加油站还在燃烧，带着火光的灰烬布满蓝天，有如雨点不停洒落。马路对面一栋房子起火了，随即爆炸成一团火球，旁边的房子也跟着烧了起来。

　　灰烬和燃烧的纸张随着干燥的热风四处飘荡，露西真希望提莫就在现场拍下眼前的景象。他一定知道如何捕捉这一刻。一点火花变成大火，再变成滔天火海……

　　从她站的位置还是看得见那辆梅特洛和它的得州车牌。车子已经被子弹打得千疮百孔。它就是事发源头，就是那一点火花。令人意外的是前座的车门似乎开着，而且车里没人。

　　车旁躺着一具尸体，但不是安裘。

　　露西发现自己暗暗希望安裘逃过了枪击。虽然他死了安娜才能活着，但露西还是忍不住为他祈祷。他很顽强，也许真的躲过了。

　　到时他一定不会放过我。

　　想到这里，虽然被热浪包围，皮肤像火烧一样，她还是不寒而栗。四周炮火枪声不断，战场持续转移。又一栋房子变成了火球。灼热的空气横扫而过，吹起阵阵浓烟。火光冲天，烈焰翻腾裂解，不停蹿升。

　　露西眯着眼抵挡灼热和飞沙走石，不自觉地朝那辆被打成蜂窝的小车走去。安裘要是没死，一定会找到她把她杀了。但她还是朝车子走去。

　　不会吧？

只见地上一道血迹从车旁往外延伸。露西沿着血迹走，在小巷里发现了另一名杀手的尸体。她的恐惧更强烈了。安裘没有死。露西心头闪过了一丝迷信，难道安裘是杀不死的？他之前经历过那么多次九死一生，从墨西哥一路绝处逢生，最后成了凯瑟琳·凯斯信任的下属。也许他根本不是人类，而是杀不死的恶魔，受到死亡女神的庇护，是不死之身。

露西越来越焦虑，继续跟着小巷里的血迹走。安裘的枪落在一道破空心砖墙的缝隙里。她拾起枪，感觉很沉，枪身沾着他的血黏黏的。她挤过砖墙的缝隙。

小径通到一座干涸的游泳池，安裘就倒在池底，置身自己的血泊中。

有一瞬间，露西以为他死了。跟她在凤凰城见过的无数泳客一样，成了碎裂的人偶。但就在她这么想的时候，安裘眨了眨眼睛。

他举起手，仿佛拿着手枪指着露西，作势瞄准，但随即软垂在地。

露西掂了掂她手中的枪。

结束吧，结束这一切吧。

但她没那么做，而是跌跌撞撞来到垂死的安裘身边。

"露西？"

"嘘，别动。"

露西双手轻柔抚过他的身体。防弹外套替他挡下了不少攻击，但子弹太多，而且来自四面八方，不可能毫发无伤。一枚子弹擦过他的头颅，另一枚擦过下颚。露西掀开他的外套，忍不住倒抽了一口气。鲜血浸透了他的上衣，黏糊糊地流着。她双手滑到他的外套底下，想找到子弹的进入点。

安裘呻吟道："我以为你杀了我。"

"嗯，"露西叹了口气，"我也以为。"

"那些杀手真烂……"他喃喃道，"太差了。"

露西发现自己眼眶含泪。手枪就在旁边，只要一枪便一劳永逸了。我别无选择，不然安娜就会是这个下场。赏他一颗子弹是为他好。

安裘咳嗽道："嘿，露西？"

"嗯？"

"你可以戒烟吗？"

"不是我，是火。"

其实是很多火。灰烬有如雨点从天而降，还有巴掌大的隔热材料和纸片。她抬头才发现泳池两侧的天空都被火舌吞噬，强风从他们上方吹过，空气夹带着黑烟，炙热又呛人。

露西扶着安裘的脑袋。枪就在旁边，为什么不赏他一颗子弹，给他个痛快？

她已经卷进去了，卷进这道漩涡。全世界的邪恶都在她手里，沉沉地压着她，想让她加入恶魔的行列，成为恐怖的代言人，替这座泳客为患的城市再添一名泳客。

露西站起身来，双手穿过安裘的腋下将他扶了起来，开始拖着他走向泳池较浅的那一端。

安裘呻吟一声："哎哟。"

"嘘，"她说，"我得带你离开这里。"

他软趴趴地靠着她，露西发现他晕过去了，不然就是死了。但她继续往前走，感觉就像拖着铅块一样："你为什么这么重啊？"

露西满身大汗气喘吁吁地走到游泳池边，先将安裘的上半身推

370

了上去，然后蹲下来抓住他的脚往上推，将他整个人弄出泳池。接着，她自己爬了上去，喘得上气不接下气，汗水直流。雨点般的灰烬落在他们身上。安裘动也不动地躺着，也许他真的死了。

她摸了摸他的脉搏。没有死，他的心脏还在跳。

她坐在池边，心想连带他离开泳池都差点做不到了，该怎么办才能带他离开这里。

"露西？"有人低声说话。他又醒了。

她蹲了下来："怎么了？"

"他们怎么找上你的？"他问，"你跟谁说过你和我在一起？"

"我跟谁都没说，他们就是知道。"

"他们对你施压了？"

露西撇开头去，不敢看他："我姐姐，他们用我姐姐来威胁我。"

"这招很厉害。"

浓烟蹿到他们上方，大火更靠近了。露西想起山林大火，动物逃窜躲避烈焰吞噬的景象。她却困在这里，动作慢得要命。

她再度扶起安裘，将他带到破墙的缝隙前。汗水流进她的眼睛，滑下她的鼻子和下巴，滴到他脸上。她蹲下来，被越来越浓的黑烟呛得咳嗽干呕。

安裘又抬头望着她。

"你走吧，"他伸手摸着她的脸颊说，"没关系，真的，没事了。"

木已成舟。

不远处一排公寓着了火，烈焰冲天。那排公寓的灰泥外墙要是依然完整，或许还能抵挡大火，但太多窗户被人敲破，太多大门被人踢坏，太多墙筋暴露在外，太多角落和裂隙，只能任由火苗侵入与吞噬。

大火不断蔓延，从公寓攻向平房再攻向其他公寓。干燥的沙漠热风助长了火势，让大火持续攀高。烈焰发出震天巨响，如同一列货运火车，轰隆隆朝他们袭来。

"快跑。"安裴低声说。

露西瞥见一辆没人要的手推车。她一边咒骂自己固执，一边跑了过去。她将安裴扶进手推车，背部隐隐作痛。手推车差点儿翻倒，幸好她及时抓住，让他在推车里躺稳。

轮子没气了。当然会是这样。谁会替它充气？

又一栋房子爆炸了，被似乎从屋内蹿出的大火淹没。所有木头建材都瞬间活了过来，被大火同时点燃。

露西抓住手推车的握把，开始吃力地推着安裴在马路上走。更多房子着火了。

滚烫的热风扫过她。

安裴瘫在手推车里，好像已经死了。

我真是白痴。

露西步履蹒跚，但回头瞄了一眼之后还是加快了脚步。

她身后的火焰直耸入云，急切地向上蹿。她是能跑，但不可能一直赶在火焰前面，而且也没有地方可逃。她前方的马路是死巷一条。

她拖着安裴，绝对无法赶在火焰追上她之前通过这些房子和后院。她咒骂一声，随即放下手推车回头朝大火跑去。

受到灰烬和残骸波及，四周已经蹿出不少火苗。露西抓了一根木条伸进火里。

她拿着自己做的火炬跑回手推车旁。

要是不管用，我们就会被烤熟了。

露西跑到安裘前面。安裘依然像骨折的玩偶一样躺在手推车里。她拿着火炬开始点燃两旁的房子。

她纵火点燃死巷尽头所有的房舍。她冲进屋里诱火深入，一间房子起火了就换另一间房子。

火光闪烁，烈焰蹿起，不断扩散。

露西跑回安裘身边。两人夹在两道高耸的火墙之间，一道在前，一道在后。空气热得灼人。她将安裘拖下手推车，两人一起躺在马路上。她牵着他的手。

她很久以前访问过消防队员。那时市政府还没有自暴自弃，遇到山林大火还会试着控制火势蔓延。

其中一名山林救火队员说，他和队友有一次上山时突然被火焰袭击，差一点儿被火烧死。正当大火在草地上一发不可收拾，朝他们紧追而来的时候，他突然想到可以点燃前方的草地。于是他们开始点火往上逃，跟在自己点燃的大火后头，跑到被他们纵火烧光的焦土上。

他救了所有队友一命。

四周的温度更高了。安裘在她身旁呻吟一声。他已经流了太多血。我真是白痴，露西心想，但依然躺在地上。

这场漩涡让所有人变成了禽兽，她也差点如此。但她觉得自己终于懂了。恐惧的漩涡会使人猥琐，拆散左邻右舍，让人自相残杀。

过去她不能体会挺身反抗毒枭和西印仔的人，现在终于觉得自己懂了。他们反抗金钱，反抗水刀子和民兵。他们选择做正确的事，而不是选择轻松的、安全的、聪明的路。

她被卷进了漩涡里，但那再也不重要了。她牵着被她害死的水刀子的手，任大火在四周燃烧。

她没有逃跑。她不是被烧死在这里，被她曾助纣为虐的恐怖之火所吞噬，就是浴火重生。

大火越烧越高。

露西的皮肤开始焦裂。

第38章

火还没来，但玛丽亚老早就闻到烟味了。她那时就知道事情不对了，因为威特的手下通通往西边看，开始手忙脚乱，而且不再嘲弄她了。

达米恩从她面前跑过。

"出了什么事？"

"他妈的枪战了，"达米恩吼道，"看来得去教训那群保守得州人才行。"

"怎么会有烟？"

达米恩笑了："世界快毁灭了！"

威特的手下纷纷跳上皮卡，检查自动武器上膛了没，随即驾车而去，在热浪中留下阵阵沙尘。

"放我出去！"玛丽亚朝达米恩大喊。

"你疯了吗？"

"把钥匙扔给我就好，根本不会有人知道！"

达米恩左右瞄了一眼。

"把钥匙扔给我，就算是求死亡女神保佑吧。你应该知道你要去杀人，对方也会回击吧？"

威特从前门走了出来，达米恩无助地耸耸肩。

"对不起，玛丽亚，我做不到。"

说完他就跑到一辆皮卡车后方，跳上货斗蹲下来跟伙伴们出发了。威特走过玛丽亚面前，连看都没看她一眼，坐上他的四轮传动车。整个地方变得安安静静，只剩鬣狗在她附近低鸣着。

根本没人理她。

烟更浓了，火红的夕阳挂在火红的烈焰上空。没有人回来，远方火焰越烧越盛，火势惊人。

鬣狗全都望着大火竖耳谛听，扭动鼻子嗅着飘过的黑烟。它们绕着巢穴来来回回绕圈子，玛丽亚发现它们是在找出口。

远方的火并声震动了威特家的西班牙红砖屋顶，玛丽亚不知道那是好是坏。夜幕低垂，还是没有人回来。枪声持续不断。

天空时亮时暗，暗的是翻腾的烟，亮的是火花。着火的滤水袋凌空翻飞，被热风越吹越高，发出蜡烛般的火光。时间一分一秒过去，黑烟越来越浓，玛丽亚蹲在鬣狗附近，人和狗一起望着地平线寻找线索，想知道接下来会发生什么，自己的命运又将如何。

"你想离开这里吗？"

黑夜中闪过一道身影。

"图米？"

图米从阴影处一瘸一拐地走了出来，手里拿着一把闪闪发亮的巨无霸手枪，点四四口径的马格南。玛丽亚这辈子从来没见到一个人时这么开心过："你来这里做什么？"

"幸好这里只剩你一个，而且威特忘了关大门。"他跛脚走到她的牢笼前，"我们要怎么把你弄出来？"

"钥匙在那里。"

图米一拐一拐地走向威特手下玩牌的地方。玛丽亚感觉等到头发都白了，他才走了回来。但下一秒钟他已经把她放了出来，紧紧抱住她。

"走吧，"图米说，"我们得快点离开这里。到处都有人在打斗，我可不想困在枪林弹雨中。"

这时她才有机会好好看他。他看起来又累又狼狈，简直糟透了。他自己弄了夹板固定住伤腿，脸上写着疼痛两个字。

"靠着我。"她说。

"你的手怎么了？"

"没事，不要紧。"她扶图米走出威特的巢穴之后说，"等一下。"

"你疯了吗？你要做什么？"

玛丽亚不理图米，径自跑回威特的巢穴，拿了钥匙将鬣狗的牢笼打开。鬣狗兴奋躁动，她唰的一声松开铁链，随即转身就跑。

鬣狗跑得很快。

妈的它们可真够快。

她听见鬣狗撞击围篱，铁链一阵摇晃之后如瀑布般滑落地上。

图米举起枪说："小心！"

玛丽亚冲出大门，图米立刻把门关了，扣上门闩。鬣狗撞上大门，撞得铁条猛烈摇晃。玛丽亚尖叫一声往后跳，吓得全身颤抖。

"你真是狂了，小姑娘。"图米用西班牙文说。

"疯了，我疯了。"玛丽亚心不在焉纠正他，接着说，"这样威特回来就有惊喜等着他了。"她搂住图米的腰，"好了，我们走吧。"

四面八方都是大火，连山上都烧了起来——玛丽亚看见火舌迅速向上蔓延，仙人掌熊熊燃烧，既像烙印，又像千百位被钉上十字架的耶稣，陆续扑倒在烈焰中，成为大火的一部分。

图米沉沉地靠着她，两人步履蹒跚，每走一步他都吃力喘息。

直升机的旋翼声划过天空，轰隆隆带着杀气朝大火和枪响的方向飞去。

"好像全世界都着火了。"玛丽亚喃喃道。

"也许吧。"图米附和道，"他们切断了所有手机信号，让保守得州人没办法组织行动。"

山丘、楼房和天空都被大火吞没了，着火的滤水袋和小报在浓烟弥漫的空中飞舞，犹如璀璨的橘色星星。

地狱就是这幅景象。

这就是她小时候去教堂听牧师描述过的地狱。这就是罪人会去的地方。只不过它好像谁也不放过，不只是威特那样的恶棍，连她和图米也被卷入其中。

两人继续往前，在火光熊熊的黑夜里相互扶持。他们沿路遇到了两群人，一群是亚利桑那人，图米跟他们说了话，安抚他们之后便分道扬镳；另一群是得州人，拿着火炬不停地纵火焚烧房子。玛丽亚费了一番唇舌，才让他们相信她和图米不是他们要报复的人。

两人躲在一处门口，图米说："我们两个配合得还不错。"

屋顶上步枪和手枪声响不断，着火的房子越来越多。

玛丽亚擦去脸上的汗水和灰渣："你觉得你的房子还会在吗？"

"看来得跑一趟才知道了。"

图米痛得龇牙咧嘴，满脸是汗。

"你还好吗？"

"我没事，小女王，不要紧。我们最好继续走。"

玛丽亚扶住他的背问："你为什么要来找我？你不必那么做的。"

图米笑了，身体痛得微微一抖："我差点儿就不来了。"

"但你来了。"

他低头望着手里的枪说："人有时会明白，为了活着而退缩，比死了还糟糕。"

"我想活着。"玛丽亚说。

"我们都想活着。"图米说。

"我们得离开这里。"

图米笑了。"经过这一场波折……"他摇摇头说，"我敢说加州人和内华达国民兵一定会把底线踩得更硬。"他朝烈焰冲天的城市挥了挥手，"这是做给其他人看的教训。"

"没有人敢再接收得州人了，对吧？"

图米吃力地站了起来。"你能怪他们吗？"他将枪递给她说，"拿去，你得熟悉这玩意儿。握紧一点，它射击时会往后弹。"

"你为什么要教我用枪？"

图米一脸严肃望着她说："因为要是有人来追杀我们，害我们必须逃命，我要你逃跑。"

"你也可以。"

但他们越往前走，经过越多枪林弹雨，玛丽亚就越怀疑自己的话。

夜里的热气和大火犹如一张毛毯罩着他们，窒闷难耐，没有带水让他们仿佛置身沙漠。他们蹒跚前进，最后总算走到亲善水泵旁的一处流民窟，却只看见灰烬与残骸。所有组合屋和红十字会帐篷，通通不见了。

尸体冒着黑烟，空气里弥漫着人肉烤焦的味道。动物在断垣残壁间觅食，野狗和土狼撕咬尸体，互相咆哮。

玛丽亚和图米小心翼翼地走过断垣残壁，想看看水泵是不是还管用。图米紧握手枪瞄准野兽，玛丽亚不知道它们要是扑上来了，他们该怎么办。野兽数量那么多，根本杀不完。

图米检查着广场边缘的水泵："我觉得应该坏了，电子装置可能被烧熔了。"

玛丽亚殷殷望着水泵，后悔没想到从威特的巢穴带一点水离开。

野狗继续啃噬尸体。

"我们得离开凤凰城。"

图米露出哀伤的微笑："然后去哪里？"

"往北走，或去加州。反正不要待在这里。"

"你要怎么做？有办法横渡科罗拉多河的人几乎都是威特的手下。"他摇摇头说，"你忘了吗？我才被逮到一次。他会派人看着，等我们上钩的。"

"说不定威特死了。"

"你觉得会吗？"

她不觉得。威特永远不会死。他是恶魔，他和他的鬣狗都是。他们永远不会死。

"总之，"图米说，"我们已经破产了，而且得州人的逃亡费用也会变高，因为他们会更急着想逃离这里，所以费用一定会飙涨。我们得耐心苦撑，慢慢存钱，然后才能行动。扶我起来。我们回家之后可以一起计划。"

"你真的觉得你家还在？"玛丽亚问。

图米冷笑一声："鬼才晓得。"

直升机的旋翼声再度出现在他们上方，犹如一群黑鸟划过橘黄色的火光和晚霞。

玛丽亚抬头望着直升机，看它们朝她猜不到的方向前进。说不定他们是消防队，打算去控制火势。也可能是国民兵，过来给她的同胞一点教训。

"我想我还是会试着过河，"她说，"没有人带也一样。"

"你会没命的。"

玛丽亚厉声一笑："我在这里也是死路一条，只是早死晚死而已。"

一辆运兵车匆匆驶过，在空荡的街上感觉又小又孤单，跟不断占领地平线的火焰似乎完全无关。

"所以……你要怎么做？走300英里，然后游过科罗拉多河？就算专家也不是每次都能成功。"

"就像你说的，专家只会把我交给威特。但我要是待在这里……"她耸耸肩说，"这次事件可能会让威特势力更大。他一旦知道我没走，绝对会找上门来。"

"但你可以跟我一起躲。我们现在知道要更小心才行，所以不会有事的。"

图米跟她老爸一样，只会承诺一些一厢情愿的事。但听他这么说，听他保证维护她的安全，她发现自己还是想相信他，相信自己可以倚靠比她年长、更有经验的男人，相信对方能照顾她，供应她生活所需，替她解决问题。就像她寄望爸爸，莎拉寄望麦克·拉坦一样。

"我们可以一起走，"玛丽亚提议道，"你和我一起走。"

图米拍拍自己的腿说："我想我可能没办法走远路或游泳过河了，而你的手看起来也不大妙。"

玛丽亚弯起抽痛的手指，握拳不让他看到："我们会想到办法的。"

"现在换谁在说大话了？"

玛丽亚无话可说。图米抓着她的肩膀："至少多等一两天再走。"

"为什么？好让你劝我打消念头吗？"

"不是，"图米呻吟一声，吃力地站了起来，"我得教你怎么用这把枪。"

第**39**章

安裘又跟母亲在一起了。她正在做墨西哥卷饼，用玉米壳和玉米粉揉成的卷饼皮包住碎猪肉。厨房放着雷鬼乐手唐·奥马尔的歌。母亲一边做菜，一边笑着随音乐摆动身体，而他在料理台旁伸长了脖子偷看她。

"去拿把椅子来，"她说，"你从下面看不到。"

他拿了椅子摆在她身旁，坐了上去。

她教安裘怎么包卷饼。他说这是玉米寿司，母亲笑着抱了他一下。两人卷着玉米寿司，母亲开他玩笑，说他这么喜欢寿司，应该去学日文跟日本人做生意才对。他觉得跟妈妈很亲近，两人一边做事，一边等姐姐们放学回家。

他想起母亲将卷饼通通放到锅子里，锅子热气蒸腾的景象。他还记得料理台瓷砖的样式，记得所有事情，馅饼的味道，还有母亲穿的红围裙……

他很难过，因为他知道这只是回忆。妈妈已经死了，还有墨西哥、阿亚、塞莱娜和爸爸。但他觉得无关紧要，至少他跟母亲团圆了。他很安全，闻得到玉米香，感觉得到热腾腾的蒸气，闻得到各种食材的气味，还有烟味。

妈妈神情怪异地望着他。他发现自己着火了。

他全身滚烫。

妈妈一直说："我们得带你去看医生。"

安裘很想告诉她没关系，万物终有一死。她也死了，所以何必担心他呢？但母亲开始向圣母马利亚祈祷，求她保护安裘。他再次试着跟妈妈说没什么好拯救的，他很久很久以前就跟圣母马利亚和耶稣分道扬镳了。但她依然跪在他的身旁合掌祷告——

"醒醒啊，拜托，你醒醒。"

她吻他，朝他嘴里吐气。安裘倒抽一口气，试着坐起来，但疼痛撕裂全身，让他又倒了回去。

露西蹲在一旁，满脸汗水和灰烟，低头望着他。这位美丽的记者小姐是他专属的主保圣人。

以这样的方式醒来还不错。

只是他痛得要命，他妈的痛死了。身体一动就疼，而他身旁跪着一个男的，手里拿着针。

"嗯，看来他还没死。"那人开玩笑说。

"撑着点儿。"露西抓着安裘的手说。

他很想跟露西说她抓得太紧了，他的手很痛，但那个男的将针扎进他的肉里。

安裘昏了过去。

杀手坐在他身旁。他们两人各自坐在一把小塑料椅上，陪着被杀手做掉的那个人的尸体。安裘知道杀手是坏蛋，也知道自己处境危急，但那名杀手似乎很喜欢安裘陪着他，而且安裘不敢逃。

杀手拿着一瓶梅斯卡尔酒，朝他刚才开枪射杀的死者比了比。

"我有一天也会是这个下场。不是杀人，就是被杀。"他一脸严肃望着安裘说，"记住了，小子。不是杀人，就是被杀。靠子弹过活，被子弹送终。"

安裘知道这人其实就是他父亲，精神上的。这名杀手才是他真正的父亲，而非多年前带安裘往北逃亡、告诉他一切都会没事的警察，不是毒枭眼中钉的那个人。那家伙不懂得看风向，看不出苗头不对了，结果失去了妻子和女儿。

这名杀手才是安裘真正的父亲。世界在他眼中一清二楚，不带任何幻觉。

"我也会死在刀下，但你不必这样。"杀手说，"你往北方去，再试一次，别再在枪林弹雨里混了。"

"但妈妈和阿亚呢？"

"你不能跟任何人一起走，懂吗？"杀手摇着酒瓶警告说，"你要么自己走，要么留下来，不是杀人，就是被杀。所以你还是去北方吧，活得干净一点儿。这里对你来说太煎熬了。"

"但我又没有杀人。"

杀手笑了："别担心，小子，早晚会的。"

他拿着酒瓶凑到安裘面前，开始用瓶口戳他。说也奇怪，瓶口碰到哪里，安裘身体的哪部分就会自动破开，鲜血四溅。安裘低头望着身上的弹孔，一点儿也不害怕。伤口很痛，但似乎无所谓，好像本来就该出现一样。

"我身体上有洞。"他喃喃自语。

杀手灌了一口梅斯卡尔酒，笑着说："那就叫那个女的把洞缝上啊。"

"她正在缝。"

"不是那个，"杀手一脸恼怒说，"是害你身上那么多洞的那个女的！"他拿起酒瓶喝了一口，接着继续用瓶口戳安裴，又在他身上弄出一个弹孔，"你真的是白痴到极点，蠢死了，呆子。"他又戳了两下，多了两个弹孔。

"你的西班牙文说得很烂。"

杀手笑了。"你离开那么久了，有什么资格说我？"他朝安裴咧嘴微笑，"你想听我的建议吗，小子？千万别惹女人。'宁可活在荒郊野外，也不要招惹母老虎。'你听过这句话吗？金玉良言啊，小子。不管是在墨西哥还是奇瓦瓦，甚至在北方，这句话都千真万确。你惹女人生气，就等着被她割掉卵蛋，变成太监吧！"

"但我没有结婚啊。"

杀手笑了，一副了然于心的模样说："所有花心小混混都这么说。"他竖起食指警告他："但女孩子什么都知道。她们知道你在搞什么把戏，就算没开口，心里也清楚得很。你看看我是什么下场！"他指了指自己的身体，安裴发现杀手身上也全是弹孔。

"有没有看到我的女人对我做了什么？"杀手说，"现在他们全都唱歌赞扬那个贱人。那首民谣本来应该赞扬我的，结果却是纪念她，而我呢？就只有其中一两句，但那个婊子还是把我搞成这样。"

他凑到安裴面前，猛力甩着酒瓶，"歌词里写我打到她吐血的那一段，根本不是事实！我用我母亲的名字发誓。没错，我是教训了她，但绝对没毒打她。"他认真地摇摇头，"那首歌里全是谎话。"

听完他的辩解，安裘笑了："幸好你没到北方去，那里的女人才不会忍受你这套鬼话。"

杀手一脸气愤："那就是我要跟你说的，小子！千万别骗北方的女人，在外头乱搞，否则她们绝对会让你好看。"

安裘困惑地望着他："但我才刚认识她呀。"

杀手双手一摊，满脸愠怒。

"这小子实在太蠢了，死亡女神。我试着跟他讲道理，但他比西印仔还要没脑子。让我一枪毙了他吧，对你、对我都好。"

安裘倒抽一口气醒了过来。

露西俯身看着他，一手温柔地抚摸他的眉毛。他感觉自己的身体像是被火车碾过一样，只剩下一团淤青的碎肉。

他躺在一间未完工的夹板房里，墙筋裸露在外。点滴袋挂在墙壁的钉子上，旁边贴着一张皱巴巴的海报，小甜甜布兰妮低头望着他。她脸颊打了肉毒杆菌，牙齿也掉光了，像个老奶奶。

安裘觉得快热昏了，伸手想甩掉被子，却只摸到汗湿的皮肤和缝合的弹孔。这些新的疤痕为他的错误再添一笔记录。

有人在他胸口和腹部摸摸弄弄，用针线戳刺他的皮肉。安裘想起跟凯瑟琳·凯斯相识的那一天，他在她面前撩起上衣露出伤疤，跟她说他不怕死。

这下疤痕又变多了。

他想起身，但是太难了。他倒回床上，身体颤抖着。

露西伸手温柔地贴着他的胸口说："放轻松，你还能活着算你命大。"

安裘想讲什么，好不容易才沙哑地挤出一声"水"就无法往下说了。"拜——"

要说英文。

"拜托，"他喃喃道，"水。"

"我只有滤水袋。"

"没关系。"

她拿着滤水袋，将袋口放到他嘴边。但安裘还没喝够，她就把袋子拿开了。

"没了？"他问。

"等器官移植的部位都长好了，你爱喝多少都行。"

安裘想要反驳，但实在太疲惫了，而且听她的语气就知道她不会退让。

"我……我昏迷了多久？"

"一周。"

他点点头，闭上眼睛，梦境的片段重新袭来。杀手戳得他全身都是弹孔，恶毒地笑着。那个恶魔拿着梅斯卡尔酒，气冲冲地咒骂女人和专一。

安裘睁开眼睛望着天花板，思索着血债血偿和背叛，杀手们和老民谣，暴力和复仇之歌。他还活着，真是不可思议，而且露西就坐在他身旁，这个害他被枪射杀的女人。

"所以，"他喃喃道，"你杀了我……然后……"他咽了咽口水，喉咙干得伸展不开，"救了我？"

露西似笑非笑地说："应该是吧。"

"你真是……"他又咽了咽口水，"你真是他妈的大贱人，你知道吗？"

没想到露西竟然笑得更大声了。安裘也笑了，但只发出痛苦的喘息声，而且痛得几乎断气。不过，能笑出来感觉真好。

他向她伸出手："一睁开眼睛就能看到你，真是……太好了。"

"就算你被打成了蜂窝？"

"尤其是被打成蜂窝的时候。"

两人四目相对，露西先移开了目光。

"我不想加入。"她说，接着突然起身开始收拾散落在安裘身旁的针筒、点滴袋和消毒纸巾，刻意装忙，不敢看他。

"加入什么？"

"这个，"露西一边说话，一边继续收拾，还是没有看他，"凤凰城。"她挥了挥手，"我本来以为可以写写新闻，报道这个地方就好，不会受它影响，没想到突然就被卷进去了，成为它的一部分，谎言的一部分，还有背叛，"她匆匆瞄了安裘一眼，面带愧色，"和谋杀。我甚至还没反应过来，就成为它的一部分了。"

"所有人都会崩溃。"安裘说，"只要抓到弱点，谁都会崩溃。"

"你才知道。"

"我就是干这个的。"他伸手召唤她，身体随之一痛，"你过来一下。"

露西犹如一头走投无路的小动物，怎么也不想靠近安裘，但还是走了过去，跪在他身旁。

他牵住她的手："只要施压得当，谁都会崩溃。打得够惨，谁都会开口。威胁得够狠，谁都会动摇。恐吓得够厉害，谁都会签字。"

"但就不是我了。"

安裘握紧她的手说："你让我死在外头，不会有人在乎，人们甚至会认为你是英雄。"他跟她五指交缠，"我欠你一条命。"

"不，你没有。"她不敢看他。

安裘不想反驳。

露西可能想到他的救命之恩，所以罪恶感才会那么深。但他一点也不怪露西出卖了他。你不会因为某人屈服于压力而轻视他，而是看他在少数有选择时做了什么来评判对方。

露西大可一走了之，却决定救他一命。要是她甩不掉背叛他的罪恶感，那是她的原则问题。安裘有他自己的原则，而他的原则是人随时都在背叛，为了大大小小的理由而背叛。

背叛。

杀手埋怨他的女人赏了他一排子弹。他警告安裘不要欺骗心爱的女人。

"你有向谁提到过我吗？"安裘问，"我们之前一起合作的时候，在加州人找上你之前，你跟谁说过吗？"

"你已经问过，而我也回答了。没有。"

"你有我也不会生气，我只需要知道事实。"

"我没有！"

"妈的。"

"怎么了？"

"你的车还在吗？"

"当然。我去泰阳特区把车开过来了。我想应该不会有人盯着车，因为——"

"没关系，很好。"安裘深呼吸一口气，"扶我站起来，我要换衣服。"

"你开什么玩笑？你的伤口刚缝好，还没愈合，而且还在打点滴。"

"我没时间等它滴完了，帮我拔掉。"说完他呻吟一声，勉强撑起身子。

"你疯了吗？"露西反驳道，"你需要休息。你才移植了肺，还有肾脏。"

"是啊。"

他的五脏六腑都生锈了，像是被人用剃刀划过，剁成绞肉一样，痛得要命。但他还是坐了起来。他气喘吁吁，全身颤抖，等疼痛过去。

"你慢一点儿！"

"你错了，我得快点儿才行。"他伸手去拿沾了血的裤子，努力克制晕眩和昏倒的冲动，"我想我老板对我下了追杀令。"

第**40**章

露西由他带路，开车穿过城市来到被大火焚毁的郊区。

她觉得安裘看起来非常虚弱。他越是醒着，越是行动，她就越担心是不是在帮他自杀。

"我还是觉得没有道理。"她沿着分区转了一个长长的弯，说道。他们绕着城市行驶，经过一个个惨遭烧毁的郊区，焦黑的断垣残壁依然冒着黑烟，还有许多灰烬拒绝熄灭。"对我施压的是加州人，加州和内华达什么时候成了好朋友？"

"这就是我没看出来的点。我一直在想我中枪前发生的一件事。我刷了信用卡，结果它没用了，好像我已经死了，被人删除了，你知道吗？加州人不会那么做。"他冷笑一声，"但我的人有可能。"

他指着一条新路。

"那里，那个方向，有几栋没被烧毁的房子那边。"

"我们来这里找什么？"

他神秘地瞧她一眼："答案。"

"拜托，少耍嘴皮子。"

"怎么？你想抢独家？"

"你会在乎吗？"

"好吧。没有身份，我就跟死了没两样。没有钱，也过不了州界，只能跟得州人一样去吃屎，只要现身就会被人追杀。所以我得想办法联络上凯瑟琳·凯斯。"

"你做了什么惹毛了她？"

"一定是布雷斯顿，那个家伙跟我有仇，一定是他煽动她对付我的。"安裘看她一脸困惑，便补充说，"他是南内华达水资源管理局的法务主任。"他耸耸肩："我和他一直处不大好。"

"不好到他想办法追杀你？"

"呃，你知道，"安裘耸耸肩说，"换成我也会这样对付他。我一直觉得他在耍我们，说不定在私下贩卖情报。"

"连赌城也有内贼？"

"所有人都会买保险。"他指着前方说，"到了，就是这里。"

露西停下车子，觉得眼前的废弃分区跟其他分区并没有什么不同。回收业者已经来过这里，拆掉所有电线和水管，甚至还搬走不少玻璃。露西心想会不会是夏琳干的，才会搜刮得这么彻底。

"这儿是哪里？"

"秘密据点。扶我一下。"他靠着她，指着其中一栋残破不堪的屋子说，"我们在凤凰城设了一堆这样的据点，"他呻吟一声，"紧急藏身处，让我们的人避难用的。"

"有多少间？"

"我知道的有二十几间，可能不止。"

"凤凰城完全被你们渗透了，是吧？"

"我们尽量。市政府所有部门都有人拿我们的钱，接受各式各样的好处，像是全家搬到北方的柏树特区之类的。这些人是最好的线人。"他瞄了露西一眼，"有家的人最可靠。"

露西发现自己还是不敢直视他的眼睛。

"嘿，"安裘伸手摸了摸她的手臂，"我说过了，不是你的问题。"

他的声音温柔得出奇。这样一个以控制他人为业、知道要让人崩溃有多容易的人竟然如此体贴，实在让人意外。面对他语气里的宽容，露西简直无法抑制心中的感激。

"杰米接触的人就是这种人，对吧？"她问，"某个在杰米的单位替你们工作的眼线。"

"这你得问胡里奥或他的手下佛索维奇，真相如何只有他们知道。"安裘喘着气缓缓蹲下，拉了拉踏垫，发现垫子被粘在地上。"帮我一下，"他气若游丝，"我还有一点儿……没恢复。"

毯子唰的一声掀开之后，底下是一道暗门。

"好像海盗的藏宝窟。"

"躲在垃圾堆里，连拾荒者都不会想靠近，"安裘耸耸肩说，"而且数量又多，毁了几个也无所谓。"

"你是说就算凤凰城烧毁了一半也不怕？"

"也可以这么说。"他撬开暗门，只见一道陡峭的台阶，底下一片漆黑，"扶我下去。"

露西先走，缓缓带着他走到地下室。他按下开关，几盏迷你灯泡瞬间亮起，发出惨白的微光。

"电池还没坏。"安裘说，感觉松了一口气。

露西发觉他在硬撑。她检视着架子上的东西，看见几桶水和一堆滤水袋。

安裘一副自信满满的样子，差点儿让她以为他很清楚自己在做什么。但这家伙其实在做困兽之斗，试着抓住最后一丝机会。如果要她老实讲，即便他正在地下室的物品里翻翻找找，但她知道，以他的身体状况，机会正在离他而去。

他找出一把手枪，低头检查一番，接着从纸盒里拿出子弹给枪上膛，动作熟练又流畅。他从另一个箱子里捞出一件防弹外套，呻吟一声，有点吃力地扔给露西："这件给你。"

"会有人开枪打我吗？"

他看了她一眼，忍不住笑了："你站在我旁边的话，有可能哦。"他又拿出一件防弹外套，"可以帮我一下吗？"他伸长一只手臂，"我有些……"

露西帮他穿上防弹外套，接着也开始浏览架子上的物品。她看见密封的弹药箱，箱上的标签注明是能量棒和水分补充包。她打开其中一个箱子，发现里面是满的。地下室一角摆着一个50加仑的水桶，加上滤水袋，足够撑几个月了。

"这里简直是末日预备者的天堂。"她说。

安裘嗤之以鼻："去他的末日预备者。"

"你讨厌他们？"

"只有在抽干他们的水井的时候。"他笑里带刺地说，"我实在搞不懂，怎么会有人觉得可以那样一个人孤独地活着？一个人坐在小碉堡里，觉得只有他们能熬过世界末日。"

"说不定他们看太多西部片了。"

"没有人能单靠自己活着。"安裘气成这副德行，露西觉得他根本不是在骂末日预备者。

安裘翻找着几个医药箱，读着箱上的标签："止痛药，哈。"他捞了两颗药丸，没喝水就吞了下去，"好多了。"

他翻箱倒柜，像疯子一样。他找到一部手机，撕开了一盒电池，给手机装上电池之后拨了号码。一秒钟后，他对着手机另一头的人说了一串密码，包含字母和数字。他开始语带焦急，虽然对着露西微笑，声音却透露出绝望和惊慌。

"我需要撤离。"他喘息道，"我在……阿兹特克绿洲。求求你……快一点儿……我在流血。"说完就把手机挂了。

"好了，"他抓着她的胳膊说，"该走了。"

"我们在做什么？"

"测试一个猜想。"安裘抓着她走向台阶，不停喘气。两人爬上台阶，他重重地靠着她。

离开地下室，露西正想朝卡车走去，却被安裘一把拉到了反方向："不，不行，太明显了。"

"太明显什么？"

但他已经拉着她沿马路走："这间房子真不错。"

只不过他绕过屋子走到后面，穿过院子横越另一条没人的马路，然后蹒跚地走进另一间房子。

"这里看来不错。"他咳嗽一声，若无其事地擦掉喷到牛仔裤上的血渍说，"嗯，不错。"说完他指着楼梯。

"你要上去？"

"我得看仔细！"

安裘瞪大眼睛，眼神近乎疯狂。

他走到一半差点跌倒，幸好露西及时扶住他。但他没有放弃，改成爬的。

到了楼上，他一边喘气一边逐间检查卧房，最后终于找到一间窗户没坏的。

他跌跌撞撞地走到窗边，蹲下来往外窥探。他呼吸不稳，睁大着眼睛，药物、疼痛和用力爬楼梯让他两眼呆滞。"多久了？"他问道。

"什么多久？"

"从我刚才打手机到现在！"

"大概五分钟吧。"

"那就来吧。"他一把抓住她，将她拖过房间，"这里不错。"

"衣柜里？你嗑药了吗？"

露西起先以为他想上她，止痛药让他脑袋糊涂，整个人性欲高涨。但他将她拉到地上时没有看她，而是一直望着窗外。

他蹲在地上喘着大气，她可以听见安裘受伤的胸腔在上下起伏，肺部因为枪伤和积血而嘶嘶作响。

她又想开口，但被他嘘的一声制止了。"你听，"他低声道，"他们来了，来找我了。"他话中竟然带着几分虔敬。

"我不……"

起初声音很小，只是高处的嗡鸣声，之后越来越响，随后瞬间变为咆哮。

窗户震动，玻璃和火焰纷飞，屋子猛烈摇晃。灼热的空气从四面八方涌来，露西忍不住缩着身子，紧紧抓着安裘。火光冲向她的视网膜，烧焦了她的皮肤。

"怎么回——"

又是一阵高热和强震向屋子袭来。炮弹碎片打穿墙壁，释出毁灭的火焰。

烈火熊熊，她只能隐约看见安裘的脸。他笑了，笑得开心又满足，好像收到珍贵的礼物一样。

她想起身，但被他一把拉住，用防弹外套盖住她。

又一次猛击，火花像大雨一般落在他们身上。

安裘抱着她，在她耳边低声说："他们想确定不留活口。"

安裘笑容满面。映着炮弹攻击的橙黄火光，他看起来充满生命力，仿佛见到上帝现身的虔诚教徒。

露西的听觉缓缓恢复，也不再有炮弹从天而降了。她挣扎着站起来朝窗边走去，靴子踩着玻璃碎片沙沙作响。

两条街外，一道黑烟袅袅蹿向天空，不时闪着火光。

"你的人真的不喜欢你。"她喃喃道。

"没错。"安裘说，"我开始感觉到了。"

第 *41* 章

他们在黄昏时分过来确定人死了没有。

安裘闭上眼睛等着。SUV的轮胎压过草地，引擎声戛然而止。

门砰的一声被人推开，随即猛力关上。几名男子一边拿着手电筒巡视断垣残壁，一边低声闲聊。

安裘缩在焚毁的房间里，暗自期盼露西会照他的吩咐做。紧要关头很难判断人会如何行动。他看到过无法下手赶走难民的沙漠之犬，遇到过灭火时被火呛到的内华达民兵，也看到过故意打偏免得杀人的西印仔。

而露西终究没杀了他。

鞋子踩过不稳的瓦砾喀嚓作响，手电筒的灯光扫过碎玻璃和烧黑的西班牙瓦。

"我们要找什么？"其中一名男子问。

"尸块。"

"恶心。"

"少抱怨。"

两个人。安裘如释重负，心想他即使这副惨状，两个人应该还应付得来。

"我真好奇这种破事为什么总落在我头上。拉坦的房子也是我去清理的。你知道要把脑浆从地毯上清干净有多困难吗？"

"谁叫你刷血淋淋的地毯了，蠢货？直接扔了换一条就好。"

"不早说。"

"这就是为什么我不提拔你的原因。"

"救命，"安裘呻吟道，"救……救我。"他吃力地说着，希望有人听见。

"不会吧？"

两名男子朝他走来，强烈的LED灯光刺向他的双眼，让他眯起眼睛。安裘伸出双手，动作很慢，非常慢，犹如一块焦肉奄奄一息倒在地上。

"看来你就是咱们的赌城老友了。"

安裘不难想见自己在他们眼中的模样：惨遭炮弹与大火蹂躏，身体半埋在灰烬和西班牙瓦的碎片底下。在这两人出现之前，露西用火烧灼他的头发，弄得又焦又乱，而他则拿了玻璃划破自己的额头，让鲜血和灰渣在他脸上糊成一片。

两名男子蹲在他身旁，用手电筒胡乱照着他半埋在瓦砾堆中的身体。

"你确定就是他？"

"他比我上回看到的狼狈了些，但我在泰阳仔细瞧过他，不会有错。"

"你是说他在泰阳整了你的那次？"

"这浑蛋很有本事，我能怎么办？"

安裘眯眼对着强光，只能模糊看出对方的身形。两人虎背熊腰，西装领带，隐约看得见手枪藏在外套底下。从两人的谈话来看，他们就是在停尸间和泰阳特区跟他玩捉迷藏的那两个加州人，这会儿他们出现在这里，替凯瑟琳·凯斯干脏活。

比较年轻的加州人开始搬走压住安裘的瓦砾，另一名老鸟则蹲在他身旁。

"你还好吧？"他一边安抚安裘，一边上下搜索安裘沾了血的衬衫，"文件在你身上吗，还是被你藏在哪里了？"

"文件可能被烧成灰了。"

"救救我……"安裘喃喃道。

"没问题，"老鸟说，"当然救，只要你告诉我们文件在哪里，我们就立刻把你挖出来送去红十字会。一言为定？"

安裘长吐一口气，两眼猛然翻白。

"妈的，这家伙快挂了，赶快检查他身上其他地方。"

安裘让他们将他翻身，趁机一只手滑到焦黑的瓦砾下方。那名老鸟俯身想要检查安裘身体底下，安裘立刻一把抓住他。

加州人一个不稳往前扑倒，压在安裘身上。安裘呻吟一声，差点儿晕了过去，不过还是从瓦砾堆里掏出手枪，抵住那人的下巴。

那名菜鸟伸手掏枪。

"别动！"露西吼道，"不然我就把你脑袋轰掉！"

那家伙真的不动了。

安裘不禁露出微笑。露西从暗处走了出来，眼睛一直盯着那名菜鸟。安裘用枪抵着他手下败将的脖子说："大个儿，我有几个问题想请教你。"

"去你妈的。"

"你再骂一次，我们就赏那小子一颗子弹。"安裘说，"你们一起来真好，让我多一个人可以拷问。"

露西拿走菜鸟的枪，随即往后退开，不让那人逮到。她已经进入状况，紧握手枪全神留意现场情势。

"就两个问题。"安裘说，"要是你表现良好，或许我们都能活着离开。"

"没问题，你问吧。"

安裘知道这家伙只是在拖延时间。他希望对方不要发现他其实气若游丝。

"你们为谁工作？"

"你不知道？"

安裘不喜欢眼前越来越黑，这让他觉得很不安全。他希望眼睛能快适应："我可能知道，也可能不知道，而你要是答错了，我可能会赏你脑袋一颗子弹。你是凯斯的手下？"

漫长的沉默，然后："嗯。"

露西不相信地哼了一声："最好是。"

她朝菜鸟腿上开了一枪，菜鸟倒地惨叫。

天哪。

老鸟想甩开安裘，安裘差点儿支撑不住，感觉五脏六腑都要撕裂了，赶紧将枪狠狠戳进老鸟脖子里。老鸟干咳了一声。

"别动！"安裘朝着扭动身体的老鸟大吼。老鸟僵住了，但菜鸟趁机朝露西扑了过去。虽然受了伤行动不便，速度还是很快。

露西用枪把狠狠敲了菜鸟脑袋一下，将他打倒在地，单膝压住他的背，用手枪抵着他后脑勺。

"要是再动，我就用你的脑浆在地板上画画。"

安裘不再担心露西能不能扮好支持的角色，反而怕她会大开杀戒了。

"露西？"

"嗯？"

"你可以先让他们活着吗？"

"这些浑球竟然找上我姐姐，还打算伤害斯黛西和安特。"

"不是他们。"安裘说。

"你很清楚他们曾经这样对付过别人。"露西的语气冷得吓人，安裘很怕他控制不住局面。

"我需要他们活着，露西。"

"没问题，只要他们别再撒谎，我就不会杀了他们。"

她用枪抵住菜鸟的脑门儿，将他的脸压进瓦砾堆中。安裘察觉老鸟身体一缩，觉得自己活不久了。情势越来越脱离掌控了。

"我们只想要答案。"他说。

"你们反正会杀了我们。"

"你还记得之前不是这样的吗？"安裘说，"我们还不会自相残杀。"

"那已经是陈年往事了。"

"拜托，我是棋子，你也是棋子，你们没有必要为了远在洛杉矶的某个混账牺牲性命。我们都是棋子，只是为虎作伥，没有理由不能一起活着离开，假装这一切混乱通通没发生。我们公事公办就好。"

"那她呢？"

"露西？"

露西没有回答。安裘不知道她脑袋里在想什么，不知道她心里累积了多少愤慨、怒火、恐惧和压力需要宣泄，也不知道她在这里提心吊胆了多少年，害怕这样的杀手会找上门来。

　　"露西？"

　　"怎样？"

　　"他们只是打手，"安裘说，"跟我一样，就是一份工作，赚钱过活，希望家人有一天能住在加州。他们只是小螺丝钉。"

　　"危险的螺丝钉。"

　　"不，"他疲惫地摇摇头，"这对他们来说只是工作，不值得卖老命。"他顿了一下说，"说不定哪天风水轮流转，他们会想起我们曾经对他们有恩，便决定饶我们一命，不让我们死在沙漠里。"

　　最后，露西终于说："好吧，安裘，你问吧。他们只要实话实说……我就让他们活着离开。"

　　"我们怎么知道你不会说谎？"老鸟问。

　　"别得寸进尺。"

　　但她语气已经变了，似乎不再受怒火左右。安裘心想那两名加州人应该也听出了她的改变，因为他感觉他的枪下俘虏放松了一些。

　　"我可以把腿……"菜鸟问。

　　露西挪开膝盖，同时迅速退开。菜鸟脱下外套包扎伤口："你问吧。"

　　"你们是加州人，对吧？"

　　"是呀，没错。"老鸟叹了口气说，"你没说错，我们是洛杉矶来的。"

"那你们怎么会帮拉斯韦加斯干活？"

"是上头交代的，我只知道这么多。上头要我们地毯式搜索这间房子，寻找赌城水刀子的尸体，还有最优先水权文件，看会不会运气好找到，就这样。"

"文件？"安裘吃了一惊，"你是说白纸黑字？用树做成的那种纸吗？"

"我们很确定是纸本，因为拉坦的计算机里没有半点数据，但我们知道他确实谈了交易。重新研究之前的通话内容之后，我们发现文件应该是纸本，没有数字化，所以没错，我们要找的是白纸黑字。"

安裘疲惫地笑了。是啊，他可以想象南北战争时的将领围成一圈，坐在他们杀光印第安人夺来的桌子前振笔疾书，在羊皮纸上起草协议，然后轮流用鹅毛笔蘸了墨水签下大名。

古老的纸上写下古老的权利。

"文件不在我手上。"安裘说。

"少来了，我们都看见你从泰阳特区出来，也知道水权在拉坦手上，只是他从上到下对谁都否认。我们知道他随身带着文件，打算出卖我们。但我们翻遍了他的公寓，一根针都没放过，却什么也没找到，除了你带出他公寓的东西。简单推论就知道水权一定被你带走了，在你毙了他之后。"

"错了，拉坦不是我杀的，凶手不是我，"安裘说，"是我同事，他想一个人干这一票，抢了水权自己卖，狠狠捞一笔。"

"是啊，拉坦也跟我们玩这一套，一直坚持他买到的是假水权，可能是凤凰城的圈套，而且钱也要不回来了，因为那家伙已经被毒枭做掉了。典型的烟幕弹。没错，我们是被他骗过去了，因为很难不相信……只是后来越来越觉得不对劲。真可惜，因为这家伙之前还挺值得信赖的。不过，这不是重点。重点是你是我们到他公寓之前最后一个离开的人，所以——"

"所以你们觉得我也在玩同样的把戏？想自己捞钱？"

"因为只剩下你了。"

"去你妈的。"

安裘可以想象凯瑟琳·凯斯东拼西凑，在冲突的信息中拼凑出背叛的画面：问题那么明显，布雷斯顿竟然没发现；埃利斯在科罗拉多州不知是变节了还是死了，也没告诉她有人要破坏水坝。还有胡里奥决定单干。一堆事情都出了差错，不是背叛，就是谎言。

最后是安裘，人都到了现场，却告诉她找不到水权。

他可以想象凯斯人在赌城，身旁围着一群分析师，全都在分析情报，不只听安裘说什么，还有卧底从宜必思和加州打探或窃听来的消息。

他可以想象她听到他说水权不在他手上，然后听见加州大发雷霆，因为某个长得跟安裘一模一样的家伙从泰阳特区拿了水权逃走了。

如果水权不在胡里奥手上，也不在加州手上，那就只剩安裘了。是他撒了谎。

这么想很合理。凯斯在意模式，总是依据模式做决定，而她观察到的模式都告诉她一件事：她被背叛了。

"这年头谁都会留退路。"安裘喃喃道。

"你说什么？"

"没事。手机给我，我要打个电话。"

老鸟迟疑片刻，接着从身上掏出一部手机。安裘不敢掉以轻心，一直盯着对方，拿了手机就立刻离开老鸟身旁，以策安全。他一边看着老鸟，一边摁电话号码，心里飘飘然的，至少第一个问题有办法解决了。

铃响第三声，凯斯接了起来："喂？"

"你什么时候变成加州的人了？"安裘问。

话筒彼端沉默片刻。"呃，安裘，我想我也该明白了，原来有这么多人不可靠。但有一点我可以确定，就是加州绝对会保护自己的利益，而只要我们利益一致，他们甚至比自己人更可靠。"

"我没死，这样算可靠吗？"

他听见电话那头有瀑布声。凯斯可能在南内华达水资源管理局里，站在她办公室的阳台上俯瞰中央冷却孔，欣赏空中花园和她一手打造的翠绿世界。

"我向来知道你是我最厉害的属下。"她说。

"水权也不在我手上。"

"我很难相信这一点。"

"是布雷斯顿要你这么做的吗？"安裘问，"你也知道那个浑球向来讨厌我。"

凯斯沉吟不答。

安裘又追问一次："是他吗？"

"这很重要吗？"

"要是我能找到水权呢？"两名加州人瞪大眼睛，但安裘置之不理，"要是我把水权交给你呢？"

"你是说水权在你手上，而你本来跟其他人一样打算拿到水权就把它卖掉吗？"

"我是说我还是你的手下，就跟之前一样！"

"我很希望我能相信这一点。"

"你之前明明很信任我。"

"我现在相信人人都只为了自己，这个假设可靠多了。"

"但对我不适用，所以你才会派我来这里，不是吗？因为我不是那种人。"

凯瑟琳·凯斯笑了："没错，那当然，安裴。看在老交情的分儿上，你要是把水权交出来，我愿意一笔勾销，不再悬赏你的项上人头，你就能回柏树特区来了。这件事就当作一次天大的误会。"

"我可以想办法。"

凯斯语气一转："但要是水权出现在别人手上，我就知道一定是你搞的，我发誓一定会联合加州和亚利桑那州追杀你到天涯海角，你这辈子都别想逃。"

"我懂了。"安裴顿了一下，"我想你应该没办法让我的身份证件复活吧，这样我比较好办事。"

"要是我说可以，你会相信我吗？"凯斯问。安裴听得出她语带微笑。

"我一直是你手下，没有离开过。"他说。

"我喜欢你，安裴，但可不想被人当成傻子耍。把水权弄到手，我们再来谈怎么让你死而复生。"

说完她就挂断了。

老鸟呵呵笑着说："你老板的语气跟我老板一模一样。"

"是啊，她不是感性派的。"

"可惜了，要是你没拿到水权，我们也没拿到，你就死定了。"

"你错了，"安裘勉强支起身子，"我知道水权在哪里。"

　　"你说什么？"露西和那两名加州人都瞪大眼睛望着他，一脸惊讶。

　　"既然找的是纸，"安裘说，"我就知道纸在哪里。"

第 *42* 章

玛丽亚觉得，地图的问题就是它从来不会告诉你地面的真相。

她和图米在做计划的时候，感觉好简单。

他们可以放大和缩小科罗拉多河沿岸城镇的卫星地图，查看水坝和所有水塘或河川，了解它们的位置，看见哪些水坝还是满水位，哪些已经干涸了，变成几乎无法横越的陡峭峡谷。

这些他们都看到了，也都计划好了，准备了工具。她带了手臂浮圈，还有夜里穿的衣服，用吸光布料做的，可以让她不被发现。她也想过在水坝的平静水面上需要游得多低，只能浮出水面多高，才不会被红外线望远镜侦测到。

这些都办得到，她也做到了。

靠着图米帮忙，她跟着一群中国籍太阳能工程师到了州界附近。这些工程师都是图米玉米饼摊的老主顾，去州界检查他们的光伏阵列。他们觉得帮助一名小女孩偷渡很有意思，算是安全的冒险。过程非常顺利，让玛丽亚不禁幻想这一路都能轻松过关。

接着她到了卡佛市，发现街上残乱不堪，而河对岸闪光点点，全是狙击手瞄准镜的反光，还有民兵严密戒备。似乎内华达州和加州有一半的人都守在州界，提防卡佛市民狗急跳墙，越河闯进他们的地盘。

红十字会帐篷里挤满了人，全是因为自来水系统瘫痪而生病的市民。市区里污水四溢，厕所车更远远不足，无法解决数十万人的需求。而现在国民兵又来了，感觉随时就要驱离所有人。

入夜后，玛丽亚潜行到卡佛市郊的水坝边。

水位很低，她沿着饱经风吹雨打的水岸往下走，脚下除了砂岩和黏土，还有岩浆碎块。

她从引水道一路往下，黑暗中隐约可见石头上刻着情侣留言和喷漆涂鸦：乔伊和梅伊、天天放春假、基尔洛到此一游，被爱神之箭刺穿的心，还有各种鬼脸。

只不过水还在很底下的地方。

她意识到人们过去划船来这里，在水边度过夏天、假期和蜜月……后来水位降到高线之下，不仅留下一圈黑色的渍痕，也留下一圈回忆、涂鸦与字画，记录人们当年游泳嬉戏的地方。

玛丽亚手脚并用，继续往谷底前进。她的鞋子快坏了，脚趾不停踢到石头，手指也一阵阵抽痛。她的动作还很笨拙，还在适应只剩几根手指的窘况。

她走到水边，开始给手臂浮圈吹气。手臂浮圈跟夜色一样黑。玛丽亚用同种材料做成的方巾扎好头发。图米说一定要这种材质，百分之九十九黑，会吸收所有光线，就算月光下也不会被人看见。她可以轻松仰着缓缓过河，像乌龟一样，几乎不用浮出水面。

玛丽亚盘点着行李，决定哪些要带、哪些要丢，接着把要带的东西用三层旧塑料袋装好捆好，希望不会进水。其中包括图米给她的现金、几件换洗衣物、滤水袋和能量棒，还有麦克·拉坦给她的那本厚重古书。书是她一时冲动带的。

她掂了掂书。这玩意儿很重，而她得游很远。

她应该把书卖了的。拉坦说她可以把书卖掉。钱带得走，书没办法。

玛丽亚蹲在水边眺望远方。对面可能有人在等她，等她自投罗网。

她望着遥远的对岸，心想他们应该也是穿得一身黑，努力隐藏在夜色中。

她蹲着凝望彼岸。

我先观察一小时，如果没有动静，我就游过去。

第 *43* 章

"所以你就这样放过了几百万美元的水权。"

"应该是几十亿吧。光是帝王谷的农业就值那个数字了。"

"而你竟然就让她拿走了。"露西讥讽道。

"那时加州人正在追我,我哪有时间留意书的事情。"

露西笑了:"难怪你老板会用导弹炸你,听起来根本像是借口。"

他们正在泰阳特区外面监视着。沙尘暴呼啸而过,震得他们的破卡车不停摇晃。他们将那两名加州人留在偏远的分区自生自灭,开着加州人的SUV回到市区。但安裘坚持换车,所以跟夏琳换来了这辆破卡车。

安裘捧着一袋点滴靠着车门闭目养神,呼吸又轻又浅,生长促进剂缓缓注入他的静脉。

"换成是你,你也会让她带着那本书离开的。"他说,"那本书太普通了,所有水公司主管和水利官员人手一本,连你也不例外。你们都有初版精装本，都假装自己很懂。"他睁开困倦的双眼，"好像都知道事情会变成这样似的。"

说完他又闭上眼睛，重重靠着车门说："那个叫赖斯纳的家伙，他看得很清楚。他在看，但其他人呢？他们把书供在架上，跟奖杯一样，然后任由事情发生，什么都没做。他们现在都说他是先知，但当时根本没在听。当时根本没有人在乎他说了什么。"他压光剩下的点滴，拆掉袋子与手臂上针头的接口，"我们还有点滴吗？"

"你已经打了三袋。"

"是吗？"

"天哪，你脑袋都糊涂了，该休息了。"

"我需要找到那些水权。你帮我留意那个卖玉米饼的男人就好。那女孩说她的朋友是卖玉米饼的。"

"你不能拼命打点滴，好像这样你就会痊愈似的。"

"放走那个女孩，我就别想活了。"

"你的小命竟然握在一名得州难民手上，不觉得很讽刺吗？"

安裘狠狠瞪她一眼："你揶揄得很爽，是吧？"

"也许有一点儿。"

当记者的时候，露西有时觉得自己逼近了事件边缘，试着隔着灰蒙蒙的窗子确定真相，却只能见到模糊的轮廓。

她可以猜到其中的要角在做什么，还有背后的原因，却从来无法确定。许多时候更是空手而归，挖掘不到任何意义。

例如杰米死了。

某位政客卖了他的泰阳股票。

雷伊·托瑞斯要她别去报道某个死人。

她常报道事件，却很少能看穿灰蒙蒙的窗户，得知背后的动机。她总是假设事件背后必有玄机，只是那些要角太会一手遮天，让她捉摸不透。

但这会儿他们坐在泰阳特区附近，沙尘暴越来越猛烈，她对世界突然有了完全不同的体会。

他们根本不知道自己在做什么，只是线在他们手上，所以他们就装作操纵一切，做做样子。

"看到卖玉米饼的就叫醒我。"安裘说完便闭上眼睛。

玉米饼。那么多州、都市、城镇和农地的命运竟然系在一个卖玉米饼的身上，取决于刮风天他会不会出来做生意。

这真是太奇怪、太诡异了。凤凰城南方郊区完全覆灭，变成焦土一片，竟然只是因为暗杀不成。

南山公园山丘上依然大火熊熊，连本来不可燃的仙人掌也烧得很起劲，全都因为赌城某位女官员认为她手下的水刀子背叛了她。

还有安裘。发烧和偏执让他半疯半癫，深信只要送对礼给他的科罗拉多河女王，就能重新成为她的爱将。

要不是有太多人的性命悬之于此，这件事根本就是一场闹剧。

"你知道，那本书可能早就被烧掉了，连文件也变成灰了。"

安裘睁开眼睛："我尽量保持乐观。"

"你拿到文件之后打算怎么做？"

"交给我老板，怎么了？"他满脸通红，泛着汗水，眯起眼睛望着在灰浊空气中架设摊位的小贩。

"你真的要把文件交给用导弹攻击你的女人？"

"两枚导弹。她这么做不是针对我。"

"你知道，你要是拿到水权，其实可以交给凤凰城。"

"我干吗要那样做？"

露西朝窗外笼罩在沙尘中的残破城市挥了挥手："他们需要帮助。"

安裘笑了，再次闭上眼睛说："凤凰城已经毁了，而且要是我不弄到那些水权，凯瑟琳·凯斯绝对会追杀我到天涯海角。我不可能为凤凰城挨子弹。"

"就算能结束这一切苦难，你也不干？"

"我不是耶稣，也没必要当殉道者，更不可能为了凤凰城这样干。总之，所有人都在受苦，哪个地方都是，事情就是这样。"

"那这里的这些人呢？"

但安裘已经抱着最后一袋点滴睡着了。沉睡的他看起来是那么无害，只是一个疲惫的男人，和所有人一样受苦受难。

露西想起夏琳见到他们开着加州人的SUV来，说要跟她换车时，她一脸狐疑的表情。他们警告她这不算占便宜，因为安裘很确定车上有追踪装置，加州人一跟上级联络，就会开始追查这辆车。

夏琳一点儿都不在意，但还是有问题想搞清楚。"你确定？"她问露西，"这么做值得吗？"

夏琳满身灰烟，刚从外面搜刮回来，打算在动荡后搭建新的房舍。她问话的口气好像在谈车子，但露西知道她其实在问安裘。两人还在说话，安裘就已经钻进夏琳的卡车里，将第一袋点滴的针头插进血管，抱着点滴瘫坐在座椅上了。

值得吗？

这是她记者生涯最大的新闻，值得冒险吗？

不过，天哪，这新闻多大啊！只因一次暗杀行动失败，就烧了半座凤凰城，而且她还亲眼看到。这是多好的题材，更何况还不只是这样。

然而，她没忘记夏琳的质问，问她这么做值得吗。另一篇报道，另一篇独家。更多点击，更多阅读量，更多收入，但是为了什么？

#凤凰城沦陷#？

"他是危险人物。"夏琳评论道。

"他没那么坏，而且现在连手臂都快抬不起来了。"

"我不是这个意思，你跟他……"

"我是大人了。相信我，我搞得定他。"露西拿出她从加州人那里抢来的手枪，"我有武器，也很危险。"夏琳笑得合不拢嘴，门牙无影无踪。

"我感觉好多了。"

有枪也让坐在水刀子身旁的露西感觉好多了。变强的沙尘暴不停击打着卡车，露西仿佛坐在一个诡异的蚕茧里，被风暴包围着。沙尘过滤装置轻轻作响，涤清外来的空气。打了那么多点滴，他终于稍稍恢复了人样，虽然憔悴，但身体机能已经复原了。

"现代药物真是太神奇了。"他压干第一袋点滴时说，"要是我年轻时就有这玩意儿，我敢说身上根本不会有疤了。"

又是一阵强风，吹得卡车猛烈摇晃。车窗外，凤凰城似乎就要变成下一个霍霍坎文明了。

马路上"凤凰城崛起"的广告牌高高挂着，闪闪发亮，但屏幕不停闪烁，似乎被风吹得短路了，感觉是线路问题。广告牌忽明忽暗，毫无规则可言，方才看起来很刺眼，发出强光，随即就变成暗淡的微光，闪烁几秒。

泰阳特区巍然屹立在广告牌后方，玻璃帷幕办公大楼和装有全光谱光源的垂直农场比肩而立，没有一盏灯在闪烁。生活和工作其中的居民可能连外面有沙尘暴都不知道。他们坐拥空气净化装置、空调和净水系统，过得凉爽舒适，就算窗外的世界正在瓦解，他们可能也不在乎。

泰阳特区完全不受大火和动乱影响。就算现在被沙尘暴团团包围，扩建工程依然照旧。

风暴中出现一名少女，顶着风吃力地往前走。她身形纤细，是西班牙裔，脸上捂着捡来的手帕，眯着眼抵挡风沙。

"是她吗？"露西推了推安裘。

安裘睁开惺忪的双眼："不是，要跟卖玉米饼的男人一起出现才是。"

"谁知道他今天会不会来？"

"他会的。"安裘朝挡风玻璃前方的泰阳特区工地挥了挥手。几道头灯的光线在漫天风沙中纷乱扫动。"只要工人有来，他就会出现的。"

工人今天都得戴着全罩式防尘面具才行，呼吸吹得面罩都是雾气。不过安裘说得没错，虽然风沙滚滚，工人还是都来了。

"等着吧，"他说，"他一定会出现的，不然就得饿肚子了。"

"我们才摆脱一场沙尘暴，现在又来了一场，"露西说，"我还以为至少会有一小段空当呢。"

"我觉得不会再有空当了。从现在开始，风暴再也不会结束了。"

"霍霍坎。"露西和安裘异口同声说，"都用到不剩了。"

两人对视一眼，露出苦笑。

"两千年后考古学家挖到我们的时候，不知道会怎么命名？"露西说，"他们会发明某个词汇，专指这个时期吗？会是'联邦时期'，因为国家还在运作，还是'美国的衰败'？"

"说不定他们只会说是'干涸时期'。"

"说不定根本不会有人挖到我们，根本没有人活到那时候。"

"你对碳封存[1]没什么信心？"安裘问。

"我认为世界很大，却被我们搞坏了。"她耸耸肩说，"杰米以前讲到这个就会生气，说我们明知道会发生什么，却袖手旁观。"她摇摇头，"老天，他对我们真的很不爽。"

"他要是那么聪明，应该知道自己蹚了什么浑水，不会被人干掉才对。"

"聪明有很多种。"

"活的聪明和死的聪明。"

"拼命躲地狱火导弹的人还好意思说。"

"至少我还活着。"

"杰米老是抱怨我们明明知道该做什么，却什么也没做。可是现在——"她顿了一下说，"我已经不确定我们真的知道了。要是能有地图告诉我们接下来会遭遇什么，准备起来或许会简单一点儿。只是我们等了太久，已经走到地图之外了，让人很难不去想到底有谁能活下来。"

"人会活下来的，"安裘说，"永远有人能幸存。"

"我没想到你这么乐观。"

---

1 碳封存（carbon sequestration）技术旨在捕捉和安全存储二氧化碳，避免其进入大气层造成温室效应，减缓全球变暖。

"我可没说未来一片光明，但总会有人……有人能调适自己，创造出新的文化，知道怎么——"

"变得聪明？"

"或是把人体变成滤水袋。"

"我以为你在说泰阳特区。"

"这就是了，"安裘说，"人会调适，想办法存活。"

混沌阴暗的沙尘中，泰阳特区隐隐发亮，散放着诱人的光芒。露西从车里可以看见中庭的轮廓，甚至还看得到绿地。那里是一片葱翠的净土，可以让人安然藏躲。也许在外面很难存活，但室内生活依然舒适无虞。

只要有空调、工业用空气净化器和回收率百分之九十的净水系统，就算在地狱也能活得不错。

也许未来的考古学家就会这样称呼我们，"户外时期"，因为人还能活在户外。

也许一千年以后，所有人都活在地下或生态建筑里，只有温室还接触着地表，所有湿气都会仔细回收与保留。也许一千年以后，人类会成为地底生物，安然藏身地底以便存活——

"那家伙来了。"安裘指着外面说。

马路对面出现一个老人，弯腰驼背抵挡风沙，推着玉米饼车一瘸一拐地走向泰阳特区工地出口。

"这种天气他要怎么卖馅饼？"

但安裘已经拉起上衣遮住口鼻下车出去了。一道满是沙砾的风从车外灌了进来。

露西抓起面罩跟着下车，一边匆匆戴上，一边跟着步伐蹒跚的安裘过马路。追上他之后，她伸手挽住安裘的手臂，原以为他会反抗，没想到他反而靠着她。

"谢了。"他隔着上衣喘息道，同时开始咳嗽。

"用我的面罩吧。"露西大喊。

安裘还来不及反驳，她已经脱下面罩戴到他头上了，还将带子拉紧。

我们还真配，她心想，我戴护目镜，他戴面罩。

他们走到小贩聚集的地方，只见小贩全都戴着面罩和护目镜，隔着镜片瞪大眼睛望着她和安裘，犹如一群奇特的外星人盯着他们，希望他们掏钱消费。

露西扶着安裘一跛一跛地走到卖玉米饼的人面前。那人正在架设餐车，拿出支柱和迎风翻飞的塑料布，像要罩住整个摊位一样。

那人听见有人走近便转过身来。安裘大声说话，希望隔着面罩还是听得见。那人仰头听了几句，摇头表示没有听懂，随即摘下自己的面罩，眯眼望着他们。

"你刚才说什么？"

"我们在找一个女孩子！"露西大喊，"听说她跟你在一起！"

老人面露疑色："你们是听谁说的？"

"我帮过她。"安裘说。

那人似乎没有听懂，于是安裘摘下面罩朝老人的耳朵大吼："我帮她逃出来的，两周前！她跟我提过你，说你会保护她。"

"她这么说吗？"那人似乎很难过，转身说，"帮我架摊子！架好我就能跟你们说话。"

三人手忙脚乱地在风中架设帐篷支柱，将柱子插好，然后将戈尔特斯篷布绑在柱子上固定住。完成之后，他们总算有一块小地方可以钻进去，而老人也能站在煎锅前就位。三人一起摘下面罩和护目镜。

"那个女孩子在吗？我有事跟她说。"安裘说。

"什么事？"

"她手上有一样很珍贵的东西，"露西说，"非常有价值。"

老人笑了："我不相信。"

"这是有奖赏的，"安裘说，"而且是大奖。"

老人嘲讽地看了安裘一眼："是吗？什么大奖？"

"我可以带你们过科罗拉多河，住进拉斯韦加斯的柏树特区。"

老人哈哈大笑，但看安裘没跟着笑，便收起笑容，脸色突然转为惊讶，转头看着露西。

"他是说真的？"

露西做了个鬼脸："嗯，我想他应该做得到。只要你肯帮忙，说不定能得到更多奖赏，非常多。别一下就答应了。"

"所以，我能跟她谈谈吗？"安裘问。

"抱歉，"那人一脸哀伤，"她已经不在这里了。她几天前就离开了。"

安裘的脸垮了下来。

"去哪里了？"露西问。

"她搭便车到州界去了，"那人说，"打算过河到对岸。"

安裘靠着餐车，神情焦急地问："哪里？你知道她要从哪里过河？"

"我们看了地图，觉得最好的地点是卡佛市。"

安裘咒骂一声，但露西还是忍不住笑了出来。

第**44**章

安裘在拥挤的卡车座位上挪了挪身子说:"你确定她带着那本书?"

挤在那个叫图米的玉米饼男和开车的露西之间,安裘没办法坐得很舒服。三小时的车程过后,他缝好的伤口又刺又痛。

他心想要是天气好,车子开得又快,他还会不会这么痛。但混浊的空气如同滔天巨浪,能见度剩下50英尺,只能在漫天的风沙中缓慢前进,三人全都愣愣地望着前方。

车子开始上坡,露西挂到低速挡。

棕色沙尘中,难民犹如蹒跚的鬼影,出现在车头防风灯前。这些弯腰驼背奇形怪状的身影摇摇晃晃地远离灭亡的卡佛市,想逃往半斤八两的凤凰城。持续的饥饿与困乏让他们步履缓慢,近乎爬行。

他们下了州际快速道路,开上古老的66号公路。这么做还挺聪明的。避开主要干道,亚利桑那州警就监视不到他们。安裘最怕中途被警察拦下,然后因为身份造假而被逮捕。

但66号公路非常堵，这会儿车速就跟黏腻的糖浆一样慢。

安裘突然想起多年前他父亲带着他逃离墨西哥时，开车压过的减速带。这种事你从来不会想到，也不会被影响，这会儿却相信刚才那个减速带就像当年那个突起一样，会害你减慢太多，被追杀你的杀手赶上，要了你的命。

"你确定玛丽亚带着那本书？"他又问了一次。

"你已经问过二十遍了。"露西说。

"她离开凤凰城时，书是带在身上的，"图米很有耐心地说，"不过她可能已经扔了或卖了。那本书对她来说太重了，很难带着游过河。"

安裘可以想象玛丽亚走到半路，决定将书卖给路边做典当生意的人。这种人沿路都是，专挑难民下手，用低价现金，甚至食物或几瓶水交换难民的贵重物品。

安裘强迫自己靠着椅背，假装放松。事情完全脱离了他的掌控。车是露西在开，而玛丽亚不知去向。他能打的牌都打光了，如今只能交给死亡女神定夺了。

露西再次挂到低速挡，缓缓穿过占满道路的难民。这些难民就像从前牧民的牛群，在路上漫无目的，茫然跟随前进着。

难民盯着他们的车窗往里瞧，防尘面罩下的眼睛被镜片扭曲了，像铜铃一样大，如同外星人一样。

"你们开错路了！"有人大喊。

"那还用说。"露西喃喃自语。

她绕过一辆抛锚的特斯拉。那辆车一半车身滑出了路面，陷进软土里："我从来没见过这副样子的马路。"

"我们看地图的时候，"图米说，"也没想到这里是这样。"

"这里是卡佛市，"安裘压下自己心头的挫折说，"水也该用得差不多了。"

"用得差不多了？"图米问。

"他们的供水不久前被截断了。"

"你是说拉斯韦加斯切断了他们的水，"露西补充道，"你切断了他们的水。"

"那已经是好几周前了。"图米说。

"没错，"安裘仰着头说，"但人需要一段时间才会明白回天乏术了。援助机构进驻，让他们又多撑了一会儿，靠桶装水、红十字会水泵和自己拿滤水袋到河边取水多活了一阵子。"

他接着说："但污水处理系统不再运作，因为不再有水了。于是疾病的问题开始出现，而滤水袋和厕所车远远不够。

"于是国民兵出现了，因为人们企图自行抽取河水，开始进行黑市交易，但由于疾病横行，国民兵到处都是，他们终于发现这样下去没什么搞头。

"于是做生意的离开了，工作也少了。

"一旦金钱跑了，老百姓才终于懂了。租房子的永远最先离开，因为他们跟这个地方没什么连结，何况水龙头再也没水了。他们很快就会一走了之。有房子的人会继续撑着，至少撑得久一点，但最后也会受不了，先是三三两两，然后越来越多——最后就是现在这样。"他指着挤满高速公路的难民潮，"整个城市都他妈的在逃。"

"人这么多，我们怎么找得到一个小女孩？"露西问。

"她要是走到了，我知道她会从哪里过河。"图米说。

"那得她真的走到了。"露西说着又踩了刹车，将车靠边让一队满载行李的车子先走。

前方停着一辆悍马，几名国民兵正盯着难民，让难民保持秩序。露西再度驱车前进，在人群间穿梭，要难民让路。难民四周沙尘飞扬，犹如翻腾的云雾。

安裘不停用手指轻敲膝盖，知道自己无可奈何。人潮这么汹涌，他们再怎么做都不可能加快速度。一辆亚利桑那国民兵的卡车从旁边开过，车上载满了人，全都抓着车缘站着。

"你的枪好拿吗？"安裘问。

"这里还用不到吧？"露西说。

安裘决定不跟露西争辩人失去一切后会做什么、不会做什么。露西依然相信人性光辉的一面。这样很好。理想主义者是很好的旅伴，不会把你活剥吃了。

"玛丽亚绝对过不了这里。"露西又说了一次。

"那女孩的求生意志惊人。"安裘说，"她想办法从得州来到了凤凰城，那段路也不好走，有些甚至比这里更糟，一路有新墨西哥人伏击，将保守得州人吊死在围篱柱子上杀鸡儆猴。"

"她那时不是自己一个人，"露西说，"她的家人还在。"

"她会走到的，"图米说得斩钉截铁，"就像你男朋友说的——她很强悍。"

"他不是我男朋友。"

图米耸耸肩。

"他不是。"

安裘听出露西语带犹豫，觉得很开心，因为他自己也搞不清楚他们两人是什么关系。

他们经过一个医疗站，里面挤满了在发放救援物资的红十字会人员和驼峰公司[1]员工。国民兵在一旁监视着，确保人们乖乖排队，从救援人员手中领取滤水袋、水袋和能量棒。

路旁有人驾着卡车，保证提供难民凤凰城红十字会水泵附近的住房，以及在泰阳特区担任建筑工人的优先权，每人只要500美元。

卡车旁是一辆涂着沙漠迷彩的悍马和两名武装警卫，还有一个大招牌写着：

收购珠宝，价格最优

"你觉得会有人接受吗？"图米问。

"当然。"安裴说。

"真丑恶，"图米说，"占人便宜。"

"这就是人生。"安裴说。

露西恼怒地瞪了他一眼："别说得这么开心。"

"事实就是如此。"安裴说，"没必要期待人会改变。所以才会有人丧命。"

"人有时也会为了理想而战。"图米说。

安裴耸耸肩说："也许吧，但理想是没办法让你住进柏树特区的。"

图米冷冷看他一眼，接着便转而跟露西聊了起来。

他们处得很不错，让安裴有些意外。他在想这是凤凰城人的特色，或是亚利桑那人都很好相处，还是他的问题，是他让他们走在一起的。

1　"驼峰"是一个以户外饮水装备闻名的美国品牌。

"她绝对过不了河。"安裴说，"她要是已经试着过河，肯定没命了。"

"她很机灵，"图米说，"我们事前就计划好了，她带着浮力圈。"

"不可能，"安裴摇头说，"她一定会被挡在那里。只有付大钱给民兵的人才有机会过河，自己闯关绝对没办法，一个也过不了。"

"走着瞧。"露西说。

安裴置之不理。

他在权衡情势，思索着该不该联络河对岸的埋伏，请他们帮忙，要内华达国民兵和民兵留意玛丽亚的踪迹。他不知道自己有多孤立无援，其实亚利桑那州也有许多人准备追杀他。

露西马上说起安裴跟内华达民兵的关联。

"这件事也是你干的？"图米一脸沮丧，"你们真的派人守在州界，不让任何人通过？"

"要是亚利桑那人和得州人蜂拥而入，内华达绝对撑不下去。"安裴耸耸肩说，"反正加州做得更狠。"

"要是这个小女生因为你而横死，那还真讽刺。"露西说，"你被自己雇用的人搞得变成通缉犯。"

"你觉得我没想过吗？"

图米一脸厌恶："要不是我很在意玛丽亚，我一定会说你是罪有应得。"

这两个跟他同行的人真是天生一对。安裴转头望着窗外的难民，试着不去理会内心良知的啃噬。

他没说出口，但只要他们提到他为凯瑟琳·凯斯做了什么，他心里就会浮现一股迷信的焦虑，觉得自己终有一天要为满身罪孽付出代价，因为有人一直看着他，或许是上帝，或是死亡女神，甚至是佛教的业力……总之就是某种力量，气愤地找上他，要他血债血偿。

也许你只是在被砍之前多砍几个人罢了。

安裘想起那名杀手。不是杀人，就是被杀。是讽刺也好，罪有应得也罢，车窗外的难民潮仿佛是故意让他找不到人而出现的一样，好让他得到报应。

是我造成难民潮的。

不是杀人，就是被杀。

他们在群山之间蜿蜒向上，竭力穿越一波波难民，最后终于越过山顶，开始往山下走，速度也稳定多了。沙尘暴即将过去，阳光逐渐穿透黄浊的尘雾，掀去了遮蔽视线的薄幕，变成蓝天白日，对照刚才的尘土灰蒙，一时显得格外刺眼。

安裘试着辨识方向。

露西指着外面说："亚利桑那中央运河在那里。"

只见一道细长的浅蓝色直线划过陆地，将科罗拉多河的河水运过沙漠。

阳光下，浅蓝色的运河熠熠生辉。这是凤凰城的生命线，先用水泵将水打到山上再从隧道穿越山区，全长超过300英里，将水送到烈日沙漠中央的干涸都市。

"看起来好小，"图米说，"很难想象它可以供应一整座城市的用水。"

"有时确实没办法。"安裘说。

"你把它炸了之后就更不可能了。"露西说。

"那也是你做的？"图米问，"该死的，你有很多事情要解释清楚。"

"就算我不动手，她也会找人做，我就会失业了。"

"你已经失业了。"露西提醒他。

"只是暂时的。"

"我还是不懂你为什么要相信她。"

"你说凯斯吗？"安裘笑了，"你也害我中枪了，我还不是依然相信你？"

"你说得对，你疯了。"

安裘不在意她语带挖苦。随着沙尘暴过去，他心里又乐观了起来。光是摆脱沙尘暴看得见前方——

他们绕过一个弯角，地势陡然向下，科罗拉多河突然出现在眼前，而他们的目的地就在旁边。

露西将车刹住，三人全都隔着污浊的挡风玻璃往外望。

"天哪，"露西说，"你的死城就在那里。"

三人陆续下了车，山下远方一波波难民涌出卡佛市，犹如蚂蚁大军从住宅里蜂拥而出。直升机在上空盘旋，大量车潮不断离开市区，国民兵的悍马在高速公路的交流道警戒，维持秩序。

河对岸的加州国民兵设立了小型碉堡监视河面动静。高倍望远镜的镜片在阳光下闪闪发亮，暴露了狙击手的位置。民兵追踪可疑目标，直升机在河上高低巡逻，旋转翼啪啪作响，完全不掩饰它们的行踪。

"天哪，"图米用手遮挡阳光，观察山下的局势，"她不可能通过的。"

"她不会从这里过河，对吧？"安裘试着掩藏心里的焦虑。

"对，"图米指着河上游说，"我们当时想她要是走陆路，到更上游的地方，避开人群，巡逻部队应该比较少。"

"你觉得她的决心有多坚定？"安裘问。

"非常坚定。"

安裘俯瞰他一手毁坏的城市。公路上挤满了难民和巡逻的国民兵。他要找的水权就在那一团混乱之中，正渐渐脱离他的掌握。

是讽刺，还是罪有应得？

安裘两个都不喜欢。

第45章

露西想开到卡佛市，但被亚利桑那高速公路巡警拒绝了。

"道路封锁了！"巡警大喊，"立刻掉头！这里只出不进！"

"他们想阻止掠夺者进入。"安裘说。

露西觉得他语气很沮丧，仿佛终于看见自己所造成的恐惧发生在自己身上。

她将卡车掉头开回之前的山坡上。山下的警察和国民兵继续指挥交通，其中几人抬头瞄了一眼，似乎在留意他们。

"我们要是再待下去，就有麻烦了。"露西说，"那些条子不会放过我们的。"

"嗯，要是他们认出我来，我就完了。"安裘说。他皱眉俯瞰山下的车流，神情非常专注，让露西觉得他似乎想从蚂蚁般的人群中找出玛丽亚似的。

安裘突然说："我想我们做得到。"

"做得到什么？"图米问，"我不可能用走的。"

"我也是，"安裘说，"我们得把卡车卖了。"

"你开什么玩笑？"露西瞪着他说，"车子不是我的。"

安裘朝她得意一笑："你想知道事情会如何发展，对吧？"

被人看穿脑袋里在想什么，感觉真是气人。

最后，露西还是卖了夏琳的卡车。安裘用它跟一位出城的难民换了两台电动越野摩托车。

"夏琳一定会杀了我。"露西一边交出车钥匙一边说道。她狠狠瞪了安裘一眼："你知道从我认识你到现在，我已经没了几辆车吗？"

安裘至少还懂得不好意思："只要回到拉斯韦加斯，我就立刻补偿你。"

"好啊，"露西说，"我敢说你老板不想杀你的时候，一定给你很多经费。"

图米勉强骑上了摩托车，安裘和露西则坐上了另一辆。

"骑稳一点，"安裘说，"我还受不了太颠簸。"

他们横越陆地，避开检查哨，轰隆隆地在黄土地上前进。他们绕过石炭酸灌木和高大的墨西哥刺木，经过龙舌兰树丛，甚至见到了一株孤零零的约书亚树。

露西发现沙漠的景色正在转变，他们正从索诺拉沙漠进入莫哈韦。两个沙漠就像表亲，彼此混合杂处，而他们三人正要通过这里。

除了电动摩托车发出的机械轰隆声，沙漠里只听得见风的呼啸。

到了科罗拉多河后，他们开始往上游骑，在崎岖的路面上寻找可能通往河边的小径，推断玛丽亚会从哪里过河。

他们骑了好几个小时，越来越接近河岸，但没有看见女孩的踪影，接着又被迫骑离河岸，在丘陵和山路里穿梭，直到下一条通往河岸的小径。

摩托车开始动力不足了，露西将车停下。

"怎么了？"安裘问。

"电量已经用掉一半左右了。"她说，"我们没有太阳能板能充电，就算想慢慢充电也没办法。"

"回程很远。"图米说。

"你们想回去就回去，"安裘说，"我自己继续往下骑。你们不必跟我一起。"他一边说话一边呻吟和出汗，眼神也闪着疲惫。

图米摇头说："不，我再也不会放她离开了。"他语气是如此坚决，让露西不禁好奇这个男人到底是做错了什么，需要这样赎罪。

我们都有罪要赎，她意识到，没有人会回头。

"她很可能已经下水了，"安裘说，"说不定已经死了。"

"我们还是要找她。"图米坚决地说。

露西也跟着摇头。

安裘朝她咧嘴微笑："记者就是不肯放弃。"

"有时候。"

"很好，"安裘叹了口气，"因为我光是撑着就很难了，要是一个人骑车，难保骨头不会散了。"

他说完便用力搂住露西的腰。露西再次发动摩托车，想到自己之前是那么怕他，现在却是如此依赖，感觉真是奇怪。

三人重新出发，一路奔驰颠簸，轰隆隆骑过干枯的沙漠，沿着河边蜿蜒前进。

摩托车越来越缺乏动力，露西开始担心他们怎么回去。他们已经骑了好几英里，走路需要几天才能回到卡佛市？阳光已经晒得她皮肤作痛，感觉就快烧焦流血了。

那女孩真的能走这么远？

露西可以想象安娜在温哥华听到她的决定后摇头叹气的模样，她无法理解自己面对的风险和冒险的理由。她几乎可以听见安娜对她说：你不是那里的人，你可以一走了之，只有你可以轻松离开。你这是在玩儿命。

露西很难不赞同安娜的看法。她之前来沙漠总是会有一大堆规矩，从记得戴防尘面罩、擦防晒油和准备两倍的水，到绝对不去太远的地方，免得出状况回不去，不一而足。但她现在一条也没遵守。

而且，为了什么？追新闻？追着灾难边缘跑？

图米突然大叫一声，加速向前。

安裘紧抱住她，一手指向前方。她听得见他在说话，用西班牙文念念有词，但他讲得太快，加上强风在她耳边呼呼作响，所以不确定他说了什么，但听起来像是祷告。

那里。

图米看见那里有东西：几件衣物，还有滤水袋和能量棒包装纸。

女孩下水前留下的最后的痕迹。

露西带他们停到了那堆东西旁边。

"可恶！妈的！"图米说，"这是她的东西，她到过这里！"

露西环视泥泞的河岸和柳树丛，还有几棵孤零零的柽柳。河水在树林后方懒洋洋流动着。

就这样，事情就这样结束了。费尽千辛万苦，就这样结束了。

露西不知道是感到失望还是该松一口气。

她眺望河对岸，想看看能不能发现安裘扶植的民兵。那些人会将那女孩生吞活剥之后扔回河里，漂回卡佛市，让其他人知道教训。

河边没有动静，只有河水潺潺和河面吹来的一股潮湿的凉风。

就这样了。

安裘一瘸一拐地在河边来来回回，焦急地瞪大双眼眺望河的对岸，仿佛被异象带到深渊前的信徒，祷告祈求圣母马利亚拯救，但却毫无所获。最后的希望破灭了，他气喘吁吁地跪在地上。

不是所有征途都能如愿以偿。偏执和贪心之人经常犯下愚蠢的错误，因而丧生、自相残杀或陷入挣扎，最后空手而归。

露西不知道自己是怎么想的，竟然相信这样一个沙漠故事会有不同的结局。

突然，一名满身泥巴的女孩背着背包从草丛里走了出来。

"图米？"

"玛丽亚！"

图米张开双臂朝她奔去。

安裘如释重负长吁一声，也跟着站了起来。

玛丽亚和图米紧紧相拥，安裘蹲在她身旁开始翻她的背包。

"嘿！"玛丽亚大吼，"别碰我的东西！"

"在这里，"安裘说，"真的有！"

他从背包里拿出一本书，举起来晃了晃，接着开始翻书，随即咧嘴微笑，从书里抽出一张纸，脸上写满了胜利的笑容。

露西走到他背后往下看，果然：他手里拿着一份旧文件，上面盖了印。她没想到会是这样，就两张，没了。干干扁扁，满是折痕，却足以撼动全世界，至少可以救某人一命。她伸手去拿，但安裘将她的手推开。

露西狠狠瞪他一眼："不会吧？我为你牺牲了多少车子？"

安裘像绵羊一样，乖乖交出文件。

"真旧。"

"已经一百五十多年了。"

她不禁小心翼翼地捧着它。"真难相信这东西值得人们拼命。"她一边读着文件内容，一边喃喃自语。

内政部和印第安事务局的印章，还有部落酋长的签名……空洞的承诺、象征性的妥协，因为没有人认为会有这一天。几百万英亩-英尺的水，整起事件的最后一块拼图，可以让亚利桑那中央运河完全复活。有了这份水权，亚利桑那就可以挖掘更多更大的运河，改变科罗拉多河的河道，不让加州和内华达染指，将水运到其他沙漠和其他城市。

寥寥两张纸，就能让凤凰城和亚利桑那重新掌握自己的命运，不再是失落和崩坏之地，让图米、夏琳和提莫这样的人安居乐业，让所有难民再也不必瑟瑟缩缩，梦想脱逃到北方。

露西叹了一口气，知道自己该怎么做。杰米说得没错，她已经不知不觉变成本地人了。她说不出是什么时候，但凤凰城已经变成她的家。

第46章

安裴想拿回文件，但露西往后退开，速度快得惊人。枪在她手上闪闪发光，安裴给她的枪。

"对不起，安裴。"她低声道。

图米和玛丽亚惊呼一声。

"怎么——"

安裴举起双手，动作谨慎小心，想搞清楚现在是什么状况："怎么回事，露西？你为什么要这样做？"

"我不能让你把文件交给凯瑟琳·凯斯。"露西说。

安裴努力不让自己语露惊慌，心里暗忖该怎么做。"这份文件是我的生命线，"他说，"我需要它。"

"怎么回事？"图米问。

"没事，有一点小争执。"

他有枪，但得想办法掏出来。他得让露西分神，只是他很不喜欢露西拿枪指着他的感觉。

438

露西头一回拿枪指着他——感觉已经像是上辈子了——他很有把握地以为她是能讲道理的，听得进他说的话。

但此刻她的灰色眼眸却和碎石一样冷酷。

她枪法不错，安裘见过她在近乎全黑的屋里开枪击中了加州人的腿。他非得一击得手，否则绝对不会有第二次机会。

"我觉得我们好像一直意见不合，"安裘说，"这是怎么回事？"

"对不起，安裘。"

听她的语气，安裘相信她是真心的。她并不想这么做。他可以看出她心里的苦，却也看得出她不会动摇。

"拜托，露西，你只要跟着我就好。那几张破纸可以带我们通过州界。只要文件在手，我就能联络骆驼军团，就能叫直升机，我们晚餐前就能回到赌城了。"

"那我想你最好也把手机交给我吧。"

"你不能把我们留在这里！"图米抗议道。

"我不会管你们，"露西说，"只有他。"

"你打算拿这份文件做什么？"安裘问。

"我要交给凤凰城。这份文件是他们的，水权也是，通通是他们的。不是加州，也不是内华达，更不是拉斯韦加斯或你老板的。"

"凤凰城连这份文件存在都不知道！不知道就不会受到伤害。"

"你真的好意思说凤凰城的人没有受到伤害？这些水权是他们的生计。"露西说，"凤凰城可以重生，不用像现在这样。"

"少来了，露西！这地方已经毁了，没救了，但我们却可以去北方。我们所有人都能去，你也可以，那里有地方让我们所有人落脚。如果你很在乎你的狗，我们连它也能带去。"

"事情没那么简单，安裘。我已经跟他们相处太久，看他们受苦太久了，不可能袖手旁观。"

"你把文件交给凤凰城，只是将痛苦转到其他地方而已。你觉得你这么做，拉斯韦加斯不会受苦，不会干枯凋零吗？"

他往前挪动一步，思考该怎么抓住她。虽然会痛，但他想应该可以。

"别逼我开枪，安裘。"

她是认真的。

"那我们谈谈吧。"

"没什么好谈的。"

"所以……你打算怎么办？把我扔在这里吗？"安裘问，"不会吧？"

"我会把你的手机扔在两英里外的地方，你到时候可以求救。"

"没有文件，我向谁求救也没有人会来。"

"那就跟我走吧，"露西怂恿道，"跟我拿着文件回凤凰城，他们会罩你的。"

安裘忍不住哈哈大笑："现在是谁在痴人说梦？你知道我对凤凰城的人干了多少坏事吗？"

"我可以说句话吗？"玛丽亚冷冷地说。

露西没有回答。

"现在讲可能有点迟了。"安裘说。他全副心思都放在露西和她手里的枪上，还有她眼里的野性和坚强的信念上。

他发现凤凰城会让人疯狂，有时会让人十恶不赦，甚至没有半

440

点人性，有时又会让人变成他妈的圣人。

我真是走狗运，竟然遇到凤凰城他妈的最后一个圣人。

他仿佛听见那名杀手在嘲笑他。

不是杀人，就是被杀。小子，你说是吧？你靠断人的水源维生，老天终究会来找你算账的。

报应，绝对是报应。

有人流血，才有人有水喝。就这么简单，只是现在轮到他了。

有那么一小段时间，他真的这么相信过。当你舒舒服服地坐在柏树一号特区，享受瀑布和空调，以及截断别人水源的时候，很容易以为自己占尽上风。

"我不是针对你。"露西说，"我真的很喜欢你，安裘。"

"是啊。"安裘发现自己忍不住微笑，"我知道。"他耸耸肩说，"我懂，我们只是小螺丝钉，只是因为机器是这么设计的，所以不得不做。"

真的是这样。他发现自己无法恨她。他们只是螺丝钉。无论是他自己、加州人、卡佛市或凯瑟琳·凯斯，通通只是大机器里的小齿轮。

有时你们会互相咬合，甚至同方向旋转，就像他和露西，有时则怎么也合不拢，有时又会是机器里最重要的零件。

有时会变成多余。

安裘心想，当他飞来卡佛市截断水源时，余西蒙的感受是不是和他现在一样。

他缓缓放下双手。

"那你就走吧。"他叹了口气说，"如果你想那么做，那就去做吧。"

露西瞟了摩托车一眼，安裘趁机掏枪。露西拿枪指着安裘：
"别动！"

　　安裘咧嘴冷笑："我什么都还没做呢。"

　　"把枪扔了！"

　　"少来了，露西，你不是杀人魔，不喜欢双手沾满血腥。还记得吗？你是圣人，魔鬼是我。"

　　"你要是想阻止我，我就开枪！"

　　"我只是要你听我说！"

　　"没什么好说的！"

　　"我还以为你是最相信文字的力量的。"

　　她瞪着他，脸上瞬间闪过恐惧与惊慌，但随即露出微笑。

　　"你不会开枪打我的。"

　　"你要是不听话，我就会开枪。"安裘咆哮道。

　　但露西只是微笑："不，你不会的。"她伸腿跨上摩托车。

　　"别这样！"安裘吼道，"别逼我对你开枪！"

　　"你不会的，"露西说，"你太喜欢我了，下不了手。更何况你欠我一次，还记得吗？"

　　"这件事我不欠你什么。"

　　"让我走，"露西柔声道，"让我离开吧。"

　　安裘望着她转动钥匙发动摩托车。他想起救赎与报答，想起她跪在他身旁，将他从鬼门关拉了回来。他不知道承诺有什么好。想想人们撒的谎，还有爱人许下的诺言。

　　"求求你，"他说，"我拜托你了。"

　　"对不起，安裘。有太多人需要这份文件了，我没办法抛弃他们。"

"唉，算了。"他放下手枪，"你走吧，去当圣人吧。"他将枪收回枪套，转头走开。

电动摩托车在他身后开动了，沙沙碾过泥地。安裘发现自己竖耳倾听，希望露西改变心意，回到他身边，但他知道不可能。

不是杀人，就是被杀。

他已经在想出路了。当凤凰城拿着文件出现在法院时，他得想出一套说辞跟凯斯解释才行。

不，没希望了。他只能逃，逃得越快越远越好，而凯斯一定会悬赏他的项上人头——

一声枪响在河面上回荡。

鸟群惊惶蹿向天空，在空中盘旋奔躲。

安裘扑倒在地。

第47章

    玛丽亚没想到枪的后坐力这么强，但那女人摔下摩托车，倒在地上。

    "怎么——"图米回头一脸惊诧地望着玛丽亚。

    玛丽亚不理他。她手腕热辣辣的，被点四四手枪的后坐力震得又刺又痛，但事情还没结束。

    要是那女人打算反击，她知道自己非得补上一枪。那女人躺在地上，看起来没动静，摩托车又摇摇晃晃往前冲了十多码才翻倒。

    有人跑了过来，玛丽亚立刻转身举枪。是刀疤男，那名水刀子。

    "嘿！"刀疤男举起双手，"别紧张，小姑娘。我不会对你怎么样，我们是站在同一边的。"

    玛丽亚犹豫片刻说："你说这份文件能带我们离开这里到拉斯韦加斯去，你是说真的？"

    "嗯，"他点点头，一脸认真地说，"对，是真的。"

    "我可以跟你一起去，对吧？一言为定？"

"没错，直接到拉斯韦加斯，住进柏树特区里。四号特区已经快完工了，有的是房子给你。"

"你保证？"她哑着嗓子问。

水刀子又一脸认真点点头："我不会抛下任何人。"

"嗯，那好。"玛丽亚放下点四四手枪。

那人立刻闪过她身旁，冲向倒在地上的女人。玛丽亚缓缓跟在后头。那女人全身瘫软，水刀子抱着她，将她的头枕在腿间，像照顾婴儿一样低声安抚她。那女人抬头看着玛丽亚，浅灰色眼眸里写满了困惑。

"你开枪打我？"

"嗯，"玛丽亚蹲在她身旁说，"对不起。"

"为什么？"她声音沙哑。

"为什么？"玛丽亚望着那女人，心里不明白这些人怎么会这样看世界，"因为我不想再回到凤凰城。你可能觉得这几张纸能改变什么，但那地方不会变好了，我绝对不回去。"

水刀子转头看了她一眼："你从不回头的，是吧？"

"当然。"玛丽亚说。

"妈的，"那人摇摇头，微笑着说，"凯瑟琳·凯斯一定会喜欢你。"

她还来不及问他是什么意思，那人已经喊了图米，要他拿手机给他，接着便打给某人，讲了一长串数字和字母组成的密码。

图米走到她背后抱着她。玛丽亚以为他会骂她做了这么可怕的事，但他只是轻轻抱着她。

玛丽亚低头望着那女人，不知道对方能不能活下来，自己会不会因为杀了人而有罪恶感，还有她刚刚做成的约定对不对。

她以为见到那女人受苦会很难过，可是并没有，这让她不禁思考自己到底是什么样的人，她心里是不是有什么瓦解了，因为她所见到的和所做的一切，但她发现自己连这些都不在乎。她只想到自己终于可以过河了，可以到拉斯韦加斯欣赏喷泉，所有人都能从喷泉舀水喝。那里有陶欧克斯开着炫酷的特斯拉电动车呼啸而过，所有人都住在亮晶晶的生态建筑里，不用每天吸着沙尘，受烈日暴晒。

她离开图米的拥抱，独自走到泥泞的河岸边坐了下来。

傍晚了。

她听见蟋蟀唧唧、麻雀鼓翅和小鱼溅起水花，看见蝙蝠和燕子在渐暗的天空盘旋穿梭，捕食昆虫。

玛丽亚望着河水，望着它从水天交接处迎着冰凉的微风奔流而来。

好柔和。河边的空气好柔和。

她已经想不起上一次吹到这么凉爽的微风是什么时候了。

靴子踏地声，水刀子来了。他在她身旁坐下，不发一语，只是默默坐在她身旁，一起望着河面。

过了很久，玛丽亚说："对不起，我对你女朋友开了枪。"

"唉，"水刀子叹了口气说，"她没给你多少选择。"

"她的目光很陈旧，"玛丽亚说，"我爸也有同样的问题。"

"哦？"

"她觉得世界应该是某种样子，其实不是。世界已经变了，但她看不出来，因为她只看见它原有的模样，之前的样子。她还活在旧时代。"

玛丽亚很犹豫，不知道自己是不是真想知道，但还是得问："她会活下来吗？"

"嗯，她很顽强，"他微微一笑说，"要是到得了拉斯韦加斯，应该有机会。"

她觉得有道理，比过去几年所有大人跟她说过的话都有道理。

"看来我们都在同一条船上了。"她说。

水刀子轻轻一笑。"是啊，"他说，"我想是这样没错。"

他站起身拍了拍牛仔裤，一瘸一拐地走回到图米和那女人身边，留她独自坐在河边听着蟋蟀鸣叫，看着河水潺潺流过杨柳依依的河岸。

玛丽亚吸了一大口傍晚的空气。那空气在她肺里感觉好清凉、好新鲜，简直像在呼吸河水一样灌进身体，囤积起来。她听着蟋蟀唧唧，看着蝙蝠在河面飞翔。

她觉得远方传来新的声响，是直升机旋转翼的转动声，由远而近过河而来，回荡在水面和峡谷中，淹没了蟋蟀和河水的嘈杂。

声音很远，但越来越近。

越来越真实。

致　谢

　　本书为虚构小说，所有人物及场景均经改编或纯属杜撰。话虽如此，书中描绘的灾难性未来并非无的放矢，而是源自不少科学与环保记者的深入研究与报道。这些记者揭示了正在急速颠覆我们世界的细微变化与趋势，值得想了解未来大势的人阅读，而我多年来也一直关注着他们的报道。好的报道不只记述现在，更能点出未来的轮廓。我很感谢这些作家和记者，让我有机会读到他们的报道。

　　我要特别感谢米歇尔·尼占斯、劳拉·帕士克斯、马特·詹金斯、乔纳森·汤普森和《高乡新闻》杂志，这本书最早的灵感很大程度上要归功于他们。早在我知道自己要写一本关于水资源稀缺的小说之前，他们就给了我许多启发。我还要特别感谢格雷格·汉斯科姆鼓励我写了短篇小说《柽柳猎人》，为《水刀子》撒下了种子。另外，我要感谢以下诸位，让我能在他们的社交网站上潜水看文：查尔斯·费什曼@cfishman、约翰·弗莱克@jfleck、约翰·奥尔@CoyoteGulch和迈克尔·E. 坎帕纳@WaterWired，以及水资源新闻网站@circleofblue，更不用提许许多多提供文章和小道消息到#科罗拉多河#、#干旱#和#水#等话题下的个人与组织。

　　我还要感谢作家兼编辑佩佩·罗霍，谢谢他及时拯救了我糟糕的西班牙文；我的艺术家朋友约翰·皮卡西奥；盯着我好好写完这本小说的C.C. 芬利；情节大师霍莉·布莱克，是她提醒我故事情节已经完备，只是组合方式不对而已；克诺夫出版社的责编提姆·欧康诺针对完稿提供了明智的建议；我的经纪人罗素·盖伦为这本书找到了最棒的归属。

　　最重要的，我要感谢我的妻子安如拉这些年来无条件的支持。

　　如同我其他作品，书中一切错误及疏漏均由我本人自负。

马上扫二维码，关注"**熊猫君**"

和千万读者一起成长吧！

图书在版编目（CIP）数据

水刀子 / (美) 保罗·巴奇加卢皮著 ; 穆卓芸译
. -- 上海 : 文汇出版社, 2019.4
ISBN 978-7-5496-2784-4

Ⅰ. ①水… Ⅱ. ①保… ②穆… Ⅲ. ①科学幻想小说
—美国—现代 Ⅳ. ①I712.45

中国版本图书馆CIP数据核字（2019）第022806号

Author: Paolo Bacigalupi
Title: THE WATER KNIFE
THE WATER KNIFE
Copyright © 2015 by Paolo Bacigalupi
Simplified Chinese language edition published by agreement with Baror international, Inc., Armonk, New York, USA., through The Grayhawk Agency.
Simplified Chinese translation copyright © 2019 by Dook Media Group Limited.
ALL RIGHTS RESERVED

中文版权 © 2019 读客文化股份有限公司
经授权，读客文化股份有限公司拥有本书的中文（简体）版权
著作权合同登记号：09-2019-041

水刀子

作　　者 / ［美］保罗·巴奇加卢皮
译　　者 / 穆卓芸

责任编辑 / 若　晨
特邀编辑 / 徐陈健　　高晓明
封面装帧 / 刘　倩

出版发行 / 文汇出版社
　　　　　　上海市威海路 755 号
　　　　　　（邮政编码 200041）
经　　销 / 全国新华书店
印刷装订 / 三河市龙大印装有限公司
版　　次 / 2019 年 4 月第 1 版
印　　次 / 2019 年 4 月第 1 次印刷
开　　本 / 890mm×1270mm　　1/32
字　　数 / 326 千字
印　　张 / 14.25

ISBN 978-7-5496-2784-4
定　　价 / 59.90 元